人

The World

间

下册

拯救者

蔡骏

著

中国友谊出版公司

图书在版编目（CIP）数据

人间.下/蔡骏著.—北京：中国友谊出版公司，2018.10

ISBN 978-7-5057-4508-7

Ⅰ.①人… Ⅱ.①蔡… Ⅲ.①长篇小说—中国—当代 Ⅳ.①I247.5

中国版本图书馆CIP数据核字（2018）第221140号

书名	人间.下
作者	蔡　骏
出版	中国友谊出版公司
发行	中国友谊出版公司
经销	新华书店
印刷	天津旭丰源印刷有限公司
规格	700×980毫米　16开 21印张　380千字
版次	2019年3月第1版
印次	2019年3月第1次印刷
书号	ISBN 978-7-5057-4508-7
定价	46.00元
地址	北京市朝阳区西坝河南里17号楼
邮编	100028
电话	（010）64678009

如发现图书质量问题，可联系调换。质量投诉电话：010-82069336

题记

启示录十三 1　我又看见一只兽从海中上来，有十角七头，在十角上戴着十个冠冕，七头上有亵渎的名号。

Rev. 13:1 And I saw a beast coming up out of the sea, having ten horns and seven heads, and on his horns ten diadems, and on his heads names of blasphemy.

启示录十三 2　我所看见的兽，形状像豹，脚像熊的脚，口像狮子的口；那龙将自己的能力、座位和大权柄，都给了它。

Rev. 13:2 And the beast which I saw was like a leopard, and his feet like those of a bear, and his mouth like the mouth of a lion. And the dragon gave him his power and his throne and great authority.

启示录十三 3　兽的七头中，有一头似乎被杀至死，但那死伤却医好了。全地的人都稀奇，就跟从那兽。

Rev. 13:3 And one of his heads was as it were slain to death, and his death stroke was healed. And the whole earth marveled after the beast.

启示录十三 4　又拜那龙，因为它将权柄给了兽；也拜兽说，谁能比这兽？谁能与它争战？

Rev. 13:4 And they worshipped the dragon because he gave his authority to the beast; and they worshipped the beast, saying, Who is like the beast? And who can make war with him?

《圣经·约翰启示录》

目录

CONTENTS

001　与幽灵对话（下）　　　　003　往事

008　她

001　第一章　诱饵　　　　　　018　第二章　孤岛

048　第三章　复生　　　　　　069　第四章　端木良

090　第五章　牛总　　　　　　112　第六章　"狼穴"

138　第七章　蓝灵　　　　　　164　第八章　竹林相会

190　第九章　索多玛的第121天　　215　第十章　众叛亲离

240　第十一章　《兰陵王入阵曲》　260　第十二章　菩提本无树

290　第十三章　决战冰火岛　　302　第十四章　只是一个梦

310　终章　梦醒时分

与幽灵对话（下）

2009年，夏天。

大约一年前的夏夜，我在河边漫步之时，遇到一个自称梅菲斯特的幽灵。

梅菲斯特给了我一个灵感，说有个青年正为"我是谁"而苦恼，他将会遇到无数不可思议的事。

于是，我与幽灵打赌——这个青年会实现自己的使命。

一年之后，我已创作完成《人间》上卷"谁是我"和《人间》中卷"复活夜"。

漫长的创作过程，让我收获许多痛苦与喜悦，为主人公们的喜而喜，为他们的忧而忧——尤其是莫妮卡。

就在下卷准备动笔之前，我又去凉爽的河边漫步，在夹竹桃盛开的树丛边，背后传来一个尖厉的声音："喂！作家先生，你还记得我吗？"

我匆忙回头一看，没想到却是那个幽灵——梅菲斯特。

"是你？"

"谢谢你还记得我，我看了你的《人间》上卷与中卷，虽然写得都还不错，却已经到了2010年——你怎能未卜先知？"

幽灵飘浮在我的身边，但我丝毫都不怕他，厉声说道："我相信主人公的力量，他一定能完成这些使命的。"

"其实，那也是我的力量。"

"那我该感谢你吗？"

虽然，我话里带着嘲讽，幽灵却认真的回答："请相信，在你的故事的结尾，将由我来决定他的命运。"

"也许吧。"

梅菲斯特的语气又变得玩世不恭："我听到你的读者们都在抱怨，说你为什么把莫妮卡写死了？他们正强烈要求这个美丽女孩复活呢！其实，我也非常喜欢莫妮卡，你还是让她活过来吧。"

"人死岂能复生？"

"她会的！"

"好吧，我答应你。"

但他没完没了地喊道："还有，你必须要有一个谁都猜不出来的结局，足以让所有人崩溃的结局！"

"毫无疑问，我一定会做到的。"

幽灵仿佛成了我的御用编辑，戴上一副眼镜学究似的说："要一个惊人的大转折。"

"放心，我至少将安排三个惊人的大转折。"

"嗯，大结局的最后一句话呢？"

全书最后一句话？

我早已胸有成竹："你会在中卷某段场景中看到，给你一个提示——那段场景与雪有关。"

"最后一个问题，下卷的名字？"

"拯救者。"

往事

那时候,还没有我。

只有白色天空下的恐怖。

下雪了。

阴冷的风掠过旧上海街头,飘来黄浦江上外国游轮的汽笛声。所有行人神情冷漠,彼此假装陌生互不说话,以免被某只耳朵偷听到,否则很可能某个小巷里突然冲出几个黑衣人,将你绑住押上铁皮汽车,永远从世界上消失。

现在,你看到一辆1930年款的黑色福特车,顶着白色风雪驶过街道。行人纷纷惊恐地避让,就算被这辆车轧死,也顶多赔偿三块大洋。

司机身边坐着一个黑衣人,腰间别着一把勃朗宁手枪。

后排坐着两个男人,其中一个穿着深蓝色中山装,戴着黑色礼帽,三十岁左右,相貌平平,只有一双眼睛如野狼般锐利,冷峻而警惕地盯着窗外。

另一个人衣着破旧不堪,却是做工精细的西装,不知为何被糟蹋成了这样。虽然反复修饰过,脸上还是有被殴打的痕迹,眼睛里充满血丝,长长的头发掩盖着受伤的额头,嘴唇和下巴一圈布满胡楂,仍难掩英俊的外表——简直是世上罕有的美男子,眉目之间英气逼人,既不像一般中国人的平面,也不像欧美人过分立体生硬,而是介于两者之间的协调。

难以想象,一个男人怎会这般漂亮。并非当时流行的京剧名角的那种阴柔之美，而是富有阳刚男子气的自然俊美，就像东方版本的大卫雕塑，足以令所有女人为之倾倒，也会使一部分男人心猿意马。

然而，在他重瞳般明亮的眼睛里，却射出两道恐惧颓丧的光，忽而看着窗外肃杀的风景，忽而看着身边阴冷的面孔。美男子的双手戴着手铐，就连双腿也系着脚镣和铁链。

"我从来都是一诺千金，只要找到那件东西，就立刻把你放了。"穿着蓝色中山装的男人转头阴阴地说，"倒是你——我最亲爱的朋友，似乎从没有过真话，但愿这次不要再骗我了。"

"最亲爱的朋友？你还当我是最亲爱的朋友？"

"高云雾——"蓝色中山装男人狠狠瞪了他一眼，"我已经不是过去的我了，你也不再是过去的你，往事不用再提了！"

名叫高云雾的美男子苦笑一声："其实，我们都没有变，这么多年你一直嫉恨着我，现在终于被你抓到机会了。"

"这是你自己给我的机会，谁让你做了这么可怕的事情，又是谁残害了那么多无辜的生命？你简直就是一个魔鬼！"

"罢了，彼此彼此。"

"什么意思？"

蓝色中山装始终警惕地盯着车窗外，看到城市的建筑越来越破烂，街道上的人越来越稀少，便示意司机加快速度。前排的黑衣人已掏出手枪，预防可能出现的突袭。

"其实，你们蓝衣社也是魔鬼！"

高云雾咬紧牙关，恨不得吞噬掉眼前的男人。

"谢谢，这是我听到过的最好的溢美之词。"

"你的脸皮真厚。"

"既然我们两个都是魔鬼，那就用魔鬼之间的法则来往，不必再遵守人间的法则。"

"放了我，我会一辈子感谢你。"

"你真是个天真的魔鬼！"蓝色中山装阴冷地笑道，"就像你的脸，多么漂亮的脸蛋啊，我的美男子朋友，就像一张天使的脸，但——只是假象！"

"假象？"

高云雾摸着自己英俊的脸，忽然用力地撕扯一下，痛得几乎叫起来。

"我并不想成为魔鬼，我只是一个牺牲品！牺牲品！"

"人的一切道路，都是自己选择的。"

车窗外已变成白色世界，城市往后渐渐远去，两边是萧瑟的广阔田野，点缀着黑色的农舍和裸露在风雪中的干枯树枝。

蓝色中山装伸手搭在高云雾的肩膀上，指着车窗外说："在哪里？"

"再往前，很快就要到了。"

一分钟后，公路边出现一道围墙，几排建造中的楼房，这是无锡荣家最新投资的工厂。

"怎么是这里？你耍我？"

高云雾战战兢兢地说："不，就是这里！"

"拐进去！"

1930年款的黑色福特拐进一条小路，经过一棵奇形怪状的大树，高云雾忙喊："到了！"

一个急刹车停下来，后排的两个人依然坐在车里。前排的黑衣人先举着枪下车，小心翼翼地在四周转了一圈。旁边就是无锡荣家的工地，但在这棵大树下，却是一座残破不堪的关帝庙。

黑衣人回来敲了敲车窗："安全。"

蓝色中山装裹上一条围巾，戴着墨镜下了车，将高云雾也拖下来。

狂野的风雪让高云雾剧烈地咳嗽起来，蓝色中山装将自己的围巾脱下来，裹到他的阶下囚的脖子上。

"就是这里吗？"

他抬头看着那棵大树，干枯的枝丫如死人的骨骸，扭曲畸形地伸向天空，在大风雪中凄惨地呼号着，孤独地陪伴着小小的破庙。

这棵树已经死了一百年，也许还将再挺立一百年。

高云雾的腿上戴着脚镣，艰难地走进关帝庙。

黑衣人始终用手枪顶着他的后背，司机跳下车在外警戒，腰间同样插着一支枪。

这座庙实在太小，年久失修建筑沉降，走进去几乎抬不起头，只有一个黑黑的关公塑像，从柱子上的碑文来看，这座庙建于清朝乾隆年间。

怎么可能藏在这里？看起来更像冬天流浪汉寄宿的小屋。蓝色中山装冰冷地盯着高云雾。

"在下面。"

高云雾绕到关公塑像后面，破庙的后面还有道小门，跨出去是个小小的院子，外面根本不可能发现。

小院已被白雪覆盖，除了中间那口井。

井。

"就在井里？"

"是。"

看着高云雾英俊的脸，蓝色中山装从口袋里掏出手枪，对手下的黑衣人说："你，下去。"

"我？"

黑衣人看着狭小的井口，握着枪的手在颤抖。

"忘了你是蓝衣社的一员了吗？忘了要绝对服从吗？"

"可是，这会不会是他的花招？要我们到井里去送死？"

"下去！"

蓝色中山装不怒自威，容不得手下犹豫，黑衣人只能点头遵命。他将枪放入怀中，随便捡起一块石头扔入井中，许久才听到"扑通"一声。

"好深啊！"

"下去！"

黑衣人苦笑着说："请照顾好我的老婆孩子。"

他把身体像猫一样弓起来，慢慢爬进狭小的井口，像重新爬入出生的产道，迅速被深井吞没，连一点点声音都听不到。

司机还在破庙外面守着，小院里只有蓝色中山装和高云雾两人，他用枪指着美男子的鼻子："五分钟内他不上来，我就开枪。"

"不，你不会开枪的。"高云雾胸有成竹，"在你拿到那件东西之前，你不敢杀我。"

蓝色中山装沉默许久，雪花飘落到脸上，缓缓融化为水。

五分钟后。

井口突然有了声音，先看到黑衣人的头，然后整个人爬了出来，全身上下沾满黑色污泥，站在白雪覆盖的地上，活像地狱的恶鬼。

看不清黑衣人的脸了，他跌跌撞撞地抱着一个铁匣子，交到蓝色中山装手中。

随后，他浑身瘫软地倒在地上说："不要……不要……打开……"

说完这句话，黑衣人死了，一对瞪大的眼珠，惊恐地对着飘雪的天空。

"常效忠，你是蓝衣社的好同志！"

蓝色中山装面不改色，抱着从井里掏上来的铁匣。

他举枪对着高云雾说:"你,蹲到角落里,背对着我,不许动。"

可怜的美男子照办了,蹲在角落里一动不动,像只待宰的鸡。

蓝色中山装后退两步,小心翼翼地打开铁匣——

他,看到了。

表情从期待到激动再到惊讶,最后是彻骨的恐惧。

合上铁匣,整张脸已变得苍白,像这漫天遍野的大雪。

蓝色中山装再度举起手枪,对准高云雾的脑袋。

"别杀我,求求你,我太太刚怀孕!"

"啊,太遗憾了,拙荆也怀孕六个月了。"

蓝色中山装露出即将要做爸爸的幸福眼神,声音却如此冷酷:"高云雾,永别了!"

扣下扳机,撞针击中子弹,旋转出枪管,在高云雾睁大眼睛的同时,打穿了他漂亮的眉心。

子弹从后脑勺飞出来,深深地嵌入后面的墙壁。

他死了。

像条狗一样死去了,鲜血从眉心的弹孔流出来,渐渐染红他的脸,也染红满地白雪。

可惜了,那么漂亮的一张脸,简直惊为天人的一张脸。

蓝色中山装收起杀人的枪,抬头看到那棵干枯的大树。一片雪花穿过扭曲的枝丫,坠落到他的眼里,凉凉地变成一汪泪水。

最后一滴眼泪,落在高云雾的脸上,他双眼惊恐地看着苍天,随后彻底陷入了黑暗。

时间,世界上最残酷的是时间,转眼已过去了七十多个年头……

她

她。

这里是地狱。

不,是但丁笔下的炼狱。

到处是炽热的火焰,如缠绕的毒蛇,张开每个鳞片,勒紧她的脖子,又像毒蛇的舌尖,带着剧烈毒液,舔过她的脸颊。火焰跳跃着闪现微笑,这是魔鬼吃人时的微笑,也是撒旦诱惑时的微笑,更是末日审判时的微笑。这张微笑的红色脸庞,露出一排锋利的牙齿,咬过她的每寸皮肤,将一切撕碎、熔化、吞噬,将她送入更下一层的世界。

那里才是万劫不复的地狱。

脸部皮肤开始脱落,就像平常撕下面膜,却轻轻揭下一个女人全部的生命。她确切地感受到了痛楚,一开始是彻入心底的疼,接着是阻断神经的麻木,身体麻木到极限,又是撕心裂肺的痛苦——周而复始,不断将她扔入刀山火海,再抛入沸腾的油锅。

她哭了,大喊救命,身体却无法动弹,四肢都已在高温中熔化,只剩下大脑还如此清醒——如此清醒地感受痛苦、恐惧与绝望。

耳边此起彼伏着惨叫声,大多是健壮的男人,却先于她化为灰烬。

真的是炼狱吗?

然而,她感觉自己还活着。

不,为什么不是炼狱?

她宁愿自己坠入深深的地狱,化作永远空白的虚无,而不必再遭受这样的折磨。

但是,在即将被死神亲吻前,她看到了一个人。

那个人在黑暗中爬行,穿过肮脏污浊的地道,穿过尘土飞扬的大地,穿过开满有毒鲜花的荆棘,穿过谎言与罪恶编织的城市……

他不该独自一人去面对。

所以——

她也不该那么早就坠入地狱化作空白,即便从头到脚、从内到外一无所有,至少烈火无法熔化她的心。

于是,她醒了。

睁开眼睛……睁开眼睛……睁开眼睛……

从左眼到右眼,最后是心眼。

她看到了与他刚醒来时相似的情景——白色房间,窗外有绿色树叶,墙边的粉色柜子上摆着一些奇怪器具,身下是柔软的床铺,盖着白色薄被。床边高高挂着瓶子,某种透明液体缓缓滴下,通过塑料管子和针头,流入她左手的静脉血管。

这是一间单人病房,看起来条件还不赖。

她深深地嘘出一口气,刚才做了个梦。

一个非常可怕的噩梦,关于但丁笔下的炼狱。

幸好只是一个梦。

她知道自己身处何地——美国,佛罗里达州,一家私立医疗中心,隐藏在辽阔的湿地深处。在电话本和互联网上都找不到这个地方,只有一条曲折小路可以进入,万一迷路便会淹死在沼泽之中。

床头柜上放着日历,今天是2009年12月31日,再过几个小时就是2010年了。

日历旁边有面椭圆形的镜子,却被一块黑布蒙得严严实实,如某种原始的巫术仪式,与干净整洁的病房极不协调。

窗外,可以看到大片茂密丛林,泛着夕阳金光的池塘,昆虫与鸟儿不时飞过。佛罗里达州气候湿热,即便是12月也感受不到冬天,正是适合她居住的地方。

忽然,菲律宾籍女护士走进病房,挤出职业化的笑容说:"小姐,有位先生要见您。"

"一位先生?"她紧张地皱起眉头,"不可能,他不可能知道我在这里!"

"就是说您不想见他吗?"

"嗯。"

她下意识地发出含混不清的声音。

"遵命。"

当女护士走出去时,她烦躁地叫了一声:"等一等!还是请这位先生进来吧。"

五分钟后。

病房里走进一个中国男子,看起来五十多岁,穿着一件小马哥样式的风衣,绝非泛泛之辈。

原来不是那个他。

而这个五十多岁的他,看到半躺在病床上的她,第一眼无比恐惧,几乎在门边摔倒;第二眼却是巨大震惊,仿佛天空瞬间坍塌;第三眼竟是难以言说的痛苦,缓缓流下悲伤的眼泪。

他早就准备了许多话,此刻却半个字都说不出口,倚靠在病房的墙上,捂着自己的胸口,大概防备突发心脏病。看着这个男人如此难过流泪,让她刚从噩梦中平静下来的心情也变得灰暗绝望起来——她认得这个男人,很久以前就认识。

她的悲伤持续了好久,一男一女,一老一少,一个躺在床上,一个几乎瘫倒在墙上,就这么僵持在病房里,如同提前举行葬礼。

半晌,夕阳渐渐从窗台隐去,她才发出声音:"你,别哭啊。"

老男人擦了擦眼泪,重新站直身体,却不敢看她的眼睛,内疚地说:"抱歉,男儿有泪不轻弹,是我不对。"

他的声音带着台湾腔。

"没关系,我已习惯了。"

然而,她越这么轻描淡写,就越让他难过:"虽然他们已对我说了你的情况,我也作了心理准备,但还是想不到……想不到……"

他再度哽咽着说不下去了。

她只能像安慰受伤的小孩,安慰这个五十多岁的男人,自以为微笑着说:"我在这儿过得不错,每天看看窗外的风景,听听音乐,不必为我担心。"

但他剧烈地摇头,更加激动:"不行,你不能一直这样,我一定会拯救你的!"

"拯救?"她冷冷地回答,"我不需要任何人来拯救。"

"你需要!"

此话似乎暗有所指,她一下子紧张起来:"什么意思?你让他知道了?不,千万别让他知道!"

"没有，这件事只有我知道，我不会告诉他的。"

"你必须发誓！"

老男人无奈地点头："好，我指天发誓，绝不泄露这个秘密！否则天打雷劈，堕入永恒的地狱不得超生。"

她这才柔和下来："对不起，我必须这么做。"

"但是，我不理解，一直不理解，你为什么要这么做，能够告诉我吗？"

"不，你只需要保密就可以了，不需要知道理由。因为这是一个更大的秘密，知道这个秘密的人必须灭亡。"

他让步了："好吧，我答应你不再问了。"

"谢谢！"

"你还需要什么帮助吗？"

"我很好，不需要什么。"

说完，她闭上眼睛，意思是你可以出去了。

"不，你需要的，我会帮助你的。"五十多岁的男人退出房间，"再见，你会好起来的。"

送走客人，她重新支撑起上半身，看着窗外渐渐黑暗下来，打开床头的台灯。

白光笼罩房间，她把脸缓缓转向床头柜，看到那面被黑布蒙起来的镜子。

她艰难地伸出右手，一把扯下镜面上的黑布。

遮盖多日的镜子发出耀眼的反光，清晰地映出了她的脸。

犹豫了几秒钟，终于看清了自己的脸。

又过了四分之一秒，她发出惨绝人寰的尖叫，如遭受地狱酷刑，传遍整栋死寂的小楼，惊醒湿地中所有沉睡的动物。

镜子照出了一张魔鬼的脸。

一张比兰陵王的面具更可怕的脸。

而刚刚做的那个梦，并不仅仅是一个梦。

至于她？

你们也许已经猜到——她的名字叫莫妮卡。

第一章　｜ 诱饵 ｜

秋波彻底消失了。

她的导盲犬贝贝也失踪了，在她住院动手术之前，就把狗送到了宠物店。但在她双眼拆线前几小时，就有人从宠物店接走了贝贝。

我雇用了数百人寻找她，还花重金在电视台发布寻人启事，至今却毫无进展，甚至没发现端木秋波的出境记录。她还在中国？也许就在这里的某个角落——隐藏一棵树很简单，移栽到一大片原始森林；隐藏一滴水更容易，洒进汪洋大海；而这座两千万人的城市，是隐藏一个人的最佳选择。

至于另一位，我的"结义兄弟"慕容云，我请美国联邦调查局帮忙，发现确有其人——英文名字叫John Murong（约翰·慕容），个人资料的照片显示，正是我认识的美少年慕容云。

然而，他的出生年月却令人目瞪口呆——全美人口数据库显示，John Murong出生于543年4月5日，出生国家为"CHINA"，出生地为"YE"，1986年12月获得美国国籍。

543年？！

就算前面少了个"1"，也不可能吧！

公元前还是公元后？

为了让我确信这个数字，FBI做了全美人口数据库的截图，显示出这个荒谬的结果。

假设，仅仅是假设——这位看起来二十来岁的慕容云，真的出生于公元543年，活到2010年岂不是已经1467岁？

1467岁的美国公民John Murong。

这是慕容云的荒谬，还是美国联邦调查局的荒谬？

543……543……543……我努力在脑中搜索这个数字，忽然想起一个人。

兰陵王！

公元543年，正是历史学家推测出来的，兰陵王最有可能的出生年份，他的生日却从来无人知晓——不过John Murong的4月5日不正是清明节吗？

至于这位John Murong的出生地，根据全美人口数据库的记录，"CHINA"就不必我来翻译了吧，那么后面的"YE"呢？

历史上的兰陵王，当然出生于中国，但他的出生地在哪里？不必劳烦历史学家，他们有学问的关在学校书斋里，能说会道的在去央视《百家讲坛》的路上，我自己也可以用搜索引擎给出答案——

兰陵王，南北朝时期的北齐王族。北齐建立于公元550年，其时兰陵王已经出生。他出生的543年前后，是祖父高欢把持东魏朝政之时，表面上是拓跋后代元氏为君，实际统治者却是高氏家族。高欢一手操纵建立东魏傀儡王朝，迁都于华北古城邺，旧址位于今河北省邯郸市附近。高欢死于547年，兰陵王高长恭的父亲，是高欢的长子高澄。兰陵王出生之时，他的父亲与祖父应当都在东魏京城的邺——自然就是全美人口数据库里John Murong的出生地"YE"。

但联邦调查局只能提供这些资料，除了出生年月与地点，就是那张清晰无疑的照片，以外全是空白。

John Murong在1986年入籍美国的资料，几经查找都没有发现，FBI的调查结论居然是档案遗失！他的居住与入学记录也是空白，那张照片的来历也无答案。没有他的就职记录，没有名下房产记录，更无任何纳税记录，从未领取过社会福利，这类人基本就是流浪汉。

如果他是这样一个穷光蛋，又怎会出现在纽约拍卖行，一掷数百万美元拍下南北朝古董，令腰缠万贯的阿拉伯油王颜面扫地？

慕容云。

好一个神出鬼没天外飞仙遗世独立不食人间烟火的江南慕容！

但我绝不相信他是兰陵王。

这位一身汉服的美少年，从进入我的世界第一秒起，就沾上了"神秘"二字。

根据中国的边检记录，持美国护照的约翰·慕容，5月10日从浦东国际机场入境，三天后搭乘另一架航班出境。航空公司登机表显示，他独自从上海飞回纽约，同机乘客名单中并无"端木秋波"。

秋波一定是被绑架了，因为她是个关键角色——不在于秋波本人，而是她的两位下落不明的亲人——哥哥端木良，还有爷爷——当年蓝衣社的核心人物，至少是骨灰级的元老。

只有端木秋波的爷爷，这位神秘莫测的老人，才掌握着那把致命的钥匙，令无数人疯狂的千年密码，使古英雄和高能家破人亡的宝藏——**兰陵王的秘密**。

项庄舞剑，意在沛公。

慕容云瞄准的猎物，正是兰陵王高家与蓝衣社古家拼死相争的秘密，也是我命中注定难以逃脱无处藏身的秘密。

至于可怜的秋波，不过是他精心布置的棋局中的一枚棋子，是引诱端木良与端木老爷子的鱼饵。

第一条上钩的鱼，却是我。

拳王穆罕默德·阿里说："我不会做你们要我做的人，我要做我想要做的人。"

透过舷窗外的云层缝隙，眺望辽阔的北美大陆，一大片反光的蓝色，是烟波浩渺的大西洋。这是天空集团公务专机，从上海飞回纽约集团总部，召开本年度最重要的董事会。我戴着耳机半躺下来，仿佛仍在电波之上，戴着午夜面具，倾听不同的人生——以前秋波做电台节目的录音——她已失踪几个星期，至今没有任何消息。

数分钟后，我踏上纽约肯尼迪国际机场的停机坪。

御用直升机早已准备好，将我再度带上天空，飞往钢铁森林般的曼哈顿，降落在天空中心大厦的楼顶。

虽然这次董事会极其重要，但我仍保持低调，没有惊动下面的数千名员工。借着索多玛石油项目的东风，天空集团重新赢得全球投资者的信心。天空银行的财务数据在最近艰苦的三年内，第一次有了好转迹象，集团资产负债率开始下降，宝贵的现金流增长明显。

来到88层的最高会议室，董事会全体成员正襟危坐，有老面孔，也有新提拔上来的。他们早已被我的权威所折服，绵羊遇到狮子般唯唯诺诺——除了一个人，财务总监希尔德，我们的"小萨科齐"。

我一言不发地坐在上首，阴沉着脸瞥向每个人。最近几场董事会都在亚洲召开，第一次回到美国总部，"小萨科齐"又一次缺席，显然是故意挑衅。以往他一直带头反对我，暗中与外面勾结，处处挑战我的权威。但毕竟他掌握着集团财权，拥有盘根错节的人际关系，要砍倒这棵大树绝非一朝一夕之事，难度远远超过推翻索多玛国独裁者。我一直隐忍至今，也是为了集团内部稳定，不想因内讧被神秘的Matrix乘虚而入。然而，最近的秘密调查显示，集团现金流发生异常，某些账面数字出奇地高，令人越来越怀疑这其中有内鬼。

不等我发问，我的全球助理史陶芬伯格解释道："财务总监希尔德先生已经一个月没来总部了。三天前他和我通过电话，说是突然身患重病，目前在欧洲一家医院治疗。"

"哪家医院？我也好久没见他了，着实想念他呢！"谁都明白我在说反话，"安排我飞去探望病人吧。"

"不知道。"史陶芬伯格皱起日耳曼人的金色双眉，"对不起，他没有说在哪家医院，在哪个国家也没有说。"

我还是保持喜怒不形于色，董事会的每个成员却能通过每一毫米的空气，深深感受到我的愤怒。

我平静地直视对面墙上的照片——莫妮卡，天空集团前任董事长——昨天打电话关照他们特意挂上的。面对这张美丽的脸庞，她的声音宛在，我只是戴着高能的面具，一具行尸走肉的空壳，脑海中真正闪烁的，是她和兰陵王家族的灵魂。

沉默半响，我终于说话了："这次董事会，主要就是讨论集团的财务问题，既然希尔德先生患病不能出席，那么会议就此取消，散会！"

纽约，长岛，仲夏夜。

高思国的私家庄园，现在完全归属于我。然而，我天生就不适合奢侈生活，绝大多数人员早已裁撤，停止一切不必要开支，数月不见竟已杂草丛生，宛若哥特小说中的闹鬼古宅。

但为了我的安全，几天前加派了数十名保镖，全副武装日夜巡逻，重建了整套安全系统，包括高达三米的红外线墙壁。

我挑选了其中最不起眼的一栋房子，据说高思国生前从未用过，屋里的装修也非常普通，就像最典型的美国中产阶级家庭，更没什么艺术品陈列——全被我拍卖捐献了。

窗外数十米，便是当初莫妮卡居住的房子——仍然完整地保留她生前的一切，每天有女佣去打扫整理，好像这座庄园唯一的女主人依旧欢快地在享受着她的青春。我颤抖着关紧窗户,再也不敢看那个方向,不敢想象她曾经的脸。然而今夜,我相信,混血儿的美丽眼睛,带着丝绸之路的忧郁幻想,镶嵌在庄园黑夜深处,关爱地监视着我的一举一动——即便我已移情别恋。

想到这儿我便胸闷不已,似乎她的灵魂已飘到身后,等待我回头献上虚幻中的红唇。

不论能否找到秋波,我永远都无法逃避莫妮卡的影子。

因为我现在拥有的一切,全来自她无私慷慨的给予。

我亏欠莫妮卡的,是我奋斗毕生也无法偿还的。

所以,恳请我深爱过的人,在另一个世界原谅我的无情,并且护佑我实现对你的承诺!

徘徊至近子夜,我与上海的白展龙通完电话,依旧没有端木秋波的消息。

疲倦地脱衣准备上床,内线电话响了起来:"董事长先生,有位女士想要见您。"

"女士?"

三更半夜,有"女士"来访我的庄园,难道是……不,这怎么可能?

"是财务总监希尔德先生的夫人。"

"她?"居然是"小萨科齐"的老婆,传说中的大美人,我却从来无缘得见,"你确认就是她本人吗?"

"是,两年前财务总监夫妇来庄园做客,她给我们留下了深刻印象。"

什么是深刻印象呢?

"好吧,请她进来。"

五分钟后,我打开别墅大门,一个女子穿着黑色晚装,戴着有面纱的古典帽子,只能看到朦胧的五官——晚上这么穿简直就是神经病。

"希尔德夫人?"

"是。"她的英语带有轻微的法国口音,"尊敬的董事长先生,非常高兴见到您!"

"为什么深夜来访?"

"我有一些重要的信息,能否与您单独谈谈?"

她身边站着我的两个保镖,我犹豫片刻点点头,让保镖守在别墅门外。

希尔德夫人走进房子,随手关紧大门。这使我有些尴尬。希尔德是集团内最大的反对派,也是我想方设法要除掉的对手,他的老婆却半夜跑到我的房间……

客厅明亮的灯光显出她凹凸有致的身材,保养得如此之好,如刚出道的小明星。面对美女我总是笨拙不堪,即便已贵为财富亿万的强者。我不禁咽了咽口水:"请……请坐。"

她风情万种地坐在沙发上,脱下遮挡脸庞的黑纱帽,露出一张模特般标致的脸蛋。

我想所有初次见到她的男人都会为她心头狂跳不已,果然是"小萨科齐"之妻,竟有几分像那位昔日名模!

这位年方三十的大美人,优雅地跷起二郎腿,裙下露出白斩鸡似的大腿肉。我手忙脚乱地给她端来一杯饮料,试探着问道:"希尔德夫人,是你的丈夫让你来找我的?"

"不,他不知道我过来。"

这个女人瞒着自己的老公,跑到老公董事长的房间里,真是一桩大丑闻啊。

"这可不太好!我想你应该赶快回家去。"

"我想他已经不可能知道了。"

"什么意思?"

"我猜我的丈夫很可能早已死了。"

"财务总监希尔德先生死了?"这个女人半夜跑来报丧的?怪不得要戴着黑纱帽子,"可我怎么不知道?"

"我也是最近才察觉到的,但他的反常从去年就开始了。"

"等一等!他最近不是去欧洲看病了吗?"

"我的丈夫去欧洲看病?"希尔德夫人苦笑一声,"我怎么不知道呢?"

"你也不知道他在哪儿?"

"他已经一个多月没回家了,我也没办法联系到他,但我早就有了预感。"美人的眼睛盯着我,红色嘴唇咬着吸管,颇有暗示性地吸着红色饮料,"还是从去年10月说起吧。"

我警惕地往后靠了靠:"愿闻其详。"

"虽然我是他的第二任妻子,但我们的感情一直很好。有天他半夜回到家里,突然变得非常冷淡,再也不愿和我睡同一个房间。他的改变完全没有预兆,也不肯说出任何原因,从此我的生活就彻底毁了。他不断出差很少回家,我们经常一个月只见几面,更谈不上任何亲密行为——董事长先生,我想你明白我的意思吧?"

这个问题很暧昧,我尴尬地回答:"我是成年人,当然明白。"

"好的,你该明白我的痛苦了吧。我们的婚姻变成了装饰品,我的丈夫与我形同陌路,也从来不接我的电话,与他相处的时间屈指可数,他甚至连碰都不碰我!"

"他是不是有了外遇?"

"一开始我也这么怀疑,便雇用私家侦探,想掌握他出轨的证据。然而,侦探完全无法跟踪他,我的丈夫行踪太诡异了,每次都能把侦探甩开。他经常坐直升机转来转去,很多时间不在美国。他的电话也无法追踪,就连窃听他的办公室也没用,因为他几乎从来不去。"

我拧起双眉点头。根据史陶芬伯格的报告,财务总监"小萨科齐"神出鬼没,难以掌握具体行踪。他对集团财务的控制,主要通过秘书和网络完成。集团其他高管也证实,最近几个月极少见到他本人,只有重要会议时他才现身,但转眼就无影无踪了。

"希尔德夫人,如果你需要的话,我会安排专人了解你丈夫的动向。"

"董事长,请听我说下去!"她身体前倾靠近了我,红色的灯光底下,故意显露低胸晚装,不免令人心猿意马,"一个月前,我的丈夫终于回家过夜,但还睡在另外一间卧室。作为一个女人,我已独守空房半年多,怎能忍受这种生不如死的日子?我在凌晨摸进他的房间,没想到他在床上痛苦挣扎,说着一些奇怪的梦话,竟是某种外星球的语言。"

"外星球的语言?"

我想起了肖申克州立监狱里"教授"研究的那些神话。

"总之,不是人类的语言。"美妇人骤然惊恐异常,几乎扑入我的怀中,"当时,他突然醒了过来,看见我偷听他的梦话,就愤怒地一把将我推倒,气冲冲地走了出去,从此再也没回来过——直到今晚。"

我可不敢怀抱"小萨科齐"的老婆,赶紧跳起来后退两步,红着脸说:"夫人,请不要激动,更不要害怕,集团一定会保护你的安全的。"

希尔德夫人整了整稍微凌乱的衣衫,略带羞涩地点头:"谢谢!你对我真好!"

读心术已扫描她的双眼,证实这一切所言非虚。

"你是集团高管的家属,我们肯定会帮助你的。"

"不,我怀疑现在的希尔德根本就不是我的丈夫,而是另一个人!只有梦话才不会骗人!我的丈夫很可能在半年多前就已遭到毒手,被人顶替身份,成为天空集团的内鬼。"

面对这位美人冷酷的双眼,我胆怯地沉默许久,就像我怀疑过自己不是高能一样。

既然我是冒牌的高能,那么我们的财务总监也可能是个冒牌货!

尽管,他想方设法疏远"妻子",不与她发生任何亲密接触,但女人是最敏感的动物,总能在某个空隙抓到蛛丝马迹,就像莫妮卡第一个发现我的秘密一样。

"希尔德夫人,非常感谢你的来访,告诉我这个重要信息,我们一定会彻底调查,还你一个真相。"

我站起来打开房门,准备送她出去。

然而,这位美妇人却神色慌张,宛如无家可归不知所措的孩子,屁股像在沙发上生了根,喃喃地说:"不,董事长先生,我已不敢回家,每夜都会做噩梦,害怕那个魔鬼突然回来,将我勒死在床上。请允许我今夜留在这里!请可怜可怜我这个失去丈夫的女人。"

这个请求让我一阵冷汗,怪不得她要深更半夜跑来,穿得如此诱人性感,原来是"射人先射马,擒贼先擒王"!虽然她的老公贵为大集团财务总监,但哪及得上集团董事长?大腿要拣粗的抱,这样美艳的女人岂能不懂?当丈夫已不能依靠,自然要赶紧一脚蹬开,快点攀上一棵更大的树。何况,我至今保持单身,她当然要抓紧良机。

就在我还为如何打发她发愁之际,美人却主动靠近我,装作浑身瘫软无力的模样,两颊绯红如喝醉了酒,顺势倒在我的怀中。

刹那间,满屋香艳,仿佛抱着一团柔软的肉。她的头发摩擦我的下巴,撩拨得我心头狂跳,从耳根子到头皮全都红了,一种叫作欲望的小虫子正从我的血管深处,缓缓爬过每一个毛细孔。

"董事长,请收留我吧,我愿意把一切都交给你。"

她的手钩着我的肩膀,嘴角露出浅浅微笑,大概以为已用西方女子的美艳,彻底征服了我这个木讷的中国男子。

然而,美人的眼睛却泄露了秘密:"小子,你果然上钩了,谁都无法阻挡我的魅力!掌握了你就等于掌握了天空集团,让希尔德去死吧!今夜我要让你享受快乐,从此你要让我永远快乐!"

就在她强行把嘴凑近我的嘴唇时,却被我粗暴地推开:"希尔德夫人,请你保持尊严!"

我还没说出心里话——这个女人真让我厌恶!这就是上流社会的贵妇人?这就是绝望的主妇?请你继续绝望下去吧,直到钓上另一个冤大头。

美人面色变得煞白,不敢相信我坚决的态度,大概在引诱男人方面,她还从未失过手吧。

读心术扫出她眼底的一句话:"中国小子,你只喜欢男人不喜欢女人吧!算我瞎了眼睛。"

我无情地冲到门口,对外面的保镖说:"请护送希尔德夫人回家!"

回过头来，她已重新放下面纱，在外人面前保持高贵外表，颇有礼貌地向我致意："董事长先生，感谢您的关照，再见。"

两个保镖护送她离去，我关上房门回到卧室，孤独地躺在黑暗深处，脑中轮流浮起两个女子——莫妮卡与秋波……

纽约的第一夜。

从辗转不停的噩梦中浮起，那些曾经在我身边，却已消失入地狱的脸庞——陆海空、高思祖、华金山、常青……接二连三地闪现，放肆地大声狂笑。

清晨，我独自躺在宽敞的床上，惊恐地睁开布满血丝的眼睛，吵醒我的不是噩梦，而是急促的手机铃声。

是我的助理史陶芬伯格打来的电话："先生，抱歉这么早打扰您休息。"

"没关系，是什么紧急的事情？"

"是，我们的监视人员报告，凌晨4点，财务总监希尔德回到了新泽西的家中。"

"凌晨4点？"

我赶紧看了看时间，是两个钟头前。

"就是他与妻子常住的豪华别墅，身边还跟着一个身份不明的男子。根据一分钟前的报告，财务总监依然与妻子、两名菲佣以及不明身份的男子在家里。"

"小萨科奇"回家了？他不是身患重病，在欧洲一个谁都讲不出名字的国家治疗吗？

最近，我们雇用了许多侦探，日夜监视他的各地房产，监听他的电话，但从来都是徒劳无功，如今他却自投罗网回来了？

可笑的是，昨天半夜，他的老婆还跑到这里，向我告密自己的老公不是人，现在却回来和老婆团聚了？

半分钟后，我收到了史陶芬伯格发来的视频。

画面虽是凌晨时分，但夜视系统非常清晰，几乎能完整分辨人脸——两个男子走进"小萨科奇"的豪宅，为首的自然是他本人，看起来身形矫健，丝毫没有病入膏肓的样子。第二个男子身材高大，长着一张奇怪的面孔，凶狠的秃鹫似的眼睛，既不像白人也不像黑人，而是典型的北美印第安人的模样。

阿帕奇！

没错，我还记得这个名字，肖申克州立监狱最令我印象深刻之人——这个阿尔斯兰州的印第安人狱警——如果他就在我的眼前，或许还能闻到他身上那股腐烂尸体的气味！

即便相隔了那么久，从阿尔斯兰州到东海岸，从荒凉的死亡山谷到财务总监希尔德的家门口。

就是这张脸！杀死了不死的童建国，却将越狱的我从枪口下放走……

他！怎么会和天空集团的财务总监"小萨科齐"在一起？

很快，我便收到一张清晰的照片——天色已经大亮，拍摄时间显示是清晨6点，附有文字说明："十分钟前，不明身份的男子出现在财务总监家的花园，警惕关注周围大约五分钟，然后回到房子内。"

图片显示是花园，背后是财务总监的豪宅，这回阿帕奇的脸特别清楚，尤其那锐利的眼睛——百分之百就是他！鉴定完毕。

希尔德夫人说得没错，她的丈夫早已是另一个人，一个与魔鬼为伍之"人"。

手机又响了，还是史陶芬伯格："董事长，我在监视财务总监的现场，希尔德先生与不明身份男子刚刚走出别墅，坐上一辆凯迪拉克轿车，前往波士顿方向的高速公路。"

"赶快跟踪！"

"我们已经有一辆车跟在后面了，我和两个侦探还留在这里。"

果然是我亲自提拔的得力助手，史陶芬伯格行动迅速坚决，这也是我信任他的原因。

"刚才离开的只有两个男人？"我想起昨天半夜，那位暧昧来访的大美人，"如此说来，财务总监的妻子还留在家里？"

"是的，希尔德夫人没有出来过。"

"你赶快去按门铃，我担心她可能出事了！就以我的名义去拜访。"

挂上电话，我心神不安地起床洗漱，打电话叫了早餐，不知还会发生什么。

看着卫生间里镜子中的脸，看着自己不再如三年前的小职员那样年轻时，手机再一次响起。

"董事长，希尔德夫人——"史陶芬伯格的语气相当慌张，带着深深的恐惧，"她——"

我已猜测到了那个最坏的结局："她死了？"

是的，财务总监"小萨科齐"的妻子希尔德夫人：**她死了**。

一个小时后。

加长版林肯带着我穿越纽约，来到一水之隔的新泽西。这里有许多中产阶级社区，他们白天在纽约上班，晚上回到新泽西的家里，年薪千万美元的天空集团财务总监也在这里置下了一套豪宅。

我在"小萨科齐"家门口下车,附近已布满警察,大门口拉着警戒线。

史陶芬伯格已等待良久。他是个身高一米八五的德裔美国人,具有典型的日耳曼民族外貌,挺拔强壮的身材,金黄色头发与眉毛,坚强的目光与嘴角,一脸严肃不苟言笑。他永远穿着笔挺的西装,浑身上下一尘不染,尤其衬衫领口就像党卫队的制服。去年,我将他从欧洲分公司上调到纽约总部,培养为我的全球助理,也是我在集团心脏安插的亲信耳目,负责监视董事会成员的一举一动。

此刻,史陶芬伯格那双碧绿的眼睛如荒野上空饥饿的秃鹫,牢牢盯住财务总监的豪宅。他看到我就来了一个立正,抬头挺胸直视前方,就差高举右臂高呼"嗨!希特勒"了。

这套动作对他来说是家常便饭,我不用怀疑他的忠诚,敷衍地点头:"奥托……约瑟夫……什么情况?"

我总记不住他那冗长拗口的全名——奥托·约瑟夫·卡尔·威廉·冯·史陶芬伯格,前面四个名字是德意志帝王常用的,第五个"冯"则代表贵族身份。据说他的曾祖父是德意志第二帝国的一位公爵,他的祖父则是第三帝国潜艇部队的海军少将,到了他的父亲却移民美国,摇身一变成为中情局特工——虎父无犬子,他现在成为集团情报部门首脑,每名高管都对他胆战心惊,生怕哪天惹得他不高兴,就到我面前奏上一本。显赫高贵的家世血统,也有利于史陶芬伯格与各国政府打交道,尤其欧盟那些老顽固很给他面子。

他挺起宽阔的胸膛,低声汇报:"财务总监离开不久,我按响他家门铃,向菲佣说明我代表您来访。菲佣进去通报女主人,没想到很快就尖叫着跑出来,大喊女主人自杀了!"

"自杀?"

"是,我们立刻拨打911报警,警方初步调查说,希尔德夫人在卧室自缢身亡。"

"不是他杀吗?"

史陶芬伯格拧起双眉:"我刚和警长聊过,从现场勘查角度来看,确实没有任何他杀痕迹,死亡时间应该是在凌晨4点左右。我向警长提供线索——这正是财务总监回家的时间,警方准备调查他,但目前不可能采取强制手段,更不能通知沿路警察设卡拦截。"

"财务总监现在哪里?还在跟踪他吗?"

"放心,董事长先生,我们的车还在跟踪,正在康涅狄格州境内,他们似乎没有发现。"

警方运出希尔德夫人的尸体，装在黑色裹尸袋中，抬上一辆白色警车。

警戒线外引起一片尖叫，几家消息灵通的媒体赶到拍照，准备登上报纸头条——"天空集团财务总监妻子自杀，薄命红颜引起能源巨头内部地震"，我已为《纽约时报》拟好了标题。

目送僵硬的裹尸袋离去，这具美丽的尸体在十个钟头前，还是那么风姿绰约，悄悄造访我的庄园，还想与我共度一夜——她的理由是不敢住在家里，极度害怕"丈夫"将自己勒死在床上。

然而，我却把这当作诱惑的借口，竟没想到都是真的——如果我答应她的请求，让她留在我的庄园过夜，哪怕只是在其他房间，她也可以逃过一劫保住性命。我却粗暴地拒绝她，还让保镖送她回家，不料却是把她送到鬼门关，数小时后便直接坐电梯下了地狱。

是我害死了她，警方会不会怀疑我？毕竟除了她的丈夫以外，我是她生前最后接触的人——接触，这个词让我不寒而栗。

不，绝不是我的原因，她不是因为屈辱而自杀的，她也根本不是有勇气自杀的人！她对生活对男人对物质充满欲望，对危险与死亡极度恐惧，怎敢亲手结束自己的生命？我眼前浮起的这张美人脸，还有丰满诱惑的身体，却即将埋入三尺黄土。

是她的丈夫"小萨科齐"干的。

显然，所谓自杀实为障眼法，必然是"小萨科齐"发现妻子告密——也许我的私家庄园内就暗藏他的眼线，所以他紧急从治病的"欧洲"——也许就是新泽西——带着残忍的阿帕奇，赶回家中将她杀死，再巧妙伪装成自杀假象。

借用一句中国的流行语——"被自杀"。

我不奢望新泽西州警方会有其他结果，就像不指望阿尔斯兰州警方会抓住真凶。

史陶芬伯格刚接了个电话，神色紧张地低声说："跟踪人员在罗得岛州报告，财务总监希尔德先生与不明身份男子一起，驾车开进一座小型机场，不久有一架直升机起飞，从此消失。"

"该死！早就被他们发现了，所以才会开到飞机场，换乘直升机甩开尾巴。"我望着新泽西州的蓝天，倔强地咬着牙齿，"必须查到那架直升机的下落。"

罗得岛州，美国五十个州中最小的一个，也是美国最古老的州之一。

在联邦调查局的官僚主义特工抵达前，我已带领大队保镖赶到这座小型机场。

机场由私营公司管理，听说天空集团董事长驾到，即刻向我们全面开放。根据当日航空记录，上午只有一架直升机起降。查看机场监控录像，确认财务总监"小萨科齐"与阿帕奇上了飞机，起飞后航向不明。租赁这架直升机的，是一家名为Matrix的公司，注册地点为英属维尔京群岛。

Matrix！

矩阵=黑客帝国=？

果然又是这家公司！数个月来处处与天空集团为敌，差点夺下索多玛国石油项目，将我推到悬崖边缘的Matrix，就像乌云背后的黑夜，谁都不知道Matrix的真相——就像人类或许真的活在黑客帝国中，只是我们自己浑然不觉。

我们的死对头Matrix，租下了这架直升机，带走了天空集团的财务总监——"小萨科齐"希尔德，至此他的真面目才大白于天下，果真是我们心脏中的特洛伊木马。

刚刚联系上飞行员，直升机已回到波士顿，报告刚才载了两名男子，降落在新英格兰海岸外的一座小岛。

得知小岛的具体位置，史陶芬伯格通过联邦调查局发现，小岛属于私人所有。几年前，岛主是国际某著名卫星电视公司的老板，后来那家公司倒闭，老板也在东南亚某神秘之地失踪。去年，小岛连同岛上全部产业，被Matrix公司以三千万美元买下。

"小萨科齐"杀死揭发自己的妻子后，逃到Matrix的小岛上，这无疑是他吃里爬外上演无间道的铁证！

我和史陶芬伯格经过简短商议，调集十二名海豹突击队退役的保镖以及一架天空集团专用直升机准备上岛。其实，他强烈反对我如此冒险，因为岛上情况不明，贸然上岛可能遭遇危险。而我身为天空集团董事长，万一有失该如何向董事会交代？然而，我坚持火速出击，而且必须亲自带队，否则，财务总监将可能再次转移。这些家伙都是狡兔三窟，任何机会的错失，都可能意味着永远失去，特别是阿帕奇——我必须亲手抓住并审问他。

一小时后，所有人员和装备都已到位，包括各种轻重武器——看着亚历山大大帝征服世界的大军，我全身再度血脉偾张，仿佛重生为救世主。我最厌恶的就是叛徒，一如犹大之于耶稣，一如洪承畴之于大明帝国，一如贝当元帅之于法兰西，一如我曾经落魄的生命中，曾经无数次被人出卖和背叛……我早已脱胎换骨今非昔比，再也不是当年任人宰割的小销售员。想起一个月前在非洲的胜利，我仍将以排山倒海的武力，亲自抓获并惩罚胆敢背叛我的任何人！

史陶芬伯格奉命留守机场，暂时对美国政府保密，如果在天黑之前还得不到我的消息，就立刻通知联邦调查局与集团董事会。

而我跟着十二名武装保镖，加上飞行员总共十四人，坐上直升机前往大西洋。

正午。

飞行中吃了简短的午餐——他们把每一顿都当作最后一餐。舷窗下是浩瀚的大西洋，阴沉天空下的灰色波涛，告别连绵不断的北美海岸，前方是另一个诺曼底雅马哈海滩。我已换上了一件迷彩服，配上带有消音器的突击手枪，看起来和那些队员并无二样。

自从上次的"索多玛战役"之后，我逐渐热衷于此类行动，好像这辈子没当过兵是莫大耻辱。我给我的美国保镖配备了最好的武装，组建了一支数百人的雇佣兵队伍，凭此力量可以侵略任何一个小国。我还用天空集团的资金向几家欧洲军火企业注资入股，希望介入国际军火贸易——我开始不认识自己了，这是从前性格温顺的高能或古英雄吗？现在渴望饮血的我，若生活在一百年前的欧洲，必然是个狂热的军国主义分子，从骨子里渴望世界大战，渴望在战场上纵横驰骋，渴望用子弹或刺刀夺去他人生命，渴望看到敌国年轻男子们鲜血喷溅，渴望闻到本国美女给我送上胜利的鲜花，渴望用铁蹄踏上被征服的土地，渴望用累累白骨建筑我的英雄纪念碑。

不，飞机上被迷彩服包裹的28岁男子，躺在古英雄的身体与高能的面孔里的，其实是一个怪物，即将携带愤怒毁灭身边所有人。

毁灭倒计时：10，9，8，7……

北美沿岸的岛屿在航图上很清晰，十几分钟就能俯瞰孤岛，远看像一把勺子，突兀地立在大海中心，随时会被惊涛骇浪吞没。

直升机警觉地沿岛飞行一圈，小岛面积不足一平方千米，一分钟内就可以横穿。岛上基本光秃秃的，布满形状各异的岩石。"勺柄"处是全岛制高点，数十米高的悬崖直削入海中，在此矗立着一栋巨大的别墅，数个红色屋顶连在一起，宛如阿加莎笔下无人生还的孤岛。

整个小岛地势崎岖，只有一块空地，明显由人工平整出来，专供直升机起降。附近并未发现什么异常，飞行员大胆地降落下来。

桨叶发出震耳欲聋的轰鸣声，几名握着微型冲锋枪的保镖，如同当年在海豹突击队执行任务般，身形矫健地跳下飞机，小心清理了着陆场，才指示其他人鱼贯而下。占领停机坪后，我与大陆上的史陶芬伯格取得联系，命令两名队员及飞行员留守，我带领剩余的十名队员彻底搜索整个小岛。

连我在内的十一名怒汉，借着岩石隐藏自己，脚下地势越来越高，汹涌的海风越加狂烈，直到高高的悬崖之上。

强烈的海风摧毁了一切植物，只剩下坚硬的岩石，还有这栋威严的哥特式别墅。

先在周围勘察了一遍，没什么异常情况，也看不到任何安保设备。前特种兵少校队长一声令下，用破门器打开紧闭的别墅大门，除两人在外围警戒，两人守住大门以外，其余六人再加上我，全部潜入这栋黑暗的房子里。

我被夹在六人中间，闯进一条封闭的通道，很难想象这里会是别墅——没有进门玄关，也没有宽敞的客厅，甚至看不到任何门窗，只有墙壁上华丽的装饰，忽明忽暗的吊灯，这一切更像一条通往坟墓的甬道！

没想到别墅内部看起来比外观更大，多半已深入地下。走了一会儿，才遇到一扇沉重的实木大门，雕着洛可可风格的繁复花纹。我用眼色示意不要用破门器，担心破坏这件欧洲来的古董。队长按照我的吩咐，轻轻推开大门，七个人悄然而入。

房里亮着华丽的灯光，墙壁与摆设异常豪华，地上铺着昂贵的波斯地毯，墙上挂着许多动物标本，家具与沙发都是凡尔赛风格，显然是从法国全套运来的，简直是金碧辉煌的宫殿。

这种怪异的环境，让每个人都越发紧张，可以清楚地听到彼此的呼吸声和偶尔的枪支金属碰撞声。队长皱起眉头轻声说："快点儿撤！"

他想要重新打开房门，却怎么也无法拉开，这木头大门竟如此牢固！他拿来破门器用力一顶，价值数万欧元的房门当即破碎。等到木屑灰尘散尽，外面却是一道坚固的墙壁。

所有队员都目瞪口呆！恐惧如传染病瞬间散播——这不是进来的通道吗？明明是队长亲手打开的，出去却发现是墙壁！他用手小心地敲了敲，居然是钢筋混凝土！我们手中的武器全然无用，只有烈性炸药才能炸开。

没人敢发出声音，大家仔细搜索房间，却未发现其他房门——这是一个陷阱！

当我们打破了唯一的门，这个房间也就不再有门了，四面全是结实的墙壁，如一个封闭的酒瓮，接下来自然是瓮中捉鳖！

每件家具似乎都藏有乾坤，尤其是那扇落地镜子，做工非常考究精美，也许是路易十四使用过的。我看着镜子里的自己，这个全身迷彩战斗服的男人，看起来却那么滑稽可笑，原本不过是个小小的推销员，终日为柴米油盐而辛苦烦恼，却来孤岛玩英雄学兰博！

镜子深处好像藏着什么，不是背后的影子，而是镜子的里面……

我缓缓靠近镜面，用指尖轻触，如某个人光滑的皮肤——刹那间，镜面突然翻转，就像一扇打开的房门，力道竟然大得吓人，像一只大手将我推入镜中！

根本来不及防备，我整个人就被"抓"了进去。我头晕眼花地举起手枪，却什么都看不到。待到整个镜面翻转了360度，才发现我已被关进墙里，夹在无边黑暗与透明玻璃之间——也就是刚才的镜面。

这面镜子是个机关，一面是古典风格的镜子，另一面却完全透明。现在镜子又恢复原状，镜面对着房间里的人，透明玻璃却对着墙里的我。我看到他们手足无措，队长惊慌地摸索镜子边缘，又用拳头硬砸镜面，却丝毫不起作用。

最后，他举起枪向镜子大叫几声，大概是要我躲得远一点。我往后退了数米，后面是条地道，两边都是粗糙的岩石，我找了个凹陷处蹲下来，躲避他打碎玻璃的子弹。

几秒钟后，队长扣响冲锋枪扳机，对着镜面射出数发子弹——耳边充满撞击与震动声，透明的镜面却完好无损，看不出任何印记！威力巨大的冲锋枪子弹，就像水泼到坚硬的地面，弹片飞溅着弹射起来，有一枚还擦破了队长的脸颊。

队长任由鲜血在脸上流淌，呆呆地看着光滑无瑕的镜面，其余队员的眼神也充满恐惧，大约心想老板完蛋了，自己该怎么回去交差呢。

我早已冲回镜子背后，大力敲着玻璃狂喊："我在后面！快点儿救我！"

毫无疑问，他们看不到我，很可能也听不到我的喊声。

他们能够看到的，只是自己绝望的表情。

然而，他们的表情很快就变化了。

不只是绝望，还有深入骨髓的痛苦。

首先是我们的队长，这个体形魁梧的铁汉，抱着脖子战栗着蹲下，深锁双眉紧咬钢牙，眼球几乎从眼眶中弹出。他的手指插入肌肉，浑身鲜血似溅。其余五人也是类似表情，要么扭曲着倒下，要么举枪对天扫射。有人满面通红，全身抽筋，抓着自己喉咙，直到七窍流血，再也无法动弹。

这个房间变成了奥斯维辛，纳粹集中营的毒气室！

不知是什么毒气，也看不到任何颜色，但无疑让人痛不欲生——不，已经夺去了他们的生命。我看到队长死不瞑目，其余五个大汉也变成僵尸，有人大小便当场失禁，整个"凡尔赛宫"成为屠宰场。

而我，这个穿着迷彩服、握着突击手枪的男人，却只能扑在透明镜子上——眼睁睁地看着战友们死去，看着他们口吐白沫死于非命，看着一镜之隔成为人间地狱。

　　我恨自己，为什么无力拯救这些人？他们都有自己的妻子儿女，跟着我卖命不是因为我有多伟大，只是我愿意给出更高的价钱。

　　我恨我自己，为什么如此自信满满，确信自己能够轻松成功？为什么不仔细考察做足准备？为什么要送这些人来埋葬自己？

　　我恨我自己，为什么他们都死了，我还活着？

　　我还活着。

　　或许，对于Matrix来说，我必须活着。

　　被活着？

　　一秒钟后，我已感觉不到活着了，淡淡的烟味传到鼻息间，令我沉入黑暗海底。

　　女妖在歌唱。

第二章 孤岛

水。

又是那摊水。

又是那摊梦中不断重复的黑色的水。

凌晨冷得发白的月光,照亮渐渐吞噬沙滩的水,照亮森林般的崎岖岩石,照亮背后城堡式的屋子,照亮一个瘦弱疲倦忧郁的15岁少年。

他听到水里有女子在歌唱,在黑水很深很深的地方,泛起诡异环形的波澜,如同吊在绞索架上的绳套。

于是,少年感到脖子骤然疼痛,空气中有什么越勒越紧,直到他接近窒息的地步。

歌声渐渐环绕整片水面,飘散到荒凉的岸上,直冲月光掩映的苍穹。

本能驱使他往前冲去,若这样脖子就能好受些。果然,当他走进冰凉的水中,绞索便似乎松开了。他的步伐越来越快,像条干渴的鱼投入水中,全身被黑色液体包围,光滑柔软像在母腹中一般。渐渐沉入混浊的水底,发现竟是超乎想象的深,无法呼吸无法求救,四周什么都看不到,仿佛成为彻底的瞎子,只有耳边响彻黑暗的幽灵的歌声。

他听到了,不,他还看到了。

因为那道光,深水中的某个角落蓦地燃烧起来,照亮一片小小的水域。

他看到了她。

水底歌唱的女妖，她是那样美丽，飘散着海藻般的长发，每根发丝都可以浮到水面，让人误以为水怪出没。

他渐渐靠近了她，在她停止歌唱的时刻，不可遏制地吻了她。

然而，他却后悔了。

因为在吻她的瞬间，同时呛到了一口水，苦得他几乎呕吐出来。

他才明白这不是湖水，而是咸咸的海水——黑色冰冷的大西洋。

片刻挣扎之后，他摆脱美丽的女妖，穿越混浊海水上浮，带着一串串鬼魅般哭泣的水泡，直至冲出大西洋的海面。

月光照进少年的眼睛。

时间，消失了。

于是，我醒来了。

就像那个致命的下午，我从漫长的昏迷中醒来，重新分娩出母体，一个浑身羊水的婴儿，刚想发出第一声啼哭，却发现自己早已成年。

刚才的梦真奇怪，水中的女妖是谁？

不过，梦之前发生的一切，却不是梦。

这是一个温暖的房间。

贴着常春藤图案的墙纸，洛可可风格的吊顶，奶白色精致的衣橱，白银铸造的七支烛台，还有我躺着的18世纪大床。

凡尔赛抑或卢浮宫？

我艰难地爬起来，幸运地回忆自己——古英雄，这个内心的名字，但对外必须叫高能。

谢天谢地，我还没遗忘这些记忆，尽管一切只从2007年秋天开始。

房间并不是很大，拉着厚厚的窗帘，只有床头亮着一盏壁灯，天晓得是什么时候了。

然而，当我听到窗外呼啸的狂风，海浪拍打峭壁的轰鸣声，便立刻坠入到恐惧的深渊。

最后的记忆——镜子、毒气、杀人、队长的眼睛，六个汉子，全部在我的面前死去。

在一座孤岛上。

而我，这个卑微的、愚蠢的、渺小的幸存者，却还在这座死亡之岛上，从温暖柔软的大床上爬起,享受一个国王式的悠闲假期。

还记得最后昏迷时,我穿着迷彩服,手里握着突击手枪。

枪,我当然不奢望还在,而我身上却已换成了睡衣。

可笑的睡衣,就像舞台上的小丑。他们对我动过什么手脚?

突然,心弦绷紧,我下意识地摸摸自己的脸,会不会已不是高能的脸?

屋里没有镜子。

我颤抖着,来到窗边,拉开色彩鲜艳的窗帘。

大海。

结实密封的玻璃窗外,是波涛汹涌的灰色大西洋,天空如同阴沉的油画,衬托着这座悬崖之上的房子。垂直往下数十米便是深渊,古老的岩石与波浪,演奏着永恒的交响曲。

玻璃隐隐映出我的脸,依然是兰陵王高家的脸。

我这才嘘出一口气,而古英雄早就没有脸了。

我无法打开窗户,似乎已被机关锁死,只能回头打开房门。

贴着古典墙纸的走廊,头顶吊灯摇晃,微弱的风从远处吹来,隐隐带着海的咸味。

不知昏迷了多久,一个小时,还是一天?一个月?甚至一年?

外面已换了人间?天空集团早已大厦倾倒?人类世界已经毁灭?只剩这座大西洋上的孤岛?

不,不会只剩下我一个人。

摸索着穿过走廊,看到往下的旋转楼梯,下楼推开一道窄门,竟是个富丽堂皇的房间,而我走出来的地方,却是硕大古老的衣橱,原来是一道暗门。

再度扫视这个房间一圈,心就像被刀子绞碎了,就是这个房间!

没有窗户的密室,就连房门也消失了,只剩一堵裸露的钢筋混凝土墙,其余却是华丽的墙纸与家具,仿佛我们刚刚闯入的情景,就连那面致命的镜子,也嘲讽似的照出我的脸。

该死!这间屋子,杀死了我的六个同伴,杀死了六个打不死的男人,这不是路易十四的风流宫殿,而是希姆莱的灭绝毒气室!

那些尸体却消失了,就连一丝血迹和弹痕都没留下,看来处理得很干净,也许早已被扔进了焚尸炉。

"仁兄,你终于醒了。"

突然,从屋里某个角落传来一个年轻男子的嗓音,标准的汉语。

"谁?"

我惊慌失措地后退几步,才发现在华丽的橡木大桌后,有个人背对着我坐在椅子上,高椅背上露出几绺长长黑发。

两秒钟后,那张椅子转了过来,露出那张年轻英俊的脸。

慕容云!

无法忘却。

无法忘却他的脸,也无法忘却他给我的耻辱,更无法忘却自己现在的身份——阶下囚。

他不可能是天使,虽然长着一张天使的脸。

他也不可能是魔鬼,虽然他的行为与魔鬼无异。

他是我的结拜兄弟,却抢走了我心爱的女子。

他的外形美丽动人,两只眼睛却深不可测。

他是一个谜。

解谜的代价,就是我将自己毁灭。

"欢迎来到冰火岛。"

美少年轻启红唇白齿,如泉水叮咚作响,微笑着欢迎他的囚徒到来。

"慕容云?但愿我没有看错。"

"仁兄,你怎会认错小弟呢?去年纽约雪中一别,如今已隔数月,小弟无时无刻不在思念大哥,还常常梦见你的容颜。"

这话怎么说得让人心里发痒?我小心地盯着他说:"为何这里叫冰火岛?"

身着一袭绿色汉服的少年,扬起俊俏的下巴笑道:"你没有看过《倚天屠龙记》吗?"

明白了,这里是张无忌父母与金毛狮王谢逊避难的神秘小岛。

不过,不过,那只是小说罢了。

他依然那么漂亮,长发飘逸在两肩,双眼如潘安般迷人,眉毛鼻子嘴巴,全像画出来的,却又是完全的中国人面相——就像经过计算机处理,所能得到的最佳形象,当年传说中的兰陵王,恐怕也不过如此吧!

他端坐在高背椅上,或许就是法国王座,也只有他这张脸,才配得上这套桌椅,配得上这座华丽宫殿。他俯视我的眼神,就像太阳王君临天下,生来就是统治人间的"王",将神圣光芒洒遍大地,让众人为之痴迷疯狂。

而我,在慕容云的光环面前,只不过是渺小的蝼蚁罢了!

但纵然为蝼蚁,亦不能丧失尊严。

我重新仰起头,冷漠地直视我的"贤弟"说:"这一切都是你安排的陷阱吧?故意让财务总监希尔德暴露行踪,还把阿帕奇安排在他身边,让我们一路尾随跟踪至此。利用我急切的心理,诱骗我来到这座孤岛上,掉进你的天罗地网;接着就是大屠杀!"

"何必说得那么可怕?我不是你想象中的魔鬼,而你也不是拯救世界的英雄。请问——我的英雄,你为何要带领一群武装匪徒袭击我家?这些人都是杀人放火的恶棍,你不知道他们在伊拉克和阿富汗的行径吗?那个被你称为队长的家伙,亲手打死了一个六岁的孩子,活活烧死一家无辜的牧民,还强奸了三个伊拉克少女!"

"什么?"

"你这个雇主不知道吗?堂堂天空集团的大老板!"美少年的神情如黑夜闪电般冷峻,"其他几人也是恶贯满盈!你还想听听详细报告吗?这些人的斑斑劣迹,早被CIA记录在案,但永远不会受到惩罚,他们为美国政府立下了汗马功劳,而他们又何必自揭家丑呢?"

期望留守在别墅外面以及停机坪的那些人都已经侥幸逃生……

"你!你怎么会知道?"

慕容云嘴角微撇,撩起长袖手托下巴,意味深长地回答:"我——无所不知,无所不能。"

全知全能的主?

我心里暗骂了一句:恬不知耻!

"如此说来,你精心设计这个陷阱,就是为了伸张正义,为无辜平民报仇,消灭这些罪行累累之徒吗?"

"那只是副产品而已,真正重要的是——你。"

"我?"

就像2008年秋天的阿尔斯兰州,那嫁祸于我的凶杀案现场?

财务总监"小萨科齐"和阿帕奇都到了岛上,他们皆为眼前的慕容云服务吗?

不可思议,隐藏了两年的大BOSS,无数次在梦中浮现的恶魔,居然是这个汉服飘飘的美少年?

我无法看出他眼里的秘密,读心术面对他已完全失效了。

"是的,其实这也是你的心愿。"

"我的心愿?"

"亲爱的兄长,最近几周以来,你不是一直在苦苦寻找我吗?"

每当听到他吐出"兄、弟"之类的字眼,就让我心底隐隐发痒:"我错了!我不该与你结拜为兄弟!从拍卖行那天开始,你就处心积虑接近我,获得我的信任——甚至那场刺杀行动,很可能也是你安排的!"

"对不起,我不是想利用你,只是我真的很想与你交朋友,与你结下兄弟般的深厚感情,因为我认定你是个了不起的人,在这个地球几十亿人口中,只有你才配与我做朋友!"

他好像把自己说成了救世主一般。

"可你就这么对待兄弟?夺走他心爱的女子,还处处与他作对,要置他于死地——"

"置之死地而后生!"

他干脆地打断了我的话。

"好了,别再绕圈子了,你把秋波藏在哪里?"

"端木秋波?我没有藏过她,一切都是她自己的意志和选择。"

"什么选择?"

美少年胸有成竹地微笑:"选择全新的人生,彻底与过去告别。"

"你还是在利用她!你在寻找她的哥哥和爷爷,那才是找到秘密的关键线索。"

"原来,你连这个也知道,看来我小瞧你了。"

"告诉我,秋波在哪里?"

他却对我的不依不饶视若无睹:"她是你的什么人?你的女朋友,或是妻子,还是别的什么亲人?你没有权利知道她在哪里。"

面对这样的回答,我真想冲上去揍他一顿。但看到美少年的眼睛,任何暴力欲望都烟消云散——我不敢对这张脸下手,生怕破坏造物主的杰作,就像羞于在风景名胜乱刻乱画。

是的,他是一幅美丽的图画,而我仅能欣赏却无破坏的权利。

我低下头,露出软弱的一面:"你……你究竟是谁?"

"我不是说过了吗?"他得意地扬起眉毛,露出漫画式的笑容,"古代人!"

"精神错乱!"

"每个人都会有被当作精神错乱的时候,你也会。"

这算威胁吗?要把我投入疯人院?自以为是天空集团继承人?

现在轮到我来威胁他了:"慕容云,你以为你逃得了吗?这座岛早就暴露了,只要我几个小时不回去,我的助理就会报警,包括FBI在内的大队人马就将飞到岛上来救援！你还是趁早把我放了，否则——"

话还没说完，美少年就放声狂笑打断了我——他连笑都那么帅！

随即，他的表情恢复冷静："抱歉，你一定会失望的，如果你还是坚信救援的话，那就请耐心等待下去吧。"

"你忏悔吧！"

我的故作镇定，根本镇不住眼前的汉服美男。他放射出温柔的目光："仁兄，你一定饿了吧，我给你准备好了早餐，请回房间享用吧。"

"放我出去！"

"抱歉，恕难从命。"他从高背王座上站起，衣袂飘飘地靠近我，"大哥，你就不肯跟小弟我多相处几日，叙一叙兄弟情深吗？"

"住嘴！"

当我情绪开始激动之时，身边忽然多了一个男子——阿帕奇。

没有了熟悉的监狱制服，只有一身黑色衬衫，平静的脸上镶嵌着鹰似的眼睛。

果然，我又闻到了那股死尸般的气味。

如果不是死神般的阿帕奇出现，我想我没有那么强烈的欲望要越狱逃亡。

如果没有阿帕奇的华容道放水，我想我也没可能逃出死亡山谷。

不需要语言解释了，任何反抗都是徒劳的，我只能乖乖顺从，跟着印第安人离开这里。

我成了慕容云的囚徒。

美少年挥手告别："祝你好胃口！"

踏上旋转楼梯，我侧身看着老朋友阿帕奇。他那张郊狼般的脸上，却突然露出一阵微笑。

他的笑容令人毛骨悚然。

"你们，果然是一伙的。"

我强忍着恐惧说出这句话，仿佛他仍然是看守我的狱警。

"朋友，上一次我没有杀你，并不代表这一次不会杀你。"

听完他微笑的警告，我沉默着回到温暖的走廊。当他把我押进房间时，我突然回头道："为什么？为什么上次要把我放走？你完全可以打死我的，而不让任何人知道。"

"因为，慕容早就说过——你必须活着。"

原来，**我的生死早已在慕容云的掌握之中。**

"阿帕奇，你究竟是什么人？"

"对不起，真正的阿帕奇早就死了，也许在你逃出监狱的荒野上，见到过一具警察的尸体，那才是真正的印第安人狱警阿帕奇，我不过是杀死并冒充了他而已。"

说罢，他客气地退到门外，将头留在门缝里说："不过，我真的很喜欢这个名字——你可以继续叫我阿帕奇，亲爱的朋友。"

随即，房门被紧紧地关上，却没有上锁。难道整座小岛都是我的监房？

大海依然是大海，囚徒依然是囚徒。

站在紧闭的窗后，眺望铅灰色的无边大洋，盼望一个黑点能穿破晨雾——来营救我的黑鹰直升机……

这里没有掘墓人为我打开牢门。

我坐在"看得见风景的房间"，痴痴眺望大西洋数个小时，直到远端露出一丝晚霞，告诉我黄昏已近。

就算蹲监狱，也有放风的时候吧，趁着黑夜还没降临，我悄悄走出房间，这次换了个方向，试试走廊另一头。

大门却是虚掩，推开是个宽敞的客厅，装饰朴素了许多，无论墙壁还是家具，不再是繁复的雕刻花纹，而是日常生活的简洁，更像破落贵族的乡村庄园。

然而，玻璃柜中却摆着一样东西。

兰陵王！

我差点就尖叫出声。

一尊骑马武士的雕像，穿着明光铠甲威严肃穆，宛若刀枪不入的战神——却戴着魔鬼般的面具，狰狞地举起武器，对准不请自入的我。

就是它！这尊一千多年前的雕像，在纽约的古董拍卖会上，慕容云以350万美元天价拍下，方使我们两人相遇相识。

它才是真正的兰陵王，货真价实，来自那个年代。或许制作它的工匠大师曾经目睹过兰陵王的真面目。

恐怕也只有这尊雕像才能戳穿我的秘密，揭开我冒充兰陵王后代的假面具。

可它为什么会在这里？难道这栋奇怪的别墅、这座孤独的小岛，就是慕容云的家？

我不敢面对兰陵王的双眼，似乎它随时会动起来，策马将我踩倒在地。

我慌乱地向前走去，推开另一道房门，却是一段往下的楼梯。周围依然寂静无声。真的没人管我吗？我小心地走下楼梯，只往下走了一层，便是一扇半开半闭的大门。

推开门，狂烈的海风扑面而来，乱发瞬间遮挡双眼，头顶浓云密布，渐渐转向黑暗。

就这么越狱了？

抑或又是欲擒故纵的陷阱？

我自作多情地想：救援队员已经到了，慕容云的手下也都完蛋了，我得跑出去求救。

脚下果然是片悬崖，仿佛被刀削得笔直，插入数十米下的大海。耳边充盈着海浪与岩石碰撞的轰鸣声，我往小岛的另一端冲去。地势变得低平，一路是崎岖的石头，躲藏其间很难被发现。岛上看不到淡水，偶尔有些灌木青苔，全靠雨水存活。大概所有的生活用水都是定期从大陆空运而来的。

一口气跑了几百米，却未见半个人影，包括"神勇无敌"的救援队员——直到小岛另一端，那片简易停机坪——直升机也不见了。

不可能，至少已过去了二十多个小时，后方留守的史陶芬伯格肯定通知了董事会和FBI。天空集团董事长，还有直升机上十来个人全体失踪，生死不明，难道见死不救？

可能性A：救援队员早已上岛，但遭到与第一队相同的命运，全被岛上的坏蛋们杀死了，直升机也被俘虏或摧毁。

可能性B：我亲手提拔的助理史陶芬伯格，与财务总监"小萨科齐"是一丘之貉，同样是Matrix派来的无间道，他不会派人来救我，还会向董事长和FBI撒谎，说我又去什么神秘地方度假了。

可能性C：董事会貌似都听我的话，其实早已众叛亲离，值此生死存亡之秋，他们集体抛弃了我，不派一兵一卒前来救援，让我在岛上听天由命。而这些留在纽约总部的家伙，就可以趁机瓜分集团财产，来个群魔乱舞的分赃大会。

可能性D：鉴于我不是美国国籍，又坚持将天空集团的资金投向以中国为首的亚洲地区，使美国政府或白宫对我恨之入骨，尤其害怕我控制美国经济，乃至全球石油资源，所以，联邦调查局非但不派人救援，还以非法持有武器为借口，阻拦天空集团的救援队伍，妄图将我害死在岛上。如此便可除去心腹大患，让天空集团成为纯正的美国公司。

可能性E：Matrix，黑客帝国的幻想成真，整个世界都已被他们控制，什么天空集团，什么FBI，全成了计算机杀人网络的囊中之物——至于我，则是人类最后的幸存者。

A、B、C、D、E……也许还有F、G、H、I、J……最终答案或许在26个字母之外。

一切的错，全在于我！

根本就不该上岛，更不该迷信武力，尤其不该以对付索多玛国独裁者的经验，来对付黑暗中神秘莫测的Matrix。

骄傲的山姆大叔不能用武力解决一切问题，凭什么我就可以做到？你可以使用武力，别人也可以使用武力。暴力面前，没有赢家。

这一回，我则成了彻底的输家。

我狠狠地踢了一脚石子，小石子顺着岩石滚下海岸，到处是奇形怪状的石头，在海浪中咆哮嘶喊。

怎样才能获得自由？跳进寒冷的大西洋，游回北美大陆？

肖申克的奇迹，不会重复第二次。

我来到海边的岩石附近，看到昏暗天光笼罩着一个人的雕像。

雕像却说出了中国话："今天过得还好吗？"

"谁？"

"你的兄弟。"

"兄弟？"

再往前走了几步，原来真是一个人，现出模糊的脸、披肩的黑色长发和被海水打湿的宽袍大袖。

我的"结拜兄弟"——慕容云。

在危险的岩石上，他坐得可真安稳，就像底下生了根，纹丝不动，犹如老僧入定，手中握着一根钓鱼竿，伸向岩石中的海浪……

黄昏海钓？

再看看四周，没发现阿帕奇，也没有其他人影，只有他独自一人面对大海。

这样恶劣的环境，天都快要黑了，能钓得上鱼吗？

还没等我问出口，他仿佛直接摄录我脑中所想，轻声道出："姜太公钓鱼，愿者上钩。"

我心底猛然一慌，海天之间，只剩下我与他两人，只剩下清脆有力的中文。

他也是读心术者吗？

不，昏暗的天色下，穿着飘逸汉服的他，没有回头看我，绝不是从我的眼中发现的。

但我是。

我小心地靠近他，坐在他身边的岩石上。除了手中没有钓竿，我与他保持同样姿势，看着苍茫的傍晚，任由海浪打湿鞋子与裤管。

"你想和我说什么？"

慕容云没有转头看我,对着空气说话。

"你是谁?"

"我早就回答过了。"

"那不是真的。"

"是真的。"

他的态度让我愤怒,但我极力克制情绪,低沉地回答:"我不相信。"

"你不觉得这样的对白很无聊吗?如果是美国的编剧,一定会全部删掉的。"

"你以为是在拍电影吗?"

"难道不是吗?"他手中的钓竿微微一抖,"人间就是一出永远演不完的电影,你与我,都是其中的演员。"

"导演是谁呢?"

"每个人的命运。"

天色黑到看不清人的表情,我只能注意他细微的姿态变化:"那么,世界的命运呢?"

"同样的答案,每个人的命运,共同构成世界的命运。"

我发觉再讨论这种问题,便会永远绕在他的世界里出不来,必须改变话题:"把秋波还给我吧。"

"对不起,她还不是你的。"

"但她也不是你的!"

黑夜呼啸的海风中,我听到他笑了一声:"我知道你接下来要说什么——又是秋波的哥哥与爷爷?"

"你一定知道!蓝衣社!兰陵王!丢失的面具!"

等待的数十秒间,我的双肩被风吹得摇晃,浑身毛细血管收缩,彻骨的寒意,自头到脚贯穿全身,似乎眼前这个神秘的美少年随时会高高跳起,挥出匕首,刺穿我的咽喉。

忽然,慕容云耸身站起,钓竿也从海浪中收起,激起一片水花。微弱的夜色中,只看到白色的长袍身影,衣袂似鬼魂般飘扬,钓竿顺势往后放在肩膀上,如古时独行的剑客,背着修长的剑鞘,走在黑夜中斩杀妖魅。海水包围的奇异岩石之上,美少年的挺拔身姿,在随风鼓起的汉服中屹立。这景象绝不属于这一世纪,宛若黑白片的剪影,如针刺入我眼中,永不磨灭。

"兰——陵——王——"

岩石上的他背着钓竿,一字一顿地吐出这三个字。

"你说什么？"

"高能仁兄，你果然猜到了我的真实身份。"

"兰陵王？"

寒冷的海风将我的头发彻底吹乱，脸上增添不少咸咸的水珠。

想起全美人口数据库的记录，眼前这个人的英文名字叫John Murong，出生于公元543年，中国南北朝时期的古都"YE"——邺。

"不错，慕容云是我在这个时代的化名。我的大名叫高肃，又名高孝瓘，字长恭。我的祖父名讳高欢，我的父亲名讳高澄。皇上封我为兰陵王，是威震天下的常胜将军，大齐不灭的守护神！后世很少提及我的大名高肃，而常用我的字，叫我高长恭。"

虽然身处大西洋上的孤岛黑夜，但他说出这几句话的瞬间，我仿佛回到一千多年前，北中国的白骨荒野，数万穿着铁甲的重装骑兵阵前，一位戴着狰狞面具的战神……

"你的面具呢？"

不知哪来的勇气，我几乎坐倒在岩石上，艰难地仰望他的身影。

"仁兄，我的判断没错！"他竟带着几分欣喜，甚至一种得意，"你果然与我心灵相通，只用一句话就说到了我的痛处！"

是啊，没有魔鬼面具的兰陵王，还是历史上那位叱咤风云的兰陵王吗？

"所以，你才会不惜数百万美元代价，拍下我叔叔高思国收藏的兰陵王雕像？"

"那尊雕像不过是个小孩玩具，数百万美元也不配说是什么代价。"

"明白了！你最终想要得到的，是历史上真正的兰陵王面具！也是蓝衣社那伙人，还有兰陵王高氏家族数代以来从未改变的目标！"

"不，你只说对了一半。"美少年的身形变得更加高大，真似无坚不摧的武将，仰天发出骇人的长啸，"那副面具原本就属于我！而我回到这个世界的目的，只想找回许多年前被人偷去的东西！"

彻底晕了！难道他从头到尾说的一切，全是真的？真的来自古代？真的是那个一千四百多年前的美男子？

所以，我的读心术才对他不起作用，因为他并没有对我说谎？

沉默了半分钟，我战战兢兢地问道——

"你真是兰陵王高长恭？"

幸好，我只是冒牌货高能，否则我现在该叫他什么？

老祖宗？

还是爷爷的爷爷的爷爷的爷爷……

"惭愧!"他低头苦笑,长发迎风飘舞,像英姿飒爽的女子,"兰陵王丢失了他的面具,从此他不再是盖世英雄,而只是懦弱的美少年,被人们从心底看不起,被邪恶的目光注视,被贴上有价格的标签。"

后面几句言语之中,隐隐带着一丝凄凉,正好贴合黑夜孤岛的忧郁气氛。

"只有得到那副传说中许多代人以生命争夺的面具,你才称得上真正的兰陵王!"

"是!"

慕容云,抑或兰陵王,缓缓走下了岩石,几乎跌倒在乱石海岸上。还是我眼明手快,一把扶住他宽袍大袖的腰间,手感却是消瘦有力。他无助地抓着我的胳膊,发出沉重的喘息,黑夜中美丽的脸庞上,划过一道晶莹的亮光。

美少年的眼泪。

这更让我紧张,第一次看到慕容云哭泣,他居然还会哭?!

以往三次见面,他都是充满了自信,从来只给别人压力,让人感受他的朝气与智慧,是个永远打不败的贵公子。

我就像抱着自己的弟弟,当他在学校受了委屈,心爱的玩具被人抢走,任他在我肩头哭泣。反正我从没有亲兄弟,就当纽约中央公园的结拜有效,无论他是不是我的死敌,我们在老天爷看来仍是异姓兄弟!

"谢谢你,兄弟!"

他迅速恢复镇定,转身向别墅方向走去,背后扛着长长的钓竿。

我不知所措地站在海边岩石上。难道就这样弃我而去,将我这个囚犯放养在荒凉的黑夜?或在海风中自生自灭?

犹豫了几秒钟,我飞快地跟上去:"喂,等等我!"

他停了下来,直到我追近身边。黑夜里看不清他的脸,只是没有泪花反光。

海风继续吹。

两个男人,继续在海边走。

沉默无语一分钟左右,还是我们的美少年先说:"原本我以为,在这个世界上,再也找不到一个与我相似的人了。"

"难道不是吗?兰陵王只有一个,没人能重复他的人生。"

"不,我不是说这个——我的意思是,与我的内心相似的人。"

"内心相似?"

当我悄然品味这句话时,他却放声笑道——

"现在,我终于找到这个人了,他就在我的眼前。"

"我?"

这份惊讶不亚于发现自己正在与兰陵王高长恭说话。

随即，我尴尬地谦虚道："你……你太会夸奖人了吧！即便我非常嫉妒你，但是不得不承认，你比我漂亮太多了！而我的这张脸，又是如此普通；我以往的经历，又那么平凡渺小，怎可与你相提并论？你来自传奇雄壮的南北朝，我却出生在拥挤喧嚣的20世纪末的都市；你就像草原上的白马，而我不过是丑陋的骆驼。"

"你好虚伪！"这番让我自己都感到羞愧的话，却引来美少年纵声大笑，"大哥，我知道你绝非池中之物，而是御天之龙。你是一个欲望强烈并且充满野心之人，一年的监狱生活，早已令你重获自信，怎会对我低头自甘下风？"

"你说的内心相似——指的就是这个？"

"只是一部分。"

黑夜里他越走越快，肩头钓竿如16世纪的火枪，被风鼓起的宽大汉服，像17世纪欧洲的斗篷。

"还有什么内心相似？"

"坚强、勇敢、正义心、永不认输！"

慕容云说出了四种真男人应有的品质。

"谢谢！"我终于不谦虚了一回，但立即反问，"不过，正义心——你有吗？如果有的话，为何要用阴谋搞垮天空集团？为何勾结财务总监搞无间道？为何用毒气杀害上岛的队员？"

"最后一条——如果我不这么做，你和你的手下就会这样对待我！我早已说过，你那些走狗是什么货色！不是我把他们杀了，就是他们把我杀了，我只是正义自卫，顺便消灭这些凶恶的人渣，难道这不是正义心吗？"

他的严厉不再像美少年，更似铁面无情的法官，已戴上兰陵王的魔鬼面具。

走到高高的悬崖，海风最疯狂的地方，我尽量保持身体平衡，以防随时被吹入万丈深渊。

原来，今夜才是"复活夜"。

死去一千四百多年的兰陵王的复活之夜。

巨大的别墅如野兽蹲在孤岛之顶迎接我们。

美少年打开一道不起眼的门，原来他并非从大门进出。他回头喊道："亲爱的，不跟我进来吗？"

难道要我自动回到囚笼？犹豫了几秒钟，又一阵寒风吹过头顶，让我下意识地冲进门里，乖乖做了慕容云的囚徒。

经过一道往上的楼梯，便是陈列兰陵王雕像的客厅。他扔下钓竿，呆坐到沙发上，闭起双眼，面色苍白，大半截汉服已被海水打湿，嘴角颤抖："大哥，回你的房间去吧。"

"你怎么了？身体不舒服吗？"

该死！我怎么会如此善良，关心这个最可怕的人？

"不！你不必管我！"

说话间，他的额头已落下豆大汗珠，整个人像散了架，瘫软深陷于沙发中。

慕容云似乎已完全失去了抵抗能力。

要是我现在绑架他，说不定就能逃出孤岛。

瞬间，鲜血全部冲到头顶，我一把紧紧抓住他的胳膊，接着就要掐住他那白皙漂亮的脖子，然后就让他痛苦得无法呼吸，顺从地下令将我释放……

可是，当我的手抓向他的脖子，却从他再度睁开的漂亮眼睛里看到——不是读心术发现的秘密，而是一种与我当年相似的眼神——绝望，却坚定有力。

即便濒临毁灭，也要保持尊严。

这份目光让我肃然起敬，更让我心生由衷的恐惧。

他说得没错，我和他的内心相似——这个世界，这个时代，我是唯一与他相似，或者说与兰陵王的内心——相似的人。

而我心底刚刚升起的邪恶以及毅然决然的力量，都被这双眼睛融化得无影无踪，只剩房间里温柔平静的空气，还有这张令人怜爱的面孔。

没等我收回手来，他就淡淡地说："你想要掐死我，是吗？"

"不——"

"大哥，虽然我没有你的读心术，但已经全部猜到了，请不要再掩饰。"

读心术！

他竟知道我的读心术秘密，这个秘密只有死去的莫妮卡知道，还有死在肖申克州立监狱里的老马科斯与掘墓人。

现在，除了我自己，他是唯一知道这个秘密的活人。

对不起，我又多了一条杀死他的理由！

可是，看着他纯洁无瑕的眼睛，看不到一丝肮脏与秘密，我无论如何都难以下手。

慕容云又一次战胜了我。

尽管他毫无抵抗能力，却使我望而生畏，抑或说心生同情，这是怎样一种魔力，让我从心底同情自己的敌人，也可能是最大的仇人？

我依然坐在他身边,摸了摸他宽大的袖管——古人不是把袖子当作口袋吗?才会有"袖里乾坤"这个成语,可惜并没有什么药瓶子。

"不要白费功夫!我的病无药可医!"

"什么病?"我仔细观察他的表情,发紫颤抖的嘴唇,痛苦扭曲的身体,一个可怕的名词冲出嘴巴,"癫痫?"

"住嘴!"

虽然他不愿意承认,但这就是一种承认。

我联想到了亚历山大大帝、尤利乌斯·恺撒、圣女贞德、拿破仑·波拿巴……这些伟大人物都曾饱受癫痫折磨,想必兰陵王这样的传奇英雄也难以逃过此劫吧!

美少年挣扎着撕开衣服,露出雪白的胸膛,指甲划破皮肤,渗出鲜红的血丝——鲜血白肤,如同雪地绽开的红梅,幸好我不是德古拉的传人。

"兄弟,我在你身边!坚持住!"

哦,我怎么又叫他兄弟了?老天,我难以抗拒他的眼睛,也无法忍受他的痛苦。我小心地托着他的脑袋,任由一千多年前的乌黑长发如同丝绸披散在我的怀中,冷冷的,痒痒的,夺人心魄。

我焦虑地扫视房间,发现柜子上有个水壶,端过来确定新鲜干净,便将凉水倒在杯子里,缓缓送到慕容云唇边。他已痛得牙关紧闭,我用力压住他的两腮顶开嘴巴,这才将水艰难地灌下。差不多一杯水全下去,他剧烈咳嗽了几下,嘴角流出一些水来,沾湿了我的双手和衣服。

几分钟后,他的痛苦似乎减轻了许多,也可能早已习惯了这种阵痛,使他可以坚强地挨过去,而不使用任何药物——可能他害怕使用药物会影响头脑清醒,甚至会降低智商,所以宁可忍受天大的痛苦——他果真是个坚强的男人,而非表面美少年般柔弱,所以他才会说很像我,像我在监狱里的坚强,像我在绝境中的顽固。

终于,兰陵王长长地嘘出一口气,似乎从激烈的战场归来,汗水早把衣服湿透,加上原来被海水弄湿的衣衫,晚上海岛寒意逼人,我怕他这样会着凉,便帮他脱下汉服,露出他洁白无瑕的修长身躯。他年纪不大胸肌却很好,全身找不到一块赘肉,像日本动漫里的美少年。

"你的房间在哪儿?"我从沙发上扶起慕容云,像扶起一只剥了壳的大虾,"我送你回去休息。"

他眼神迷离地看了看上头,伸手推开墙上一盏壁灯,原来还有道暗门,里面是旋转楼梯,就像个迷宫。

将他扶上楼梯,天花板低矮了许多,还能看到屋脊的样子,大概是别墅的阁楼。他指了指一扇房门,推开是个干净的房间,布置得一尘不染,亮着白色灯光,墙边挂着数十套汉服,还有一些中国古典字画,窗户正对悬崖下的大海。

唯独他的"床"很特别,是块长长的卧榻,铺着竹席与竹枕头,更像南北朝时期的家居。

我小心地将慕容云放在榻上,给他赤裸的上半身盖上一条厚厚的毛毯,以免他夜里着凉生病。

他完全平躺下来,眼睛闭着轻声道:"谢谢!我的好兄弟,我会永远保护你的。"

面对他真挚的感激,我被彻底打败并迷惑了,虽然心底仍存有问号——把我囚禁于孤岛是保护我?夺走我身边的秋波是保护我?将我的天空集团消灭也是保护我?

然而,看到他小白兔般可怜的样子,我也不忍再吵到这美少年了。

"晚安!"

轻声告别疲累的兰陵王,离开他的房间回到楼下,从走廊找回自己的屋子,依然是我离开时的样子,只是桌上多了一份晚餐。

感谢岛上未曾谋面的厨师,我大吃了一顿填饱了肚子,乖乖躺在班房里,听着窗外大海的咆哮,渐渐沉入复杂的梦乡。

我梦见了曾经梦见过的兰陵王。

他已摘下面具。

梦醒时分。

晨曦透过厚厚的窗帘轻柔抚摸我的眼球,海浪撞击悬崖的前奏开始孤岛第三天的交响曲,指挥家正寻找他的面具,观众的耳朵逐渐苏醒,而我不过是舞台上的祭品。

我会找到那副面具的。

兰陵王面具。

也许,这才是那位一千多年前的"贤弟"机关算尽与我为敌的唯一原因!

无论作为蓝衣社的古英雄,还是兰陵王传人的高能,都将重新获得这副面具,作为沿袭数代不惜任何代价永不放弃的终极目标。

充满悖论的却是,如果昨晚癫痫发作的美少年慕容云真是高能的祖先兰陵王高长恭,那么,我背负着整个天空集团重任,却成为复活的兰陵王的头号敌人,岂不是背叛了兰陵王家族、背叛了对莫妮卡的承诺吗？

我摸着自己的脸——高能的脸。

又摸着自己的心口——古英雄的心。

我——这个男人的存在，本身就是悖论中的悖论。

忽然，房门被轻轻推开，我紧张地往窗边一闪，看到有人端着餐盘走进来。

是个六十多岁秃头的老华人，却穿着黑色的服务生制服，满脸专注地将餐盘放在桌上，没有顾及我的存在，把我当成了隐身人。

果真是丰盛的中式早餐，还有杯新鲜的豆浆——肯定是这两天空运而来的。

我抓着送餐的老人说："你是中国人！请告诉我，这里是什么地方？"

老人茫然地看着我，摇摇头说出一长串广东话，很遗憾我一个字都听不懂。

就算美国的土生华人，不会说普通话，英语总会吧？

我又用英语重复了一遍，没想到老人依然听不懂，读心术也只能读到他的粤语思维，看来他确实不懂英文。就在我到处找笔想要写字时，老人已悄然离去。

独自一人吃着中式早餐，心想慕容云真是心思缜密之人——从唐人街雇用了一个只会说广东话的华人，尽量杜绝我和其他人交流，又可以每天用中餐照顾我这位"仁兄"。

这位美少年"贤弟"，抑或高能的兰陵王祖先，无论他怎样威胁我以及我的天空集团，昨晚癫痫发作却很让我担心——该死！我是不是很贱？贱得自己都难以相信，居然关心敌人的死活痛痒，想要探望亲人似的去看他！

我确信自己并非大慈大悲以德报怨以微笑面对豺狼的圣贤。

那么，我又是什么？

心里的两个我，高能与古英雄，再次分裂对立，几乎要把自己撕扯为两半……

我已被幽灵控制，自动走出囚禁的房间，经过走廊来到客厅，陈列兰陵王雕像之地。仔细观察房间的每个角落，终于找到昨晚的机关，墙上那盏不起眼的壁灯，推了一下便打开暗门。

他每天就是从此处出入的吧？我小心地踏上楼梯，来到别墅顶层阁楼，屏住呼吸观察左右，并未发现什么异常，也没有阿帕奇护卫左右，难道典狱长如此相信囚犯的品德，完全不设防地住在我这个"危险分子"楼上吗？

出于对古代人的礼貌，我小心地敲了敲门，里面应声响起："大哥请进！"

"大哥"就是我，他怎知道敲门的是我？除非有穿墙之眼。

原来，我的读心术不过是小Case。

我小心地推门进入，屋里却并非昨晚的病人，而是一个气宇轩昂的青年，长发疏理得整整齐齐,绾成发髻束在脑后,面目清秀双目精神,毫无倦怠之相,反而浑身充满活力,像就要背弓跨马逐猎去了。他盘腿端坐于篾席之上,换了一套崭新的汉服,紫色龙纹镶金长袍,外罩一层薄纱,颇有南北朝王者气象。

凡夫俗子见了真龙天子,不免膝盖发软要匍匐在地——该死!为何经历了那么多大风大浪,都还改不掉小职员的奴性?我是堂堂天空集团全球董事长兼CEO,是受天命来此吊民伐罪匡扶正义的大英雄,即便兰陵王复生又何足惧哉?

更何况,没有面具的兰陵王,还是真正的兰陵王吗?

我重新挺直膝盖与后背,冷峻地注视着美少年,管他叫慕容云还是高长恭。

"大哥,我知道你会来探望我!"他微笑着张开红唇,露出雪白的牙齿,"我们兄弟情深义重,心有灵犀,你怎会弃我于不顾?"

"我——"

这话说得我很是尴尬,明明是不共戴天之仇敌,怎被他说得像分桃断袖之谊?究竟谁是卫灵公?谁又是弥子瑕?

"哈哈,大哥,我知道你羞于承认,不过你的行动已经证明,我们毕竟是指天起誓的结拜兄弟。"他端坐在篾席上侃侃而谈,毫无昨晚的狼狈样,"想当年桃园结义的刘关张,不也因误会而翻脸闹过矛盾吗?最终仍是同生共死的兄弟。"

"咳!我只是……你昨晚发病真的很严重,我担心你会死在这里,说不定你的手下就会杀了我。就算为了自己的性命,我也要来看你了。"

我真为自己说谎的天才而羞愧。

"好理由。"

慕容云面色阴沉下来,轻轻为我鼓掌。这表情更让我害怕。古时候杀人总以击掌为号,说不定帷幕之后埋藏的刀斧手一拥而出,霎时将我砍作肉泥。

我也不敢说话了,紧张地环顾左右,想要嗅出那股"杀气"。

沉默地对峙半分钟,漂亮的贵公子却大笑起来:"兄台何尝如此胆小?小弟还会害你性命不成?我若要取谁的性命,易如反掌,何须这般大费周章,在冰火岛上款待于你?"

真讨厌他半文半白的说话方式,也亏得他为了与我交流,还勤学苦练了现代汉语——这荒唐的念头让我忍俊不禁,竟当着他的面扑哧笑了出来。

慕容云也会心地开颜一笑,不知从哪儿多出一把折扇,拍打着自己的后脑勺:"虽然我没有读读心术,但也知道你在笑我什么!不过,没关系,只要大哥你开心,那也就是小弟我开心。"

谁知道他理解的是什么意思,不过我得应承他两句:"你真聪明,不愧是我最大的敌人。"

"大哥，你真是风趣得紧呢！"这句话再次引起他仰天大笑，"我们是兄弟，不是敌人！不如趁着天气尚佳，出去吹吹海风踏青散步吧。"

踏青？

冰火孤岛，无青可踏。

一路尽是崎岖岩石，脚底亦是坚硬石子。海风相较昨夜温柔了许多，潮湿的空气扑面而来，皮肤有种浸泡在水中的感觉。

从悬崖绝顶之上的别墅出发，经过一条乱石中的小径，放眼海天，皆是灰蒙蒙一片，看不见救援队的半点踪影。再看紫衣华服的慕容云，攀爬跳跃无比精神，比结伴出游的小学生还开心。他矫健地游荡了一个多钟头，却未曾弄脏袍子下摆，依然保持着王族姿态。

我却步履蹒跚，脸上愁云惨雾，暗暗失望叹息。相比他这位一千四百多岁的古人，我已显得未老先衰，难道要葬身于这个孤岛之上吗？

美少年忽然回头道："仁兄，你怎么不跟上来？看这里多好玩啊！"

"这是你家的后花园，却是我的监狱放风场。"

"哈哈，我知道你为何愁眉苦脸！"他站在一块高高的岩石上，风鼓起宽大的紫色袖口，如一幕打在天空的投影，"你已被困了三天，可为何还没有人来救你出去？"

"能告诉我原因吗？"

还是打开天窗说亮话为好。

"大哥，你仔细看这岛上景物，再回想三天前刚上岛的情景，难道没有发现什么异常吗？"

"异常？"

放眼四周，并未看到什么，难道这岛上无数怨魂聚集，只是我肉眼凡胎看不到？

"请你注意这里的气候，是不是比三天前更冷？"

"是，海上气候转变也很正常。"

风，忽然吹散他的发髻，瞬间长发飘散于脸上，遮挡住那双美丽的眼睛，却没有影响他高声说话："如今是人间的六月天，为何寒风瑟瑟秋意逼人？"

"因为这里是冰火岛？"

就算我是张翠山，可哪来的殷素素相伴呢？

"没错！这里是冰火岛，接近寒冷的加拿大海岸。再过几个月，就会见到流动的冰山,当年泰坦尼克号便是在这片冰海沉没的!"

"我们已靠近大西洋最北端?"我紧张地低头回忆片刻,"不对!我们是从罗得岛州出发的,并未向北方飞行多远,应该还是在靠近美国海岸之地。"

"大哥,你说得依然没错。"

"晕!"仰望岩石上长发翩翩的兰陵王,就像平凡的士兵仰望英武的将军,"难道这座神奇的冰火岛一夜之间漂移到了北方冰海?"

"岛——当然不会漂移。"

岛不会漂移,那我怎么会到了北方?

难道……因为……难道……因为……这是两个岛?

"你猜中了!"

该死!他怎么知道我猜中了什么?

没等我把这句话说出来,慕容云就紧跟着一句:"因为我们兄弟心灵相通。"

"真的是两个岛?"

"聪明!果然是我的结义大哥。三天前,你登上的那座岛,并非我们现在的冰火岛!而这两座岛的面积、地形、外观等都很相像,唯一不同的就是位置——冰火岛在那座岛的东北方向一千海里之外!"

这个距离真让我绝望,就像从盛夏来到深秋,却还固执地以为要穿短袖衬衫。

"那么悬崖上的房子呢?里面外面一个样子,连华丽密室的家具都是相同的。"

"因为冰火岛上的这栋房子,是仿造了那座岛上的房子,彻底的全比例仿造,包括内部的装饰与家具。"

"哈哈——"我仰天苦笑几声,"贤弟,你可真是煞费苦心!居然还造了两个一样的岛,如果只是为了躲过救援队,把我运送到世界上随便什么角落都行,又何必让我感觉还在那座岛上呢?"

大概联邦调查局与天空集团还在新英格兰外海拼命地搜索,并把那座小岛翻了个底朝天——除了尸体以外什么都不会发现。

或许,集团董事会的大佬们认为我早已被杀死了,只是尸体化作灰尘,或被扔进大海喂了鲸。此时此刻,他们恐怕正在纽约曼哈顿天空中心大厦88层会议室里,为我的遗产分赃而吵得不可开交吧!

慕容云打断了我残酷的想象:"因为我要你有这种感觉,一种期盼着救援却永远等待的感觉——就像你在监狱里等待自由那样。"

这算什么逻辑?我愤怒地挥了挥拳头:"我从肖申克州立监狱逃出来的故事,所有美国人都已经知道了,你不该这样再度羞辱我——如果还当我是大哥的话。"

最后一句话,我自己都感到可笑,如果他真的把我当大哥,何必劫走我心仪的女子,还要处置天空集团于死地?

"对不起,仁兄,因为我不想让你感觉是个囚犯。"

"很好!"我怔怔地抛出一句话,"你总算承认了,现在我是你的囚犯!而不是结拜兄弟!"

"不,你本来就不是我的囚犯,我又何必让你有这种错误感觉呢?"

"住嘴!"

想到我被他如此玩弄于股掌之间,却无力反抗,还要乖乖地与他称兄道弟,这种羞辱就像烙印刺在脸颊。

他从岩石上爬下来,神情凝重地点点头,不想再刺激我敏感的神经与脆弱的自尊心。

就像着了魔,尽管对他又恨又怕,我却仍跟着他向前走去,直到海边的一小块平地——除了简易直升机场外,这里是岛上最平的一块地,不过也就是巴掌大小。

谈不上什么沙滩,只是一片平坦的碎石地,海浪缓缓地吞噬上来,又迅速地消退而去。回头仰望数百米外,悬崖绝壁高高耸立,别墅屋顶如古堡塔尖,不知还囚禁着哪些灵魂。

他静静看着大海,沉默了数十分钟。我不知道该说什么,也不知道该去哪里。回到别墅一样做囚徒,倒不如在此呼吸自由空气。

我们并肩站着,像两尊连在一起的远古石像——看海、听海、嗅海、尝海风的滋味,感觉大海的情绪,被彼此的忧伤绝望感染,好似染上无可救药的瘟疫。

正午时分,慕容云抚着披散的长发,终于微笑着说道:"大哥,午餐时间到了。"

"午餐?"

未等我反应过来,他已把手指放进嘴里,吹出一个响亮的呼哨,几乎响遍整座小岛。

找人动手杀我的信号吗?

我恐惧地后退两步,等待印第安人阿帕奇出现,或从某个岩石缝隙射出一颗致命子弹。

慕容云缓缓转过头来,拨开挡在眼前的乱发,露出一双温柔如玉的眼睛,微笑着说:"别害怕!大哥,我怎么会伤害你呢?"

我羞愧地避开了脸,为什么他就像我肚子里的蛔虫,可以知道我所想的一切,而我却看不出他眼里的秘密?难道在他身上读心术就失效了,反而向他泄露了我的秘密？

多么可怕的兰陵王——假如他拥有那副面具。

岩石上出现三个人影，为首的正是给我送早餐的华人老头，还有两个穿着制服的黑人侍者。他们抬着餐盒及折叠桌椅，在海浪打不到的地方手脚利索地将桌椅支起，铺上一层白色台布，放上精致的英国餐具。上席的是一桌法国大餐，有刚做好的牛排、散发着香味的焗蜗牛、最上等的波尔多鹅肝酱……还有一瓶1982年的法国红酒。海滩环境简陋，没有按照法国菜的顺序，差不多统统端上台子。反正我对西餐从不讲究，这已是囚徒能享受到的最好的午餐。

"请坐吧！"

美少年优雅地坐在对面，摆好餐巾拿起刀叉，似乎精于此道，与南北朝王者装扮格格不入——兰陵王叱咤风云的年代，法国人的祖先还过着半野蛮的生活呢。

我再也不跟他客气，也顾不上法国大餐的规矩，坐下来切开我的牛排，回到茹毛饮血的古欧洲，隔着大西洋与冰火岛相望。等到我风卷残云一鼓作气、差不多吃光了面前的食物，慕容云却还品味着红酒，神情高傲地看着我。

"谢谢。"

现在没必要再跟他嘴硬了，如果他还能给我这样的待遇。

"款待不周，请多包涵。"他小心地用餐巾擦着嘴角，其实本来就没什么污渍，是故意要显出贵族气质吧，"其实，我一直吃不惯西餐，但总该给大哥换换口味。"

"因为你已经吃了一千四百多年的中餐？"

"说得不错。"

他要么就是超级厚脸皮，要么就是真正的王者圣贤。

我转头打量周围，三个侍者都已消失，荒凉海滩上又只剩下我们两个人，中间是一瓶血色荡漾的红酒。

慕容云缓慢地喝完最后一滴，好像德古拉满意地吸干少女的血，露出无比惬意的眼神，双目半睁半闭着道："仁兄，好好享受我们的时光吧，也许我们在一起的时光不多了。"

"我们的时光？"

说得真是吓人——意思是很快就要对我下手了？这顿饭将是我上路之前最后的午餐？

"好吧，贤弟，愚兄我会好好珍惜的，享受这个午后，并将永远怀念冰火岛上我们的时光。"

不知为何，我竟跟着他的语境说话。仰望苍茫海天，乌云闪开一道缝隙，射出万丈北国阳光。

"真高兴你这么说！"他露出会心的微笑，身体后仰，双手托着后脑勺，"冰海深处的小岛上，一年中难得碰到几个这样的好天气！"

我也闭上眼睛，酒足饭饱，坐在海滩椅子上，享受片刻阳光，什么都不考虑，世界仿佛消失，好像这里不再是囚禁之岛，而是夏威夷的度假海滩。

若有佳人相伴左右，便是一个完美假期。

不过，慕容云却是比佳人更漂亮的美少年。

人生就该这样完美吧？那我还追求什么呢？还要再为什么而战？即将幸福沉睡之时，太阳穴却再度猛烈疼痛，强迫我挣扎着清醒过来。

太阳依旧，孤岛依旧，对面的美少年依旧，而我已经醒了。

轮到我提问了。我振作精神，打量他的双眼，直截了当："Matrix是什么？"

突如其来的问题，让我们的兰陵王很是不快，他锁起俊俏的双眉摇头道："大哥，你真是焚琴煮鹤大煞风景了！"

"对不起，贤弟，破坏了你享受海滩阳光的好心情。"不能再向他示弱，我必须强势出击，"但我必须提出这个疑问，我要知道自己为何来到这个小岛上。"

他停顿半分钟，才微微扯动嘴角："如果我回答《黑客帝国》，你一定很不满意吧？"

我不能进入他的语言陷阱："不用再展示我掌握的情报了吧？Matrix是一家来历不明的投资公司，数十次狙击天空集团，比如一个多月前，索多玛国石油项目，几乎把我彻底毁灭。"

"Matrix？你说的这些我可听不懂！"

跟我装傻？我克制着胸中愤怒："不管你用了什么手段，我只想知道原因——为何处处与天空集团为敌？到底有什么深仇大恨？对我还是对公司，还是对你的后代家族？你不是自称兰陵王高长恭吗？天空集团不就是兰陵王家族的产业吗？"

"仁兄，你太小看我了，小弟自有吞吐天地之宏图伟志，岂在小小的天空集团？"

吞吐天地？好大的口气！天空集团自然也在他吞吐的"天地"之内吧，我又一次自取其辱。

"好，第二个问题——Matrix似有无尽财富，足以令华尔街翻云覆雨，也能使产油国胆战心惊，为何从来都无人知晓？"

"你从一开始就想错了。"慕容云稳稳坐于餐桌前，"你的敌人并不是我，也不是任何人，而是一个世界。"

"什么？"

我以为自己耳朵出问题了。

"一个自资本主义诞生数百年来，暗中操控这个世界的世界。"

这样的描述很容易让人联想到那部以Matrix命名的电影。

"不要以为我故弄玄虚。"美少年往前挪了挪，身体前倾靠近我的眼睛，"亲爱的大哥，我对你说的每句话、每个字，都是真心诚意的，也是善意的提醒。"

"对不起，慕容贤弟，在赢得我的信任之前，请先放弃你这种令我讨厌的说话方式！操纵这个世界的世界，究竟是什么？"

一分钟过去了……

他始终保持同一姿势，笑而不答，微微眨眼，睫毛翻动，明媚柔和，一如这片难得洒上阳光的海滩。

而我的脑中却闪过许多——共济会？圣殿骑士？骷髅会？岣山隐修会？罗马教皇？圣血与圣杯……难不成还是蓝衣社？

可惜的是，这个蓝衣社的历史太短，还不到一百年，也仅仅停留在中国范围内，实在没有资格称得上"操纵这个世界的世界"。

就在我百思不得其解、几乎要堕入哲学与符号学的迷宫前，我的"贤弟"却突然说话了："啊！好一片阳光海滩！你想游泳吗？"

游泳？

我再度怀疑自己是否要去找医生看耳朵了。

我们的兰陵王却离开餐桌，脱下紫色王者汉服，露出一身白得发亮的漂亮肌肉，看得我心惊肉跳，真恨不得在海滩上做只螃蟹钻下去。

他长长的黑发拖在身后，如拂尘般几乎触及腰间，脱得差不多赤条条的，就像美国先生的健美表演。大概南北朝时期的北方男子都有蛮族的豪迈洒脱之气，不羞于在他人面前袒露身体，更不受儒教羞耻礼仪束缚，何况我是他的结拜大哥，兄弟之间有何避之？

慕容云的双脚已走近海水，回头笑着说："大哥，海水非常舒服，你不下来一起游泳吗？"

"我？"

虽然是6月，但这是北大西洋的冰火岛，离此不远就有冰山出没，海水温度非常之低，一年四季都不能游泳，他怎么就如此大胆？不怕在寒冷的水中抽筋溺死吗？

没等我回答，他已走进海水，灰色海浪卷过粉嫩大腿，转瞬将半个身体吞没，直到整个人消失在大西洋中。

苍茫海天之间，什么生物都看不到，只有一片灰色泡沫，伴着太阳寒冷的反光。

我诧异地走近海滩，却不敢让海浪打上脚踝。茫然注视海面几分钟，依然不见慕容云的踪影。莫非他已化为人鱼，潜入泰坦尼克号深海残骸，寻找那颗海洋之心？

忽然，心脏猛烈挣扎了一下，好似刹那间失去什么，竟像去年秋天，我在纽约惊悉莫妮卡的噩耗！

百战百胜，永生不死，一千四百多岁的兰陵王高长恭，便如此葬身于大西洋底了？

冰火岛才是兰陵王的坟墓？

真荒谬！我为什么为他担心？如果这小子淹死在此，岂不是恶有恶报遭了天谴，天空集团不就因此不战而胜了吗？我该为此手舞足蹈鼓盆而歌才是嘛！

可是，随着时间一微秒一微秒流逝，我却越来越揪心，好像我的身体与灵魂也跟着一同沉入海底，化作缠绕着女人长发般海藻的枯骨。

"慕容！"

嘴巴已先于大脑做出反应，我扯动嗓子对大海狂吼，但我的声音刚飘出去，便被海浪轻轻松松淹没了。

几秒钟后，数十米外的海面上浮起一个人影，接着是半截白花花的身体，黑色长发有力地甩动两下，溅起一片灿烂浪花。

他在海底听到我的呼唤了？

没错，我们的兰陵王回头看我，身形矫健劈波斩浪，双腿蹬得水花四溅，还伸出一只手挥舞致意。

原来他一直在潜水，在冰冷的海中憋那么久，真是了不得的水性啊。

他在对我喊话，但太远听不清，难道喊我也下水同游？

想起自己也曾擅长游泳，少年时还救起过跳水自杀的秋波，似乎这已成为永远不会被身体遗忘的技能。

他又一个猛子扎入水中，像只瘦长的海豚，眼见双腿摆起浪花，便完全没入海面之下。

太阳消失了。

阴冷的风从北冰洋袭来，会不会是有名的寒流？我不禁后退半步，穿着单薄的衣衫，在风中抱着肩膀颤抖，直接进入了冬天。

几分钟后，慕容云的黑发再度漂浮在遥远海面上，飞鱼似的跃出修长漂亮的身体。

浪里白条——他炫耀似的露出白白的胳膊与健壮的后背，让我惭愧地看着海滩上自己的影子，慢慢被涨起的海浪吞噬。

但我必须在这里看着他，客串海滩救生员的职责。一旦他遇到什么危险，我必须奋不顾身跳下海去救他——救这个我最大最危险的敌人的性命。

也是兰陵王的性命。

又过去数十分钟，没有阳光的海面越来越冷，他却仍旧保持着旺盛的体力，不时做出漂亮的转身动作，绝非凡人可以做到。

我真傻，一千四百多岁的"人"，自然不是凡人。

终于，他缓缓游回海边，从灰色泡沫的海水中，直起挺拔雪白的身体，露出一身结实的肌肉，简直像海底挖出的珍珠，发着刺目的闪光，令我晕眩。

心底不知为何响起一个声音——

"我又看见一只兽从海中上来，有十角七头，在十角上戴着十个冠冕，七头上有亵渎的名号。"

回到海岸的这头美丽的"兽"，在我身边甩着长发，就像飘扬起的丝绸，散发无数晶莹的水花，如果有慢镜头摄录下来就好了。

他天生不畏惧寒冷，光着赤裸的身子，胸膛滴着海水，露出一口白牙幸福地笑道：

"我们回家吧！"

狂风怒吼着冲向悬崖，挟带疯狂的海浪撞击，最终在数十米下的岩石上粉身碎骨化为泡沫。

清晨，我从床上起身看着窗外，整座小岛好像都要在风暴里沉没了。

冰火岛上与兰陵王相处的第四天。

昨日下午，他在海边游泳后，与我一同回到别墅，两人共进晚餐，最后送我回房休息，想来竹林七贤也不过如此。

他究竟是怎样的人呢？

兰陵王？慕容云？

他能看透我的心思，而我却完全摸不到他的路数。他就像一抹虚幻的烟雾，构成一幅撩人的神秘油画，吸引我奢求触摸画面，然而真要触及之时，却又消失得无影无踪。

可这短短四天之内，我与他似乎滋生了兄弟之情。我以往从未有过如此感觉,让我每日都想要见到他,居然美好得出现在梦中,令我心慌意乱手足无措。

没错,此刻我又想见他!

却是为了永远离开这里。

冲出囚禁我的房门,没有走昨天的方向,而是往走廊深处而去,踏下致命的旋转楼梯。

往下走了一层楼,推开衣橱背后的暗门,来到富丽堂皇的密室,布满17世纪家具与艺术品的宫殿。

兰陵王正等待着我。

"大哥,早安!"

他依然端坐于王座之上,身着昨日那套紫色大袍,长发如瀑布般从两肩垂下,就差戴上一顶荆冠。

"你怎么知道我会来这里?"

他给了我一个灿烂微笑:"我就是知道,因为你我是结拜兄弟,自然心灵相通。"

"你可知我为何而来?"

"若我猜得没错,大哥是想要离开此岛?"

真是我肚里的蛔虫!我惊慌地躲避他的目光,低头沉声道:"不错,只要你放我出去,并把秋波送还于我,我就可以既往不咎,也请你再也不要来惹麻烦。"

"仁兄,你真让小弟失望。"

"好,我就称你一声贤弟,谢谢你这几天来的照顾,现在大哥想要离开,请贤弟给个方便。"

"这不是你的心里话。"

我心虚地嘴硬道:"如何不是?"

"因为我知道你真实的内心,你想要留在冰火岛,远离外面那些让你夜不能寐的烦恼,远离肮脏残酷的俗世凡尘,远离金钱帝国的尔虞我诈你死我亡!而我的这座小岛,那么干净那么纯洁,赛过陶渊明笔下的桃花源,也胜过上帝应许的迦南地!"

"不!你以为你是神吗?"

慕容云却丝毫不理会我,继续前面的话:"更重要的一个原因——在茫茫无边的人间,你再也找不到第二个像我这样的兄弟了。"

"别再说了!"

"请不要欺骗自己的心,大哥,你仍然留恋冰火岛,留恋在此的日日夜夜。"

我不想再就我的内心与他辩论了,浑身无力地坐在一张法国宫廷风格的高背椅上，后面还有一幅法国国王亨利四世的肖像画。

密室内，片刻沉默，沉默得让人发疯。

"你承认了。"

兰陵王走下他的王座，目光冷峻，形容肃穆，一步一顿，直向我而来。

"等一等！"我惊恐地阻止他，猛烈地摇头，"承认了什么？我什么都没有说过。"

"亲爱的大哥，你心里为何有那么多秘密？为何你总是对世人说谎？即便你有一双能看穿任何谎言的眼睛。"

听到他说起我的读心术，我便闭上眼睛："心里的秘密？天知道你指的秘密是什么。"

"古英雄！"

刹那间，从慕容云嘴里飘出的三个字，如同三颗子弹打碎了我的心窝。

我捂住胸口战栗着没倒下，身体倾斜紧靠椅背，可以听到牙齿打架的声音，却几乎听不到自己的说话声："你！你刚才说什么？"

"古英雄——这才是你的名字，对吧？"

"不，我从没听说过这个人。"

镇定！必须保持镇定！绝不能泄露自己的真实身份，任何时间任何地点在任何人面前，我都是高能，高思国的侄子，兰陵王高氏的后人，也只有这样我才可以是天空集团的继承人、全球董事长兼CEO，我才可以继续存在于这个世界。

"别再伪装了，古先生，亲爱的大哥，我知道你的面具背后是什么！"

面具？

这两个字更令我冒出冷汗，我情不自禁地摸摸自己的脸，似乎要撕下这张高能的面具。

他露出一丝邪恶的笑容："大哥，你的手，已先于你的口承认了。"

"不！"

我撤下自己的手，绷紧高能的面孔，用古英雄的眼睛盯着眼前的美男子——他不但可以看穿我的心，还可以看穿画皮下的肉体。

突然，某种无比的恶念涌上心头，我飞快地冲上去，抓紧他的脖子狂喊："你不该知道！"

谁都不该知道，谁知道谁就该灭亡！

我用尽全身蛮力，手指深陷慕容云的筋肉。他的面色由苍白变得通红——就快把他掐死了。

然而，他在笑。

一个就要断气的人在笑？

笑自己的死？笑杀他的人？笑这人间？

忽然，一双大手将我拖走，不用说就知道是谁，印第安人凶狠的目光对准了我。兰陵王后退了几步，痛苦地喘息几下，迅速恢复正常，抬头理了理凌乱的长发。

阿帕奇的手臂就像钳子，夹得我无法动弹，我只得对美少年说："对不起！"

他却苦笑一声，嗓音突然高了八度，变作京剧念白："无情……无情……人间最无情……"

"你才无情！"我受了刺激，再度愤怒地大叫，"把秋波还给我，把秋波还给我，把秋波还给我！"

慕容云的眼神却无限哀伤，拧起美得让人伤心的双眉，低声嘶吼："大哥，你太固执了，固执得伤人心了。"

"伤人心？"我摸了摸自己的心口，"我的心，早就被伤透了。"

"你会为这个要求而后悔的。"

这句话含有深意——后悔？因为我执迷不悟，坚决要离开冰火岛，所以想送我上路？

我绷起肌肉想要挣脱，肾上腺素急剧分泌，发出最原始的求生本能。阿帕奇的铁臂却夹得更紧，像古代给囚犯戴的木枷，我越激动脖子就越疼。

这回轮到我要被掐死了。

呼吸越发困难，眼前天旋地转，凡尔赛宫的家具好像都已倾倒破碎，兰陵王美丽动人的面孔也碎裂成了两半，密室中只剩下一团黑色烟雾。

窒息……

第三章　复生

很深很深的海底，缓缓往下沉去，眼前的一切都被吞噬，耳边穿过寒冷的乱流。就在这无边亘古的黑暗里，蓦地闪起一道火焰，沸腾四周冰凉的海水，照亮那具伟大的残骸，安静地沉睡在钢铁墓穴。

充满微生物的海底，无法看清它的全貌，永远只是锈蚀的一部分。我能感到海水带来的呼喊，起程时的憧憬希望，远航时的辽阔海天，撞到冰山时的惊慌失措，沉没时的从容不迫，淹死前的痛苦绝望。它曾满载两千多个梦想，满载两千多个感人故事，满载几世纪的荣光，满载人类无穷的野心，从旧大陆起航向新世界，从热忱的激情走向永恒的沉寂。

当我沉入船长室的舱口时，终于大声呼喊出来："拯救我吧！"

没错，主角不会在此时死去，尤其第一人称的"我"。

不知多久的昏迷后，我醒过来，没有喝下冰冷的海水，而是嗅到了带着咸味的海风。

仰头是灰色阴沉的天空，身体却在左右颠簸，难道是漂浮在海面上？

不，身下却是硬硬的木板，转头看见一道金属栏杆，外面便是汹涌的海浪。另一边也是相同情景，辽阔的海天之外，再也不见小小的冰火岛。

这是一艘船。

重生似的嘘出一口长气，我果然已离开小岛，"贤弟"慕容云遂了我的心愿，我却想起他最后那句话："你会为这个要求而后悔的。"

我会后悔吗？

忽然，一个毛茸茸的东西跳到我身上，还有条长长的舌头，舔着我的额头与鼻子。

原来是一条拉布拉多犬。

许多船上都会养一条狗，但这条狗对我非常亲昵，仔细一看竟有些眼熟。

"贝贝！"

我叫出了它的名字，端木秋波最心爱的导盲犬，她做视网膜移植手术时，是我派人把它送去宠物店的。

"你怎么会在这里？"

我兴奋地半坐在甲板上，抱着导盲犬贝贝的脑袋，玩着它垂下的大耳朵，终于回到人间。

"贝贝！"

一个清脆的女声响起，导盲犬立刻从我怀中挣脱，撒开四条腿跑向驾驶舱。

视线跟着它的尾巴，直到撞见那条白色的棉布裙子，接着就是那张熟悉的脸，还有那双并不熟悉的眼睛。

秋波的眼睛。

秋波似的眼睛。

第一次看到那秋波似的眼睛。

配着那张依然美丽的脸庞，黑色披肩的长发，白色的棉布裙子，颠簸的大海航船之上，恍若东方来的美人鱼。

她摸着导盲犬的金毛，痴痴地看着船头的我，目光极度复杂，隐含某些不同的情绪，是千呼万唤始出来的向往，也是犹抱琵琶半遮面的躲藏，还有人生若只如初见的叹息……

数种感觉混杂在一起，最终却写出两个字——失望。

我心头微微一搅，这就是秋波看到我的第一眼？

我情不自禁地摸着自己的脸，她眼里写的这两个字，同样也传递到我的心里。

"你是——高能？"

没错，这是秋波的声音，电台里磁性的声音，穿越夜空永留心间的声音。

我的手仍停留在脸上，无论我究竟是哪一个人，但这张脸确实太过平庸，完全无法与慕容云相比较。

"是！秋波，我们终于重逢了。"

我夯着胆子回答，站起来却几乎跌倒，大概是昏迷太久，又在摇晃的航船中。

"你真是高能？"

读心术告诉我她眼里的怀疑。

我尴尬地点头："当然。你听不出我的声音了吗？"

她微微笑了一下，尽管有几分不自然："我永远不会忘记你的声音，高能。"

只要看到秋波的笑容就好，我牢牢抓住甲板上的栏杆，仔细端详她的脸庞——还是那么漂亮，像大西洋上的珍珠，更多了双秀丽的眼睛，放射出光彩动人的光。

"秋波，我等了你好久，好久。"真想伸手撩起她额前的发丝，我却发乎情而止乎礼，只是痴痴地傻笑，"你还好吗？"

"我……我很好。"

她的停顿让我不安："眼睛拆线的那天晚上，到底发生了什么？我们不是说好了吗？等我回来以后，你再睁开眼睛，第一个看到的应该是我。"

"对不起，我以为那个人就是你。"

她说得合情合理，从前作为盲人的秋波，从未见过我的脸，甚至还幻想我是个帅哥，至少也是女孩的正常期望。

"我不怪你。"我不敢摸她的头发，只能摸着贝贝的长耳朵，"可是，你怎么听不出我的声音？"

"不，当时我听到的，就是你的声音。"

"慕容云？"

我的结拜兄弟能模仿我的声音？

她害怕地点头："一周前，我才知道他不是你。"

"他一直在冒充我？"

"那晚，他带我离开医院，给了我一张巴哈马护照，说要带我出国旅游。我想反正已经向电台请假两个月，就跟着他一起先到了美国。"

"巴哈马护照？"

"后来我才知道那张护照是伪造的。"

怪不得没有她的出境记录。我小心地问："他有没有欺负你？"

这个问题太直接了，她颇为尴尬地摇了摇头："没有。"

"对不起。"

我也不想再问下去了，不管发生了什么，其实都问不到真相。

就算知道了，又有什么意义？

"最近一周，我就住在这艘私人游艇上。他对我说很抱歉，已经欺骗了我几个星期。他的名字叫慕容云，并非我一直以为的高能。"

"你没有对外求救吗？"

"为什么要求救？"她看着苍茫的海天，冷酷地回答，"我过得很开心。"

真让我无语，无语。

"抱歉。"她低头继续说，"今天，有人把你送到船上，要送我们去纽约。"

"纽约？"

那是我的地盘。

慕容云果然把我送出冰火岛，还把秋波还给了我。

秋波还在叹息："我很失望，感觉自己就像个宠物，被人送到这里，又送到那里，没有一个地方是我的家。"

"你想家了吗？上海的家？"

"那是我和贝贝的家。"

"我会送你们回家的。"

我和秋波都没有再说话，我独自走到游艇另一端，只看到两个船员。不必再作无益的提问，我明白慕容云的意思——这是一艘流放船，将我驱逐出冰海中的孤岛，流放到喧嚣肮脏的人世间。

我已被判处了另一种形式的终身监禁。

数十个小时后。

无数海鸥飞临头顶，贝贝在秋波身边狂吠，海风从侧面吹乱她的头发。船头前方灰色的海平线上忽然矗立起一群礁石，紧接着变成许多岛屿，然后是巍峨的丛林——钢铁与石头的丛林，迅速生长成为参天巨人，化作硕大无朋的玻璃幕墙，正对夏日中午的太阳，放出耀眼夺目的反光。

这只是一座小岛。

一座统治世界的小岛。

它姓纽约，名曼哈顿。

游艇已开入繁忙的港口，左前方是哈德逊河，右前方是东河，夹在中间的就是曼哈顿，可以从海上一览无余，数百座摩天大厦争相耸立，宛如阿尔斯兰州荒漠的巨石阵，刺得我睁不开眼睛。

最左面还有座小岛，美国的女神正高擎火炬，俯瞰我这个异邦来客。

可惜，她不属于我，我也不属于她。

船停靠在曼哈顿游艇码头，我带着秋波和导盲犬贝贝下船，经过高山峡谷似的街道，前往一个久违了的地方。

从小双目失明的她，从没机会看到纽约，哪怕电视和照片上都没有，却突然被抛入这座城市，她自然应接不暇地注视着周围的一切，虽然表情保持严肃，心底却时而害怕时而兴奋——她的秘密全被我的眼睛读到了。

"你要带我去哪里？"

她看着我的目光充满警惕，与她从前对我不设防的声音有天壤之别。

"我的帝国。"

"什么？"

我昂起脖子，尽量让自己普通的身材显得高一些："你将是这个帝国的女主人。"

"你说什么啊？我不要！"

虽然秋波用抗拒来回答我，但在这里，她没有其他选择，必须跟着我穿越数条街道，一路来到天空中心大厦脚下。

步入富丽堂皇的大堂，一名黑人保安上前拦住我说："先生，请不要带宠物进入。"

我低头看了看导盲犬，又盯着保安说："你不认识我了吗？"

这里全属天空集团雇员，他困惑地打量了我几下，有些眼熟的样子，同时读心术已探入他心底——

"这个中国小子是？他是？他是？好像一个人啊！我们的董事长？不会吧？董事长不是死了吗？"

保安巧克力色的脸已变得煞白，而我微笑着回答："没错，我是高能，天空集团全球董事长兼CEO，很高兴认识你！"

说罢，我向他伸出了手，摆出一副奥巴马探望基层群众的架势，已把保安吓得魂飞天外。他下意识地与我握了握手，站得笔挺，来了个立正，受宠若惊地为我打开电梯，丢下原来的岗位不管，护送我和秋波还有贝贝，前往88层集团最高会议室。

电梯里装了显示屏，正在播放CNN的新闻——画面显示一座孤岛，从天空航拍降落，岛上怪石嶙峋，几乎不见绿色，最高的悬崖上有栋大房子。

冰火岛？

不，最初的震惊之后，我立刻反应回来——这是另一座小岛，在罗得岛州海域，引诱我堕入慕容云手中的陷阱。

显示屏响起CNN主持人的画外音：

"五天前,天空集团全球董事长兼CEO高能先生,在罗得岛州海域失踪。联邦调查局将目标锁定为一座私人拥有的小岛,并在岛上发现一架直升机,据悉为高能及其随行人员上岛乘用。岛上有一栋神秘的空房子,但未发现任何人员与尸体。天空集团指控该岛主人,一家注册于英属维尔京群岛的公司,涉嫌绑架高能及其随行人员。但联邦调查局目前尚未获得任何线索,也没有任何证据可以支持天空集团的指控。天空集团某位不愿透露姓名的高管表示,集团董事长高能很可能已遇害身亡,正如去年在非洲遇袭身亡的上任董事长莫妮卡·高那样。继承人问题将再度困扰这家全球能源巨头,它也是全美最显赫的家族企业。天空集团的全球业务遭到重大打击,银行团再度提出巨额债务问题,商务部长骆家辉对此事件表示强烈关注。"

我死了?

"天空集团某位不愿透露姓名的高管"?大概是这位一直深藏不露的心愿吧。

在秋波与保安惊愕的目光下,我们转了两部电梯抵达88层,一出来就被几名彪形大汉拦住——这是提高安全级别的标志。

这回不用我亲自出面,黑人保安为邀功请赏大嚷道:"你们都给我让开!董事长大人驾到,谁还敢挡道?"

他的叫嚷引起很多人注意,一个我认识的金发女秘书过来,看到我便高声尖叫,惊讶地点头:"是!董事长回来了!"

王者归来。

一分钟后,我推开顶层会议室的大门,才发现集团全部高管都坐在这儿开会——除了财务总监"小萨科齐"。

我的出现就像混浊海底的深水炸弹,爆炸冲击波令所有人的精神崩溃,无论原来是什么表情——微笑的、疲倦的、悲伤的、紧张的、暗自偷笑的、坐立不安的、欣喜若狂的、丧心病狂的……

黑人保安第一次看到传说中高耸云端豪华神秘的会议室,兴奋得差点晕倒。

秋波保持双目失明时的习惯,小心地拽着导盲犬,眼睛却不放过这里的每一张脸。

每张脸上都写着问号、顿号、逗号、惊叹号、破折号、省略号……

我的出现给了他们一个句号。

读心术告诉了我许多人的心里话——

"天啊！这是僵尸复活了吗？圣母玛利亚，快点儿救救我啊！"

"唉，这小子怎么还活着啊！该死！你还是死在大海里干净，省得回来折腾我们。"

"完了，我的一切计划都完了，天空集团仍然是高家的，我不会再分到哪怕一美元！"

"得赶快给埃克森美孚打电话，我不能跳槽去做他们的销售总监了。"

"上帝啊，我以你的名义诅咒这个中国人下地狱！"

"我必须雇杀手去干掉那个记者，绝不能让人知道是我说董事长已经挂了。"

自从我在小岛失踪之后，这些家伙每天都在开会，并非研究我的营救方案，而是在为如何瓜分我的遗产而争吵吧！

坟墓般的两分钟寂静后，我的助理史陶芬伯格率先打破沉默，军官似的站起来立正道："欢迎董事长归来！"

董事会成员各自尴尬的表情，瞬间转化为千篇一律机器人似的笑容，同时响起雷鸣般的热烈掌声。

我冷静地抓住秋波的手，带她来到玻璃幕墙后面，俯瞰曼哈顿的芸芸众生，平视帝国大厦尖顶外的天空，仰望正午高高悬挂的太阳。

依然属于我的天空。

太平洋上的天空。

透过舷窗眺望浩瀚大洋，视线被浓浓的云层遮挡，如白色花朵含苞欲放，像要对我诉说什么秘密——包括她的秘密。

拉下公务专机的遮光板，我转头看着秋波的脸。长途飞行让她很疲劳，她蜷缩在宽敞的座位里，抱着拉布拉多犬贝贝。

一周前，我回到纽约集团总部，击碎关于我已死亡的漫天谣言。天空集团重新回到我的手中，整顿一度混乱的董事会，毫不留情地清除掉其中几个人。不仅是读心术的发现，史陶芬伯格更提供了详细证据，说明这些人阴谋叛乱，要趁我失踪期间篡夺公司大权。

至于我们的"小萨科齐"财务总监希尔德先生，则彻底消失在了空气中。美国警方将他列为杀害妻子的嫌疑犯，天空集团发布消息将他开除，因为已掌握他吃里爬外、勾结Matrix泄露公司机密的证据。我没有经过董事会讨论，就从中国提拔了一名高管，直接空降到了纽约总部，接替财务总监这个机要之职。

我发誓,如果再出现类似情况,我将从肉体上消灭叛徒。

在纽约停留期间,我下榻长岛的私家庄园。秋波也被我接过去,安排在一间隐蔽的小洋楼里,有她心爱的贝贝相伴。

我终日忙于开会,面见各大区老总,要他们发誓效忠于我个人。我在总部发起锄奸行动,清除叛徒,捉拿奸细,搞得公司人人自危,不少老员工主动辞职,无法承受这样的精神压力。

所以,我没时间打扰秋波,不想也不敢再去问她。

还有几个小时,飞机就要降落在浦东国际机场,牛总将会低调地来迎接我。不知秋波回家会不会开心,我从她的脸上丝毫看不出来。

忽然,她缓缓睁大眼睛,这双由一位花季少女捐献的视网膜,看清了我平凡的脸庞,瞬间泄露了一句心里话——

"为什么偏偏他才是高能?"

为什么我是高能?

我是高能吗?

至少,在她的面前我必须是,因为读心术又看到了她的第二句心里话:"高能,我从一开始就喜欢你。"

看到这个秘密让我有些宽慰,我微笑着说:"你累吗?要不要喝杯水?"

她却冷漠地摇头:"不需要。"

秋波的表情与内心大相径庭,仿佛把我心里刚刚燃起的火星又兜头一盆冷水浇灭。

终于,我忍不住盯着她的眼睛说:"这不是你心里想的!"

"你知道我心里想的?"

"不,但你以前不是这么对我说话的,特别是在你的眼睛动手术前几个月。"

"是吗?"

这种不痛不痒的态度让我无语,而她似乎意识到了什么,低头躲避我的目光。

越平静就越让我抓狂。

心底却泛起另一张脸,那张人间难觅的美丽男子的脸——慕容云。

因为他吗?

脑海中难以磨灭的那张漂亮的脸,渐渐与传说中兰陵王的魔鬼面具合而为一。

他!他若非魔鬼,怎会知道我不是高能,而是古英雄?

重新打开舷窗的遮光板,云层已渐渐散去,机翼之下数万英尺,金色反光的蔚蓝海面，蓝得就像那伙地底昆虫似的人——蓝衣社。

突然，我想明白了一件事。

蓝衣社——知道我真实身份的人，除了已经死去的莫妮卡，就只有蓝衣社那帮人了。虽然常青早已送命，至今蓝衣社已淡出我的视野，但是慕容云与蓝衣社又是什么关系？

除了生死未明的端木良，现在只有慕容云知道这个秘密，他才会毫无忌讳地说出来，差点让我精神崩溃。

中国，上海。

我在众多保镖的簇拥下，搬进西郊戒备森严的别墅——为免重蹈孤岛覆辙，这栋房子有厚实的钢筋混凝土，还有全球最先进的电子安保系统，倒不如说这是一座战地碉堡。

秋波回到她原来的家中居住，带着她心爱的导盲犬贝贝。我不会限制她的行动自由，因为我理解重获光明的人，最需要经常出去看看，大千世界到底是什么样子。但我加强了她的安全戒备，24小时都有数名保镖跟随，若有任何异常都会向我报告。

此刻，我站在巨大的玻璃幕墙前，面对陆家嘴林立的高楼大厦，如同北欧神话里的石头城堡，俯瞰阴沉水雾中的黄浦江。这是天空集团亚太区总部新大楼，也是规划中的全球第二总部——这个计划让纽约总部很不高兴，但谁都不敢公开表示反对，至少表面上已确立我独断专行的权威。

宽敞气派的最高会议室，今天参加会议的只有四个人：我、亚太区总经理牛总、我的中国助理白展龙以及我的集团总部助理史陶芬伯格。

他们都是绝对忠诚于我的心腹骨干，虽然不能与董事会相提并论，但在集团的秘密决策方面，却起到更为关键的作用。

因为有史陶芬伯格在场，所以这次会议用英文进行。

牛总先汇报了亚太区，尤其是中国地区的业务情况——Z计划，也就是ZHONGGUO计划——这座最新的天空集团全球第二总部，将在三年后彻底取代纽约总部。在中国四川省设立天空集团全球研发中心，重金投入绿色新能源开发，改变中国依赖于煤炭、石油等重污染能源现状，并已获得相关决策层的支持。我拥有天空集团这部巨大机器，有责任创造更多财富，争取更好的生存空间——中国能否持续发展，取决于真正有创造性的价值，而非权力资本结合的寻租活动。

然而，我对这份报告仍不满意，仔细核对数字细节后，我冷冷地说："牛总，我发现研发中心的技术投入还不够，大部分核心技术直接从美国搬来——这将会变成美国掣肘我们的把柄。我希望在中国开发新的核心技术，率先在中国注册专利，首先运用到中国绿色能源开发上，这才是我们第二总部同纽约保持平衡的关键，否则将永远依赖于美国总部。"

我的语气异常严厉，就像大人教训小孩，没给牛总这个长辈留任何面子。与会的亲信都很意外，牛总也擦着额头的汗，唯唯诺诺："是！董事长！是属下的疏忽，属下会改进的。"

他是"属下"，那我就是"帮主"了？

然后，史陶芬伯格提出一份新的调查报告，天空集团对矿业巨头必和山谷的收购案，已遭到一个古老家族强烈的反击。

必和山谷——全球最大铁矿石制造商、第三大铜生产商、第二大煤炭出口商，旗下的澳大利亚铀储量占世界４０％。每年铁矿石谈判，它都会让中国的钢铁公司头痛欲裂，也成为中国财富安全的重大隐患。在我的亲自指示之下，天空集团展开了收购必和山谷的计划。

然而，必和山谷的股权结构中，有一个古老家族的名字，坚决反对天空集团收购案，通过各方面关系，大肆诋毁攻击天空集团，在资本市场上展开激烈竞争，已给我们造成数百亿美元损失。

史陶芬伯格派遣了商业间谍，通过细致入微的调查，有确切证据表明，这个家族所拥有的不计其数的财富，已被Matrix通过种种阴谋手段窃取，将使天空集团遭遇空前压力。

这个拥有数百年历史的庞大家族，是近代史上兴风作浪只手遮天的"第六帝国"，它的名字是：**罗斯柴尔德家族（Rothschild family）**。

难道，这就是慕容云所说的"操纵这个世界的世界"？

听完史陶芬伯格的报告，我满脸阴郁沉默良久，牛总和白展龙也一言不发。如果说Matrix是个小朋友，那么，罗斯柴尔德家族便是个庞然大物，我们有力量与这样的大家伙搏斗吗？

会议室内鸦雀无声，静得可以听到牛总沉重的呼吸声。

我的"贤弟"——慕容云，他第一步控制了常青的蓝衣社，接着利用Matrix大肆扩张来路不明的财富，现在又是罗斯柴尔德家族——他已成为这个星球最富有的人。

我的使命就是打败这个"操纵这个世界的世界"。

但打败他们的过程以及结果，不还是难逃"操纵这个世界的世界"的规律吗？
这是一个悖论，恐怕也是我一生注定的悲剧。

服务生端来一瓶红酒，熟练地倒在酒杯中，宛如浓稠的鲜血，晃来晃去折射出烛光。她的脸，映在红色暧昧的灯光下，就像待嫁新娘般鲜艳欲滴，任何人都想把她摘下来咬一口。

她却转头看着玻璃墙外，像是要把数十年不曾看过的景色看回来。那是漫天不夜的灯火，无数钢铁丛林聚集左右，最显眼的就是天空集团的新办公楼。

端木秋波——即便侧面的脸庞，依然是近乎完美的轮廓，从耳角直到雪白裸露的脖子，再到隐藏在衣领下的锁骨，令人浮想联翩……

我开始悄悄鄙视自己，却无法控制内心的魔鬼。

今晚，她难得没有去电台。

平时我会派司机送她过去，直到播完《面具人生》节目之后，再把她接回家里休息，一路都有保镖车辆跟随。

今天却很特殊，因为是她的生日。

我提前十天就预订好了，陆家嘴环球金融中心顶层餐厅，但她推辞了好几次，居然说想一个人过生日，但这样的机会我怎能放过？在我的死缠滥打下，她终于同意共进晚餐。

上完最后一道菜，切完生日蛋糕，看着她默默许下愿望，吹灭二十六根蜡烛，脸上却不见庆生的喜悦，而是努力想要隐藏忧伤。

我还是不懂女人的心。

"有什么不开心吗？"

"快到节目开始的时间了。"她看看表已近午夜，这个城市仍未褪下她的面具，"不知道替班的主持人会接到怎样的电话。"

"你很想回到节目，倾听别人的故事吗？"

"不，我反而有些恐惧，不敢再接听那些电话，听很多女人忧伤的故事。我对这个工作失去了自信，看到这个五颜六色的世界，反而不会与听众交流了。当眼睛看不见时，还以为这个世界有许多美好，即便有某些人自寻烦恼，只要把视野放大，就会发现天地广阔，有很多东西值得你去爱、去珍惜。"

看着她明亮忧伤的眼睛，我渐渐明白她的恐惧："当你眼睛看得见时，却发现世界没有想象中那么美好？"

"是，与想象差得太远了！从前通过耳朵，也可以知道这个城市，甚至这个地球发生的一切。但是，耳中所闻与眼睛所见太不一样了，果然耳闻不如目睹。我亲眼看到大街上乞讨的小孩，亲眼看到被医院丢弃在外将要死去的病人，亲眼看到污浊不堪的发廊门口的那些女子。"

"等一等！"我必须打断她，"这只是生活的一部分。"

"你能容忍这一部分的存在？对不起，我做不到！"

这么说似乎是鄙视我，让我有些尴尬："还好，你没有去过曾经的索多玛国。"

"但我在电视上看到了新闻画面，那些贫困的非洲孩子，被无数苍蝇叮着等待饿死；我还看到巴勒斯坦加沙的孩子，被以色列的子弹打死，由母亲痛哭着下葬；我更看到印度童工在污染的工厂里，不到十五岁就衰老得像五十岁！这一切我都看到了！哪怕只是其中半个可怕镜头，震撼都远远超过亲眼一见的美丽景色！"

"是，就算看过再多再好的鲜花，只要看到一坨牛粪都会想吐。"

我终于承认她说得有理，其实从前我也是这么认为的。

秋波苦笑一声："有时候，还是看不见更好。"

"你后悔了？"

问出这句我异常小心，担心她会想到另一个方面。她却茫然地怔了许久，也许是走神，也许是回避。

我却愚蠢地追问一句："你后悔回到我身边来吗？"

这个问题让她更无从回答。

两人尴尬地僵持了数分钟，她转头看着数百米高的窗外，我则转头看着餐厅内部，那些子夜相会的男男女女。

忽然，在餐厅一个阴暗角落，闪烁的烛光照亮了一张熟悉的脸——

五十多岁的男子，穿着得体的衬衫与领带，一看就是经验丰富的公司高管。

没错，他是我在天空集团的亲信，身居亚太区总经理高位的牛总。

牛总并不让我惊奇，令我惊奇的是牛总身边还坐着个女子：身着低胸晚礼服的年轻女子，长长黑发烫得很性感，漂亮迷人且颇有气质的脸蛋，大眼睛流露万种风情，红色指甲正按着牛总嘴唇，接着划过他的下巴。这道撩人的红色痕迹，看得我心猿意马，直到落入他的衬衫领子以下。

连瞎子都看得出来，牛总和这个女子有一腿。

牛总很享受的表情，微笑着闭上眼睛，任由这女子上下其手——虽说这种事现在并不稀奇，我也对公司高管们的风流韵事不感兴趣，但牛总毕竟是我最信任的心腹，他也是商界有名的好丈夫好父亲，虔诚的基督教徒，从来都是家庭婚姻美满幸福的楷模。我见过他在台北的太太,是个温良恭俭让的中国传统女性,她为丈夫生了三个孩子,全都已大学毕业——此刻靠在牛总身上的女子,差不多和他的女儿同样年龄。

唉,没想到好男人模范如牛总,都在搞外遇包二奶,何况我这个喜新厌旧之徒?

不过,再仔细看牛总身边的女人,她的气质却不同于那些浅薄的花瓶二奶。虽然她的举动堪称轻薄,眼神却带着几分谨慎小心,时不时紧张地扫视周围,怕被别人看到。幸好我的位置颇为隐蔽,可以仔细观察他们。

等一等——这个女子有些眼熟。

我把头再往前凑了凑,不会吧?真的感觉似曾相识,一时半会儿却叫不出名字。

再盯着她的脸端详许久,拼命在脑中搜索相关画面与名字,终于跳出三个字——马小悦!

马小悦?

她是我的高中同学,不,是高能的高中同学,据说还曾是高能中学时代唯一暗恋过的人。

当然,马小悦本人对此一无所知。

而我顶替高能的身份,作为天空集团一个小推销员时,曾在一个酒吧外偶遇过她——是她把戴着高能的脸的我认了出来。

只此一面之缘,但彼时我和她的人生却已经截然不同,她曾让我那么痛苦自卑,现在又令我坠入疑惑之中。

高能的高中同学马小悦,怎会和我的亲信牛总在一起?

难道这也与我有关?牛总想知道我的过去,便想利用高能的初恋对象,从而达到某种目的?他是从高能的老同学"唐僧"那里知道的?

搞阴谋,还是搞外遇?

我自然地联想到牛总最近精神状态不好,说话心不在焉,经常在开会时遭到我毫不留情的批评——有时我也对此心怀愧疚,大概经过绑架之后,我的肝火太旺,难以控制情绪,难道因此而让牛总心怀不满,开始动坏脑筋要对我不利?

今天下午本来要开会的,他却说在台北的太太突发重病,没参加会议便飞回台湾——现在看来,显然是在说谎,就是为了与他的小情人幽会。

我无奈地摇了摇头,这世上竟没有可信任的人了吗?

秋波轻声说了句:"太晚了,我想回家。"

"好的。"

我没有打扰牛总的好事,而是轻声呼唤服务生结账,带着秋波悄悄离开了。

送她回去的路上,我让司机放了那首郑智化的歌《生日快乐》。虽然有些不合时宜,却正好是我自己的心情。

没有再看她的眼睛,因为害怕看到真相。

第二天。

天空集团亚太区总部新办公楼。

听说牛总从台北"飞"回来了,我在第一时间拜访了他的办公室。

他有些意外,但很快恢复镇定,点头哈腰说:"董事长,大驾光临属下办公室,实属无上荣幸!"

这话说得实在肉麻,这台湾人是不是拐弯骂我呢?

我只能放低姿态,对他露出难得的微笑,坐下来问:"牛总,听说你太太身体有恙,昨天你飞回台北探望,所以我才来问一下。"

"哎呀!这点小事还劳烦董事长亲自过问,属下真是太感动了!"他装出一副受宠若惊的样子,像煞有介事地回答,"拙荆只是犯了些老毛病,我陪她看了医生,应该并无大碍。错过昨天的重要会议,属下真是惭愧,惭愧!"

唉,我只是顺着他的谎话将计就计,没想到他还真的诅咒老婆生病,看来男人若变了心,多少年夫妻情分都会忘记。

我懒得用读心术去看他的眼睛,心想也不必揭穿别人的丑事。恐怕马小悦也是为了接近我,才会第一步想方设法接近牛总的吧。

"没事就好,代我向你太太问好。"

"非常感谢!"

"牛总,我最近的脾气不好,经常在公司大发雷霆,几次开会时没给你面子,请你宰相肚里能撑船,原谅我这个年轻后辈。"

"哎呀,哪有的事,属下能聆听董事长教诲,是前世修来的福气。"

我锁紧眉毛看着他的眼睛,感觉他说话越来越像讽刺我,而他的眼睛也泄露了一句话:"你牛!你才最牛!我们谁都不如你!你是天才!是天空集团的救世主!小小的销售员!我们这些老臣,在你眼里还不如狗屎!"

这番隐藏于眼底的肺腑之言,反而让我开怀大笑:"牛总,我向你道歉!可能这些天压力太大,整天研究怎么对付Matrix和罗斯柴尔德家族,搞得神经衰弱,难以控制情绪。"

牛总立即诚惶诚恐:"属下——"

"别再'属下'啦！这里是天空集团，不是日月神教。"

"好吧。"他又开始躲避我的眼睛，"董事长，还有件事情，属下想向你通报一声。"

"还说'属下'？"

"对不起，这些天习惯了，我想说一件关于销售七部的事情。"

"侯总？"

到现在我才想起侯总的名字。四年前我刚醒来，变成高能进入天空集团，就是在销售七部做销售员，"侯总"正是我的顶头上司。也是这个侯总，与田露勾搭伤害了我，更提名把我裁员赶出天空集团。

"现在又提此人作甚？"

牛总尴尬地一笑："董事长，我知道他曾经对不起你，若你有所介意，那就不提他了。"

"没关系，请说。"

"上周，中国区的销售总监被派遣到印度做新公司副总，我正找人填补空缺。今年以来，各个销售部业绩最好的就是侯总，为公司赢得了几十项重要订单，包括几笔上亿元的政府采购。中国区管理层一致推荐他升任销售总监之职。不过，考虑到董事长当年与他有过节，我必须征求您的意见。"

想起侯总那张脸，想起当年做销售员连狗都不如的日子，我心底不免酸楚起来。今年，虽然我已贵为董事长，但几次半夜做噩梦，都梦见我仍在销售七部，遭到侯总高声训斥，痛苦得想找个地洞钻下去。

"牛总，你太多虑，也太小瞧我了吧。若我真的记仇，就绝不会让侯总留到今天。这个决定权在你手中，若你和中国区的高管都无意见，我何必插手？"

"董事长英明！属下佩服之至！"

这句话又让我感到恶心，他是真奴才还是伪君子？

我满脸不快地走出牛总办公室，又难得地到销售部走一走。然而，我的到来却像鬼子进村，吓得所有人魂飞魄散，没一个人还敢坐在位子上，许多人颤抖着向我鞠躬，竟像事先排练过一般。

我困惑地注视着销售部，其中不少人还是以前的同事，他们全都战战兢兢，不敢用正眼看我，似乎我是掌握生杀大权的阎王，只要打个喷嚏就能让所有人飞出去。

当然，人们畏惧的并不是我——从前我是一个小销售员，常被他们随随便便欺负。

我不过是个身高一米七、体重不超过一百三十斤的平庸的二十八岁男子罢了。

而我手中拥有的权力却足以改变千千万万人的命运。

他们眼里的我不过是个符号，是具行尸走肉，真正为之畏惧并五体投地的是我手中的权力。

想通这点我不免苦笑，让身边的人更胆战心惊，仿佛我随时会把他们捏碎。

忽然，身边走过一个女子，她抱着个纸箱，却没有低头躲避，冷冷地从我身边穿过。

我认得她，她的名字叫田露。

多年以前高能曾短暂拥有过她，尽管只是她无聊时唤来的玩具而已。

"田露。"

她的视若无睹激怒了我。而她缓缓回过头来："董事长，我今天辞职了。"

怪不得偌大的销售部里，只有田露没有对我卑躬屈膝，原来她已不是天空集团一员，也不用如此畏惧或者讨好我了。

"为什么？"

"我觉得自己不适合再在这里工作。"

她的眼里有泪花闪烁，我明白她说的不适合是什么意思。对我徒劳无功的诱惑失败，就像被抛弃的怨妇，她却选择有尊严地离开。

也许，她并没有我想象中那么"坏"。

"好吧，我尊重你的选择。"

"高能，很高兴曾与你共事。"

当她说出"高能"两个字，人们都大惊失色，因为这里没人敢当面直呼我的名字。

我却没有怪她，反而凑近她问了一句："你也要离开侯总吗？"

田露面色大变，像受到了严重羞辱，居然重重将我推开："我与他早就没有关系了！高能，不要以为你成了董事长，就可以肆意侮辱别人！"

她的举动更让所有人目瞪口呆，连我自己也被吓了一跳。在我的地盘还有人敢这么对我！在保安赶来之前，她消失在了公司门外。我怔怔地站在原地，接受四周无数异样的目光。

除了我手上的权力，他们依然瞧不起我。

车队驶过高速公路，前后四辆是全进口的大切诺基，当中夹着我的新座驾悍马越野车，从美国订制了全套防弹防爆装置，即便遭到小股武装袭击也可保证安全。

防弹玻璃后面是宽敞的空间，足够放下一挺重机枪或肩扛式导弹，我们就像沙漠中的士兵，仔细端详车窗外不安的人间。我的中国区助理白展龙坐在我身边，用车载电脑详细介绍这个最新投资项目，三年后可以给天空集团带来数十亿美元利润。

车队开入这座外省城市，风雨掠过被烟尘污染的天空。一层秋雨一层凉，这是秋风肆虐的季节，枯黄落叶积了满地，城管们正在驱赶无证摊贩。一条混浊河流穿城而过，充满垃圾的河边堤坝上，许多人趴着做俯卧撑，河面上不时溅起肮脏的水花。街景看起来并不陌生，与绝大多数中部城市一样，近几年GDP呈几何级数增长，据说已占据了全球三分之二的女士内裤订单份额。果然，路上不少豪华跑车呼啸飞过，全然无视红灯与斑马线。

忽然，悍马一个急刹车，几乎让我撞在前面靠背上。前方车队也紧急停下，亮着红灯的路口堵了许多车，四周打伞的行人渐渐聚集。

"刺客？"白展龙警觉地给第一辆车的保镖打了电话，随后报告，"董事长，前方路口发生一起车祸，有辆法拉利闯红灯，在斑马线上撞死了一个过马路的年轻人。"

听到这种可悲的事情，总让我义愤填膺心情难受，便毫无顾忌地骂了一声："这种人渣该拉出去枪毙！"

道路并不宽阔，前后左右挤满车辆，我们只能安静地等待。白展龙下令提高戒备，十几名保镖下车布岗，不准任何无关人员靠近。

这一等便是十来分钟，拥堵车流丝毫没有开动迹象，路口围观的人越来越多，里外三层过节般热闹。

我忍不住跳下悍马，白展龙却拉住我说："董事长，您必须留在车上，万一刺客隐藏在人群中怎么办？这是他们最好的机会，可以趁着人多混乱轻易逃跑。"

"没关系，我要看看究竟是什么样的人渣干的这种烂事！"

"请不要冒险！"

我的心腹助理忠诚地拦在跟前。

然而，我没给白展龙留半点面子，而是粗暴地将他推开，害得他四脚朝天摔在水塘中，我还冲动地骂了他一句："给我滚开！"

最近这种事已是家常便饭，再敢阻拦我便会赏赐他一顿老拳。

在大队保镖簇拥下，我们强行推开围观人群，来到路口的斑马线上。一辆经典版法拉利跑车，副驾驶坐着个穿着性感的年轻女子，用LV包挡住脸不让拍照。

跑车挡风玻璃砸出个大洞，数十米外躺着个年轻男子，显然是被高速飞驰的法拉利撞飞出去的。死者孤独地躺在斑马线上，身体已多处骨折扭曲，脑袋即将从脖子处断裂，整个人以高难度的杂技姿态横卧街头。

数百名群众说笑打闹着围观，既有尖叫又有呼哨，看一个人表演什么叫作横死。死者看起来二十岁出头，穿着朴素，多半是个打工仔，不知有没有女朋友，没有人为他落下眼泪，家乡的父母多半会伤心欲死，然后拿到一笔法拉利主人给的赔偿金，默默忍受晚年丧子的悲痛，直到自己被埋入贫瘠的黄土。

大雨无情地打在年轻人身上，鲜血被冲刷为赤色洪水，滚滚奔流在黑色柏油路面上，流向四面八方的车轮，流向人们冰凉的鞋底，流向河流，永远消失在混浊的河水中，仿佛这些鲜血养活的生命从未来到过这个世界，仿佛这些生命的短暂存在只是为了博得法拉利速度的喝彩。

当我愤怒地转过头来，寻找是哪个罪魁祸首时，看到数米外的角落里，警察正询问一个年轻人——不论穿着打扮还是眼神姿态，都说明是个亿万富翁的儿子，他手里晃着法拉利的车钥匙，无疑就是这个人渣干的恶事。

警察做完笔录，便有马仔给富家子打伞。肇事者大摇大摆叼起香烟，全然不顾四周数百人的目光，名牌牛仔裤包裹的双腿，在雨中富有节奏地摆动，好像还在迪厅吃摇头丸狂欢。

这小子掏出手机，有说有笑地讲了一通电话——大概是向老爸汇报闯祸了，不过老爸有钱可通神，自然可以打点一切关节，很快就又可以开着法拉利乱飙了。至于一条打工仔的命——在他们眼里还不如一杆高尔夫球。

他彻底激怒了我。

没什么好说的，对付这种"人"，用法律或道德都没用，他们的良心早被宠物狗吃了，他们的畏惧感早被钞票买下了。

正是这些人渣，教给我一条全新的人生信条——以暴制暴。

愤怒驱使我快速向前，摆脱身后打伞的秘书，冲到密集的风雨之中。在肇事的富家子反应过来之前，我的右手已重重砸在他脆弱娇嫩的鼻子上，接着是我的左手，结结实实捶在他目中无人的右眼上，然后是我的右腿膝盖，毫不保留地奉献给富家子柔软的小腹。

人渣的马仔刚要上来，就被我的保镖打倒，这些只会欺男霸女的地痞流氓，哪里是退役特种兵的对手？立刻被打得哀声遍野满地找牙。

我的愤怒，作为一个曾被人瞧不起的小人物的愤怒，作为一个遭受过无数磨难的倒霉蛋的愤怒，作为一个普通公民的愤怒，作为一个人的愤怒……全部倾泻到我的拳头上。

风吹乱头发，雨淋湿皮肤，血染红拳头，肾上腺素充满身体，眼前被血水与雨水模糊成一片，耳边被哀号与拳头声完全覆盖，心底不停地泛起一个字——爽！

忽然，我发觉自己也变成了畜生。

当大队警察过来制止时，刚刚撞死人的富家子差不多也快被我打死了。身边的马仔都倒在地上，围观群众要么吓得逃走，要么轻声为我鼓掌。

幸好，没有刺客。

我被带到公安局，治安拘留了一个晚上。

次日早上，原计划当晚请我吃饭的地方政府将我从公安局保了出来。

经过政府部门协调，我赔偿给富家子一百万医药费，外加一百万精神损失费。但市长答应我必将严惩交通肇事者，检察院会以危害公共安全罪起诉他。

完成了与政府领导的谈判，白展龙安排我迅速离开这座城市，以免在本地拥有很大势力的富家子老爸报复——这个教子无方的地头蛇也风光不了几天，谁敢把我惹火了，必定让他倾家荡产，法拉利的主人即将流落街头。

坐在车里看着白展龙，我心里很过意不去，惭愧地道歉："对不起，昨天我太冲动了，有没有把你弄伤？"

"没关系，董事长，我只是掉到水里弄脏了衣服。"

虽然他表面上说得轻描淡写，但眼里分明泄露了心里话："高能啊高能，枉我们当年同事一场，虽然我感激你那时在天台上救我，更感激你回来以后提拔我，但我毕竟是堂堂男子汉，不是你豢养的一条狗！我也有自己的尊严，为何你总是这么对我？高能，你真是小人得志便猖狂吗？算我白展龙看错了你！"

看来我确实让他伤了心，设身处地想想，若换作是我，碰到这么一个喜怒无常的老板，恐怕早就怀恨在心辞职不干了吧，白展龙还算克制，昨天阻拦我也完全没错，说明他一片忠心。

"兄弟，你没有看错我。"

我这句话让白展龙大吃一惊——我怎知他心中所想？他吞吞吐吐回答："董事长，我怎么会这样想呢？"

"不，我知道你们在想什么。"我尽量保持平静的语气，不再像昨天那样盛气凌人，"是不是最近大家都对我心有怨言？感觉我对周围的人很粗暴？"

"这个……这个……"他只能现编阿谀奉承的话，"董事长日理万机，要处理那么多重大事务，偶尔教训一下身边的人，大家都可以理解，我也受教匪浅。"

"白展龙，别跟我玩儿这套虚的！"

必须承认，这两个月来是我不好，往往动不动就大发雷霆，稍有不满就把人骂得狗血喷头，根本无法控制自己的情绪。尤其不分场合不分时宜不分对象，竟会在集团大会上当众骂人，上到亚太区老大的牛总，下到刚进公司的小秘书，没有一个人能逃过我的魔掌，包括从纽约总部远道而来的董事会成员。

奇怪，为什么以往冷静沉着的我忽然变得如此心浮气躁？从前我对身边的人都很友善，无论其身份高低贵贱，在我眼中只有分工不同，因为我自己也曾是小人物，最讨厌用有色眼镜去看人，最讨厌那种自以为是、欺负低阶层员工的混蛋。

为何我现在也变成了以往我最讨厌的那种人？

白展龙打断我的沉思："董事长，请允许我说一句实话，是否因罗斯柴尔德家族被Matrix掌握，令你遭遇前所未有的压力，所以难以控制自己情绪的？"

"非常感谢你的直言进谏，现在我最需要说这样的话的人，而不是那些满嘴好话的马屁精。"

没错，罗斯柴尔德家族的财富深不可测，再加上本身就是个谜的Matrix，以及"我"的祖宗兰陵王再世，这些古老妖怪结合在一起，足以构成地球上最强大的力量。我是否还有能力守护好对莫妮卡的承诺？我在索多玛国树立起的一点点自信，又被这些情报敲打得烟消云散。还有上次的绑架事件，说明我的"贤弟"慕容云随时能给我设置陷阱，轻松玩弄我于股掌之间——无论我怎样加强安全保卫，都可能一觉醒来发现已成为阶下囚。

这样恐怖的情景一直出现在噩梦中，如何不让人神经衰弱，难以控制情绪？身边的人都成了替罪羊，成为我发泄情绪的"沙袋"。昨天那自以为很鸟的富家子，也合该倒霉，撞上我的枪口，不拿这种人渣出气更待何时？

现在的我没有精神分裂被关进医院已是大幸！

车队继续驶过阴沉的大街，凄风苦雨打在防弹玻璃上，我和白展龙都不再说话。没有走来时的路，而是沿着河边一条近路。穿过一个肮脏的桥洞时，车窗外闪过一张似曾相识的脸。

几秒钟后，大脑深处闪过一个名字，同刚才眼底记忆的脸联系在一起。

不！怎么可能是他呢？

但我还是叫住司机："停车！快停车！"

随着紧急刹车的啸叫，白展龙紧张地问："董事长，怎么了？"

我回头看着后面，车队的最后一辆车还在桥洞里，我皱起眉头说："能不能掉个头？"

一分钟后，我的悍马回到桥洞底下。这里躺着七八个流浪汉，破衣烂衫散发着臭味，大概晚上就露宿其中。有个男人倒也面色白净，正收拾一堆破旧报纸，后面摆着铁锅准备做饭，只是长长的乱发披在脑后，颇有丐帮长老的气势。

没错，我确实认识他。

再次不顾白展龙阻拦，我命令司机放下车窗，把头探出去大喊："端木良！"

刹那间，那个男人像触电般剧烈颤抖，随后转头看着车上的我。

他的嘴形先是变成"古英雄"三个字，但并没有说出声来，接着便是大家都听到的两个字："高能——"

第四章　　　　　　　| 端木良 |

端木良。

我终于找到了秋波的哥哥,蓝衣社的骨干成员,帮助我前往美国的关键人物,恐怕也是慕容云在全球范围内搜索,可能掌握兰陵王面具的重要线索之人。

没想到他竟已沦为乞丐,栖身于外省肮脏的桥洞中,终日与可怜的流浪汉为伍,与河边练俯卧撑的人为伴。想起他当年的意气风发,一家投资服务公司的老板,开着奥迪A4混迹于外表光鲜的上流社会,暗地里干着蓝衣社的卑鄙勾当,顺便把我像个白痴一样玩弄控制!

果然,端木良也一眼认出了我,那是无法伪装的意外。他早就从报纸电视上知道我的传奇,明白我已今非昔比——这不正是当初他们的计划吗?将我送到美国冒充高能,骗取高思国的信任,篡夺天空集团。

而今我已历尽千辛万苦,完成蓝衣社的艰巨使命,回到这个任务的始作俑者面前。

天道循环!

我和他最后一次见面是什么时候?对,2008年9月,他亲自开车送我去机场,将我送上去美国的飞机。

时间太残酷了,仿佛还是昨天的事,却已过去了整整两年!

这两年中我有一半时间在监狱度过,还有一半时间为天空集团艰难战斗。

而当初想方设法把我送去美国的人,一个早已在美国命丧枪下,另一个却在中国沦为桥洞乞丐。

时隔两年,我与端木良站在截然不同的位置,我到底该感谢他给了我这个机会,还是厌恶鄙视他的阴谋诡计?可怜之人必有可恨之处!

不可思议,他只比我略长几岁,却已像历尽沧桑的中年人,长长的乱发里夹杂着不少白发。这样的重逢突如其来,他的表情极其复杂,先是淡淡微笑,接着是深深自卑,为他如今的窘迫为我所见,也为命运的巨大变化。

当我走下悍马,端木良突然眼神一跳,便向旁边飞奔而去,但没跑出去几步,就被我的保镖硬生生拦住——这种地方无路可逃,就算跳下身后的河,我也有办法把他捞上来。

我的朋友束手就擒,乖乖低头不敢看我,出于曾经是我的老板的羞愧。而我绝无羞辱他的意思,相反还有他乡遇故知的喜悦,温和地问道:"端木良,很高兴又见到你!"

"古——不,高能先生,天空集团的董事长,如今你已拥有一切,而我不过是个一无所有的穷光蛋,你不必再来关心我,我也没有任何价值可言。"

但我丝毫不怕他身上的肮脏,抓着他的肩膀说:"不,对我来说,以及对另一个人来说,你都具有无穷的价值,你是一块无价之宝。"

"我没有听错吗?"

别装蒜了!但我还是给他留点面子:"你心里很明白,如果你没有价值的话,何必还在这桥洞下东躲西藏?"

"我——"

在端木良张口结舌之时,我趁势说道:"你还在等什么?你的妹妹秋波一直在等你,经常想你想到流泪不止。"

"秋波会流泪吗?"

"对了,你一定还不知道,我已帮助秋波做了视网膜移植手术,现在她和正常人一样可以看见你了。"

他惊讶得张大嘴巴:"真的吗?这不是做梦吗?"

"你不想让你的妹妹看到你长什么样吗?"

"当然想啊!"

"那就跟我走吧。"我的说服工作相当成功,"至少,我不想让秋波看到你现在的样子。"

十分钟后,车队临时改变行程,驶入当地最高级的五星级酒店。

我们开了最好的几间套房，安排端木良入住其中一间，门口加派保镖寸步不离。隔壁的总统套房内，我躺在床上闭目沉思。这是命运给我的机会吗？

端木良！

我离秋波更近了，离兰陵王的面具更近了。

我想我会先于慕容云得到原本属于他的面具的。

一个小时后。

我推开端木良的房门，他正在试穿刚送来的衣服——从内衣到西装全是最新的，我派人到附近的阿玛尼品牌店，根据他的尺寸买来的。

套房客厅里摆着一桌刚吃完的丰盛西餐，他看到我进来有些尴尬，但还是很有礼貌："感谢你给我的一切，我已经饿了两天，几个月没洗过热水澡！现在好像回到了以前的幸福生活。"

现在，端木良面色已恢复白净，瞬间年轻了十岁，变作投资界的青年才俊。

待他穿好西装照完镜子，踩上刚为他买的皮鞋，将长发整齐地梳成马尾后，我才微笑着说："但愿你一切满意！"

"感激涕零！"

随后，我示意白展龙等人退出去，我要和端木良单独谈话。

屋里只剩我们两人，我从冰箱里拿出饮料，坐在宽敞舒适的沙发上，看着落地玻璃窗外这座城市的高楼大厦，就像沙漠上一棵棵畸形生长的大树。

"终于可以打开天窗说亮话了，端木兄，别来无恙？"

这话似是嘲讽，他只能老实接受："两年了，一言难尽。"

"我们不用总是引用歌名吧？"我还是先缓解一下紧张气氛，才有利于他的真实叙述，"请告诉我，在我们分别后的两年里，你发生了什么情况？为何沦落至此？"

他在努力回忆："我们分别——让我想想是什么时候。"

"2008年9月，那也是我被关进监狱的时候，我永远不会忘记。"

"是，那时我开车送你去机场，然后我和常青联系，他说很快会在美国与你见面，并帮你见到天空集团的大老板。然而两周之后，我听说他被谋杀了，而你被指控故意杀人。"

"你相信是我杀了他吗？"

"不知道，但当时我并不排除这种可能。"

端木良有些闪烁其词，但我帮他补充了一句："是，如果我是你的话，也会这么想的。"

"原本常青每月都会给我的账户打钱，作为蓝衣社在国内的活动经费。但这笔钱在他死后就中断了，组织里的其他人纷纷失去音信，包括与我联络最多的南宫。"

"南宫——这家伙已经死了。"

"死了？"他恐惧地瘫在沙发上，"真可怜。"

"不，是他咎由自取罪有应得，他甘愿帮助那个人监视秋波。"

"那个人？"

这种故作不解的态度让我不快："不要遮遮掩掩！你知道我说的那个人是谁！"

"2008年10月，我接到一个神秘电话，听声音是个年轻男子，他自称已继承常青全部财产，也继承了常青在蓝衣社的地位，命令我必须为他服务，就像从前听命于常青那样，他将每月给我更多的钱，要是我拒绝的话，将夺去我的生命。当时我很愤怒，根本不想吃他那一套。但没过多久，我的公司莫名其妙发生火灾，几家客户先后离去，账上的一笔大额资金不翼而飞。短短一个月内，我不但彻底破产，而且欠了上千万债务。"

"一定是那个人的阴谋。"

端木良已近于咬牙切齿："毫无疑问！这还没完，我发觉自己的人身安全受到威胁，经常半夜接到恐吓电话，楼下邮箱里也收到奇怪恶心的东西。这些勾当搞得我夜不能寐。我非常担心妹妹秋波，她是个盲人，是个好女孩，对蓝衣社一无所知，我不想让她也卷进来，更不想让她因我而有什么意外——我们兄妹从小因父母离异而分别，但兄妹感情一直非常好，我希望给她一个好的生活，弥补她不幸的童年。"

秋波的不幸——失明，不正是"高能"所赐吗？听到这儿，我越发同情眼前的端木良。

他继续痛苦地说："那时我经常做噩梦，看着秋波左右为难，直到2009年除夕夜，我再也没有勇气面对她，索性离家出走一了百了，让她不要再被我连累。"

记得在肖申克州立监狱，收到秋波来信说她的哥哥在除夕夜失踪，果然可以对应他的交代。

"你可知这样让秋波多么伤心？"

这句话令他很是疑惑："我妹妹现在怎么样？你怎么那么关心她？"

"她现在很好，我在照顾她——许多年前，作为古英雄的我，曾救过跳水自杀的她。"

"没错，那时你经常来我家玩，偶尔也会遇到秋波。我记得你象棋下得很好，我的爷爷是个棋痴，你们一老一少总是埋头下棋。那年我在读中学，我们兄妹二人和你结伴出游郊外，也想让眼睛看不见的秋波能用耳朵感受大自然。当我们来到平静的湖水边，不承想她竟然选择轻生！谢谢你救了她的命——难道你已恢复了记忆？"

端木良回忆的少年往事，却让我悲凉得苦笑。贵为权倾寰宇的天空集团董事长，我依然无法像任何正常人那样，回忆自己24岁以前的生命记忆，哪怕只是个模糊的片段。如果命运给我一个机会，或许我会用我全部的财富与权力，去换取自己真正的记忆。

"请继续说你的故事。"

端木良像在回忆噩梦："2009年除夕之后，我已是一无所有的穷光蛋。为躲避凶恶的债主，也为逃脱那个人的魔掌，我坐上火车四处流浪，昼伏夜出隐姓埋名，有时为了一顿饱饭，要忍受从未想象过的屈辱。"

"你不想回到正常人的生活吗？"

"当然想过！但那个人不让我有这种可能性。无论跑到天涯海角哪个角落，我时常感到有个阴影在身后，随时随地会结束我的生命。所以，我必须过这种人不像人鬼不像鬼的日子。"

我怜悯地问："为什么不来找我帮忙？"

"我是有自尊的人，即便沦落到和流浪汉睡桥洞的地步，也不想被你看到！"他说这段话时始终低着头，不想被我看到他眼里的泪花，"你在美国越狱成功后，就与我走上了不同的道路。我知道你做的一切，都不再是为了蓝衣社，而是你自己的野心。命运给了你天大的机会，现在轮到我来嫉妒你了。"

"你不信任我？"

"不，我是害怕那个人——"他深深喘息了几下，目光却闪烁起来，"那个人——那个人非常危险！他不是一般的人，甚至不是人！而是一个魔鬼，来自古代的魔鬼！"

"那个人……那个人……'那个人'究竟是谁？"

"我从没见过他，但与他通过几次电话，是个年轻男子的声音，标准的普通话，语言习惯却像个老学究，半文半白让人听着很别扭！"

我心里已有答案，其实在端木良刚说的时候，便猜到了七八分。

"就像兰陵王？"

"嘘——"他一下子吓得脸色煞白，食指竖到嘴巴上，"千万不要说他！他会听见的！"

端木良说完，神秘兮兮地指了指地下。

然而，我根本不吃这一套，他所恐惧忌讳的人物，早就与我结拜为兄弟"情同手足"。

"你不是在MSN里曾对我说，历史上真正的兰陵王，绝非戴着面具的天使，而是戴着魔鬼的面具，长着天使的脸蛋，但内心又确实是魔鬼的可怕物种吗？"

"我们的高能董事长，难为你还记得这些啊！"

他的这句话让我脸色大变，我下意识地转头看看四周，确认房间里没有其他人，压着嗓子说："够了！端木良，你知道我是谁！你在嘲笑我是个冒牌货吧？"

"岂敢！岂敢！"

这种阴险的口气非但没有激怒我，反而让我放声大笑："你还是瞧不起我，是吗？"

"现在，我不过是个流浪汉，哪敢瞧不起董事长您呢？"

"说得好酸啊——就像当年你嫉妒我为什么我才是蓝衣社世袭的社长！"我以胜利者的姿态面对他，"可是现在，我已牢牢掌握天空集团，超指标完成当年你们给我的任务。当年的心腹大患，却成为我手中之鹿，这不是我们蓝衣社的一大胜利吗？"

"这是你的胜利，不是蓝衣社的胜利，更不是我的胜利。"

我会意地点点头："当然，也非兰陵王的胜利——鸠占鹊巢，对他来说是莫大的耻辱。"

"为什么总说到兰陵王？"

"别绕开刚才的话题！当年，你是不是嫉恨过我？嫉恨我先天的社长地位？而你在各方面都远比我优秀，却只能向我执人臣之礼——因此，常青利用你心底的不满，抑或你利用常青庞大的财富，精心策划了一个可怕的阴谋，害死了无辜的高能，搞得我昏迷不醒长达一年，丢失全部记忆，并彻底改变了我的脸和身份。"

"你想复仇吗？基督山伯爵！"

端木良的这个比喻真有趣，难道就因为我也和基督山伯爵一样蒙受不白之冤，又奇迹般地越狱成功，成为掌握亿万财富与权力之人？

"不。"

我干脆地回答。

"你可以向我复仇，这不是个好机会吗？你已拥有一切，而我失去了一切，你可以趁机羞辱并杀死我。"

"对不起，我只想知道真相，四年前的真相！"

"四年前？今年是哪一年？"

这种装疯卖傻的态度激怒了我，但我必须克制自己日渐暴躁的脾气："2010年。"

"让我算一算。"他居然煞有介事地掐了掐手指，"那就是2006年。"

"在杭州。"

"对！"端木良摸了摸脑袋，表演得甚是逼真，"我想起来了，2006年的杭州！你要知道什么？真相？没错，我知道真相。"

当他说出"我知道真相"的时候，读心术已看出他眼底的秘密——这不是在开玩笑。

"洗耳恭听。"

端木良恢复了严肃，语气阴沉下来："真相就是——你是无辜的。2006年秋天，你并不知道我们的阴谋，甚至都没有进入蓝衣社！"

我是无辜的？我原来是个好人？古英雄并不是想象中的坏蛋？

"你们不是说过，在我的父亲失踪之后，我就成为蓝衣社的社长了吗？"

"理论上是这样，事实却是另一回事。你的父亲失踪后，我们发现你作为他的独子，却对蓝衣社一无所知。你只知道你的父亲是个平凡的工人，只知道他有一群奇怪的朋友。你的父亲没有培养你成为继承人，这对你而言，确实是个悲剧。"

"悲剧？"至此我才无奈苦笑，"我的人生本不是悲剧，只是后来被你们演成了悲剧。"

端木良略带歉意地道："对不起，我们不想打扰你平静的生活，反正蓝衣社已被常青牢牢控制，你不过是个连自己都不知道在位的傀儡。"

好消息，还是坏消息？总之出乎我的意料，却没让我感到丝毫欣慰，而是另一种深深的难过——为何自己不是一个改邪归正的魔王？命运为何不再戏剧一些？我真正的过去仍逃不过"平庸"二字。

"这么说来，我是你们的牺牲品？"

"可以这么说吧！一切都是常青在操纵，因为他的最终目的，就是要得到兰陵王面具，为此他将不择手段不惜代价。而在这个世界上，只有蓝衣社的社长才知道这个秘密——原来的老社长消失以后，我们认为你可能知道面具的下落。但只有你一个人还不够，常青还要请出另一位人物，他就是兰陵王家族真正的传人，天空集团董事长高思国的侄儿高能。"

我突然打断他的回忆："为什么需要高能？"

"还记得那个兰陵王论坛吗？我就是论坛幕后的管理员，'蓝衣社'ID并不是你，而是我！高能以'兰陵王传人'的ID频繁出现在那里，引起了我的注意。

经过我的仔细调查，确认了高能的身份，于是，一个精心策划的阴谋出炉——常青想同时控制古英雄与高能——控制你古英雄，自然是为了兰陵王的面具；控制高能，却是为了天空集团的亿万财富。"

"常青的原计划，并不是让我换脸冒充高能，而是直接让高能为他服务？"

"是。但我们需要一个人引诱他出来，这个人就是你——2006年11月，我把你骗到杭州，同时，高能也被我骗到那里。此前你们互不相识，但我已提前告诉你蓝衣社的历史，并告诉你此行的目的是要控制高能这个人。我答应会给你一大笔钱，并帮助你真正控制蓝衣社，你满口答应了下来。"

看来我曾是个爱财如命、为钱而不惜干任何丑事的败类。

"为何偏偏要我来做这件事？"

"因为高能事先已经知道，古家是兰陵王高家不共戴天之敌，他指名要与古家后代见面，否则他不会冒险到我们指定的地方。"

"高能的自作聪明却害了自己。"

想起高能在2006年的最后一篇博客，他说将踏出人生重要一步，大概就是要与我见面吧。

依然记得那个日子——2006年11月3日，午夜，古英雄与高能在杭州的一家酒店见面，几小时后共同消失在夜色之中。

"而你的表现却让我吃惊！古英雄绝非想象中那么简单，我们原以为你会按照事先制订的计划引诱高能堕入陷阱——因为高能对现状极其不满，他知道自己身为兰陵王的传人，却没有可能继承天空集团亿万家财，他的叔叔高思国也对他发去的电邮置之不理，他必须得到别人的帮助，借助家族宿敌之手，篡夺不属于他的财富帝国。"

"这么说来高能倒是个坏人。"

"嗯，根据我与他的来往，如果原定计划成功，高能控制了天空集团，他将成为一个非常可怕的人，可能导致全世界的灾难——当然，这一切都在常青控制之中。"

我却抛出一句话："人心难测。"

"没错，更难测的是古英雄——你的心！2006年11月4日，凌晨，当你与高能在酒店单独见面，竟然临阵倒戈，推翻了原定计划，反而揭露了常青的阴谋，劝说高能与你携手，脱离蓝衣社魔掌，共同寻找兰陵王面具，并且尤其不能相信一个人，就是我端木良。"

听到这里，我大笑起来："原来如此！古英雄并非贪财阴谋之小人，而是堂堂正正的男子汉大丈夫，关键时刻方显英雄本色！"

"不过，你们在酒店说的一切，早就被我安装的窃听器听得清清楚楚！说实话，当时我吓出了一身冷汗，立刻与南宫守在酒店门外。等到凌晨3点，你与高能走出酒店，我与南宫便强行以武力绑架了你们。"

"卑鄙！"

他擦擦额头的汗："对不起，我们只能实行第二套方案，将古英雄与高能秘密拘禁起来。在杭州华金山的医院里，你们被关了十几天，华金山每天都对你实施催眠，想从你的脑子里套出兰陵王面具的下落，结果什么都没有。"

"那车祸又是怎么回事？"

"十几天后，你竟从严密看守的医院地下室逃走，还带上同样被囚禁的高能——看来你有越狱的天赋。医院停着一辆无牌黑车，是南宫从非法渠道弄来的。你刚学过驾驶，当即跳上这辆黑车逃跑，但附近全是山路，你绕着医院转了个圈，结果冲出隧道时汽车失控，撞上了岩石。"

我替他说完车祸的结果："而我被甩到公路上，面部着地严重毁容，陷入深度昏迷；高能坠下山崖当场死亡，是不是？"

"当晚，我、华金山、常青还有南宫都在医院里，第一时间赶来，发现了奄奄一息的你，还有已经死亡的高能。华金山紧急为你实施了面部移植手术，将高能完好无损的脸换到已被毁容的你的脸上。然后，我们迅速伪造车祸现场，看起来存在一个逃逸的驾驶员，其实驾车者就是被宣告死亡的古英雄。"

读心术告诉我，他嘴里说的一切，符合他脑子里回忆的一切。

"你们就这样只手遮天，犯下严重罪行！让我成为高能，把古英雄送进坟墓。"

端木良忏悔道："很抱歉！"

"可是，蓝衣社的阴谋并没有停止，一年后我从植物人状态中醒来，你们又继续欺骗我，让我按照既定轨迹生活，直到彻底掉进你们的陷阱！"

我边说边回忆短暂的人生，从2007年秋天醒来，直到2008年被关进美国的监狱，这一切果然是个阴谋，而我不过是个蝼蚁般的牺牲品。

"我没料到你一直没有恢复记忆——难道兰陵王的秘密就此要永远烂在坟墓里？"

眼前浮起另一张脸，美到极致的男人的脸——没有面具的兰陵王，不配称为兰陵王，所以他只能叫慕容云。

他，还有我，都需要那张古老的面具。

"螳螂捕蝉，黄雀在后。"端木良无奈地大笑，"无论常青的阴谋多么完美，最后不也落得个横死的下场？"

"因为有一个更可怕的阴谋，隐藏在常青的阴谋背后。"

双重阴谋——我"幸运地"遇到了世界上最复杂的阴谋。

我结拜兄弟的双重阴谋还在继续，我们都在与时间赛跑，想要得到兰陵王的面具。

夜。

高速公路上的夜，在车流中飞快穿梭，让人误以为是某位外宾来访，却低调地未出动礼宾摩托。

几小时后，我们将回到上海。

我坐在悍马车内，独自听着海顿的四重奏。疲倦的白展龙睡着了，躺在我后面宽敞的座位上。这些天来他鞍前马后地操劳，却被我粗暴地推到水塘中，令我非常过意不去。

端木良坐在其他车里，保镖随时控制着他。虽然他已发誓效忠于我，彻底脱离蓝衣社组织，协助我与慕容云战斗到底，而我将为他偿还所有债务包括巨额利息，当然还会让他与妹妹秋波团聚，可是除了自己的眼睛外，我不能相信任何人，有时甚至是我自己。

然而，我必须信任他——除非杀了他。

因为有一点至关重要，端木良掌握着我的真实身份。

如果他把这个秘密泄露出去——我是个冒牌货的高能，原本是高家死对头蓝衣社的传人古英雄，那我必定会身败名裂！什么天空集团，什么莫妮卡的承诺，全都变成泡影。高能早就死了，古英雄凭什么拥有现在的一切？

我可能会被送上法庭，嫉恨我已久的天空集团董事会将趁机起诉我非法侵占高家遗产，说不定我还会被重新送进监狱，不要指望能第二次越狱成功！

所以，我必须控制住这个人，绝对不能让他泄密，否则只能杀了他！

但我还没沦落到想杀人的地步，没沦落到为了秘密不择手段，更没沦落到蓝衣社那种卑鄙境界。就像四年前杭州的那个夜晚，我勇敢揭露了常青的阴谋，鼓励心怀邪念的高能与我一同逃离那些坏蛋的陷阱。

即便我为此付出最沉重的代价——失去自己的脸以及全部的记忆。

以上，并非我要控制端木良的唯一理由，还有个原因同样也很重要。

出发之前，端木良告诉我，即便蓝衣社被"那个人"控制，但有一个人却不会，就是他的爷爷——端木明智。

端木家族，在蓝衣社的秘密历史中，是仅次于古家的第二大家族。1949年，端木明智跟随古家，在上海改换身份隐姓埋名居住下来。在我父亲古平接任蓝衣社的第三任社长后，端木明智基本上淡出了蓝衣社。多年前，端木明智与自己的儿子，也就是端木良与秋波的父亲，为了某些问题大吵一架，从此离家出走销声匿迹。端木良说老头最疼爱自己的孙女——可怜她是个盲人，偶尔会回来带些好吃的给她。

最近几年，端木明智彻底消失了。常青也尝试过找他，但从没有结果。端木老爷子是社长的心腹亲信，除了世袭社长的古家之外，他极可能也知道兰陵王面具的下落——所以，当我的父亲失踪，而我完全失忆后，老爷子便成为关键人物。

端木良坚信爷爷还活着。

既然如此，他和妹妹秋波的价值就更大了。

秋波的价值？想到这里，我又有些鄙视自己。

我刚找到端木良，就想给秋波打电话，转念一想还是留个惊喜吧。今晚我将回到上海，带着端木良去见她，就说送给她一件特别礼物——可以想象她的表情，看到阔别一年多的哥哥，开始是不可思议地惊讶，接着是高兴地流泪。她必然非常感激我，说不定因此而投入我的怀抱。想起她美丽的脸庞，恢复光明后的清纯眼神，磁石般吸引人的声音，清脆地浮响在耳边，如深山泉水浸润心田。若是午夜枕畔能听到这个声音，带着柔情蜜意窃窃私语，定是我前世修来的好梦，纵然刹那间死于榻上也值此一生了吧。

该死！真想抽自己一个耳光！为何这么想？甘愿为女子牺牲一切？就像周幽王为博美人一笑而成千古笑柄？

我到底还是一个男人。

面对这样一个女人，我已付出太多，在许多年前便救过她的性命。就算为了高能而偿还，我仍然有理由得到她，只因她的命运与我连在一起。我们同是蓝衣社后人，同是生活在自卑的过去，同是面对那个漂亮的男人。

为什么又想到慕容云？

这个男人也诱惑过我，而他的诱惑力太强大了。他曾把秋波从我身边抢走，在我之前让秋波第一个看到了他，这是我的奇耻大辱，数十个日日夜夜不知发生过什么，她的心是否还属于我？还是说从来都没属于过我？

我要打败这个男人，无论是在天空集团与Matrix的战场上，还是端木秋波复杂多变的心灵深处，我都要让他彻底对"大哥"俯首称臣，永远不再燃起非分之想。

这是男人的征服欲，我将是一个成功的征服者，无论征服天下还是征服女子。

但是，我还是我吗？是我想要成为的那个我吗？

莫妮卡——心中刹那间响起这个名字，我对她的承诺不会改变，那么对她的爱呢？

男人果真是喜新厌旧的动物，说什么天长地久，说什么海誓山盟，全都是些骗人的鬼话！我无法克服男人的最大弱点，我依然是以往那个被自己鄙视的人。

车队继续驶过深夜的高速公路，对面射来的灯光有些晃眼，一如心底的纠结不清。随着那些魔术般的大灯，眼前渐渐浮起三个人的影子——莫妮卡、端木秋波、慕容云。

虽然其中一人是我不共戴天的仇敌，但我似乎同时爱着他们。

感觉自己的心要被撕成两瓣——不，是均匀地撕成三份！

与其如此，不如享受千刀万剐的凌迟。

欲望，我看到不可阻挡的欲望，它是黑夜原野上的公犀牛，在孤独中煎熬等待百年，终于带着数千公斤的力量，将另一个人的昔日深情抛诸脑后，奋起犀角直接冲向端木秋波。

为此，我将不惜任何代价，大不了付出生命。难道地球会因我的离去而停转？我将投入全部地去怜爱她疼惜她，直到她彻底臣服在我脚下，彻底遗忘那张看似漂亮却丢失了面具的脸。

半小时后，我将带着端木良，这份最特别最令人惊喜的礼物，来到广播大厦秋波下班的地方，等待她露出带着感激的爱情的笑容。

我来了。

忽然，身后响起白展龙的手机铃声，他从昏睡中紧张地跳起来，连一秒钟的缓冲都没有，便抖擞精神接起电话："喂……是我……什么……你再说一遍……确认吗？好的……我马上到！"

听他接电话的语气以及变化丰富的神色，从极度意外转到暗暗兴奋，让我也拧起眉毛："什么事？"

我的中国区助理压低了声音回答：

"根据私家侦探报告，我们已经跟踪到了慕容云，就在上海！现在！"

半小时后。

车队轰鸣着驶入市区，路灯照亮熟悉的街道，如同行将开赴战场。午夜街头行人稀疏，在某些角落进行着交易，黑猫与老鼠出没于高墙。秋风卷起第一片枯叶，掠过悍马的挡风玻璃，像一块黄色的石头，即将砸破车窗打到脸上。

没错，这是我熟悉的地方，常常来此迎接我的秋波，也是《面具人生》电波之源——广播大厦。

虽然后面车里坐着端木良，但我不是来给秋波送惊喜的，尽管这也是我的重要计划。

我是来这里战斗的。

十分钟前，私家侦探报告，慕容云驾驶一辆奇瑞QQ，开到广播大厦楼下，通过询问保安径直走进大楼。

这个消息令我极度惊愕，本以为发现慕容云是个天大的好消息，终于可以抓住他好好审问，没想到他是冲着秋波来的，就像上次在医院捷足先登接走她，这次又是在我给她送出天大惊喜之前，鬼魅般地来到广播电台。

为什么他总比我快一步？

车队开到广播大厦楼下，停车场里有一辆醒目的QQ，白色车身上涂着粉色Hello Kitty标志，天知道慕容云是从哪儿弄来的。

我第一个跳下车，白展龙紧跟在身后，车上保镖也纷纷下来，唯独端木良那辆车没有动静——这是我的决定——在秋波安全回到我身边之前，绝不能让端木良下车，他现在是我最宝贵的囚徒。

广播大厦门口站着保安，他警惕地看着楼下大队人马，可能要让武警出动保护这个关键部门。为了不惊动太多人，我命令大家都回到车上，只有我和白展龙站在楼下，等待兰陵王与美人归来。

虽然我没有在大门口轻举妄动，但平时负责监护秋波的保镖早就严密控制了大楼周围。甚至附近几栋大厦的楼顶，也已加派红外望远镜的监视哨，任何风吹草动都逃不过。

唯一可以确定的是，慕容云和秋波还在大厦里——从他进入广播大厦到现在，并未发现有任何人离开。

我冷冷地注视着这栋据说风水异常甚至有闹鬼传闻的大厦，楼上有我心仪的女子，也有我仇恨的男子。他们两人如今在一起，令我坐立难安咬牙切齿，这对男人来说更是奇耻大辱。

白展龙把私家侦探带到我面前，向我报告是如何发现慕容云的——其实也很简单，侦探每晚都会搜索当日上海空港入境名单，发现今天下午有一位持美国护照的John Murong先生从浦东国际机场入境，正好符合我们提供的黑名单。私家侦探查了John Murong的护照资料，果然是我们日夜惦念的慕容云！

侦探搜索当日各大酒店订房记录，再次幸运地找到了美国公民John Murong的名字。他赶到那家五星级酒店门口蹲点，等到晚上7点，发现一个身着白色汉服的年轻男子出来，与我描述的慕容云形象非常贴近。奇怪的是，慕容云在上海街头游荡很久，他那特立独行的长发汉服形象以及夜色中迷人的美少年脸庞，一路上引来不少人围观。

晚上10点，有人开着一辆奇瑞QQ来到他面前，把行驶证和钥匙交给他后，便下车离去。慕容云独自开着QQ上路。私家侦探驾车紧随其后，幸好QQ速度不快，慕容云并未发现被跟踪。但他一直在市区绕圈子，到子夜才突然加速。侦探驾车全力追踪，才勉强跟到广播大厦，看到慕容云停车上楼。

私家侦探的相机里存有照片——五星级酒店门口，丢失面具的兰陵王玉树临风，惹人眼球的白色魏晋汉服，霓虹灯下长发飘飘，宛如烂柯山中的仙童，下凡到喧闹尘世。至于他坐进QQ的照片，简直像美少年漫画，宽袍大袖并未妨碍他开车。最后一张照片摄于十几分钟前，慕容云独自走进广播大厦，长发被午夜的秋风吹起，白衣鬼魂重现。

毫无疑问就是他！一如冰火岛上的惊艳风情，如今却飘到这栋楼上，飘到我的秋波面前——真要命！已经十几分钟了，他可以说很多很多的话，可以利用那张迷人的脸蛋和眼神，充分诱惑那个纯洁的女孩，令她堕入情网编织的陷阱。

我粗暴地喝退左右，独自站在广播大厦门口。

如果有必要，我会选择普希金的方式死去——但愿我这么说没有亵渎那位伟大的诗人，但愿也没有亵渎决斗的骑士精神。

他来了。

大堂内的电梯门打开，走出一男一女两个身影。

女的棉布长裙裹得严严实实，秀发底下两汪清澈得让人绝望的眼，所以她的名字才会叫秋波。

男的宛若海底自由的水母，任由秋风鼓起宽大的衣袖长袍，整个人膨胀了两倍，脸庞却消瘦清秀，眉宇之间英姿勃发，放射出令所有人黯然失色的火星，恐怕小乔的老公亦不过如此！

当他们经过保安岗哨，来到大厦门口，秋波才发现我的来到，惊诧得几乎跌倒，自言自语道："你怎么来了？"

我怎么来了？

好一句伤人心的话，你可知我是来给你送一份惊喜礼物的？

午夜的风，舞起枯黄的秋叶，从我的发际掠过，穿越稀薄寒冷的空气，却转眼飘到慕容云的脸上。

兰陵王似乎受过舞台表演的训练，漂亮的脖子微微扬起，略带野性地张开嘴巴，竟准确地咬住了那枚黄叶！

落叶衔在红唇间的美少年，给了我一个胜利者的微笑。

于是，这枚经过他宠幸的枯黄叶片，晃晃悠悠享受般飘落于地，无比荣耀地埋葬于秋天的泥土。

这样的挑衅更激怒了我，尤其是秋波的纤纤玉手，竟被他紧紧握在手心！

"贤弟，我们又见面了！别来无恙？"

当愤怒积累到顶点，我还能如此控制情绪，简直让我开始崇拜自己。

"大哥，小弟也想你想得甚紧，故而趁此机会前来叙旧。"

"住嘴——"我若再跟他称兄道弟家长里短，那就要被周围的人耻笑死了，"放开秋波！若你还是男人，我们两个在这里单练，一决雌雄！"

"好！"慕容云也气宇轩昂地回答，站在台阶上，以王者风范俯视我，"我们这就开始吧！"

说毕，我还没反应过来，他便扯着秋波的胳膊，飞快地跳下高高的台阶，如同魅影从我身边擦过，丝绸衣袖竟还打到我的脸上，裹挟着风速火辣辣地疼痛，仿佛被袖管扇了一巴掌！

刹那间，现场所有人都大喊起来，就连我也如垂死挣扎的狮子大吼一声。

等我近乎疯癫地转过头来，才发现两道白影都闪向停车场——慕容云已带着秋波坐进那辆奇瑞QQ！

我和保镖们冲向那辆小破车，没想到它竟迅猛发动起来，轮胎轻巧地转过一个角度，绕过最先扑上来的白展龙，以令人难以置信的加速度，冲向几米外的一道小门。

然而，那道门根本不是给汽车走的，而是大楼底下的自行车库。

他疯了吗？还是发现四周已是天罗地网，慌不择路地撞进一条死路？

可惜，两者都不是。

两秒钟的工夫，QQ竟开进这道小门——仅供自行车与助力车出入的小门！

我才发现慕容云已把反光镜掰进去，如此车身才恰到好处地钻进小门。这道门像为这辆QQ量身定制的一般，两边距离差不多只有一根手指大小！车身却连半根毛都没擦到！他开车简直神乎其技，像用电脑精确计算过一般，两秒钟就完美地调整车身角度。后面的人看得目瞪口呆，徒留自卑，望车兴叹，看着QQ轻巧地穿过一堆自行车，从另一个出口开上大街。

但我身边的前特种兵们并不放弃，有人也急速发动车子，但开到自行车库门口，却只能绝望地急刹车——除了QQ的小身材以外，我们没有一辆车可以钻过去，最小的也比QQ的块头大两圈，更别说我那辆装甲车似的悍马。

该死！

慕容云肯定早就计算过，才会选择一辆最小的QQ，他知道我们的大车穿不过这道门，便胸有成竹大摇大摆地带着秋波下来，把所有人都狠狠戏耍了一顿！

我不能忍受这样的侮辱，今夜必须抓到他！决不能再让秋波从我眼前失去。

大家回到车上，飞驰出广播大厦，绕到QQ开出的那条马路上，眼前却只剩下秋风与落叶，再也看不到那个性感的背影。

不过，他们还没逃出我的手心。

十几分钟前，附近数栋大楼天台上，都安排了监视人员，他们已准确捕捉到了慕容云，并及时向白展龙报告了QQ的方向。

野战车队为首的是我的悍马，司机在部队服役多年，执行过多次特殊任务，这次重获追逐的机会，令他如恶狼般瞪大了眼睛，不到两分钟就发现了QQ的身影。

悍马车里除了我和司机之外，还有白展龙和我的贴身保镖。核对了前方QQ的车牌，确认就是慕容云驾驶的那辆。

成也萧何，败也萧何——慕容云选择QQ穿越小门逃跑真是绝妙方案，但若在凌晨大街上遭遇追逐，那可就是最愚蠢的选择了！

果然，悍马疾速追近QQ，毕竟排量是它的十倍。

再近一些！再近一些！距离已不足十米，透过明亮的路灯以及车内亮起的光线，能看到副驾驶座上秋波的背影。

我的小鹿，猎人已追上了你，很快就能将你从豺狼的爪子下拯救。

然而，慕容云的QQ突然加速，这样的爆发力绝非QQ所能做到，转眼就拉开了距离。

我的司机也惊讶地大喊："撞邪了！我都开到160码了，为什么QQ却越开越远？"

因为这辆车早已不再是QQ。

我的司机也继续加大速度，幸好这辆悍马早经过改装，凌晨良好的路况条件，跑到时速250千米都没问题！

然而，更加邪门的事情发生了。当悍马的仪表盘真的跳到时速250千米，QQ却仍与我们保持大概二十米的车距，丝毫没有追近它的感觉。

"他开的是一辆改装车！"白展龙提醒了一句，"QQ绝不可能开到这种速度，能在QQ身体里改装出这种发动机和动力水平，要么是汽车天才，要么是外星人！"

我看着黑夜里变态飞驰的QQ，冷笑道："他的确不是人类。"

再看后面的车辆，已全部掉队，虽然都是大排量的好车，依然没有一辆能追上我们。

慕容云有意避开警察，或避免威胁到其他车辆，开出市区跑上了国道。

于是，凌晨1点多的上海郊外，出现了这幕奇异景象：一辆时速250千米的悍马，追逐一辆时速250千米的QQ。

秋风猎猎的黑夜，一大一小两辆汽车，乍看起来颇有些滑稽，但坐在车上的人却是把心放在了嗓子眼。

这已不能用风驰电掣来形容了，仿佛两架超低空飞行的战斗机，贴着地面作生死格斗，呼啸出震耳欲聋的发动机声。谁都想以速度抢到更好的位置，然后发射导弹毁灭对方。

忽然，QQ就像F1似的急转弯，拐进一条荒草覆盖的小路。

慕容云又想以小身材逃脱大个子吗？但这样的野路可难不倒我，此辆悍马就是专为这样的野战而生的。

我命令司机把大车也开进小路，反正周围都是荒野蒿草，不用担心撞到行人或车辆，就当参加巴黎—达喀尔了。

随着座位下激烈的颠簸，不断有枯草打到车窗上，令人感到一阵头晕眼花。远光灯也经过改装，可以照亮数十米开外，QQ却还保持着原来的距离。

忽然，前头出现一大块黑影。我放下车窗仰起头，看到一座近百米高的黑色山峦，似潜伏的野兽在等待送上门的猎物。

山？

上海还有山吗？

"佘山！"

白展龙突然大叫起来，这是上海西郊仅有的几座小山丘中最有名的一个，四周聚集了不少顶级别墅社区。

就在慕容云即将撞山的刹那，他却飞快地急转弯驶入一条沿山小路。

我们的悍马也紧张地转弯，压过高高的石头台阶，艰难地追上山脚。

这或许是上海绝无仅有的盘山公路，QQ一溜烟爬上坡，追赶的悍马发出震耳欲聋的咆哮声，惊醒整座安静的小山。路边布满茂密的竹林，凌晨漆黑的天空下，只能依靠远光灯照亮前方。在黑暗山路上疾速飞驰，绝对是件玩命的事情。上百千米的时速难以控制，稍有不慎便会冲出道路，坠下崎岖起伏的山崖，连人带车粉身碎骨。

一千四百多岁的兰陵王，难道对永恒的生命感到厌倦了吗？不，你就算要在这儿寻死，也请不要拖上我的秋波好吗？

碾过蜿蜒的佘山陡坡，即将抵达山顶之前，QQ突然急刹车！

我的司机也猛踩刹车，在我几乎要飞到前排时，悍马侥幸停稳下来，前保险杠几乎紧贴QQ车尾。

还没等我重新坐起来，只见QQ左右车门打开，两条黑影迅速跳下车，悄然钻进路边的竹林里。

"站住！"

我明知徒劳地大喊一声，旁边的白展龙与保镖也跳下车，向漆黑一团的竹林冲去。

司机提起车上备用的手电筒，照亮路边的树丛，毫无慕容云或秋波的人影。我浑身肌肉颤抖着下来，独自走近堵在路上的QQ，敞开的车内空空荡荡的，只有秋波的香水味隐隐残留。我猛然回过头来，却是伸手不见五指的竹林，凌晨秋风呼啸，吹起大海般的浪涛声。

端木秋波与慕容云，就像两滴水落入大海，融进无边的秋夜。

果然，当我也扎进竹林时，却撞见司机的手电筒，还有白展龙和保镖。他们都说漆黑的树林里，完全看不到那两个人影，就连最后的一点香水味都没了。竹叶不断抽打到我脸上，似乎是命运给我的耳光，耳边除了白展龙的唉声叹气，便是竹林摇曳的摩擦声。眼前无边无际的密林，只有一支手电的光线，如何能照亮整个黑夜？

我们仅有四个人，其余人马早已掉队，在打电话把他们招来搜山之前，恐怕慕容云已穿越暗夜丛林，带着秋波徒步下山，藏入某个别墅小区，或者拦下凌晨行驶的出租车。

我绝望地退到盘山路上，痴痴地往前走了几步，想到佘山之巅吹吹风，便远远抛下白展龙等人，抛下那辆宇宙超级无敌的QQ，终于实现了孤家寡人，被秋夜彻底埋葬。

惊喜即将来到的时刻，秋波又一次从我身边离去，兰陵王又一次羞辱了我，命运又一次把我推上悬崖。

当我仰头期望看见月光，却连半颗星星都没发现，乌沉沉的暗云底下，却是一尊巍峨高耸的十字架。

我揉了揉眼睛，没看错吧？

没错，确实是醒目的十字架，由几盏微弱的灯光照耀，勾勒出一座庞大的建筑轮廓。

一座教堂。

想起佘山顶上还有教堂，旁边有一座天文台，这才是成为风景区的原因。

我快步跑到海拔不足百米的山巅，仰望这座巴洛克式的建筑，在上海最高的自然地标之上，俯瞰广阔的平原与城市。

白天在山脚便能看到教堂，夜里却隐藏了真面目，只有靠近山顶才露出容颜——高大的钟楼与十字架直冲天际，代表唯一的神，嘲笑失魂落魄的凡人——我。

这座矗立在上海西郊的小山，年代并不古老的教堂，却是天主教的圣地，20世纪40年代以前被罗马教皇册封为远东第一圣殿。

奇怪的是，凌晨2点，庄严的教堂大门居然敞开着，似乎专为迎接我的光临。

教堂内部亮出白色灯光，忽然响起奇特的音乐，竟是欧洲常见的管风琴，难道这儿还有儿童唱诗班？

这道门，这缕光线，这些琴声，强烈地诱惑着我，我无从抗拒地走向教堂，走向这个命定的夜晚。

我的双脚在颤抖，我的双眼在模糊，我情不自禁地踏入教堂大门，便已转世来到另一个世界。

高阔穹顶下的大厅，足以容纳上千人做礼拜，数根优美动人的弧线，交织于遥不可及的头顶，那就是传说中的天堂，而我却等不到末日审判。墙上的玻璃上画着圣经故事，地下是一排排长条座椅，神龛最显著的位置，赫然耸立着耶稣受难像。神秘的白色灯光散发着某种奇异气息，让人不敢打扰圣地的宁静，甚至不敢呼吸不敢心跳。

这是拜占庭的圣索菲亚，是梵蒂冈的圣彼得，是维也纳的圣斯蒂芬，也是我的死海与耶路撒冷。

因为，在神圣的穹顶之下，我看到了秋波，也看到了慕容云。

我、端木秋波、慕容云。

举杯不见月，对影成三人。

后面两个我爱着并恨着的人，正在教堂角落里手拉着手，旁边是巨大的管风琴，四周却再也没有其他人，难道是我们的美少年在弹奏？

秋波刚撞见我的眼神，便尴尬地从慕容云手中抽出手来，别过头去，不敢接触我的目光，就像知道我有读心术，怕泄露她心底的秘密。

今晚，她的表现让我极度失望，我异常悲凉地叹息一声，数个月来为她做的全部努力，竟然及不上几十分钟的变化。

慕容云穿着白色汉服，微笑着向我走近一步，扬起耶路撒冷王式的清秀脸庞，朗声道："大哥，你终于来了！"

我终于来了？他根本就没想过逃走，而是选择这处不被打扰的圣地，在巍峨的穹顶之下，等待仓皇失措的我到来。

也许，从慕容云被私家侦探发现那刻开始，我就已堕入他精心策划的陷阱。以他的神出鬼没形影无踪，怎会如此轻易被发现？何况在我的大本营上海。他必是故意现身泄露行踪，并早已掌握我的动向，恰到好处地抢在我之前，赶到广播大厦见到秋波，再用早已准备好的改装QQ冲出我的车队重围，将我引诱到佘山这个预设战场，借着竹林夜色甩掉我所有的随从——真是个完美计划，天衣无缝，无懈可击，就像两年前把我送进肖申克州立监狱。

这分明是再一次的羞辱！我的下巴不住地打战，我却强迫自己绝不可示弱，倔强地问道："贤弟，我们究竟谁赢了？"

"这样的战争没有赢家。"

"我不会输的。"

"大哥，我真为你的自信感到高兴！"

最讨厌他这种讽刺似的恭维，我咬着嘴唇说："既然你已把秋波还给了我，为什么还要把她再次抢走？男人当一诺千金，你以为是小孩子的游戏吗？"

"把秋波还给你？"他摇头看看身边的美人，"你以为她是一辆车或是一个玩具？秋波不属于任何人，只属于她自己，没有别人能决定她的归属。"

"别人？"

"我们都是别人。"

真是一语惊醒梦中人，我一直以为对秋波而言，自己并不是"别人"。

"你是说要让秋波自己选择吗？"

"是，我或者你，都不能代替她做出选择。"慕容云又走近一步，重新抓住秋波的手，"好，让我来回答你，我为什么回来，因为我知道她并不开心，没有在恢复光明后获得自己想要的生活——我已给你几个月的时间，但事实证明，你不能给她这样的生活，那么她也不可能再选择你。"

"不，这不是真的。"

我像个小孩似的捂起耳朵，却依然听到他滔滔不绝的声音："大哥，我回来就是让她自己选择，如果她选择你的话，我会马上消失，永不再现身——很可惜，她没有！"

最后一句话深深刺痛了我的心，我大喝一声："秋波，快点告诉他，这一切全是他的异想天开！"

慕容云却把食指竖到嘴上："嘘——不要打扰圣地的安宁。"

"你别插嘴，让秋波回答！"

曾经的盲姑娘紧蹙蛾眉，对这个问题左右为难，只能低头看着地面，又将手从慕容云手中抽回。氤氲静谧的光线之下，仿佛一个古老舞台，焦点便是女主角秋波。

她忧伤地缓缓抬头，面色竟像在聚光灯下般惨白，眼睛连同睫毛以及眼神都在颤抖，终于吐出几个字："高能，我不知道该怎样回答你，但我感谢你为我做的一切，感谢你帮助我重获光明。我早就明白你的心意，与当年我为救你而失明无关，只因你全心全意爱慕着我，而我却不能给予你同样的感情。"

虽然这几句话让我心碎，但仍不能使我放弃："秋波，我会给你时间的，你也需要给我时间——我唯一可以肯定的是，你绝对不能信任你身边的这个人，不能信任他那张漂亮的脸，更不能信任他的花言巧语。你不知道他是多么可怕的人，他让多少人痛苦地死去，也让我承受过多大的磨难。你可以去任何地方，但不可以去他的地方！"

她惊恐地转头看向慕容云，不敢相信身边天使般的美少年，竟然是我口中的恶魔。

我们的兰陵王却面不改色，从容地看着秋波："请以你自己的理智来判断。"

就当秋波在他身边犹疑不决时，四周却响起一阵沉重的脚步声，惊得她急忙后退。我也猛然回头，只见白展龙和我的司机，后面还有十几名保镖，将慕容云和秋波团团围住。

第五章　　　牛总

兰陵王，你已插翅难逃。

幸好，这不是吴宇森的电影，没有枪战，也没有白鸽。

教堂圣洁的穹顶之下，我从最初的惊愕中醒悟过来——原来，自从上次的海岛绑架事件后，公司就将我的警备提高到最高级别，就连我身上也安装了电子感应装置，无论我跑到世界上哪个角落，都可以通过GPS定位系统，准确找到我的位置，最高可以精确到厘米！

因此，我的大队人马也赶到佘山，发现我正在教堂内部，便在白展龙的指挥之下，严密包围了这栋建筑，确认无误才闯进来。

周围全是我的保镖，他们为我遭到戏耍而愤怒。慕容云和秋波已成笼中之鸟，我不相信他还有什么办法逃脱。

然而，我却恼怒地对白展龙等人大骂："蠢货！一群蠢货！"

大家都颇感意外与委屈，明明是忠心耿耿护主心切，却为何得到如此训斥？

因为，在秋波面临抉择的刹那间，他们像群强盗似的突然闯入，非但不能给我加分，反而会把秋波赶向敌人的怀抱。

果然，慕容云重新抓住她的玉手，毫不畏惧身边的前特种兵，对我微笑道："大哥，你的手下果然神速，小弟不由得佩服啊。"

"住嘴！"

我受够了他这种冷嘲热讽，要不是秋波站在旁边，早就上去给这张漂亮脸蛋两拳了。

"我们打个赌好吗？"

"什么赌？"

他胸有成竹地看看四周："今夜，你将把我放走。"

所有人都大吃一惊，我摇着头问："为什么？"

"你可知华容道？"

"捉放曹？"

不用解释也明白，慕容云抓住过我，最终不但将我放走，还把秋波还给了我——假如他不是神仙，却可以计算到今天的话，那么我仍然欠他一份情。他知道我还会把他做过的事情再做一次——将最大的敌人从自己手中放走，并且带走敌人心爱的女子！

"没错，你会这么做的。"

他充满自信地微笑着，拉着秋波向我走近几步。没人敢阻拦他，只有白展龙小心地站在我身边以防不测。

然而，我却狂躁地对左右说："全都给我退下！"

保镖们面面相觑退了几步，但我仍未满足，大喝一声："全都退到教堂外面去！"

"董事长！"忠诚的白展龙提醒了一句，"此人狡诈无比，千万要小心！"

"滚开！"

我又是一把将他推开，他只得满脸委屈地点点头，带着其他人退出教堂。

于是，华丽的穹顶底下，再度只剩下三个人。

慕容云居然以胜利者的姿态说："大哥，我可以带着秋波走了吗？从此，我们谁也不欠谁。"

"不！"

我的阻拦令他吃惊："大哥，算我看走眼了，你真是那种无信无义的卑鄙小人？"

"等一等！我还没有做出决定。"

"你已经做出决定了！"

这是压垮骆驼的最后一根稻草，我终于缴械投降："好吧，亲爱的贤弟，你可以离开这里，但秋波必须留下。"

这是我的有条件投降。

"谢谢。"他给了我一个灿烂的微笑，但立刻恢复严肃，"秋波，还是让她自己决定吧。"

"也罢！秋波，你来决定，是跟我留下来，还是跟他远走高飞？"

我热忱地直视着她的双眼，期待得到这双曾被黑暗覆盖的眼睛的回应，让我实现自己爱一个人并得到一个人的愿望，我会为这个女人付出一切，直至她感受到幸福。

这个问题又让秋波陷入煎熬，她托着颤抖的额头，悲伤地回答："高能，你为什么要这样逼我？你为什么一定要让自己和我受伤害？"

"什么叫要让我和你受伤害？"

终于，秋波鼓起勇气："你不要再骗自己了！你知道我不会爱你的，但我不想对你说出来，我怕会伤你的心。"

这句话犹如晴天霹雳，将我钉在教堂的座位上，痴痴地看着她忧伤的眼睛——不要再自欺欺人了，她不会爱我的！她不会爱我的！她不会爱我的！

我坐在长椅上发呆许久，整个人像浸泡于冰水中，就像不知道自己怎么死的，执拗地继续追问："可是，你就从没有对我有过好感吗？"

"当然有过，在我的双眼看不到的时候——"她苦笑了一声，"我喜欢你好听的声音，喜欢你带我去听海，喜欢你说你的故事。我也有过期待，期待在视网膜移植手术之后，第一眼能够看到你的脸庞。"

"你看到的却是这个人！"

我指了指慕容云，却又什么都做不了。

"是，但当时我以为他就是你，我说过我会爱上第一眼见到的男子——而这个男子竟完全符合我对你的想象：漂亮、神秘、忧郁，具有古老王族气质，一双迷人的眼睛。我相信他就是我的梦中情人，相信命运让他来将我从黑暗中拯救，相信我将与他永恒地厮守下去。"

她抒情似的说完这一切，转头看了看身边的人，竟是情意绵绵的眼神。

"可他骗了你！"

"是，我非常怨恨这一点，我恨为何幻想中的白马王子真的降临，竟然是个骗局！可是，我的眼睛让我无法抗拒，无法抗拒这个完美的男子。我喜欢和他在一起的感觉，喜欢看着他的飘逸长发，喜欢看着他被风鼓起的汉服，喜欢看着他忧郁地注视大海。当我离开他的时候，我无时无刻不在思念他，每个夜晚都会梦到他，我无法抑制心底的冲动——对不起，我不想对你说这些，是你逼我一定要说出来的，我说过这会伤害到你。"

秋波说完又低下头，神秘的灯光洒在她的发梢，眼泪似乎已滑落在地。但这不是她的忏悔，我也不是告解神父。

"秋波，你确实伤害到我了。"

"对不起，但这同时也伤害了我自己。"她走到我的身前，抚摸我的额头，像抚摸一个受伤的小男孩，"我知道你喜欢我，知道你愿意为我付出一切，但前提是要我也爱着你。可惜，我做不到这一点，而且我也很感激你，我想对你的任何伤害，也是对我自己的伤害。"

"你不爱我的原因是什么？因为我没有他漂亮？没有他的神秘忧郁？因为我只有一张普通平凡的脸，而这张脸让充满幻想的你大失所望？"

她继续像母亲那样抚摸着我的头发："爱一个人不需要理由，不爱一个人也不需要理由！"

这句话完全塞住了我的问题，让我痛苦地仰头长叹："好吧，就算我无知。"

"高能，再说一声对不起，我愿意成为你永远的朋友——但也仅限于朋友。我想我不需要再说我的选择了吧？"

"是，我已经知道你的选择了。"

我不再需要她的安抚，因为我不再是个小男孩。我霍地站起来，后退好几步，像受伤的狮子看着最大的敌人，以及我曾经爱过但已经不爱的女人。

慕容云抓起秋波的手，故意摆到我的面前说："大哥，我可以带着秋波走了吗？"

"走吧……走吧……走吧……"我绝望地喃喃自语，"不要再让我看到你们！"

这回是无条件投降。

"保重！亲爱的大哥！"

慕容云神色凝重，仿佛由衷地为我祝福，若旁人所见，大概真以为兄弟情深。随后，他挽着流泪的秋波，匆匆走出教堂大门。

一分钟后，我艰难地忍住伤悲，追到外面的夜空下，并非反悔我的决定，而是让外面守候的人让开。

果然，我的保镖们围住了慕容云和秋波。

但在我的明确命令之下，他们只得无奈地退开。我用最后一点力气说："放他们走！谁都不准追赶，也不准跟踪！放他们离开中国！"

在数支手电筒的照射下，秋波回头感激地对我点点头。她在感激我的宽容与放弃，感激我对她和慕容云仍有情义。

这对神仙般的男女消失在佘山之巅，很快我就听到QQ发动的声音，几分钟后就无影无踪。

从此，秋波将跟随兰陵王远走天涯，成为我的死敌的一部分。

十字架上受难的基督正看着我。

深秋。

我常常回忆梦中那池黑色的湖水，但已没有了阵阵涟漪的秋波。

这才令我感到秋天的意义，看着街边梧桐叶逐渐枯黄，飘零下脆弱的叶片，如铺满大街的尸体，又被匆匆而过的行人脚步踩碎，却无法融入泥土与大地，只得凄惨地横陈于水泥或柏油路面上，等待西伯利亚的北风，将残骸碎片卷入阴暗天空，变作无数细小尘埃，献祭给这个冰冷的世界。

她不会再回来了，包括爱犬贝贝——我的心头却已如释重负，似搬开一块压抑许久的石头。以往追求秋波的每日每夜，脑中梦中都是她的倩影，却无法亲近她的身体，更无法亲近她的心。望眼欲穿隔靴搔痒的日子，不亚于在美国监狱时的煎熬。

当我彻底绝望并放弃她的一切，就像放弃她曾带给我的希望，放弃在狱中渴望自由的意志，放弃获得未来身体与精神幸福的权利——我也就彻底放弃了她带给我的痛苦与抑郁。

原本被压得几乎窒息的我，失去她后却重获大口呼吸的权利——另一种复活。

想起她毅然决然离别时我的不舍与痛苦，想起她选择慕容云时我的惊讶与羞耻，我忍不住对自己大笑几声。当时我的愤怒与失望，与其说是对秋波强烈的爱，不如说是对慕容云强烈的嫉妒！作为一个男人，我彻底败给了他，眼睁睁看着他抢走我的女人，这才是真正痛苦之处吧！我对秋波一厢情愿的感情，从来没有强烈到对莫妮卡的那种程度。我需要的不是一个等待我进攻的周芷若，而是一个愿意热情地给予我的赵敏。

我与慕容云争夺秋波的战争，是为最后的荣誉，为男人的自尊，为一种原始的征服欲，而不是为自己的爱情。从这个角度而言，或许我根本没有爱过她。

这不是失败后的自我安慰，更不是无能懦弱的阿Q精神，而是放手以后的醒悟——放开紧握的双手，意味着可以掌握整个天空。

为何我的读心术能看到她心里说"高能，我从一开始就喜欢你"？

因为，当她双目失明之时，还看不到我长什么样，她喜欢的是黑暗中的高能，却不是阳光下面目平凡的高能。

我不会再怨恨秋波，她的选择让我明白，自她复明以后，第一眼见到慕容云，我就再也不可能有任何机会了。即便她被慕容云送回我身边，依然无法改变第一感觉。美少年早已牢牢占据她的芳心，她的心里不会再容纳第二个人，我的一切努力都是可笑的无用功。

相比于耳聪目明可以去世界任何角落的秋波，我反而更怀念2008年在拥挤的上海地铁上偶遇的盲姑娘——她才是我心底真正的秋波，双目失明楚楚可怜，却坚强勇敢智慧温柔，这样的秋波已一去不复返，就像我永久丢失了的记忆，就像我不能重温的青春小鸟。

秋波，祝福你！

至于我原本差点要献给她的"惊喜"，如今也成了我的累赘。

端木良没起到哥哥的任何作用，那晚来不及说出这个消息——即便说出来又有何用？秋波心中只剩下慕容云，我的"惊喜礼物"不过是道小点心，比不上美少年这顿大餐。

但我不能放弃端木良，听之任之让他成为一个威胁——他掌握着我真实身份的秘密，是我在天空集团最致命的威胁。

所以，我必须控制并利用他。

端木良被我重金养起来，并给他配了一辆奥迪A8和司机。他的一举一动被严密监视，电话邮件被窃听监控，每次出门有十几个人跟踪，定期向我汇报情况——就像被判了缓刑的犯人，需要定期向派出所报到。

为了邀功请赏，端木良说会想办法联系秋波，把她劝回我的身边。但我阻止了他的计划，何必徒劳？就让秋波寻找她的幸福吧。而我的幸福，自失去了莫妮卡后，恐怕永远不会再来。我将停留在孤独角落，慢慢回忆往日的激情与眼泪，尽自己一切力量乃至生命，完成那个承诺。

梁漱溟说："人类之所以可贵，就在他具有一副太容易犯错误的才能。"

犯错误的不是端木秋波，甚至也不是慕容云，而是我古英雄。

一个男人撑伞走进深秋的公墓。

这个男人就是我，现在我已不配再称为男孩，因为在这座公墓深处，沉睡着我自己的坟墓。冰冷秋雨再度弥漫天野，环绕墓地的辽阔水面上，飘荡着越发朦胧的水雾。曾经茂盛的芦苇渐渐枯黄，似乎点一把火就能烧尽。只有高大的松柏保持绿色，枝头停着不断发出哀号的乌鸦，不知在吊唁哪位刚入土的亡魂。

一个男人撑伞走进深秋的公墓，踏上布满青苔的湿滑墓道。

这个男人就是我，现在我已不配再称为英雄，因为在这座公墓深处，埋葬着被我冒名顶替的兰陵王传人。无数墓碑竖立在左右，刻着已走过漫漫人生的名字。他们的骨灰被子女供奉于此，只有每年清明、冬至前来祭典，然后又被滚滚向前的生活遗忘。再过五十年，没人会记得这些墓碑上的名字，就像没人会记得我的名字一样。

一个男人撑伞走进深秋的公墓，来到刻着自己名字的墓碑前。

这个男人就是我，现在我已回到这个致命忌辰，因为在四年前的今日，高能与古英雄同时失去生命。冷雨打在最深处的这块墓碑上，像无数泪水缓缓流淌，带着四年来累积的尘埃，冲刷入埋葬高能骨灰的泥土。石头上一行红色隶书汉字"爱子古英雄之墓"，这是我那可怜的妈妈一生最大的悲剧，可惜她至今仍不知道儿子尚在人间。我该如何向她解释？我又该如何向她证明自己的身份？一如我竭尽全力要向世界隐瞒身份。

我真正的身份就在这里，就在这个孤寂的墓碑上，镶嵌着的陶瓷照片——那张不屈的少年的脸，依然存放在我贴身的钱包里。这张脸对我而言却那么陌生，我永远无法回忆这张脸，但我知道他就是自己，并非从前想象中的阴谋家，而是一个纯洁无辜正直的年轻人。

四年前，也是这个寒冷的秋天，杭州龙井的凌晨，我和坟墓里埋葬的这个人，共同发生了一场致命的车祸。可怜的是那个人就此丧命，他的脸却被移植给我。他带着我的名字，在我妈妈的痛哭声中被埋葬。

四年过去了，我依旧戴着他的脸，顶着他的名字，继承了本该由他继承的帝国。而这个帝国危机四伏，一个古老神秘的漂亮天才兰陵王，一个拥有无边财富的犹太家族，已成为我最大最危险的敌人。我常感到力不从心，常对身边的人暴跳如雷，常陷入绝望疯狂的状态。

于是，我想回到这个地方，面对自己的坟墓，面对埋葬在黄土之下的另一个我，面对一个被我冒名顶替的灵魂。

然而，让我颇感意外的是，今天我并不是唯一来看他的人。

墓碑前还站着一位老人。

淋漓的秋雨下，铁皮桶里冒着烟雾，纸钱被老人燃烧为灰烬，碎屑纷纷扬扬飘入雨中，也有一部分飘到我的脸上。

我被烟呛到一口，捂着鼻子咳嗽起来，想想这是烧给我的纸钱，心里竟有一丝安慰——四年过去，除了我的妈妈，居然还有人记得我！

老人也缓缓转过头来，大概八十岁了，留着一头银白板寸，气色与身板非常硬朗。

我认得这位老人。

两年前,当我准备第一次去美国前夕,曾来到这里看自己的坟墓,同样遇到了这位老人,也是在为我烧纸钱。当时我也很疑惑,记得老头说了些奇怪的话就走了。

此刻,这位老人再度出现在我的墓前,又是在雨中撑着一把破伞,穿着洗得发白的破衣服,恰好配合这墓地的凄惨景象。

他一定认识古英雄,据说我已没有什么亲人,而他的年龄又可以做我的祖父,那么,他或许是我爷爷的朋友,我的爷爷不会有什么朋友,他是蓝衣社的社长——除非这位老人也是蓝衣社成员。

蓝衣社?

瞬间,我脑中想到了一个人——端木良的爷爷?

他是蓝衣社唯一可能幸存的元老,当然也可能是看着我长大的,他早已经与端木良失去了联系,所以并不知道真正的古英雄还活着,才会来到这里祭奠"死"去的我,祭奠最后一任"合法"世袭的蓝衣社古家社长。

老人平静地烧完最后一张纸钱,完全无视我的存在。当他要转身离去时,我忍不住问道:"老人家,请问您贵姓?"

"年轻人,我姓什么,与你何干?"

没想到他的声音还很洪亮,完全不像有的老年人有气无力。

"我是埋在这里的古英雄生前的好朋友,我很感激您能在今天来看他。"

老人却冷冷地回答:"不,你不是古英雄的朋友,你是'他们'的人。"

"他们?"

"请不要明知故问。"

他对我露出厌恶的表情,随后撑着伞向外走去。

这次我不能再让他跑掉了,我紧追不舍:"老人家,您是不是姓端木?"

老人立即停下脚步,但没有回过头来,隔了两秒钟才继续往前走。

现在,我有百分之九十的把握,他就是端木良和秋波的爷爷!

秋风,秋雨,公墓,老人。

面对这样的八旬老人,我实在不敢发作。若是年轻人早就被我一把扯住,推倒在地拳打脚踢,甚至酷刑伺候。我跟着他走出墓地,看来他不会再理睬我半句,与其这样让两个人都尴尬,倒不如停下脚步目送他出去。

其实,公墓门口有许多我的保镖,我已悄悄命令他们跟踪老人,而我坐进悍马等候消息。照旧是白展龙贴身跟随我,这些天来他的脸色不太好,因为常被我暴躁的脾气羞辱。很快得到前方消息,老人坐上一辆郊区的公共汽车。我让其他车辆不要跟随,只有我的悍马跟在公交车后面。

秋风秋雨覆盖的郊野,一条笔直的公路伸向地平线,两边是刚刚收获的农田,堆积着厚厚的稻草,还有江南碧水环绕的农舍,几条狗冲我们的车乱叫。这幕场景一如印象派的油画,只是隔着一层博物馆的玻璃,还能映出我自己疲倦的脸。

我给端木良打了个电话,要他迅速赶来——只有他才能确认端木家老爷子。

跟踪了公交车半个小时,每停一站我们都仔细观察,直到西郊的终点站,老人最后一个下车。

这里是城乡接合部,有新建的住宅小区、不少停产的废弃工厂、大片废墟似的工地,还有被开发商抛弃的荒地。老人孤独地走在秋雨中,脚下泥泞崎岖,真担心他会走不稳摔倒。我们的悍马实在太醒目,不敢跟在他身后,只能停在公交车终点站。老人拐进一处破旧的垃圾场,这让我们颇感意外。从外面看就是一堆巨型垃圾,盖着拾荒者与流浪汉的棚屋。

我和白展龙两人打着伞下车,小心翼翼地靠近垃圾场,看到老人收起手中的伞,钻进一间低矮狭窄的棚屋,体积竟还不及我们的悍马车,就像从前莫妮卡楼下的狗舍!

旁边有辆被拆得只剩铁皮壳子的桑塔纳,我们索性坐进空无一物的车里,就像小时候玩捉迷藏,既可躲避寒冷的秋雨,又可隐蔽自己不被发现。

没几分钟,老人又从棚屋里出来,戴着一顶宽大破旧的草帽,用大块塑料布覆盖衣服,成为一套自制雨衣。他的脚步竟像年轻人,在风雨中轻松地走进垃圾堆,用扫帚似的大铁夹子不停地拨弄寻找。他夹出一团棉被,小心地抖开来看看,或许洗干净还能用,接着挖出一个脸盆,敲敲打打感觉还不错,然后是一副旧车牌,作废铁卖或许还能换来几块钱,尽管当年拍来要花几万块。

这个极有可能是秋波的爷爷,蓝衣社最后的元老,竟是以捡垃圾为生的拾荒者!

老人的身体出奇地好,又从垃圾中挖出一台32英寸的旧彩电!风雨交加的垃圾场上,这个发现让他兴致勃勃,将彩电拖到他的棚屋旁边,不知从哪儿接来一个电源插座,屏幕短暂闪烁后,居然亮出了蓝屏,证明这台电视机并未报废。周围几个捡垃圾的围拢过来,羡慕地称赞老头运气好。老人怕这好东西被人抢了,警觉地将沉重的彩电藏进纸糊的棚屋。

垃圾堆中果然还有不少好东西，从那些看似污浊破旧的废品里，不时挖出一些有钱人的奢侈品——不知是真是假的LV包、几乎还未开封的欧洲化妆品、半新的意大利进口真皮沙发……偶尔还有神秘皮箱，藏着价值连城的赃物，抑或贪污受贿的百万现金，有时也会发现二奶的尸体，或者更可怕的残缺四肢。

这些被富人丢弃的东西，却成为拾荒者的宝贝，许多原价成千上万的衣服，仅仅穿过一次，便因为不再合身被丢进垃圾桶；有的法国进口的葡萄酒，还没尝过一次就束之高阁，以至于搬家时被当作垃圾扔掉。它们被捡垃圾的精心挑选出来，如果不能卖掉换钱的话，便想办法擦洗干净重新利用。有的几公斤重的施华洛世奇水晶，成为某对流浪小夫妇新房的玻璃窗。有的报废奔驰车的真皮坐垫，成为某个收垃圾小子的沙发。有的精心定做的红木家具，在被主人丢弃之后，成为某座棚屋坚固的墙壁。不少五颜六色的女士情趣内衣，只用过一两次而已，却成为一群失学小孩的洗脚布。许多被富人孩子扔掉的长毛绒狗熊，变作超生游击队女孩们最心爱的玩具。

看到这一幕幕场景，坐在铁皮壳子桑塔纳里的我却满怀惆怅，不仅仅为可怜的老头，还为这些被随意浪费的"垃圾"——丢弃它们的主人才是真正的垃圾！而住在垃圾场里的居民，既值得同情又值得感激，感激他们代替不知珍惜的富人，用自己的生命消耗这些垃圾。而终日坐在豪华办公室和悍马车里的我，也只有通过这个机会，才能感受到这些触目惊心的对比——我已不再是过去那个我，反而是现在的我，更让自己感到鄙视与自卑。

忽然，端木良赶到了。

公交车站开进一辆崭新的奥迪A8，端木良在保镖的监视下，小心地走到我们身边。他诚惶诚恐、点头哈腰："董事长，我爷爷不可能住在这种鬼地方吧？"

"你还是自己看清楚再说吧！"

端木良也藏在废旧车里，看着风雨中捡垃圾的老人，立刻瞪大眼睛，似乎难以置信。

保镖识趣地递给他一副望远镜，他架在眼前略作调整，可以达到近在眼前的效果。

他的双手在颤抖："不可能！不可能！"

"不是你爷爷吗？"

端木良摇摇头："不，太像了！他长得太像我爷爷了！那种气质，那种眼神，完全一模一样！可是，他为什么会变成一个捡垃圾的呢？他是一个有文化有教养的人，我们端木家是几百年的书香门第，我的爷爷怎会沦落至此？"

"可以了。"

我让人把端木良带走，现在已百分之百确认，眼前捡垃圾的老人，就是端木良和秋波的爷爷，蓝衣社最后幸存的元老，也是我古英雄家族的世交——端木明智。

至于老爷子为何栖身于此，化作一个捡垃圾的流浪汉，其中必有隐情。

白展龙不知蓝衣社为何物，疑惑地问："董事长，你为何对一个捡垃圾的老头感兴趣？"

我当然不能告诉他原因："他是我们高家的一位世交。"

没有必要再等下去，即便当面向老爷子询问，他也不会告诉我什么，因为他已认定我是"他们的人"——恐怕也是他隐居在垃圾场的原因。

数年来，端木老爷子连自己的孙子都不见，说明他并不信任端木良，这必须让我提高警惕。与其大动干戈打草惊蛇，不如悄悄监视静观其变——他逃不脱我的掌心。

于是，我带着白展龙等人撤离了垃圾场。

我留下几名本地保镖，脱下西装换成破衣烂衫，伪装成附近的民工，日夜监视端木老爷子，看看他会去哪些地方，会见哪些人物，若有风吹草动即刻向我汇报——或许会有意外收获。

第二天。

公司发生了一件大事。

牛总死了。

牛总——天空集团亚太区总裁，在陆家嘴的新办公楼内自杀身亡。

上午，我还在睡梦之中，突然接到白展龙的电话，得知这个必将震动集团根基的消息。

直觉告诉我，这不是做梦，电话里急促慌张的声音，如同一盆冰冷的洗脚水，透过细细的手机出音口，直接喷射到我的脸上！将我彻底拖回现实，无情地打倒在地，面对光滑的柚木地板上倒映出来的脸——不是我的脸，而是牛总那张疲倦痛苦的脸，似艰难地嚅动嘴唇："对不起！"

刹那间，惊讶、恐惧、错愕、悲伤、自责、内疚、愤怒、耻辱……各种情绪与感觉充斥我的胸腔，将脆弱的心脏撕成无数碎片。

三刻钟后，我出现在亚太区总部。四周全是惊慌失措的表情和窃窃私语的拥挤人头，一如这个日渐寒冷的季节。无论普通员工还是管理层，恐惧的瘟疫在他们眼里传播。白展龙等人簇拥着我，员工们仿佛见到死神，匆匆跑回各自岗位，好像我才是真正的病原体。

在尚未搞清楚状况之前，我关照白展龙不要让媒体知道，牛总之死暂时绝对保密，但他无奈地给我看了手机——最新的财经资讯，头版头条赫然是"天空集团突发激变，亚太区总裁悬梁自缢"。

"是谁泄露的消息？把他抓出来枪毙！"

我的咆哮传遍整个楼层，连我自己也吓了一跳——牛总自杀对我的打击太沉重了，他是我在集团高管层唯一的亲信，也算是集团的支柱人物，在亚洲享有很高的声望，史陶芬伯格和白展龙都远不能与他相比。牛总堪称我的左膀右臂，一旦失去他的辅佐，我就变成了独臂人或独腿人！

逐渐走近牛总的办公室，想象即将看到他的尸体，就感到半边脸都在抽筋，整个左腿与左臂不住颤抖……在我彻底半身不遂之前，白展龙帮我推开了那道沉重的门。

亲爱的老朋友啊——我进来了，我看到了，我害怕了。

在这个大得可以打篮球的房间里，中心位置是张超豪华的办公桌，一个高大的影子正悬挂其上。

这个大房间挑空极高，天花板离办公桌面至少三米，其中一大半已被牛总的身体占据。虽然不可能有风吹进来，尸体仍然不断微微摇晃。五十多岁的成功男人身形肥大，穿着剪裁宽敞的黑色西装，如此吊在半空之中，竟遮挡了大部分光线，让原本有落地窗户亮堂的房间，一下子灰暗得像阴惨的黄昏！

我吃力地仰望这个曾被我战战兢兢地仰望，后来又卑躬屈膝地仰望我的男人。

此刻，我的四肢都已冰冷，就像这具挂在办公桌上空的死尸。

一根绳子自天花板垂下，系住空调出风口坚固的栅栏，另一端牢牢套在尸体脖子上，就像屠宰场里刚被杀好的牲口，剥了皮吊在铁钩上，等待大卸八块送上餐桌。

我沿着牛总的大办公桌绕了一圈，才看到他那不断摇晃的脸，被绳子勒得苍白可怕，正低垂着向下俯视我。

他死了。

可是，他的眼睛还没有闭上，眼睁睁盯着来瞻仰他死去遗容的我。

死不瞑目。

他是为了天空集团，还是为了他自己？抑或为了常常辱骂他的我？

真希望从这双不死的眼睛里读到他死去的真正原因！

可惜，读心术对死人不起作用。

我颤抖着后退两步，不敢再靠近这具摇晃的尸体，包括尸体下无比豪华的办公桌。

真是个最具有职业精神的死亡方式——在办公桌上方悬梁自杀。

忽然，我想起两年多前，当我还是天空集团小销售员时，在我的办公桌上方上吊自杀的陆海空。

难道牛总的死与当年的陆海空有关？我心中再度掠过三个字——蓝衣社。

白展龙轻轻拉了拉我的衣角，原来我阻碍警察拍照了。房间里有五六个警察，正有条不紊地收集现场证据，很快就会把牛总的尸体放下来。

负责此案的警官严肃地说，从目前掌握的情况来看，死者不太可能是他杀。当然，若要完全确定为自杀，还要等待尸检结果。

我又看了一眼吊在上面的牛总，那张死不瞑目的面孔，又换了另外一种表情，充满了痛苦与内疚——这是专门给我看的表情吗？

心头猛烈震动了一下，眼眶立刻湿润了。好久没动过这种恻隐之心了。难道因为我最近脾气太差，总是让他当众被我羞辱？

对不起！该说对不起该内疚自责的是我啊！

作为天空集团亚太区的总裁，牛总可谓位高权重，其办公室的豪华程度，在公司内仅次于我，落地窗一眼就能俯瞰半个上海，黄浦江与外滩匍匐在他脚下，房间里各种摆设都很讲究，尤其是中心的大办公桌——据说专门从台湾请风水大师来指点的，这方面他远比我讲究得多。

可笑的是风水最佳的办公桌，却成为牛总上吊送命之地。物极必反否极泰来，既然风水如此之好，用作千年龙穴岂不更美？

我忍住难受，不让泪水冲破防线，转头不想再见死去的牛总，却看到大办公室的角落，有个穿着套装的女秘书正在接受警察询问。

女秘书照例很年轻，高挑个子身材还不错，长发按照职业标准绾起，手里捧着一堆文件，可裙下双腿颤抖，大概头一回被警察问话。

不过，记得上周我来这个办公室时，牛总的秘书是另一个女孩，怎么一眨眼就换新人了？

白展龙颇解我的心意，主动低声道："董事长，这个女秘书上周才到，是牛总亲自把她招进来的。今天早上，是她第一个走进这里，发现了牛总的死亡现场。"

警察刚刚问完，女秘书转过头来，让我看清了她的脸。

出于男人品鉴美色的本能，我和白展龙都失望地摇摇头。这个女孩实在是相貌平平，整张脸平庸得乏善可陈，扔进人堆就会被淹没，即使多看十次也未必记得住，远远比不上牛总原来的女秘书——据说是大学生选美冠军出身。

通常大人物都会找年轻漂亮的女秘书，为何一贯如此的牛总，却选择这么一只丑小鸭？

这样的反常不得不让我怀疑，我快步退出这间办公室，对白展龙轻声说："这个新来的女孩有问题，也许是Matrix打入我们心脏的内鬼！"

"好，我派人监视她。"

我面色铁青地走过外面的走廊，掠过众多紧张慌乱的脸庞。牛总不明不白的自杀，公司已陷入更严峻的形势，银行团、客户、社会公众，恐将不再信任天空集团。远在纽约总部的董事会成员们，将幸灾乐祸跃跃欲试，终于在高管层除掉了我的心腹，原本被压制的分裂苗头，又将死灰复燃。

所以，无论警方的结论是什么，我发誓要彻底调查牛总死因，不能让他白白吊死。

那张死后内疚的脸，久久浮现于我的脑海……

忽然，一个轻盈苗条的身影从我身边飞快地跑过，正是刚才所见的那个女孩，牛总新来的女秘书。

背影似曾相识。

她。

对不起，这里转入第三人称，不再是"我"，而是她。

她是谁？

聪明的你或许已猜到，她是本卷开头出现的"她"。

她的名字叫莫妮卡。

只是，她已不再是当时的那张脸。

一分钟前，当牛总吊在天花板上，当警察对她询问笔录，她却感到背后有一双眼睛。

难道是吊在半空中死者的眼睛？

她恐惧地转过头来，却看到另一双那么熟悉的眼睛。

是他！

果然是他！

竟然真的是他！

就是为了此时此刻，她才跨越千山万水忍受许多痛苦无比艰难地说服自己，来到这个国家这座城市这栋大楼这个房间。

她已在这层楼面等了他五天，却从没见到过他半点身影，只是不停地听周围人说起他，说起这个从前传奇的英雄，如今却是一个可怕的暴君，以法西斯式的残忍统治天空集团，搞得每个人都快要精神崩溃。她不相信这是真的，不相信他们所说的这个人，与她当年相识并爱上的会是同一个人。

然而，她确实看到了他，看到了阔别两年的爱人，看到了梦中无数次出现的男子。

还是那张平凡却可爱的脸，还是那双普通却坚定的眼睛，还是那个出身市井却注定要拯救世界的人。

只是，岁月渐渐磨平了他的青春，显得过分成熟过分老练，脸上充满疲倦与辛苦，眼神里刻着傲慢与恐惧，盛气凌人地看着身边的助手，确实带着暴君的气质。

虽然，他有了那么多变化，性格脾气都与往昔判若两人，甚至可能爱上别的女子。

可不会改变的是她的心。

而他也看到了她的脸，却只是失望地摇头，闪过轻蔑无情的目光，就像坐在露天咖啡馆的男人，评价所有经过他身边的女人。

于是，她也失望地转过头——他果然没有认出她，但这样不是最好吗？这不就是自己的愿望吗？但愿他永远都认不出她！

而且，她还看得出他在怀疑她，毕竟是新来的女秘书，却第一个发现牛总吊死在办公室——今天到底是什么奇怪的日子？先是目睹自己的恩人自杀身亡，在无比惊讶与悲伤之下报警，又被几次三番盘问，所有人都像看小偷似的看自己。

不久，她见到了自己的爱人。

他已走出了办公室，警方的询问也已结束，她可以自由地离去了。

于是，她快步冲出房间，一刻也不想留在那里，竟大胆地与他擦肩而过。

不知自己的发丝有没有打到他脸上。

她知道他在看着她，看着她的背影而疑惑，这个女孩为何似曾相识——仅限背影。

当她冲出他的视线，便向行政主管请假。遇到这种可怕的事情，直接上司都已死去，连办公室也被警方查封，留在公司纯属浪费时间，上司自然准她回家休息。

低头走进电梯，离开天空集团亚太区总部，这是她第二次来这里工作——上次是以牛总助理的身份，并且在另一栋大楼，这次降格成为他的秘书，只是这回的工作太短暂了。

　　楼下已聚集一些记者，等待天空集团批准采访。牛总自杀的爆炸性新闻，已在这个网络时代传遍全球——她发誓不是自己泄露出去的。

　　没人注意到她出来，就连回头率也降低到几乎为零，她暂时还不太习惯别人这种反应，但她不断说服自己会慢慢适应的。

　　离开富丽堂皇的大厦，她对秋日骄阳抬起头，希望阳光赶走身上的晦气：一大早就看到老板的尸体晃在办公室。

　　穿过一条马路，走进地铁站，隐藏在拥挤的等候人群中，走进飞驰而来的车厢。在最近的这个星期之前，在她24岁的生命里，还从未坐过这种交通工具。开始她感到很新奇，但两天之后就被挤得吃不消，偶尔碰到肮脏的色狼，没看她的脸就开始摸她的大腿，结果被她用包砸出了鼻血。

　　地铁穿越黄浦江下的隧道，几站之后她艰难地挤出人群，通过站台回到马路上。可是上午那幕景象，仍在脑中忽隐忽现，尤其牛总死不瞑目的眼睛，似乎不断给她什么提示。

　　她刚被牛总调进天空集团，本想安顿下来好好工作，至少尽到一个小秘书的本分。然而，她唯一的工作对象却死了，公司会将她扫地出门吗？只有牛总知道她的真实身份，也只有牛总才能保护她。如果说她还欠哪个人的债没还，那个人就是牛总。早上看到他悬在半空的尸体，她几乎痛苦得晕倒在地，就像失去了父亲！她将再度成为无依无靠的孤儿，至于那个对此完全一无所知的人，她并不指望他什么。

　　不过，回头想想确实有不祥之兆。在她担任牛总秘书的几天，就感觉他有些反常，他总是接到让他神色紧张的电话，便立刻把自己锁在办公室半天。最近牛总常收到一些邮包，是她亲手将包裹送到他手里，然后他就面色铁青地请她出去。但后来这些包裹都不见了，就连外包装都找不到，难道被牛总吃了吗？

　　牛总一定有什么秘密。

　　她能够试着找出这个秘密吗？也许，这个秘密对她来说也至关重要。

　　回到秋阳之下，转入一条幽静的马路，两边都是老旧的居民区，衣架上的万国旗迎风摆动。钻进其中一条弄堂，身上的套装略显扎眼，好在她还有张平凡的脸。经过洗马桶的老奶奶、下象棋的老爷爷、玩过家家捉迷藏的小男孩小女孩，她进入一个破旧的石库门，仰望被瓦片上的野草装饰的天空，心情才稍微轻松了些。

　　不过，回家的旅途还未结束。她与天井里结毛线的房东太太打了声招呼，低头钻进阴暗的客堂间，穿过公用的肮脏油腻的厨房，踏上那道摇摇欲坠的木头楼梯。二楼不分昼夜永远能听到搓麻将的噪声，还有高考落榜天天打网络游戏的年轻人。三楼墙壁都是木板，走到不能再走为止，她掏出了钥匙。

钥匙打开看似清朝人用过的挂锁，嘘出一口气回到家里，额头上已有薄薄的汗珠。进门是一张宜家买的简易写字台，转弯是一张小小的床，再往里是个隐蔽的卫生间——房东花了不少钱擅自改造的，这也是她租下这套陋室的原因。

这间屋子最大的好处便是窗户外的露台，尽管必须弯腰弓背爬出去，尽管尚不及她从前的卫生间大，但她可以在露台上种花，有玫瑰，有月季，还有许多盆吊兰，下班后浇浇水赏赏花，暂且打发难以忍受的寂寞。露台另一边是石库门屋顶，层层叠叠的灰色瓦片，夕阳照耀时像波光粼粼的大海。夜里常有野猫出没，爬上她的窗台，露出幽灵似的棕黄色猫眼，吓得她缩在被窝里不敢动弹。她喜欢在露台"独处"，看着周围相邻的大片石库门屋顶，就像站在一片灰色山峰上。再远处是许多高级写字楼，如喜马拉雅山将她团团包围。如果是有月光的晚上，被那些灯火通明的大厦俯瞰，更有坐井观天的感觉。

以前，她就在那个高高的地方，是被许多人观赏的那片天空。

现在，她只能安静地坐在井底，痴痴地观看别人的天空。

但她并不后悔。

小心关紧房门，将包扔到床上，整个人就像瘫软似的，躺倒在被子乱乱的床上。上班还不到几天，今天更只有两个钟头，却感觉那么疲倦辛苦，再加上遇到牛总自杀的悲惨事件。

唉——她长长叹息一声，看看床边还有一大堆衣服，换下来几天了都还没来得及洗，这辈子她还没怎么自己洗过衣服。再看看这间总共不足十平方米的屋子，简直比蜗牛壳还小，从前她在纽约庄园里的女佣住得都比这宽敞不知多少倍！

是啊，她从出生开始直到一年前，记忆里全是小公主的幸福生活。她住过最小的房子也有三百平方米，穿过最差的衣服也值三千美元，开过最差的车也是保时捷。

但她愿意接受这一切，接受自己不再是公主，接受自己不再享有奢侈特权，接受自己从此将回到平凡——不论是容貌还是生活。

她必须蜗居在这间老鼠洞里，必须亲手照顾自己的生活，必须忍受各种不讲理的邻居，必须应付不时出现的突发事件，必须承受命运带来的磨难。

一切，只为了重新看到他。

我是古英雄，但所有人都叫我高能，天空集团全球董事长兼CEO的高能。

我坐在陆家嘴的新写字楼里，49层的董事长办公室，对面挂着集团创始人高过的大幅照片——我特意命人挂上去的，纪念我"祖辈"的文治武功。看着这张真正的兰陵王后代的脸，再摸摸自己这张借自别人的脸，不禁心生无限恐惧。我真是愚蠢到自掘坟墓！强迫自己每天都要看着高过，看着这个被我篡夺了遗产的死人，不知这种古怪的勇气还能支撑多久。

昨天，亚太区总裁牛总在自己办公室上吊自杀——就在这间屋子的地板底下，吊死牛总的绳子系在天花板上的空调出风口，距离我的脚底只有几十厘米。

整个世界都知道牛总死了，各种猜测甚嚣尘上。公司内部气氛极其紧张，每个人都不敢随便说话，他们知道身边布满耳目，并给那些人起了个绰号"盖世太保"，一旦听到某些不利于公司的言论，马上就会被惩罚乃至除名。我的全球助理史陶芬伯格从侧面提醒过我，不该把公司搞得像克格勃，这里不是古格拉群岛，更不该让人因言获罪。他立即被我一顿臭骂，我说集团处于生死存亡的时刻，你们日耳曼人怎会不懂"乱世用重典"？

不过，大家把牛总的突然自杀与最近集团的财务审计联系在一起——下午，审计报告已由毕马威会计师事务所提交给我。这份报告同时传到纽约总部，集团财务总监将对此做出评估——天空集团在印度的投资项目，出现了两百多亿美元的账面亏损。

开始还以为数错了零，但我和白展龙仔细核对数字，又给毕马威公司打电话核实，结果确实是两百多亿美元！这个天文数字级的亏损数据，不仅超过公司对南亚市场的全部投入，还包括为这个项目担保的其他子公司。而我们倾尽全力筹集来的资金，竟像变魔术一样凭空蒸发。巨额亏损会像瘟疫一样传播，如果被国际银行团抛弃，就等于宣判死刑。

我当场从座位上摔倒！

白展龙急忙喊人进来，把我扶到御用的休息室，端茶送水，就差洗脸了。

"不可能！不可能！"我挣扎着从沙发上爬起来，脑中浮起牛总吊死时的奇怪表情，"为什么如此重大的危机，我事先居然一无所知？我们不是到处安排了眼线吗？不是严密监控资金流动了吗？为什么还是发生了这种事？"

白展龙的面色也很难看，他让其他人退出房间，单独对我说："董事长，集团对印度的投资项目是由牛总本人单独负责。几个月来他给集团的报告都显示印度项目非常健康，没有任何资金上的问题，相反还开始赢利了几十亿美元。"

"那不是胡扯吗？"我重重地砸向沙发靠背，"我只相信权威机构的审计结果！"

"那些报告都是牛总自己做的，肯定隐瞒了印度项目的问题，欺骗集团董事会，制造虚假繁荣。"白展龙低头自责，"对不起，我作为董事长在中国分公司的助理，也负有失察之责！"

"与你何干？是我用人不当，以为牛总是我的亲信，是可以绝对信任的人，没想到他——诸葛亮误用马谡失街亭！我应当惩罚自己。"

话音未落，我竟扇了自己两个耳光——火辣辣地疼痛，耳朵嗡嗡地叫起来，想必左右脸颊各添了五道血红印子。

我恨自己，恨自己瞎了眼睛，最信任的人却出卖了我！

审计结果必将大白于天下，纸怎能包得住火？牛总无法交代印度项目闯下的弥天大祸，为了不被业内同行耻笑，甚至遭遇被送进监狱的屈辱，便只剩畏罪自杀一条路。

白展龙早被我吓得怔住了，好久才敢试探着问道："董事长，我会继续调查牛总的案件，现在还有件事要向您汇报。"

"说吧。"

我半躺在真皮沙发上，任由脸上的掌印变红发紫，有气无力地回答。

"董事长，您不是要我调查牛总新来的女秘书吗？"

"那个丑小鸭？"眼前浮起昨天见到的那个女孩，为什么她的背影似曾相识？我点点头说，"嗯，她值得怀疑。"

"我已经查过了，牛总新任的女秘书，名字叫蓝灵。"

"兰陵？"

这个熟悉的名字几乎让我跳起来。

"是蓝天的蓝，灵魂的灵。"

"哦，原来是这两个字。"大概这几天太紧张了，凡是与兰陵王有关的一切，都会让我神经过敏，"继续说吧。"

"蓝灵，出生于1985年，毕业于英国剑桥大学。她的祖父是牛总家的世交。后来牛总的父亲携全家赴台湾，蓝灵一家则留在上海。十多年前，蓝灵的父母双双意外去世，牛总就资助她读书，把她送到剑桥读工商管理。今年，她刚从英国硕士毕业回国，就被牛总亲自招进公司，成为他的女秘书。"

"看来是牛总的世交——"牛总出身于江南的书香门第，最注重的就是家族世交，资助父亲好友的孙女完全可能，"怪不得长得一点儿都不漂亮，却还是受到牛总照顾。"

白展龙像个猫头鹰似的点点头:"嗯,表面看起来很正常,不过我认为牛总身上的问题,使得他身边的人都有疑点。"

"我同意。这个女秘书今天还来上班吗?"

"是的。"

我的脑子已经够乱了,不想再管这个丑小鸭:"让她留在行政总监手下,平时注意监视,不要让她接触公司机密。"

她。

她是莫妮卡。

依然是那身标准的套装,浅浅淡妆与盘起的长发,偶尔用手指转转圆珠笔。不过,她再也看不到男人大胆放肆的回头,听不到女人羡慕嫉妒的叹息,只有拥挤的办公区域,无数压抑狭窄的格子间,一个个紧张忙碌的背影。

牛总死去已经三天,他的办公室早被警察贴上封条,整个房间全被搬空,集团在严查他的信息和资料——她已听到风言风语,包括最新的财务审计结果,公司里人心惶惶。两年前,她的大老板千金身份泄露后,这些家伙对她阿谀奉承点头哈腰,如今换了一张脸的她,却被他们像丫头一样呼来唤去,要么给这位总监订机票收快递,要么给那位贵客端茶送水。

唯一的保护伞牛总死了,她只能祈祷别被公司赶走。她从牛总的房间外面,搬到行政部的公共区域,呼吸上百人的混浊空气,接受四面八方几十台电脑主机的辐射。

但她还是忍受下来了,因为,只要留在这里,就有机会见到他。

不过,这几天最难过的是:大家对牛总的非议。

集团投资印度项目失败,损失上百亿美元的糟糕消息,尽管老板下令严格保密,却已在公司内外不胫而走。这个项目的负责人是牛总,据说他在报表里做了手脚,隐瞒巨额亏损的事实,公司可能取消他的公开葬礼,并要撤销授予他的一切荣誉。

她想不明白,为何所有责难都集中到牛总身上,在他尸骨未寒之际,如此非议一位对集团做出卓越贡献的老人,实在太不近人情了。她不相信牛总是吃里爬外的奸细,至少她看到了牛总一颗忠诚的心。

自己是牛总生前最后的女秘书,也是第一个发现牛总自杀的人,她有责任和义务调查其中的前因后果,发现背后骇人听闻的秘密。纵然不能为牛总洗脱罪名,至少该让自己心安理得地坐在这里。

可惜，她已不再是大老板的千金小姐，不再是拥有最高权力之人，她只是个并不漂亮的灰姑娘，人微言轻的小秘书，随时有被炒鱿鱼的危险。做女秘书的短短几天，也不可能掌握什么机密文件，即便有也早被上面的人搜走了。现在，她只能坐在公共区域，被无数办公隔断和电脑包围，连牛总办公室的门都看不到。她不可能接触到任何重要信息，每天的工作和实习生没什么区别，就连见到那个男人的权利都没有。

绞尽脑汁想了半天，忽然看到一个行政部同事捧着快递包裹匆匆走过。

包裹！

重要的是包裹。想起牛总死前几天收到过的邮政包裹，或许暗藏玄机。

做秘书上班的第一天，牛总就对她关照过：最近公司严查内鬼，所有员工的电子邮件与网络聊天工具都遭到严密监控。所以，无论公事还是私事，只要经过公司电脑，肯定会被监控记录下来。

不过，邮政包裹不会被监控，更不会被拆开来检查。

说不定有人利用了这一点，通过邮政包裹传递信息，藏着什么特别的东西。

她立即翻出工作文件夹，白展龙派人搬走了牛总电脑，带走了所有的文件与物品，却漏掉了小秘书的文件夹。

不过，文件夹里都是些日常票据，还有邮政包裹的收件人存根——谢天谢地找到了！

这张还算完整的存根，在牛总自杀前三天，是她亲手从包裹上撕下来的。通常这种存根没什么用，她却小心地保存在文件夹里——秘书也要干得认真负责。

小心地抬头看看四周，没人会注意这个小秘书。包裹存根都是复写纸，收件人这联字迹极淡，需要仔细辨认——发件人地址在上海，是位于虹桥开发区的一个门牌号码，发件人名字却是空白，签名栏上龙飞凤舞，完全看不清楚。

也许是普通朋友寄来的礼物，也许是政府部门的礼尚往来，但她就是感觉有些奇怪。

于是，她把这个地址输入网络搜索引擎。

很快出来一大堆网页，基本都是二手房网站——这个地址位于虹桥古北小区，有名的高端住宅区。所有挂牌信息都在2007年10月前后，意味着这套房子当时很可能卖出了。

她迅速进入网上房地产系统，查询2007年交易的二手房信息，果然搜索到这个地址。

根据网上备案的信息，这套二手房的买主正是牛总本人！

牛总是2003年被高薪挖到天空集团的，第二年被派到上海担任中国分公司总经理。很多台湾人都在上海买房，牛总在2007年买下这套高档公寓也不为过。

不过，她从前去过牛总在上海的家，并非这个地址，而是远在城市另一端的浦东。

她也从没听牛总说过在虹桥还有房子，大概牛总没去住过，作为投资或出租了。

明天是周六，她决定登门拜访那个地址，看看究竟是谁住在牛总的房子里。

第六章　"狼穴"

长江口。

我在长江口的上空,一条隧道与一座大桥,连接着上海与崇明岛。

车窗外烟波浩渺,往西是滚滚东去的大江,往东是水天一色的东海。除了漫长绵延的大桥,任何陆地痕迹都看不到,唯有无边无际的混浊之水、不时掠过江面的白色海鸥和阴沉灰暗的寒冷天空。几种单调颜色交织在一起,构成肃杀的江海秋色,一如当年平淡到乃至被遗忘的人生。

今天,是我搬家的日子。

搬家车就是我的悍马,不需要装什么家具电器,新家早就准备好了。但我的搬家阵容依然强大,前前后后总共十几辆车,如一字长蛇穿过长江大桥,颇像某些高官子弟的结婚车队。

车窗前方渐渐露出绿色,是依稀可辨的芦苇荡,大桥坡度慢慢下降,接近这座宽阔宁静的岛屿。

为什么我的人生总是与岛屿有关?无论大西洋还是长江口。

开过大桥便是崇明岛,这座中国第三大岛的形成,完全拜无数春秋的长江泥沙所赐——从青藏高原的雪山倾泻而下,经过千里川江惊醒巫山神女,两岸是啼不住的猿声,载的是飞过万重山的轻舟,挟带三星堆与赤壁的尘土,盛着屈灵均与李太白的眼泪,至此撞上汹涌澎湃的大海,复活为这座年轻的岛屿。

车队碾过新建的岛上公路，不同于一水之隔的上海，这里仍是一派田园风光，只是日渐寒冷的天气，在绿色中染上不少枯黄。乡间小道，茂密的水杉林，树叶遮蔽天空，不见人烟。

林间小道不断分出岔路，宛如迷宫难辨方向，我的司机借助GPS，才没有迷路开进死胡同——白展龙说万一开错路，误入森林中的沼泽，便极有可能车毁人亡。

在寂静森林中开了十几分钟，突然出现一道路障，还有三层楼的坚固岗亭，怎么看都更像鬼子炮楼，数名身着保安制服的男子，以军人的姿态站岗放哨，严格检查每辆车的证件，核对车里的每张面孔，就连我也不能例外。几条德国黑背大狼狗绕着车子转了几圈，检查有没有爆炸物。

全部检查完毕，路障才高高抬起。车队刚开过不到五十米，又遇到一扇大铁门，两边是绵延不绝的铁丝网，在浓郁的森林里不易察觉。铁门后面又是个"炮楼"，十几个男人穿着制服，照例像刚才那样检查一遍才放行。

里面还是森林，半分钟后遇到一座高大牌楼，两边是五六米高的围墙，耸立的墙顶插满玻璃碴儿，隐约可见高压电网，简直就是肖申克州立监狱的翻版。

同样遭到严密检查，所有人被勒令下车，全是保镖和文秘人员。端木良也跟我一同搬家至此，负责保护监视的几个保镖替他拎着沉重的行李箱。他目瞪口呆地看着周围，原以为将要搬到乡村别墅，却没想到搬进了监狱。

经过严密筛选之后，最后只有八个人获准进入这道大门。车辆都开到外面的地下车库——地面依旧是森林。其他未被准许进入的人员被安排到附近几栋房子里，实际是新建的员工宿舍。

我、白展龙、我的四名保镖，加上惊慌失措的端木良以及他的一名保镖，在数名立正敬礼的保安注视下，缓缓进入我的新家，也是天空集团亚太区的大本营——尽管看起来绝非人住的地方，更像野蛮的狼群栖息之处。

不错，我的新家有个别致的名字——"狼穴"。

微笑着踏入我的庭院，发觉实在大得奢侈，相当于一个足球场面积，不过看起来是片荒野，平地上突起些低矮建筑，没有门窗，高度不过一两米，完全不像住人的房子。庭院角落里有个数十米高的铁塔，顶上插着巨大天线，直径数米的卫星接收器，是大本营对外联络的系统。看不到的是地下一根专用光缆，直接铺设到太平洋海底，连接集团的纽约总部。

两名穿着制服的男子将我们领到"庭院"深处最隐蔽的角落，这里放着一堆废铜烂铁，实在与我的新家很不相称。但他们一按遥控器，这堆金属废物中间便打开一道坚固的大门。

大门里还有一道密码门,显然是通往深深的地下。两人先后用指纹按下,然后分别输入一组密码,这道门便自动打开。

我原以为还要喊"芝麻开门"呢!

一行人进入地道,两边是钢筋混凝土,每隔几步就有通风口,感觉不到空气混浊。随着越来越深入地下,不断看到一些奇怪设施,白展龙说是防范化学武器的。地道不断分出岔路,每个路口都有穿制服的保安,都是为了迷惑入侵者,只有一条道路才能通到我家。

走进一台宽大的电梯,感觉至少下降了几百米,早已穿过长江口的泥沙,进入坚硬的大陆架岩石层——可见"狼穴"花了多大代价。幸亏天空集团是搞石油起家的,我们的工程人员做过许多石油钻井,深入地底的活儿也算稀松平常。

如《地心游记》里那样,走出电梯,大门口站着两名穿制服的人,用新的指纹锁和密码可以将这道能阻挡核辐射的屏障打开。里面属于"狼穴"的核心区域,只有极少数人才可以进入。

现在感觉好了许多,不再是冷冰冰的混凝土,而是漂亮的墙纸和壁灯。有人把可怜的端木良叫出来,单独带进一条岔路,那里有他的办公室和起居室——他必须住在这里,但又与我相对隔离。

为了笼络这个重要人物,我给了端木良一个职务,虽说是无事可干的闲差,却可以拿一笔丰厚年薪,远远超过他以前自己当老板。这个差事的唯一缺点是,必须每天24小时待在"狼穴",并切断与外界的全部联系——与其说是个肥差,不如说是在"狼穴"蹲监狱,确保不会向外泄露我的秘密。

这才进入我的地盘,两边开着好几个房间,分别是保镖和秘书的办公室。工作人员基本就位,新制服竟像党卫军行头,每个人见到我都立正敬礼,仿佛回到二战时期。到处张挂着我的半身油画像——不太像我真实的模样,画家作了微妙调整,我的外表缺陷都被抹去了。油画中我穿着不知哪国的军装,胸前挂满大大小小的勋章,体形挺拔高大,容貌英俊帅气,目光坚毅有力,无论相貌还是神情,竟都酷似当年的那位奥地利下士。

再往里是一大一小两个会议室,另有一个小型电影院,有专业的放映和音响设备。后面有桌球房、壁球房、桑拿房及卡拉OK室,可以提供各种娱乐活动。甚至还有个地下游泳池,差不多有二十米的泳道,大概因为我擅长游泳吧。

整个"狼穴"最深处,便是我的办公室和起居室。照例又是一道坚固的密码门,有两名绝对忠诚的卫士看护,还有一条经过严格训练的德国狼狗。进入这道门必须我来按指纹,并且由"狼穴"的负责人亲自输入密码。

白展龙陪我进入办公室，就像五星级酒店的总统套房，隔着两道门才是我的卧室，当中夹着我的私人书房，装满根据我的喜好搜罗来的数千本图书，其中不乏许多绝版经典。

卧室里有张巨大的床，还有各种家用电器和先进设备，冰箱里堆满了好吃的食物——五十米外的另一条地道，有我的御用厨房，重金聘请的几位顶级厨师已经入驻。

床对面的整张墙上，贴满超大的世界地图，房间装了人工窗户，可以看到美丽的原野，其实是三维视频。晚上变暗熄灭，完全模仿自然光线。空气如地面森林般清新，一年四季恒温恒湿，工程师以昆明的春天作为指标。

这个家不但舒适先进，而且极其安全。地堡覆盖厚达数米的钢筋混凝土，中间夹有三层现代化合金装甲，可以阻挡任何高科技钻山炸弹。即便遭到原子弹或生化武器攻击，也不会影响地下人员生存。

我对自己的新家相当满意！

今晚，我将睡在"狼穴"的大床上，度过乔迁新居的第一天。

正如第三帝国在东普鲁士的"狼穴"，我的新家将成为天空集团坚不可摧的大本营。自从我在美国海岛被绑架，这个极具想象力的"狼穴"就已启动。为确保我的个人安全，也将是集团全新的指挥中枢，将美国总部的权力更多集中到中国，我特意选址在崇明岛。这里分布着茂密的森林，有足够的地皮建设大本营，与上海仅一水之隔，却又是个相对独立的岛屿，去年大桥隧道通车后，到市区已非常方便。虽然泥沙堆积而成的土地不太稳定，但现代科技完全可以解决这个问题。我们的地堡已深入岩石层，即便遭遇高强度地震也不必惧怕。

可是，为自己建造一座固若金汤的保护所，难道就因为怕死？还是我已彻底丧失安全感，似乎整个世界都是我的敌人？尤其几天前牛总的自杀，发现他严重的错误导致集团数百亿美元损失，让我感觉身边任何人都不可信任，即便读心术可以看到他们的心里话。

所以，我才会给自己的新家安上那么多道密码门，养上那么多条看门狗，就像我曾经的噩梦——肖申克州立监狱。

我的人生是一个悖论吗？

千辛万苦从美国监狱里逃出来，现在却主动建造一座监狱，把自己关进去判处无期徒刑。

外面的世界对我来说是那么危险，竟然只有监狱才能提供安全！

这是命运给我的讽刺。

她。

她是莫妮卡。

当高能搬进新家"狼穴"时，同一天的同一时刻，她在干什么呢？

她在寻找牛总自杀的真正原因。

今天是周末，她按照牛总收到的包裹存根上的地址，独自来到虹桥的古北小区。

寒风越来越紧，扫起满地尘埃，梧桐叶子快落光了。她穿了件不引人注目的黑色风衣，反正本来就不会有人多看她两眼，她也乐得不被男人的目光骚扰。小区里不时走过年轻漂亮的少妇，以往她总能感受到她们的羡慕与嫉妒，如今却是傲慢而轻蔑地瞪她一眼，又视若无睹地擦肩而过。这里是有名的高档公寓，许多房子被台湾人投资买下，现在居住了大量的二奶。

来到包裹存根上的地址，是整个小区最好的房子，电梯出来就感觉是复式结构，网上挂牌的建筑面积是两百多平方米。若按照目前市价计算，牛总这次投资至少净赚了三百万。

她在门口深呼吸片刻，略带紧张地按下门铃。

十秒钟后，门里并没有任何反应。房门是普通的防盗门，没有张贴任何东西，无法判断是否有人居住。她第二次按下门铃，等待了半分钟，还是听不到动静。她决定按三次门铃，没有人的话就只能放弃。

第三次门铃。

一分钟后，就在她转身要回到电梯时，身后的房门忽然打开。

"你是谁？"

门内站着一个警觉的女子，穿着小巧可爱的居家衣服，长发随意地扎在脑后，年纪看上去仅比她大两三岁。

这个陌生女子很漂亮，有双善解人意的眼睛，浑身上下散发着独特气质，绝不亚于电视上那些美女。显然，她对异性具有极强吸引力，自少女时代起，就赢得过很多男人的心，即便经过多年感情折磨，到青春行将流逝的28岁，这种诱人的气质依然可以令很多男人，无论老男人还是小男人，都为之神魂颠倒夜不能寐。

在发生那个悲剧之前，我们的莫妮卡也具有同样的魅力，还要多一点混血儿的神秘优势——可惜，现在的她已面目全非，自惭形秽，更理解当年那个平凡男子强烈的自卑心理。

不过，二十多年来都是在众人惊艳的目光下长大，她仍然可以自信从容地应对这种美人:"对不起,请问你是谁?"

门里的美人没有料到她会同样反问,只能故作镇定:"没什么事的话,我要关门了。"

"等一等!"莫妮卡要使出撒手锏了,"你为什么住在我爸爸的房子里?"

对方的面色大变:"我听不懂你说什么!"

"别关门!请你回答我!"

"你爸爸是谁?"

这句话问得有些心虚,这让莫妮卡的胆子更大。她曾在台湾读书,很容易就能模仿台湾腔:"天空集团亚太区总裁,大名鼎鼎的牛总,几天前他在办公室自杀了,我陪妈妈从台湾飞过来处理后事。"

"你是他的女儿?"

牛总确实有个女儿,但远在美国硅谷工作,这两天也飞来上海奔丧。

莫妮卡冒充牛总的女儿,并未使她心存不安,因为牛总生前真的把她当作自家女儿对待。

"是,我是这个房子真正的主人,当然有权利到这里来,那么,你又是什么人?"

潜台词——你是被他包的二奶吗?

门里的美女再也不敢赶她走了,把房门敞开让她看——房间虽然装修得很好,地面却乱七八糟,堆了十几个纸箱和大袋子。

对方表情也柔和了许多:"很高兴认识你,我是租下你爸爸房子的房客。"

"真的吗?"

莫妮卡断定她不是什么租房客,所以使用让对方恐惧的怀疑口气。

"是,我也听说了你爸爸去世的消息,正准备搬家离开这里,所以房间才会这么乱。"她特意侧过身子让莫妮卡看清楚,并挤出一丝忧伤表情,"太遗憾了,没想到会有这种事,我会和你结清剩余的房租,可以给我留个电话号码吗?"

这个女人反应还算快,莫妮卡将计就计留下手机号码,并说这是昨天才申请的本地卡。

"谢谢,牛小姐,我可能明天早上就会搬走,到时候再给你打电话,把钥匙还给你。"

"好吧。请问你贵姓?"

"哦,我姓马。"她不愿意说自己,又指了指门里,"牛小姐,你还要看看房子吗？"

"不用了。"

莫妮卡不愿在房里看到牛总与这个女人的秘密，或者想象他们在这里过夜的情景，这会让她感到恶心。

"那我继续收拾房间，准备明天搬家。"

"再见！"

莫妮卡不想过多停留引起对方怀疑，平静地转身坐电梯下楼。

虽然对方巧妙地搪塞了过去，连名字都没有说，至于姓马很可能也是假的，不过，莫妮卡可以肯定的是，这个女人不简单！

无论她是不是牛总的二奶，但她确实在准备搬家。原因很简单，既然牛总自杀身亡，家属肯定会来上海处理他生前留下的房产，所以，她必须尽快搬走，免得牛总家人找上门来。而无论她采用什么解释，在这个高级二奶云集的小区，总会引起别人怀疑。

电梯下到底楼，她并没有离去，而是来到门口邮箱，找到顶楼那套房子的邮箱，趁着四下无人，抽出其中一份厚厚的印刷品，是个美容产品目录，收件人名字写得很清楚——**马小悦**。

这是我睡在"狼穴"的第一晚。

清晨，窗外渐渐亮起晨曦，耳边是此起彼伏的鸟鸣声，宛在森林里的小木屋。

醒来时感觉睡得特别香甜，全拜高科技的清新空气所赐。我起身摸着日渐强壮的胳膊，看着自己崭新的漂亮卧室，仿佛太阳王躺在凡尔赛寝宫。走出卧室来到书房，离开自然光线的窗户，才意识到自己正在地下，坚不可摧的"狼穴"深处。在墙上按个按钮，几分钟后漱洗完毕，早餐也由管道送到面前。不用半个用人也能享受帝王般的生活，"狼穴"于我而言真是好地方。

上午，9点。

我出现在地下会议室，这是"狼穴"起用后的第一次会议。

中国分公司和集团亚太区高管必须出席，包括全球助理史陶芬伯格，昨晚专程从美国飞来，代表纽约总部的意见。他们都是第一次来到这里，无不被这浩大的工程惊得目瞪口呆。星期天早上从床上爬起来，一路受到严格检查，随身携带的通信工具皆被搜走，平时习惯于养尊处优成作福，到这儿却只能享受囚犯待遇，大家未免心有怨言，暗暗问候了我和我的家人许多遍。

这次会议主要讨论牛总的问题。

我的心腹白展龙读了最新的调查报告——根据对牛总电脑与机密文件的搜查以及印度项目的真实账目,已确知牛总犯下极其严重的罪行,泄露了关键性的商业机密,使得我们最危险的敌人Matrix和罗斯柴尔德家族抢先打通印度政府的关节,让我们掉进了一个金融陷阱,导致数百亿美元的损失,不但原本被寄予厚望的印度分公司宣告破产,整个集团的资金和信誉也受到很大影响。

会议配备了同声传译,史陶芬伯格也可以听懂,他随即补充了美国的消息——目前我们最大的债主银行团,很可能要求我们做出新的担保。如果不能满足银行团贪婪的欲望,天空集团的资金链很可能就此断裂。

如果牛总没有自杀的话,毫无疑问将被集团开除,从此在业内名声扫地,甚至会遭起诉被送上法庭,晚年可能要在狱中度过。

关于牛总的报告完毕,我冷冷地看着与会高管们。他们围绕着一张橡木大桌,厚重的桌面和桌腿遮挡着各自下半身,也遮挡着他们恐惧与骚动的心。许多人害怕被此案牵连,尤其几名牛总的老部下,早已吓得面色煞白。

读心术发现有个人的心里话:"啊!这个混蛋把我们搞到这里开会,是不是想借牛总的问题把我们杀死在这个地堡里啊?我就知道这个精神病会这么做,变态到搞什么'狼穴'。老天救救我的命啊,我怎么才能让这个畜生相信我是清白的呢?"

原来,在集团高管们眼中,我就是个混蛋加精神病加变态加畜生……他们大概夜夜都在诅咒我横死街头。

然而,轮到这些高管发言,却是完全不同的声音。亚太区日本分公司老大,是去年从中国派遣过去的,说话带着强烈的中国特色:"我们一定要吸取牛总的教训,命令全体日本员工学习董事长的先进教育,积极推进反腐倡廉,贯彻'公司的干部为公司'先进思想,消灭领导们的灰色收入与小金库,稳定压倒一切,顺利渡过难关!我相信有董事长的英明领导,我们一定战无不胜攻无不克。我回去就把董事长的精彩言论全部翻译成日文,印刷成小册子,发给日本员工,人手一册,让他们天天读夜夜读,从思想深处心领神会!以后每天上班第一件事就是汇报学习董事长思想的心得体会——不,必须全部背诵出来,才可以做好本职工作,为天空集团挺进世界第一打下坚实基础!"

这番话说得我头都晕了,但给其他人做了榜样。台湾分公司老大以不标准的普通话说道:"台湾分公司一定会吸取牛总的教训,痛定思痛,改过自新,学习董事长打击贪腐的决心。我们要把这件事与陈水扁家族腐败案联系起来,编写一组材料发给全体员工,防微杜渐,一日而三省。董事长,不是我的溢美之词,以您严查牛总事件的力度来看,真是当之无愧的反腐楷模。整个天空集团都仰赖于董事长的英明神武,才得以有今日的柳暗花明,避免了千百万人的失业乃至家破人亡。董事长对于我们广大基层员工来说,简直就是再生父母啊!"

这个马屁拍得让人反胃,接下来就变成脸皮厚比赛了。亚太区运营总监接话:"没错,董事长不但是全体员工的再生父母,也是全球经济在严重的金融风暴之后复苏的第一大功臣!所以,董事长也是全球财经界的再生父母,乃至全球人民的再生父母!"

好吧,我一下子增添了六十多亿的儿女。

"极是!极是!董事长对于天空集团,对于全世界经济,都可谓功德无量!"

"岂止功德无量!董事长的丰功伟绩,可以用'泽被苍生'四个大字来形容。"

"董事长,我省正评选21世纪地球杰出青年,主办方接受了我们集团赞助,已经把董事长评选为地球最杰出青年了。"

接下来高管们肉麻的马屁,如同长江黄河之水泛滥,一发而不可收……

"够了!"沉默至今的我终于说话了,并露出严厉表情,"我想听批评意见!"

他们面面相觑了几分钟,还是有个胆大的:"好吧,我给董事长提个醒,那就是董事长您的工作太辛苦啦!每天都日理万机,太不注意自己的休息!属下前几天去了五台山,特意为董事长祈求了开光护身符,必定保佑董事长身体健康,精力充沛地领导天空集团。"

听到这里,我不禁勃然大怒:"闭嘴!为何我提拔的都是些阿谀奉承的小人?以后若再被我听到半句这种马屁,那就给我拍屁股走人吧!"

我轻声对翻译说:"不要同声传译了,免得被老外看不起!"

史陶芬伯格的表情很奇怪,不理解东方人夸张的个人崇拜传统。

下面再度鸦雀无声,刚刚将我吹得天花乱坠的人纷纷恐惧地低下头。

忽然,有个人大胆地说话:"董事长,我对您有个建议,处理许多突发事件时,平时待人接物时,请尽量克制自己的情绪。我知道您的用心和目的都是好的,但您的这种粗暴的说话方式会让人在心理上无法接受。不要因为这种小事影响到我们的大局。每个人都有自尊心,这种自尊一旦遭到伤害,就可能是永久性伤害,不可能被弥补回来。这对您个人、对天空集团来说,也将是一种永久性损失。"

所有人都被他的话惊呆了,从没人敢如此对我说话,更不敢当面提出批评意见，何况这个想法必然是深入人心的，说出了每个人的心里话。

说话的是我无论如何也想不到的人——最新被提拔为中国区销售总监的侯总。

他的表情冷静沉着，毫不躲避我的目光，如此勇敢的表现，在中国分公司绝无仅有。

两年多以前，这个人曾让我非常痛苦，并将我赶出了天空集团。如今，他非但没被我开除，更没有遭到我的报复，反而青云直上飞黄腾达，竟然堂而皇之位列高管之一，坐在"狼穴"地下对我进谏。

士别三日，当刮目相看！

我微微点头："侯总，我曾经在你手下工作，请忘记过去的不愉快！感谢你今天的直言不讳，不卑不亢。若所有人都像你这样说话，恐怕也不会发生牛总那样的事件了。"

几分钟后，"狼穴"的第一次会议散会。

侯总最后一个走出会议室，他的动作有些犹豫，似乎在等我说话。

其实我也在犹豫，要不要打个招呼，然而，我还是无法克服当年的厌恶感，无法驱使自己靠近这个人。我僵坐在橡木大桌后面，看着侯总失望地离去。

史陶芬伯格留在会议室，报告纽约总部董事会成员们的秘密——包括每个人的情妇与女秘书，这些情况我也必须掌握，以免再出现牛总的问题。

我还在想牛总的自杀，他为什么会背叛我？他不是对我很忠诚吗？他不是我在集团高管层唯一信任的人吗？

情人？女秘书？当史陶芬伯格在报告大洋彼岸这些情况时，我忽然想到几个月前，那次是秋波过生日，我陪她在环球金融中心顶楼吃饭，已是午夜时分，却看到牛总和一个美女幽会。

凑巧的是，我知道那个美女的名字——马小悦。

我，确切地说是高能，他的高中同学，第一次暗恋的对象。

白展龙殷勤地给我倒了杯水，我轻声说："你去查一个女人，年龄28岁，名字叫马小悦。"

她。

从"狼穴"里回到平凡世界里的她。

她是莫妮卡。

同样是陆家嘴，同样是顶级写字楼，同样是豪华办公室。

不同的是，这并非天空集团的地盘。

周一上午，写字楼里忙忙碌碌，不少上班迟到的人低着头，生怕被老板撞见。她没有穿上班套装，而是换上了一套合身的小西装，来到一家美国奢侈品公司驻华代表处门口——从前她有过短暂时期用过这个品牌。

前台女孩问道："小姐，请问您找谁？"

"我找你们老板。"

"请问您贵姓？有没有预约？"

"我姓牛，没有预约。"在前台小姑娘板脸之前，莫妮卡自信地说，"如果你们老板在的话，她一定会见我的！"

没错，马小悦一定会见她的。

周六，当她从古北小区回到家里，上网人肉搜索了"马小悦"。

在千千万万同名同姓的人中，这样的美女怎会没有照片？随后，又在财经新闻视频中发现了她的身影——两周前，某明星代言一个美国奢侈品牌，马小悦作为该品牌的中国首席代表现身，异常低调地站在画面后边，丝毫不引人注意，只在文字报道里出现了她的名字。

面孔、名字、头衔都已经对上，莫妮卡进一步搜索到这家美国奢侈品牌中国代表处的网站，果然有首代的个人介绍——

马小悦，毕业于某某大学，2010年9月被任命为本品牌驻中国首席代表。

好简单啊，看不出什么特别的资历，毕业的大学也很普通，有何本领小小年纪就爬到首代高位？而且她上任不过两三个月，这又说明什么问题？

于是，莫妮卡决定继续冒充牛总的女儿，前往这家代表处再次与马小悦见面。

前台小姐很不情愿地打了个内线电话，立时满面笑容地说："牛小姐，我们首代马小姐请您去她的办公室。"

穿过仅有几个人办公的房间，莫妮卡走进首代办公室。这里有股新装修的气味，布置得相当有女性特点，窗边摆了许多盆花，墙上挂了各种颜色的水晶饰品，正好符合主人的特点。

马小悦穿了身昂贵的职业装，气质更加高贵迷人，摊开手平静地说："请坐，牛小姐。"

她并不客气地坐在沙发上，点头赞赏道："马小姐，这里很不错啊。"

"牛小姐，昨天我已经搬家了，请把钥匙拿回去吧。"

说完，她把钥匙放到桌面上，似乎急着打发访客离开。

不过，既然已到了这里，莫妮卡怎能轻易放过她呢？她顺手接过钥匙说：

"马小姐,我不是为这把钥匙而来的。"

"还有什么问题吗?"

"你为什么不感到奇怪?你并未说过你的公司地址,连你的名字都没说过,我怎么会找到这里的?"

"哦,谢谢你的提醒。"她显然在装傻,当即话锋一转,"不过这是你的问题,牛小姐。"

言下之意,是莫妮卡鬼鬼祟祟调查她,有辱牛总世家门风。

但她并不示弱:"其实,你应该猜到我的来意,为何在我爸爸尸骨未寒之际,还跑来找他的女房客。"

"我不明白你的意思。"

"在他自杀身亡之前几天,你寄给她的包裹里是什么东西?"

马小悦的眼睛里掠过一丝恐惧,正好被莫妮卡牢牢抓住。

"我……我不知道里面是什么,有人从美国把包裹寄来,再让我重新包装寄给牛总。"

真是个可笑的理由!莫妮卡已经打开了缺口,紧追不舍:"为什么要给他寄包裹?是不是你们之间关系非同一般?爸爸以前从未对我说过他的这套房子,也没说过他对外出租房产,你究竟是不是他的房客?还是他的别的什么人?比如——"

"住嘴!"

马小悦沉不住气了,她知道莫妮卡指的是什么人。

"为什么不敢承认?我找你并不是这个原因。我爸爸一年只回台北家里几次,作为一个成功优秀的男人,如果有什么情人之类的,只要不影响家庭,我可以理解。"

"对不起,我没时间陪你说这些莫名其妙的话!我还有个重要会议,请你离开这里。"

话不投机半句多,马小悦对她下了逐客令。

莫妮卡也不想厚着脸皮坐下去:"马小姐,我并不想骚扰你,只想知道我爸爸自杀的原因。你可能已经听说,外面有许多关于我爸爸的传闻,说他吃里爬外出卖老板畏罪自杀!但我不相信他是这样的人。从小到大,在我的心目中,他是个正直善良刚正不阿顶天立地的男人。即便他犯了什么错误,也必然另有隐情,或者其他迫不得已的原因。请你帮我弄清真相,不仅帮我,也帮我死去的父亲,可能也是帮你自己。"

这番话说得马小悦哑口无言，表情复杂地坐着一动不动。莫妮卡感觉已占了上风，可以见好就收立即撤退。

她以胜利者的姿态走出这栋写字楼。深秋的寒风掠过发丝，让她暂时忘却现在平凡的脸，依然是那个众人焦点的莫妮卡。

对面就是天空集团的新大楼，一进楼就回到现实，低调地坐电梯到行政部。今天她向上司请了半天假，不知道会不会被老板批评。幸好根本没人关心她的存在——这才体验到两年前作为普通小职员高能的痛苦。

面对表情麻木的同事，她无聊而忙碌地工作到傍晚，下班时准备走人，手机突然响起，却是个陌生号码。

接起来听到一个年轻女声："喂，是牛小姐吗？"

牛小姐？刹那间，莫妮卡完全没反应过来，她已习惯别人叫她"蓝小姐"。

"什么？"

"是牛小姐吗？"

四分之一秒内，她突然明白了谁会叫她"牛小姐"。

"哦，是马小姐吗？"

没错，就是这个美女。

"牛小姐，上午我们见面可能有些误会，我想向你当面道歉并解释一下，请问今晚有没有时间一起吃饭？我明白这个时间邀请非常唐突，但你一定希望知道得越快越好。"

知道得越快越好？一定是什么重要秘密，莫妮卡却故作姿态："哦，今晚啊？时间好像有些紧，你知道我住在浦东郊区，我爸爸原来的别墅里。"

"哦，牛小姐，虽然我可以到你那里去，但我怕见到你家里其他人，我们能否在外面约个地方？比如陆家嘴？我可以等你。"

虽然莫妮卡就在马小悦公司的对面，过马路只要一分钟，但她镇定地说："好吧，一个小时以后，我们在你公司楼下的餐厅见面。"

我。

我是高能古英雄。

我是"狼穴"里的高能古英雄。

傍晚6点，"狼穴"的第二次会议，也是我与亲信的秘密会议。

以往都有牛总参加，他也是会议中最重要的人物，现在只剩下我、白展龙和史陶芬伯格，就像皇帝拉着两个太监随意聊天。

仅有三个人实在太寥落,放到宽敞的大会议室里,围着大橡木桌子,说话都听不清,我们只得换到旁边的小会议室。

昨天的会议效果太差,但为严密控制这些高管,还是必须经常把他们招呼进来,即便我知道他们心里把我骂了一万遍。

白展龙报告牛总案件进展,他的调查确实细致入微,包括牛总账目上的每笔数据,都说得头头是道深入浅出,让我这种对财务知识一窍不通的人,也可略知一二其中的猫腻。

然而,当我抬头盯着他的脸——虽然读心术不能看出什么问题,还是当年那张销售部经理的脸,还是两年多前站在天台上准备跳楼的那个人,还是一年多前励精图治杀回集团的销售精英的眼睛——就是这双眼睛,如今却暗藏着什么东西。

我知道这双眼里有忠诚,也有当助理的狐假虎威,更有情报工作的阴险狡诈。然而,他的眼里还有其他东西,让我无法形容无法表达,而这才是让我感到害怕的,比如一年多以前的肖申克州立监狱。

我感到太阳穴有些疼痛,撑着额头让他不要说下去了。白展龙给我倒了杯水,却让我想起另一个人:"上次垃圾场的那个老头,是不是还日夜监视着?"

"是,董事长,监视者每天都会报告,目前并未发现异常,他们说老头每天都捡垃圾,简单处理后卖给收垃圾的人。有时他会到四周晃悠,其实也是寻找有用的垃圾。目前,老头的真实身份还没调查出来,我们也秉承董事长的指示,没有打草惊蛇让他发现。"

白展龙的汇报就像计算机,不过他点头哈腰的瞬间,更像一只守在狮子身边的豺狼,希望得到狮子捕猎后残余的食物。

"你处理得很好,继续严密监视老头。"

即便面对豺狼,狮子也要主动赏赐给它几块骨头,才能让它死心塌地地为狮子驱赶猎物。

果然,白展龙露出受宠若惊的表情:"感谢董事长的称赞!还有件事要向您汇报,您不是怀疑牛总的女秘书吗?这两天我的调查有了新的发现。"

"那个女孩?"

眼前浮起那张并不漂亮的脸,似乎刚与我擦肩而过。

虽然,任何男人都很难记住一张姿色平庸的女人的脸。

虽然,我也不能免俗,她的脸只是一片模糊印象,但我记住了她的眼睛。

为什么会记住她的眼睛?

"是，牛总的女秘书叫蓝灵，我调查了她在英国留学的记录，才发现一个严重问题——"白展龙很会用语言节奏来营造气氛，"去年12月，蓝灵在剑桥遭遇车祸死了！"

"难道现在这个是鬼？"

"没错，就是鬼！是内鬼！"

"这个发现很重要。"我强迫自己恢复理智，"可牛总为什么这样做呢？"

"很简单，牛总本人是内鬼，他的秘书当然也是同伙。"

"好吧，仍把这个女孩留在公司，但要加紧跟踪监控。"

白展龙胸有成竹地回答："是，今晚我已派人跟踪她了。"

听他说完一大堆，我还是举手打断了他，为了不冷落史陶芬伯格——毕竟他听不懂中文，而他的职位又比白展龙高很多，是代表美国总部前来开会的。

轮到我的全球助理用英语发言了。他理了个小平头，金发板寸如同野兽鬃毛，碧绿眼睛更显冷酷阴郁，穿着一身挺拔的黑色制服。我们三个人在这里开会，果然符合"狼穴"典故的出处。

史陶芬伯格说的只有一件事，代表美国的集团高管们，劝我尽快加入美国国籍——他们说这对集团发展至关重要，不仅方便我对公司的管理，更有利于扩大美国市场，获得美国政府的鼎力支持。美国移民局的关系都已打通，随时欢迎我的入籍申请，这样我往来美国便无障碍，去世界任何国家都很容易，不需要像过去那样提前办签证。此举会得到美国公众认同，认为天空集团确实是美国公司，不是被中国资本控制，奥巴马甚至会请我去白宫吃晚餐。

德国人的话还没有说完，我全身血液已冲上头顶，几乎让血管爆裂，感觉有个高大魁梧的欧洲人，用肮脏的鞋底踩着我的脑袋，强迫我改变肤色与语言，还被骂上两个字："奴隶！"

瞬间，我不可遏制地勃然大怒，仿佛那个人就站在眼前。我抓起桌上的烟灰缸，向史陶芬伯格扔了过去！幸好他反应敏捷，就像小布什闪身躲避皮鞋，一低头就让烟灰缸擦着额头飞过，撞到墙壁上粉身碎骨。若是闪得慢点就会被砸中，到时非得脑袋开花不可！

这个疯狂举动让白展龙目瞪口呆，史陶芬伯格更是吓得躲到角落里，生怕我掏出手枪给他来个爆头！

连我自己也无法理解，难道我被妖魔附体了，才会做出如此残暴愚蠢之事？

"对不起！对不起！"

我恐惧地后退两步，宛如一双手正扼着喉咙，却再也不敢面对史陶芬伯格。

史陶芬伯格也不敢报复或反抗，高大的身躯蜷缩成一团，巍峨的日耳曼男子汉，堂堂的德意志帝国贵族，竟像个小女孩哭了起来。

"抱歉，我不是故意这么对你的！我……我……我也不知道为什么！这不是我干的！请相信，这是另一个人……不……是魔鬼……魔鬼干的……与我没有关系！"

无论我怎么解释，再也无法弥补这个损失了。

史陶芬伯格言不由衷地回答："董事长，我没事！是我说错话了！是我的责任！"

"不，这不是你的真心话！"

他低头擦着眼泪说："我能不能出去休息一下？"

"好的，你去休息一下，叫我的御用医生来看看。"

然后，我让白展龙也退出去。

关了灯，孤独与黑暗笼罩着我，在疯狂野蛮的"狼穴"。

如果说有一个魔鬼，那就是我自己。

想想自己最近几个月的行为，确实可与刚才的冲动联系在一起——越来越无法控制情绪，时常让愤怒控制大脑，刹那间不知道自己在干什么，也许就是在这个刹那，我会干出令自己惊讶之事，干出令其他人目瞪口呆之事，干出可能毁灭世界之事！

冲动是魔鬼，我也是。

史陶芬伯格的建议，即便确实出于好心，确实有利于天空集团，依然触动了我的某根脆弱神经——作为国人的自尊与自卑。我太敏感了吗？

但我决不让步。

无论在血缘、文化、法律、精神各方面，我都将做一个勇敢的人。

她。

她是莫妮卡。

当她依然深爱的男子在"狼穴"深处几近精神崩溃之际，她走过陆家嘴灯火通明的马路，来到对面写字楼底下的餐馆。

又是一个纸醉金迷的夜晚，深秋的风在身边肆虐，带来许多女人的香水分子，如同凋零的糜烂花瓣，拂乱两鬓青丝，悄悄钻进女式西装的衣领，摩擦柔软的肌肤与心脏。她能准确分辨出那些香水牌子，除非是低劣的山寨货色。

不过，马上要与那个漂亮女人见面，为了不感到太自卑，她给自己喷了些香水,简单地化了个妆。尽管还是简·爱般平凡的脸,却平白增添了些特别气质,就像行走在罗切斯特城堡里的那个女人,让任何人都不敢小觑,更不敢对她心怀邪念。

果然,那位从前稍稍逊色,如今却令她相形见绌的美人——马小悦,正焦虑不安地等着她。

"牛小姐!你终于来了,请坐!"

与上午的生硬抗拒不同,马小悦变得殷勤客气了许多,和颜悦色低声下气——看得出她完全是被迫的。

"马小姐,不知找我有什么事?"

"哦,还是先点菜吧。"

莫妮卡摆出一副大小姐派头,对服务生优雅地指点几下。装穷她还需要慢慢学习,摆阔还不是浑然天成?二十多年来的奢华生活,即便换了一张丑小鸭的脸,依然看得出是皇帝的女儿。

"其实,我曾怀疑过你,到底是不是牛总的女儿。"马小悦倒是很坦诚,"但现在不用怀疑了,你继承了他身上的气质,长得也很像你爸爸。"

莫妮卡暗自哭笑不得,还是第一次有人说她现在这张脸像牛总!大概都是平凡面孔的缘故,看来自己装得确实很像,说不定还能转行成为出色的骗子,万一败露,媒体就会报道"丑小鸭冒充富家女,一掷千金骗得凤凰男"。

她努力保持平静:"马小姐,现在可以说了吗?你要告诉我什么?"

"好吧,今天你走了以后,我考虑了整整一天,内心非常矛盾痛苦。我也想过要一走了之,彻底摆脱这些是非,也彻底摆脱你的调查——我知道你在怀疑我,怀疑我和你的父亲有情人关系,是不是?"

"是。"

既然眼前的美女开门见山,冒充牛总千金的莫妮卡也不必讳言。

"我承认,我和你爸爸确实有那种关系。"

她终于招了!可为何如此轻易地招了呢?莫妮卡没在脸上表露出来:"我猜得没错——虽然,这对我妈妈来说很残忍,她还不知道这件事,从没怀疑过她的丈夫,一个虔诚的基督教徒,一个众所周知的好丈夫好父亲,居然会在外面——对不起,我不知道怎么形容,但我不会告诉妈妈,失去我的爸爸已经让她很痛苦了,我不想再让她受到第二次打击,我想让爸爸在她心中留个完美的印象离去。"

"牛小姐,谢谢你的宽容!"

"我可以对你宽容,前提是你要告诉我你所知道的一切——我爸爸为什么自杀?"

"对不起,这不是我们两个女人能解决的问题。"马小悦果然露出弱女子的一面,恐惧地锁起蛾眉,"请你不要再查下去,否则一定会惹来大麻烦!"

"不,我不能让我的父亲蒙受不白之冤!"

"你以为他真的是被冤枉的吗?"

莫妮卡必须对她严厉了:"你说什么?!"

"抱歉,这句话一定会刺激到你,但你的父亲并非你想象中的那样,就像你想象不到他还有我这样一个情人,他也并非完全被人陷害栽赃。"

虽然,她只是冒牌女儿,却真像为自己的父亲辩护:"请不要污蔑一个尸骨未寒的老人!"

"我和他在一起几个月,他有你太多不了解的地方,比如——他恨他的大老板。"

"什么?"

莫妮卡瞪大并不漂亮的眼睛,牛总的大老板,不就是自己深爱的他吗?

"在外面,在公司里,他总是装出一副忠心耿耿的样子,可是,只有在我的面前,确切地说是在床上——对不起,这样说你的爸爸,一定又惹你生气了。"

"说下去!"

"以前,他相信大老板是位天赋异禀的英雄,才甘愿成为他的心腹,但最近几个月,这位英雄正迅速蜕化成一个刚愎自用心胸狭窄的小人,成为一个动不动就大发雷霆丝毫不给老臣留面子的暴君。如果用某个历史人物来比喻,那就是明朝的亡国之君崇祯皇帝。"

"这个……也太过分了吧!"

莫妮卡也不知道是说牛总过分还是说她爱的人过分。

菜已上来多时,两个女人却谁都没有动筷子。

"是,你爸爸说那位年轻的老板已江郎才尽,再也不可能带领公司走出困境。所谓'成也萧何,败也萧何',他曾经拯救过天空集团,但也会亲手毁掉天空集团。我想主要原因还是面子问题,你爸爸是那么资深的人物,却总被老板当众辱骂,怎能不让人心寒?"

"所以……他就背叛了公司?"

"我没有让他这么做!"马小悦身心俱疲地叹息,"牛小姐,男人的问题,还是让男人去解决,我们女人终究还是受害者。"

"我是受害者,你不是!"莫妮卡确实有些气愤了,她就是把自己当作牛总的女儿了,"我永远失去了慈祥的父亲,而你又可以趁机换个年轻的小白脸做男朋友了!"

"你——我和牛总是有真感情的。"

这年头说跟一个可以做自己老爸的男人有真感情,莫妮卡不信。

"是啊,真感情就是把他的豪宅让给你住,想办法让你成为美国奢侈品牌的中国首代!"

莫妮卡出门前又查了一遍,那家奢侈品牌在美国的总老板,是牛总多年来的好友。人家看在牛总的面子与情分上,也看在天空集团巨大的资源上,让出中国首代的位置给他的情人,实在太轻松不过。这种圈内的潜规则,她也见得多了。

马小悦再次被她的气势吓倒,半晌才说出一句话:"好吧,我承认,是因为你爸爸的关系,我才可以成为这个美国品牌的中国首代。"

"你——是怎么认识他的?"

"这些都是你爸爸的隐私,你作为女儿不该这么刨根问底。"

"告诉我!否则你明天就会被美国公司的总部除名,我作为他的女儿一定可以做到。"

这种赤裸裸的威胁,再次使马小悦缴械投降,她绝望地摇头:"今年夏天,我过着无聊而忙碌的上班族生活,有人给我送了一份请柬,参加某个外资企业老总的家庭Party。我知道那儿将汇聚许多上流人物,普通人根本不可能得到请柬,现在也不知道请柬是谁给我的,重要的是我抓住了那次机会,经过特意打扮的我出现在Party上,立即引起许多男人的注意,不少外国老板和中国暴发户来与我搭讪,幸好我始终保持矜持,这样才能让更多人关注我。"

"对不起!打断你一下,你说了半天,还没有说到我的父亲。"

"现在就说——Party结束以后,有一个人来问我:'你是不是马小悦?'这个人就是你的爸爸。当时,我也感到很奇怪,他怎么知道我的名字?他说他本不想来参加这个Party,但事先接到一封邮件,告诉他会有一位神秘女士出席,这位女士的名字叫马小悦,是天空集团大老板高能的中学同学。"

听到"高能"两个字,便触到莫妮卡的敏感神经:"等一等!你是高能的中学同学?"

不过,中学时代的高能,并非她所爱的那个名叫高能的男人。

"那时我还是他的班长呢!不过,他没给我留下什么印象,是个不声不响默默无闻的男生,毕业后我就彻底忘了。前年夏天,我在衡山路的酒吧外遇到过他,当时他看起来非常落魄。正好我当时的男朋友来接我,我来不及和他讲话,以后就再也没有见过。"

前年夏天？他只去过一次衡山路的酒吧，就是那次与莫妮卡偶遇，被她用出租车送回了家。说不定在酒吧外的人群中，她和马小悦曾擦肩而过。岁月真会改变一个人，就像彻底改变了她的脸。

"我有些好奇，你后来知道高能成为天空集团大老板了吗？"

"去年初，有一次在电视节目上看到他，才认出原来是我的中学同学，没想到竟已咸鱼翻身变成全球华人首富。"马小悦无奈地苦笑一声，感慨为何少女时代没看上这块被埋没的金子，等到人家辉煌灿烂之时已经晚了，"我也想过去联系他，但一直苦于无门，几次努力宣告失败，就打消了这个念头。"

"好吧，再说说我爸爸，刚才只说到一半。"

"嗯，你爸爸大概就是出于这个原因，对于高能的中学时代有些好奇，也可能当晚确实被我迷住了，不知道这样说你是否介意，但我是一个敏感的女人，能从男人的一举一动和眼神里，看出他心里想什么。从此，他便经常与我联系，我感觉这个男人虽然年纪大了些，但是非常优秀，也很有教养和品位，可以尝试着交往一下。"

"马小悦！你没想过他有妻子儿女吗？"

"抱歉，我知道他有家庭，但他无法控制自己的欲望，我也渐渐对他有了真感情。他让我住在古北小区他的豪宅里，那里成为我们经常幽会的地点。后来，他还利用自己的关系和资源，让我做了这家美国奢侈品牌的中国首代。我想你一定无法理解，公认的好丈夫与好父亲，虔诚的基督教徒，为何做出这种事情。我想这与我的老同学高能也有些关系。"

"高能？"莫妮卡真想塞住她的嘴巴，不想再从她嘴里听到这个名字，"又关他什么事？"

"我刚才说了，你爸爸内心最讨厌的人就是高能——他有种奇怪的想法，就是我曾是高能的初恋情人。你说这种想法多么可笑？虽然，我确实是当年的校花，也确实有许多男生说过喜欢我，但无论如何都轮不到高能，因为他的存在感太弱了。但你爸爸就是这么固执，说高能即便没有和我谈过恋爱，至少也深深暗恋过我——所以，当他在公司里被高能欺负，遭到难以忍受的屈辱，就想在女人身上补偿回来。他以为只要征服了我，就像打败了自己的老板，尽管他不敢对高能说半个不字。"

"够了，我不相信我的爸爸是这种人！"

其实，莫妮卡心里已认同了马小悦的这种解释，牛总毕竟是一个男人，不可避免有某种几近变态的阴暗心理。

不仅仅是英雄难过美人关。

还有人性的弱点。

"也许,我不该告诉你这些。"马小悦痴痴地低头片刻,忽然提醒,"桌上的菜都凉了。"

莫妮卡却不理会:"你不觉得你和我爸爸的相识与苟合,是被人预先设计的阴谋吗?"

苟合!她特意选了这个词,来刺激对面看似光鲜高贵的美人,对方表情难堪到了极点。

还有两个疑点没有解开——第一,是谁给了马小悦那张请柬参加Party,给了她一个接触牛总和上流阶层的机会?第二,又是谁告诉牛总,那个Party上会出现高能的中学同学?这样就促使了牛总的好奇心,使他很容易与马小悦发生接触,顺便被她的魅力吸引——对于一个长期与妻子家人分居的成功男人来说,这种事情也不稀罕。

不过,有一点可以肯定,送给马小悦请柬的人,和告诉牛总马小悦是谁的人,必然是同一个人。

谁是阴谋的策划者?

"牛小姐,你不该这么说我,更不该这么说你爸爸!"马小悦开始反击,"我们的行为确实不道德,也伤害了你和你的妈妈,但没有你想象中那么肮脏。"

"脏不脏只有你自己知道!不过,今天我关心的重点不是这个,我关心的是父亲的名誉。你不知道现在外面传得有多难听,说他是畏罪自杀,他犯了什么罪?如果真是犯罪的话,那么罪魁祸首是不是你?"

"不,我也是无辜的,我也是受害者!我不知道那个人是谁,但他确实太卑鄙了!"

"什么人?什么卑鄙?"

又有什么猛料要爆出来吗?女人啊,真像一杯永远倒不完的水。

"有人……有人……偷拍了照片!"

"你和我爸爸的照片?"

脑中浮起香港陈某人的脸,随即莫妮卡痛骂自己,为何把牛总和他联系起来?

"是!"马小悦痛苦地低下头,肩膀剧烈颤抖,"就是艳照门那种照片!那次你爸爸去香港开会,我悄悄陪伴他同行,住在香港的酒店,没想到有坏人设了陷阱。"

后面的情节完全可以想象,莫妮卡面色凝重地说:"然后,坏人就拿照片来要挟我的爸爸?要他出卖天空集团的机密?"

"是!"

看到马小悦泪流满面的样子,莫妮卡也于心不忍,塞给她一张餐巾纸擦眼泪。美女的眼影被溶化,竟变成黑色的泪水流下来,乍一看像女鬼的脸。

"于是,我爸就被迫泄露了集团的最高机密?犯下出卖公司的弥天大罪?违背了职业道德?违背了法律?"

莫妮卡真不认识自己了,就这样成了心理专家兼审讯高手。

既然牛总已到了这一步,最后那幕悬挂在办公桌上的悲剧也就在所难免!

莫妮卡的泪水也难以抑制,这个宛如她再生父亲的男人,这个她最最尊敬的男人,竟然以这样的方式黯然逝去。

即便牛总女儿真的在场,也不过是这种反应吧。

"马小悦,请你回答我最后一个问题,在我爸爸死前几天,你寄给他的那些包裹里面,到底藏了什么?"

最后一个问题,马小悦想到折磨就快结束,抬起头来回答:"关于那些包裹,我并没有骗你,确实不知道里面是什么,是从美国快递来的,我只是转手再寄给你爸爸而已。"

这个回答仍未让莫妮卡满意:"奇怪,你们两个是情人关系,为什么不当面交给他?还要麻烦地寄来寄去?"

"其实,在你爸爸自杀前一个月,他已经不再与我来往,也不再接我的电话。"

"就是在他被艳照讹诈后?"

"是,正因为我和他的交往,才导致被坏人拍照敲诈,使他一世英名毁于一旦,他心里恨我还唯恐不及呢!他说他以前脑子搭错了神经,现在突然醒悟了,感到良心上过不去,不愿继续伤害家庭。"

抛开牛总这一个案的特殊性不说,恐怕人间所有男人,想要甩掉婚外情人时,都会有这样千篇一律的说法吧。

"我有些同情你了,假如这些都是真的。"

"你爸爸是个虔诚的基督徒,他背叛了家庭,背叛了公司,也就等于背叛了自己的信仰。背叛了基督,神不会饶恕他的!他说古北小区的房子,请我在三个月内搬走,以后再也不要去骚扰他——'假如还有以后的话',这是他的原话。"

"那时他已经想到了死？"

马小悦猛然摇头："但我绝没想到他会自杀。总之，我没有机会再与他见面，只能采用邮寄的方式，把这些包裹转给他。"

无疑，这些包裹的内容，牛总在看完之后就销毁了，这是他重要的"罪证"吧。

莫妮卡终于吃了一口菜，整理了一下纷乱的思绪："好，就算我相信你，那么，是谁从美国把包裹快递过来的？"

"快递单上有个女人的名字，她叫端木秋波。"

"端木秋波？"

她还不知道端木秋波是谁呢。

"我没听说过这个女人，她在包裹里写了张字条，要我把这个包裹转交给牛总。我没有别的选择，既然你爸爸都已经屈服，我一个弱女子如何斗得过他们？"

"你没想过把包裹里的东西拆开来看看吗？"

"想都不敢想！"楚楚可怜的美人总算擦干眼泪，"既然要我交给你爸爸，必然是秘密重要的东西。没有直接快递给他，是怕他不敢接受吧。"

"也许，正是这个包裹催化了他的死！"

马小悦再次面露惊恐："牛小姐，我想他那么聪明那么厉害，多少年大风大浪都顶过来了，一定可以想出解决办法，就算出事也可以东山再起。但是，你爸爸居然就——"

"别说了！谁都想象不到，但是听了你说的这些秘密，我可以理解他为什么自杀了。"

"虽然我并没有故意害过他，但他是因我而被人讹诈，因我而陷入绝境，我想我这一辈子都无法偿还了。"

莫妮卡心想，你几辈子都还不清！

"所以，你很害怕，也很内疚，你害怕我们找上门来，更害怕天空集团会调查到你身上？"

"其实，我已经向美国总公司请求休假。我会出国躲避一段时间，但愿那些恶魔不要再来找我，但愿你爸爸能在天堂里安息。"

"不，根据爸爸的宗教信仰，此刻他正在地狱里呢！"莫妮卡抓起包冷冷地说，"马小姐，感谢你说了这些秘密。我可以保证，不会再来纠缠你了，除非你还隐瞒了什么!"

"牛小姐!"

马小悦有些手足无措,眼睁睁地看着莫妮卡夺门而去,留下一桌子早已变冷的菜。

旁边有些食客回头看她——美女永远是餐厅的焦点,就像数米外的某一张桌子上,有只包里藏着摄像机镜头,始终对准马小悦苍白的脸。

我。

"狼穴"里的我,一匹睡着了的狼,一匹被猎人追赶得心惊胆战的狼,一匹被猎物折磨得筋疲力尽的狼。

这里是大陆架岩石深处,传说中的地狱,燃烧我的灵魂,将这个我已不认识的人高高吊起严刑拷打,直到出卖自己的一切。而我则冷酷地站在旁边,用欣赏者的目光看着自己,却感觉不到疼痛,也不理会惨叫。我只是一具麻木不仁的僵尸,一匹披着人皮的恶狼,一个被幽灵操纵的木偶。

温柔的铃声在耳畔响起,我从地狱噩梦中惊醒,睁开眼睛看着新家,看着窗帘外射入的晨曦——没错,这里依然是海拔负519米的地狱。

虽然我的脾气已上升为原子弹级,但不会因此而发怒。这是我定下的规矩,如果白展龙或史陶芬伯格有急事报告,即便我蹲在卫生间里,或者躺在病床上要死了,也必须把我立即叫起来。

揉着眼睛打开通话系统,传来白展龙的声音:"董事长,刚得到一条最新消息——你让我派人监视的那个女人,名字叫马小悦。"

"马小悦?"早上起来脑子还很乱,但很快就反应过来,"是,她可能和牛总自杀有关。"

"她死了。"

白展龙说得干脆利落,就像死的是一条路边野狗,却让"狼穴"中的我思绪凝固了半分钟,才恢复冷酷的镇定:"马小悦怎么死的?"

"今天凌晨2点左右,她在自己住的地方跳楼自杀了。"

再度沉默半分钟……

我的——不,是高能的,他的中学同学兼班长兼校花兼初次暗恋的女子——马小悦,就这么死了?努力回想她的容颜——不是少年时代的记忆,而是2008年与2010年的两次偶遇,第一次在我最落魄的时刻,被她当作高能认出,第二次却是见到她与牛总亲密幽会。她的笑容、她的眼神、她的背影,竟如此清晰地浮现,仿佛真是我的高中班长,真是我当年第一个喜欢的女子。在莫妮卡死去一年后,在端木秋波跟我的敌人私奔后,在她的情人牛总上吊自杀于办公桌上方后,我竟然产生了某种愚蠢的念头——想重新见到马小悦,挥霍自己的金钱与权力,让这个美人投入我的怀中,让被我替代的高能实现当年的欲望,不惜步牛总的后尘。

于是,我在电话里苦涩地笑了起来,直笑得电波那头的白展龙毛骨悚然:"董事长,难道……难道是你……"

我明白他的意思——难道是你派人杀了马小悦?

"白展龙,你把我想成什么人了,我在你眼中就是个黑社会老大吗?"

"啊!属下不敢!是属下胡思乱想!以小人之心度君子之腹,请董事长责罚!"

"说说具体情况。"

"最近两天,我们的私家侦探一直监视马小悦,昨晚就守在她家楼下——是她两天前新搬的家,浦东的一个高级公寓。凌晨2点,她从十三层楼上跳下来,警方基本排除他杀的可能。"

"凌晨2点?现在几点?"看看时间已经上午8点,"蠢驴!为什么不第一时间告诉我?"

"董事长,我怕半夜打扰您休息,才等到早上再——"

"住嘴!你知道拖延一分钟,可能会死掉多少条人命吗?以后必须第一时间叫醒我!否则就给我滚蛋!"

一周前牛总自杀身亡,紧接着他的情人也自杀身亡,其中必有联系——我想起了两年前死去的陆海空,还有失踪至今音信渺茫的严寒与方小案,或许都是同一伙人干的!既然常青与端木良的蓝衣社已土崩瓦解,那么幕后人物自然就是慕容云!

白展龙还算镇定,换作其他人早就吓死了,他继续向我汇报:"董事长,我还有一个重大发现——昨晚7点到8点多,马小悦跟一个人在她公司楼下餐厅见面,就在我们陆家嘴办公楼的对面。"

"绕什么弯子?快说是什么人!"

"牛总的女秘书——蓝灵,也是董事长您最怀疑的人,我们最近一直在监视她。"

"她?"可是,我实在想不起这个女秘书长什么样了,"你确定?"

"是,因为我们跟踪蓝灵的人员,也在同一地点拍摄到了相同画面。我已经把拍摄的画面传到了您的邮箱。"

打开电脑,专用光缆连接上集团内部网络,打开一个视频文件——果然是晚上的餐厅,两个年轻女子不停地说着什么。其中一个女子美丽动人,穿着什么奢侈品牌的衣服,颇像某位大明星,只是表情紧张恐惧。

她是马小悦——我一眼就认出来了。

另一个女子却相貌平平,放在平时很难被记住,好久才想起牛总出事那天,在死亡现场见过一面并擦肩而过。这个天空集团试用的小秘书,面对大美女毫不怯懦,满脸自信地看着对方。马小悦似乎完全被她控制,只能唯唯诺诺地回答。

事先的怀疑果然没错,牛总的女秘书与牛总的小情人相会,这两个女子都与他的死有关。

我拿起电话对白展龙说:"马上把这个蓝……蓝灵送到'狼穴'来!"

第七章　　　　　　　　| 蓝灵 |

正午。

窗外倾洒进来柔和的阳光，带着冬日特有的干燥和温暖。我打开窗户深呼吸，看到对面草木稀疏的河岸，波光粼粼地投射到眼中。当我把双手伸到暖阳之中，感到一阵呼啸北风，从天际落下触摸我的头发。

这一切并非幻觉，却也不是真实存在，而是"狼穴"地下519米深处，窗外的人造景观。

内部通话系统响起，是白展龙的声音："董事长，她已经带到了，能否进来？"

"请进。"

地下办公室的防弹门缓缓开启，白展龙满面阴沉地进来，接着是个穿着职业装的年轻女子——她就是牛总生前最后的女秘书，名字叫蓝……蓝灵。

之所以记不清她的名字，是因为这两个字与"兰陵"谐音，还有就是她长得不够漂亮，只能用姿色平平来形容。

男人总是先记住女人的脸，然后才记住她的名字。

所以，如果女人的容貌不能让人印象深刻，别人自然也很难记住她的芳名。

"你就是蓝灵？"

我端坐于大办公桌后，背后是法国进口的古典宝座，这是受到慕容云海岛宫殿的影响，刻意挑选了凡尔赛宫风格的。

"是。"

小姑娘的回答只有一个字,却让我刮目相看。她不慌不忙不卑不亢,完全不同于其他人的战战兢兢卑躬屈膝。

"对不起,麻烦你到集团大本营来一趟。你对'狼穴'有何感想?"

她满不在乎地回答:"没什么,一个升级版的监狱罢了。"

"啊!"

白展龙情不自禁地发出声音,我也惊讶得差点站起来,第一次有人胆敢如此形容我的"狼穴"——监狱?

尽管我心中也有同样的感觉,许多人来到这里也都这么想,但从没人敢对我说出来。眼前这个貌不惊人的小姑娘,就像那个说破了皇帝新衣的小孩。

蓝灵意识到了自己失言,低头轻声道:"对不起,董事长,我说得太直接了。"

我好奇地打量这个丑小鸭,她的脸形和轮廓都还不错,只是脸上的各个部分都长得中规中矩毫无特点,整体来看便很平凡,就像大街上随处可见的那些女孩。她被白展龙从集团写字楼带来,跨越长江大桥与隧道,深入岛上幽暗曲折的森林,通过层层大门与安保检查,最后深入"狼穴"地下堡垒,进入这间办公室,却依然保持自信的目光。

令人不可思议!她没有被这浩大工程震惊和折服吗?没有在我的权力与财富面前拜倒吗?没有因为做了内鬼的亏心事而战栗吗?

耗尽集团财富和我心血的"狼穴"已顷刻之间在她面前化为灰烬!

修建如此规模巨大的"狼穴",一方面为了我的安全,另一方面为了控制天空集团,再次则为震慑高管们——就像中国古代皇宫为何有那么多城门,一道接一道,宏伟无比,最后才是威严肃穆的大殿,就是要让满朝文武大臣以及列邦蛮夷在经过每一道城门时,都经受一次心理上的震撼和威慑,从而对天子充满敬畏,不敢再有任何非分之想。

假如"狼穴"对一个平凡的女秘书都不起作用,那这一切岂不就是一堆垃圾?

我皱起眉头对白展龙努努嘴:"你先出去,我想单独和她谈一谈。"

"董事长,这不太妥当吧?"

我不想打击白展龙忠诚的积极性:"你担心我的安全吗?难道她进来的时候,没有经过全面检查吗?"

"哦,检查倒是都顺利通过,那是比航空安检更严格一百倍的检查。"

"那就没问题了,我还怕一个赤手空拳的女孩?"

白展龙倒不是怕这个,而是因为最新的调查显示——真正的蓝灵在一年前就死了！眼前这个，要么是幽灵复生，要么就是Matrix和慕容云派来的奸细。

同时，读心术捕捉到他眼里的秘密："难道他对这种相貌普通的女孩也感兴趣？"

在他眼里我已是一个淫棍？或者是一个极端严厉的禁欲主义者的偶尔放纵？

白展龙退出办公室。蓝灵依然保持严谨站姿，说："董事长，我只是一个小小的女秘书，不知犯了什么天大罪过，被您召唤到'狼穴'禁地？"

她说话的胆子够大，我微微一笑："这个原因，你自己心里清楚！"

"您怀疑我和牛总的意外去世有关？"她回头看看身后绝对隔音的防弹门，"在来'狼穴'的路上，白展龙不停地审问我，看来已认定我是商业间谍。"

"抱歉，他没有权力审问你，也没有权力认定你是间谍，只有我拥有这个权力。"我说得不偏不倚，似乎是地狱中的审判官，"坐下吧。"

终于，蓝灵收敛刚才张扬的态度，可怜兮兮地坐下来。

"你认识马小悦吗？"

不想在这个丑小鸭身上浪费时间，开门见山直接问吧。

"最近刚认识。"

原以为她会遮遮掩掩，我顺着问下去："你知道她是什么人吗？"

"牛总生前的情人。"

这个一年前就死了的女孩，继续面不改色地坦白，就像一枚打开的贝壳，让人看到里面白白的肉。

"昨晚，你是不是和她一起吃饭了？"

蓝灵锁起眉头，既有些意外，又略带委屈："董事长，您派人监视我？"

"不单单监视你，而且也监视了马小悦。"

"您这么做违反了法律，也违反了道德。"

若是旁人这么说，早惹得我火冒三丈，可她却让我有难得的好脾气："对不起，为了查清牛总自杀真相，我必须这么做——而且，你大概还不知道，就在你和马小悦告别六个钟头后，她在自己家里跳楼自杀了。"

"啊！"这个姑娘第一次如此慌张，"她死了？昨晚还那么美丽动人，现在就死了？也许是走投无路，甚至根本不是自杀。"

"为什么不是自杀？难道她背后有什么阴谋？"

"是，一个天大的阴谋。"

她的眼睛已恢复平静，毫无惧色地平视着我——天空集团全球数十万员工，从来没人敢这么直视我的双眼！

我摇摇头靠着椅背，托着下巴说："什么阴谋？"

"现在还不知道，我正在调查。但是，马小悦应该是无辜的，她并不是埋伏在牛总身边的间谍，她也是这个阴谋的受害者。"

她的表现让我吃惊，完全不像在被审讯，也不像投案自首，更像是对上级汇报工作。

"等一等！没人让你去调查！"

"我是牛总生前最后一任秘书，也是我第一个发现他的尸体，我有义务查出他的死因。再换到私人角度，我的祖父是牛总家的世交，许多年前当我失去父母时，是他全额资助我读书留学，我一直把他当作父亲，也是他将我带进天空集团，我不能接受他以这样的方式死去，更不能容忍对他的污蔑和攻击——他的耻辱就是我的耻辱，我发誓要调查清楚这件事。"

这个女孩的话音未落，我已为她鼓起掌来，略带讽刺地说："说得真是精彩啊！好一个有仁有义的女秘书，牛总在天之灵也会为你感到欣慰的。"

"董事长，看来您还是不相信我的话。"

"愿闻其详。"

在深深的"狼穴"地底，当我面对这个平凡女孩，却丢失了惯常的紧张情绪，感到分外放松自然，听她娓娓道来调查经过——从包裹单的存根，到古北小区牛总豪宅，再到发现马小悦的名字，单骑直闯奢侈品公司，包括昨天那顿最后的晚餐，逼迫她说出全部实情——

精心策划的相遇……高能的中学校花……牛总坠入情网……致命的香港出差……卑鄙的艳照门讹诈……被迫出卖公司机密……被迫出卖自己的灵魂……美国快递来的神秘包裹……一世英名悬于三尺白绫……

假设她没有撒谎，抑或她们没有撒谎……

至少，我的读心术没有发现谎言，只看到她的眼里掠过一句话："不管你信不信，我说的都是真的。"

她把每个细节都说得栩栩如生，仔细推敲完全符合逻辑，看不出丝毫自相矛盾之处，更没有任何容易被忽略的漏洞。讲述到最后时刻，蓝灵有些激动地说："我完全可以理解牛总，他是个极好强极要面子的人，更是个极注意家庭影响的人，他绝不能让这些照片流传出去，更不能让自己的妻子儿女看到。然而，他也是一个极有职业道德的人，对企业非常忠诚的人。"

"以我对牛总过去的了解，的确如此。"我也被她的情绪感染，发出低沉的声音，"假设你说的是真实的——面对卑鄙无耻的讹诈，他已被逼到悬崖边缘，一边是艳照曝光身败名裂，另一边则是出卖公司出卖灵魂。"

"两种选择的结果都是粉身碎骨！"

"可惜的是——"

我不敢去想象后面的话，

"他最终选择了后者。"

蓝灵大胆地说了出来。

不错，牛总万万没有想到，这次泄密给集团造成那么大的损失！而他亲手负责的印度投资项目，被迫承担天文数字的账目亏损。他只得掩人耳目欺上瞒下，擅自篡改财务报表，造成集团更大的损失。或许他期望能用其他手段，拆东墙补西墙填补漏洞，最终把这件事巧妙地糊弄过去。

然而，人算不如天算——集团正好请来会计师事务所做财务审计。

牛总知道无论如何都逃不掉了，结果无非身败名裂，唯有在东窗事发前，选在自己奋斗毕生的办公桌上方，黯然悬梁了此余生！

"狼穴"中我豁然开朗，和这个小姑娘在几分钟内，沙盘推演出了牛总之死的谜底。

不仅仅是美人计，还有赤裸裸的敲诈勒索，显然经过精心准备与策划，比如选择马小悦去引诱牛总——这一点让我不寒而栗，因为这是另一个人的过去，是我永远无法回忆的，却成为最容易被利用的牺牲品。

既然可在茫茫人海中找到马小悦，他们就可以找到更多的人，不但是高能从前的人生，甚至包括古英雄被遗忘的童年！

慕容云——只有慕容云知道我是谁。

为什么他不利用这个秘密，也是我最致命的弱点，一劳永逸地消灭我呢？

正当我陷入恐惧沉思无法自拔时，耳边响起一个清脆的女声："董事长？董事长？"

"啊——"

我惊慌地抬起头，只见蓝灵小心地靠近我。

刹那间，她的眼里泄露了一句话："你害怕了。"

"不，我没害怕！"我立即明白自己的失态，尤其不该在小秘书跟前，我重新靠在宝座上，"蓝……蓝灵，非常感谢你的配合，不管你说的是真是假。如果全部属实，可以证明你对公司的忠诚，我会重重奖励并提拔你；如果我发现其中有半句假话，那么……对不起，我不想威胁一个女孩子。"

"董事长，您会信任我的。"

她自信地站起来，虽然脸蛋实在普通，身材倒真不错——该死，我的脑子还是那么肮脏。

"但愿如此。"

可惜，她和我一样也是冒牌货。

"董事长，我能离开这里了吗？"她再次大胆地挑战我的神经，"我真的很不喜欢待在这座地下监狱——对不起，我不该这样形容'狼穴'。"

"不，你形容得没错！"我点点头，迎接她撞来的无畏目光，"你真的很特别。你可以出去了。"

蓝灵缓缓转身离去，厚厚的防弹门打开，她回头看了我一眼："董事长，希望我们以后还能见面，再见！"

再见！

我最爱的人，我们还可以再见吗？

莫妮卡。

她是莫妮卡。

走出地底办公室大门，却是白展龙严肃的脸，再也看不到日思夜念的心上人。

冷静……冷静……冷静……

不断在心底默念这两个字，拼命抑制激动的情绪，隐藏在平静的表情之下，更不能让身边的鹰犬察觉——她从来都不相信这些人，不相信白展龙猫头鹰似的眼睛，更不相信这些盖世太保的忠诚，无论对她的家族抑或对她的爱人。

现在，她必须冷静沉着，绝不能轻易暴露自己。她就是一个小秘书，平凡的丑小鸭，一枚无足轻重的卒子。

可是泪水，就连泪水，都无法控制地要分泌出来了！

她只能仰头拼命眨眼睛，迅速从脑中删除他的脸庞、他的目光、他的声音，迅速删除刚才虽然短暂却幸福得让她要晕倒的时光——就当没有见到他，就当没有来过这里，就当这只是一个神秘美好的梦。

终于，她被送出了"狼穴"地狱，有辆商务车等着她，在两名基地保安的陪同下，开出森林深处的小道。为避免他人怀疑，她始终低头不看窗外——也为掩饰自己红红的眼眶。

商务车开出崇明岛，通过大桥与隧道回到大陆，穿越浦东的旷野与楼房……"狼穴"已被远远抛在身后，她究竟是离他越来越远，还是越来越近？

下午1点多，回到钢铁森林的陆家嘴，天空集团写字楼门口，她被司机粗暴地赶下车。

终于，在熙熙攘攘的马路上，她可以毫无顾忌地哭出来了。

再也不需要压抑情绪，不需要戴着厚重的面具，一年来累计的数公升泪水，冲破严防死守的眼眶，流淌在平凡的脸上。不会有路过的人多看她几眼，更不会有人来施舍廉价的同情。她只得独自一人流泪，用嘴唇品尝眼泪的滋味，填充饥肠辘辘的身体。

哭了五分钟，她才擦干眼泪，过马路吃了一碗味千拉面。

今天不用上班，她坐上地铁——从对面玻璃上看到自己的脸，一个疲倦的女上班族，那么陌生，那么不值一提，连自己都会遗忘这张脸。

忽然，对面车窗依稀多了张脸，正与自己的脸紧紧重合，同样平凡同样不引人注目，却是她日思夜念永不忘记的脸。

他的脸。

今天，是最近第二次看到他的脸，却是在那座地底监狱中，他为什么又要把自己关到那种地方？难道他已彻底变成另一个人？

幸好，他没想象中变得那么多，至少不是传说中那么变态，更非吃人的专制恶魔。当他与她的四目相对，他依然是那个小职员的高能与监狱里的古英雄，眼底依然闪烁着天生的单纯品质，疾恶如仇爱憎分明，疾如风，徐如林，侵掠如火，不动如山，还是一个有血有肉活生生的男人。

自己的表现还算不错——当白展龙叫她去"狼穴"，她就已在心底打定主意，必须借这个天赐良机，把牛总自杀的真相说出来，同时，还要让他注意到她，虽然这有很大难度——自己不再是混血美人莫妮卡，男人怎能记住一个相貌平凡的女人？除非她有超凡的气质，某种让人无法抗拒的优点，比如简·爱的温柔、坚强与聪明。

是的，决不能在他面前表现出任何自卑，这都会使他转眼遗忘了她，因为他的身边永远不会缺乏美女。一定要充满自信，不要被普通的相貌束缚勇气，或许可以恢复当年的气势。这种诱人的魅力不仅来自脸蛋，更来自女人的心——她的脸已被彻底改变，但心没有变。

无论语言还是目光，她都要表现得无比强大，却又要拿捏得恰到好处，一定得不偏不倚，千万不能表现过分。有个至理名言要记住——给男人留点面子，他会对你更感兴趣。

看来这些今天她已经做到了，他感觉到了她的与众不同，甚至最后给了她一句夸奖！

至于他的读心术,她从来没有惧怕过,就让他看到一点点吧,只要不是关于身份的秘密。

可是,他身边的那个人呢?那个叫白展龙的中国区助理,在牛总自杀离世之后,俨然已是这里的第二号人物。他对她的目光充满怀疑,难以改变他的看法——只要他对行政部说一句话,她就会被开除走人。而这已是最轻的惩罚,说不定还会有某种卑鄙手段。

不,直觉告诉自己:"我会留下来的!"

因为,她熟悉他的眼神。

她知道他一定会相信她的。

脑子飞速运转之时,她已下车回到地面。冬日的阳光洒到脸上,蒸发掉最后的眼泪。

回家——钻进拥挤狭窄的弄堂,在迷宫般的石库门房子里,爬上三层摇摇欲坠的楼梯,打开一间蜗居的斗室。

她喜欢这个家。

胜过从前纽约的私家庄园里任何一栋豪华别墅。

疲惫不堪地脱掉受罪的高跟鞋,坐在占据半个屋子的床上,喃喃自语:"你会再见到我的。"

几分钟后,她却没有睡着,反而起身来到镜子前,看着这张陌生的脸。

镜子里的人是谁?

她不认识。

她不认识自己的眼睛:虽然还是双眼皮,却比从前小了一圈,再也没有明亮神秘的双眸、丝绸之路般的深眼窝,睫毛也稀疏短小很多。这双平庸暗淡的眼睛,无法再吸引许多男人的眼睛,更不可能为她赢来玫瑰与巧克力。

她不认识自己的鼻子:已经没了高挺的鼻梁,更没有完美俏皮的鼻尖,而是普通到不能再普通的轮廓,从立体的西洋浮雕变成平面的中国画。

她不认识自己的嘴巴:已经没有细长性感的唇线,更没有恰到好处的精致下巴,嘴唇缩小了五分之一,又加厚了九分之二,再也不能令人神魂颠倒,也不能说出柔软的情话,只能用来显示自己的聪明和坚强。

她不认识这张脸上的一切。

尽管还是从前的轮廓,尽管身材几乎没有改变,尽管眼眶里镶嵌的还是乌黑的眼球,可是,这脸上的零件大多已经更换,原来引以为傲的混血特征,被橡皮擦全部抹去,抹平了立体的鼻梁与眼窝,抹消了近乎透明的洁白肌肤,也抹去了她天生的骄傲与自信。

这个与众不同的混血儿，已变成真正的中国人种，就像五千年栖息在黄土高原的女人。

她的名字已不叫莫妮卡，更不是什么蓝灵，而是两个字——平凡。

假设许多年后自己还活着，她将再也无法回忆起当年神秘美丽的容颜，混血儿深邃乌黑的双眼，那头略带波浪的秀发，只剩下一张年老色衰平凡的中国老太太的脸。

泪腺，再度被记忆与想象刺激，分泌出海水般古老的液体，轻轻滑出不再美丽的眼睛。

她在为自己哭泣，也在为那个人哭泣，因为他再也无法拥有从前的莫妮卡了。

当她刚刚拥有这张脸时，还是感到万分幸运的，感谢命运恩赐，让她从地狱回归人间，但很快她就开始讨厌这张脸，因为她总是不停地回忆从前，回忆少女时代镜中的自己，回忆永远都是众人焦点的自己，回忆总是被男人争相偷看几眼的自己，回忆刚认识他时光彩照人的自己，回忆2009年9月那个美好夜晚的自己。

现在的这张脸却不是自己——不是记忆中的自己，而是完全的陌生人，走在大街上转眼就会被遗忘的陌生人，千千万万人中最普通最平常的陌生人，注定要被世界忽视的陌生人。

她从拒绝出门见人，到拒绝照镜子看自己，直到整天用被子蒙着头，弄来一张金色面具戴在脸上。

然而，是一个人让她改变了想法。

他就是牛总。

牛总像父亲一样安慰她，并给予她一个机会，让她可以再次见到那个男人。

于是，她被迫接受了这张脸，总比戴着一张魔鬼的脸去见他好吧。她渐渐适应了这张脸，适应戴着这张陌生的脸，去见陌生或者熟悉的人，适应把眼睛和心灵藏在这张脸背后，适应别人对自己的视若无睹，适应被大家忽视与轻蔑地拒绝。

因为，这就是生活。

虽然残酷，却是真实的生活。

有时候，她会喜欢这张脸，似乎看来普通的脸上，也隐藏着一些小小的可爱，尤其当她面对镜子微笑时。

此刻，镜子里陌生的中国女孩，擦去挂在腮边的泪水，给自己一个灿烂的微笑。

"狼穴"。

夜幕降临，窗外寒冷阴森，大片枯黄叶子凋零，隐隐响起凄惨狼嚎。仰望神秘星空，今夜星辰闪烁的眼睛，是不是化为幽灵的莫妮卡？她在那个世界还好吗？混血眼睛是否依然看着我？可惜，我看不到天堂，只看到519米下的地狱，人工制造的夜空幻景。

窗内是温暖如春的卧室，痛苦地倒在巨大的床上，像拥有无上权力的帝王，即将饿死在自己的宫殿内。

我已好多天没上过地面，没真正晒过太阳。我已彻底远离人间，将自己宣判为终身监禁，每天封闭在地下城堡，依靠专用网络和光缆，掌握集团资讯，发布各种命令。集团高管要想见我，必须到崇明岛上来，深入戒备森严的地下，就像探望一个囚犯。我已实现对美国总部的遥控，所有超过一亿美元的支出，都必须经过我的电子签名。

越来越感觉自己不像一个人，而是一部机器，一部统治别人的机器，没有血肉，也没有灵魂，仅仅为了统治而统治。

今天中午，在"狼穴"办公室见到的那个女孩——叫什么来着？蓝……蓝灵！不是兰陵王的"兰陵"，而是蓝天的蓝，灵魂的灵——听起来像"蓝精灵"。

白展龙极力劝说，一定要把蓝灵除掉，或动用某些手段，强迫她说出真实身份——为何冒名顶替一个死去的人？白展龙完全不相信蓝灵说的那套，他说蓝灵与牛总以及畏罪自杀的马小悦，三个人其实是一丘之貉，现在其中两人已死无对证，她自然可以胡编乱造为自己开脱。

但我没采纳白展龙的建议，不管蓝灵是否说谎，至少她给我的感觉不坏——为何不相信丑小鸭，而偏信大美女？最近两年的经验告诉我，往往后者更不可相信。最让我犹豫不决的是，她眼里有种熟悉的感觉，让我总是处于回忆状态，却又无法回忆起什么。她说话的方式虽然直接，却不让我反感与厌恶。以我现在的脾气，换成别人早就被我开除了，对她却一点情绪都没有。她的任何话语，都让我感到有理，即便是对我的冷嘲热讽。

总之，她让我想起一个人。

你们一定猜错了，我想起的那个人是——简·爱。

简·爱小姐不会伤害到罗切斯特先生。

我相信自己的感觉，决定把她留在公司，暂时还是秘书岗位，即便她是个冒牌货。

晚饭前，我收到一封信——寄到陆家嘴的天空集团写字楼，在那里经过严格检查，确保信里没有危险物品，比如炭疽病菌之类，这样的行刺方式并不罕见。

这封信由专人送到"狼穴",在地下经过第二次检查,除了信纸上的字,其他都被仔细查过。这封航空挂号信来自遥远的美国,信封上没有寄信人地址和名字,只用英文写出集团办公楼地址与"Gao Neng"以及我的头衔,邮戳依稀可辨阿尔斯兰州,时间是一周之前。

美国——阿尔斯兰!

那不是关押了我一年的地方吗?

从那座荒漠中的监狱,到这座地底下的监狱,并不遥远。

难道是我在肖申克州立监狱的狱友寄的?

那里的罪犯没有一个不记得我,并非天空集团大老板身份之故,而是因为我是越狱成功的英雄。

监狱里还有我的朋友吗?"十二宫杀手"老杰克,研究Great old ones的教授,还是号叫比尔?或者是跟我打篮球的黑大个华盛顿?

既然经过严格检查,我便放心地打开信封,抽出那张密密麻麻写满字的信纸。

然而,信纸上写的却是汉字。

那些字看起来歪歪扭扭,似是刚学写字的小学生或是外国人写的。

不,这是曾经对我很重要的一位女子所写。

高能:

你还好吗?我是秋波。

我可以想象你的表情,非常惊讶吧?想不到我会给你寄来这封信,想不到我没用便捷的方式,却是古老的信笺。

分别已近两个月,不知近况如何,我一直担心你的身体,总是处于愤怒激动的情绪中,肝火太旺容易伤神,请保持一颗平常心。

想起一年多前我在上海,收到你从美国监狱寄来的信,然后我给你回了两封信,据说这两封信改变了你——但愿你说的是真的。现在的情况却完全相反,我在阿尔斯兰州的沙漠深处,给远在上海的你写信,这就是所谓的命运吧。

对不起,我又用电台主持人的口气说话,好像你是打电话进来的听众——也许我永远回不到电台了,却无法改掉职业习惯。

请别误会,我写这封信不是来向你忏悔的,更非你期待的回心转意,我只是作为一个好朋友,一个曾接受过你的礼物——帮助我完成视网膜移植手术的好朋友,向你倾诉我的心情,因为我好久没跟人说过话了。

还是要说声迟到的"对不起",上次在佘山天主教堂分别,我说了一些可能伤害你的话——虽然都是我的真心话,但我还是感到难过。你为我付出了那么多,得到的却是这样的结局,换作任何人都不会原谅我的。

然而,你却把我和他放走了,我非常非常感激你,尽管他不这么认为。

你知道我说的"他"是谁,他也是你的结拜兄弟,是我现在最爱的男子——抱歉,我又一次说了真实的话,可能会让你伤心,但我不想再欺骗你。

不过,有一点我想让你知道:他从来没有恨过你,也没有把你当作真正的敌人。我不知道你怎样看待他,但他对我说过——你是他心目中最重要的人。

我无法理解这句话的意思,既然如此,为何处处与你为敌?

有时候我也在困惑,他爱的究竟是谁。

是不是很奇怪?我虽然爱他,也和他生活在一起,却对他一无所知,甚至怀疑他不是一个活着的人,比如,他有时自称"兰陵王",说他可以拥有整个世界,唯独缺少一样东西,那就是原本属于他的面具。

这时候的他让我害怕。

我不喜欢身为兰陵王的他,我只爱作为慕容云的他。

当他向我微笑,当他撩起遮挡眉目的长发,当我看到他单纯清澈的眼睛,当他披上那件飘逸的汉服,我想,他就是老天赐予我的天使,即便我为他付出一切。

我从没想过自己会变成一个痴情女子。

是不是又刺激到你了?写信就是有一样不好,不像电脑可以立即删除,我也不想在信纸上涂抹,请原谅我的直率。

不过,他在我身边的时间非常少,加在一起也不过几十个小时。最近半个月来,他一直销声匿迹,我的身边没有任何可以说话的人,定期会有生活物品送来,而我也不知道怎么才能出去,但他允许我通过邮寄方式与外界联系——他雇了一个信使。

一个多月前,慕容云让我寄一些青团到中国——你知道青团吗?一种传统的点心。江南地区习惯在清明节吃青团,作为祭奠亡魂礼仪的一部分。他给了我一个收件人地址,在上海的虹桥地区,名字叫马小悦。

为什么要从美国买青团寄回中国?马小悦又是谁呢?但我没有多问,就让信使到马丁路德市的亚洲超市买了真空包装的青团。我让他用国际快递把青团寄出去，根据慕容云后来打电话的指示，我连续快递了好几次。

不知道这算不算泄密。

但是，既然他准许我给你写信，大概就不怕我告诉你这些吧。

他说最近要去中国找你，不知道要谈些什么，请你千万不要伤害他！千万！

高能，愿你一切都好，愿你们的战争早日停火，愿和平降临世界。

珍重！珍重！

端木秋波

2010年11月 阿尔斯兰州沙漠

果然是我无论如何都猜不到的人，我痴痴地端着这封信，仿佛回到阿尔斯兰州，看着那双曾经失明，却已恢复光亮的眼睛。

这封信不会是别人假冒的，她从小学开始双目失明，从前只会写盲文，或者用盲人电脑打字，完成视网膜移植手术后，必须重新学习写字，自然写得像小学生一样歪歪扭扭。

感谢她还没忘记我，或许只有男人才会很快遗忘一个女人。

可是，她依然爱着慕容云，爱着我最大最危险的敌人，爱着将置我于死地的美少年。

她还透露了一个重要信息，就是慕容云即将来到中国，他要与我谈什么？我会好好"接待"这位远道而来的客人的，无论来自美国还是南北朝。

还是要感谢秋波，她告诉我一个事实——她从美国快递包裹给马小悦，这个非常重要的细节，正与女秘书蓝灵的描述相同。

包裹里的东西却是青团——为什么是青团？

我将所有窗帘拉上，关灯躺在黑暗里，想象在清明节的墓地，独自品尝青团的滋味。

青团是一种暗示。

牛总祖籍江南，他知道青团意味着什么，清明节扫墓吃的点心，暗示让他快点自杀了事？当他打开包裹看到青团，恐怕什么都明白了，于是当场吃掉青团，就当提前过明年的清明节，给坟墓里的自己享用。

从美国寄过来好几次，相当于招回岳飞的十二道金牌。一次不管用，马上寄第二次，像催命鬼不断催他上吊！至于不直接寄给牛总，而要马小悦转给他，是不想被我的人查到，又能让马小悦去做替死鬼吧。

慕容云，我知道这一切都是他策划的，秋波怎会爱上这样的男人？难道只因为他有张漂亮的脸？

有时候，女人和男人一样幼稚。

她说她在阿尔斯兰州深处——是否也是一种青团式的暗示？暗示我去那里救她？

或者这又是一个陷阱？送来一份天大的诱饵，让我心甘情愿钻进圈套，就像上次在美国东海岸的海岛，这次却换成西部的阿尔斯兰荒漠。

我紧紧捏着这封信，这里最让我恐惧的一句话，也是秋波对慕容云的疑问——他爱的究竟是谁？

她。

她是莫妮卡。

刚刚上班，就有个黑衣人对她低声道："蓝小姐，董事长请你去'狼穴'。"

不到一个小时，还是昨天那辆商务车，载着她在崇明岛登陆。通过寒冷的田野与森林，再次深入地下，经过重重严格检查，进入核心区域。

她见到了白展龙，这个男人对她冷笑了几声，猫头鹰似的目光令人不寒而栗，如同法官对犯人宣判死刑。他什么都没说，径直把她送进防弹门内，董事长办公室。

她爱的人就坐在里面，宽大的办公桌后，国王宝座之上。

白展龙狡诈地微笑道："董事长，我把她带来了，您尽管提问。"

"好，你出去吧。"

"遵命。"

白展龙的眼神有些得意，直直地瞪了她一眼，似乎说"你要倒霉了"！

她暗暗对自己说："别害怕，只要可以见到他，就不会再害怕。"

办公室的房门关紧，只剩下她和他两个人。这个她最爱的男人，却显得苍白疲倦，像一只昼伏夜出的吸血鬼——他一直生活在黑暗中，许多天没见过阳光，这是一座连放风权利都被剥夺的监狱。

"董事长，您找我有什么事？"

"有个问题，我想问清楚，才能证实你昨天说的话。"

他的上半身前倾得厉害，手肘顶住桌面，手背托着下巴，打量她的脸庞，好像昨天还没有看够。

"好吧,您可以提出任何问题,我不会害怕的,因为我所说的都是事实。"

她拼命控制自己的表情,最担心因他而情绪激动,破坏精心准备的伪装,尽量保持矜持与陌生,不被他察觉一丝一毫的熟悉痕迹。

"你到底是谁?"

这个问题让她微微吃惊:我到底是谁?莫妮卡——不,绝不能让他知道。

她的表情完全没有泄露,眼神也略往旁边偏了偏,恰好躲过他的读心术。

但是,她没有按照准备好的那套话来回答,而是随机应变:"董事长,为何问这个?你发现了什么?"

"你不是蓝灵。"

说得好直接,想起刚才白展龙的目光——没错,一定是这个鹰犬掌握了蓝灵已死的情况,所以把她召唤到"狼穴"。这样的忠诚对他是好是坏?

"您知道了?"

他那张苍白的脸,终于露出一丝笑容:"我很欣赏你的坦率,最讨厌拼命顽抗死不承认的家伙。根据白展龙的调查结果,真正的蓝灵一年前就死了,请问你是幽灵,还是僵尸?"

果然如此——她却不躲避他锐利的双眼,因为她在想:"我就说出自己的名字吧。"

"好,说出来!"

他感觉已占据上风,她便顺水推舟道:"对不起,董事长,我承认——我不是蓝灵。"

"告诉我,你真正的名字。"

"莫妮卡。"

她平静地说出自己的名字,并且让他看到自己的眼睛。

"什么?!"

这个熟悉的名字让他极度震惊,这是除了妈妈以外,他生命中最重要的女人的名字。

但他又盯着她的脸庞,摇摇头:"不,你在说谎。"

可是,读心术同时告诉他——她没有说谎。

"不,不可能,你不是莫妮卡,你不是那个人!"他像见到鬼魂似的站起来,"她已经死了,永远不会回来了!"

"董事长,我真的叫莫妮卡——父母给我起的名字。我出生在英国伦敦,父母都是中国大陆出去的留学生,我从小接受严格的华语教育,才会说一口流利的中文。我的父母很早就去世了,我是吃英国政府救济长大的,中学没毕业就以打工维生。几个月前,我在伦敦一家高级餐厅做服务生,正好遇到牛总在那儿吃饭。他紧盯着我不放,开始我以为遇到了老色狼,没想到他说要收我为干女儿。"

"干女儿?"

她尽量把那些场景在脑中想象出来,以便躲过他的读心术检验,虽然一切均属临时杜撰:"牛总说我长得非常像蓝灵——他真正的干女儿。一年前,在剑桥读书的蓝灵意外死了,他对此非常伤心,每次来英国都会落泪,所以,见到一个长得酷似蓝灵的华人女孩,他说是上天又赐给自己一个女儿。他给了我一大笔钱,让我离开原来的生活,并把我带到上海来,安排到天空集团做秘书。"

"等一等!你说你长得很像蓝灵?"

"是。"

他立即打开内部通话系统:"白展龙,将蓝灵的真实资料发给我,我需要她在剑桥读书的照片。"

一分钟后,他的电脑里出现一张照片,拍摄于蓝灵生前几个月。

果然,与眼前的"莫妮卡"长得非常相像!

"牛总为什么要帮助你?只因为你和他的干女儿长得一样吗?"

"他是个复杂的人,但一定是个善良的人,到底什么目的,只有去另一个世界问他才能知道。"

不能什么问题都回答清楚,那样反而会引起别人怀疑。

"你!"似乎要指责她,话到嘴边却欲言又止,大概要说"你这个冒牌货",转念一想,自己不也是个冒牌货吗?"好吧,算我暂时相信了你。"

"董事长,您还有什么问题?"

"没……没什么……只是……莫妮卡……你的名字。"

显然,他被"莫妮卡"这三个字触动,仅仅因为爱屋及乌,也对这个名叫莫妮卡的女孩产生了好感。

"我的名字怎么了?"

他感觉到了不对劲,不怒自威道:"你在审问我吗?"

"对不起。"

正当她为刚才的不慎而担心时,他却在观察许久后说:"明天,请你到'狼穴'来上班。"

"啊?"

这不是装的,她真的很吃惊。

"这里正好缺一个女秘书,我看你很合适!"

"为什么?"

"我讨厌问那么多为什么!"他的手指轻轻弹了弹桌面,"好吧,你回去准备一下,'狼穴'的工作人员必须在基地住宿。"

"住在这里?'狼穴'?地下?"

他像有些低血糖,疲倦地回答:"地面有为员工准备的宿舍,双休日可以回市区休息,但开会时必须在这里,明白了吗?"

"明白了。"

她乖乖地点点头,心脏却几乎跳出嗓子眼,是神奇命运的安排吗?终于让她在时隔一年之后,重新回到他的身边,可以每天陪伴在他左右,尽管在深入地下的"狼穴"。

幸好——任何人接到这种通知,都会在脸上有紧张反应,他并没有察觉到她的心事。

"出去吧!"

"是。"

她缓缓走出办公室,身后传来熟悉的声音:"莫妮卡,明天见!"

莫妮卡!他又一次叫她莫妮卡了!

就像两年多前的初次相遇,就像西湖断桥边的漫步,就像美国监狱里的深情探望,就像逃犯与公主的夜晚……这是一年来她最幸福的瞬间。

然而,她却丝毫没有表现在脸上,只是回头轻声道:"董事长,明天见!"

"狼穴"。

我看着"莫妮卡"走出办公室,消失在厚厚的防弹门后。

此莫妮卡非彼莫妮卡,无论容貌、气质、身份,所有的一切,均不可同日而语。

只有她们的眼睛,还有偶尔的话语,有那么一丁点儿相似。

不过,世界上那么多人,遇到一两个神情相似的人,也属正常。

但正是这个原因,再加上"莫妮卡"三个字,我才会把她留在"狼穴"——让最为可疑的女子坐在我的办公室外面,显示我的过人胆略。即便她真是慕容云派来的内鬼,我也可以将她牢牢掌握,甚至利用她反攻Matrix。

几分钟后,想必"莫妮卡"已离开"狼穴",通话系统里响起白展龙的声音:"董事长,您让这个女孩来'狼穴'工作?"

"有何不妥?"

"太危险了!"白展龙原以为我会将这女孩严刑拷打,问出她的幕后黑手,没想到她反而说服了我,"她明明是假冒的蓝灵,让她每天待在这里,等于放了一颗定时炸弹。"

"我自有分寸,你不必过问!"

"是。"虽然心有不甘,但面对我的独断专行,唯有忍气吞声,"董事长,端木先生有事要找您。"

"他?好吧,让他进来。"

端木先生就是端木良,在"狼穴"地下关了许多天,这里是他名副其实的监狱。

一个与我同样苍白的男人走进来,看到我却笑道:"古英雄,我们两个彼此彼此。"

还好他身后的隔音门已关上,没有任何外人听到"古英雄"三个字——这正是我要他24小时留在"狼穴"的原因。

"请你说话当心一点!抱歉,这几天没去看你,最近出了太多的事,连晒太阳的时间都没有,是不是觉得我的脸色也像吸血鬼?"

"你是没有时间上去晒太阳,我则是连这个权利都没有。"

他在说我小气吗?

"谁说没有,只要不走出基地,你可以去地面上散步。"

"当然,前提是有人跟随着我。"

"这是为了你的安全。"

"非常感谢!"

他依然带着讽刺的语气,我却不想再和他玩文字游戏了:"请问找我有什么事?"

"这两天来,我听说了集团目前的许多困境。"

"狼穴"绝非世外桃源,也常被地面的世界影响,他可以知道外面的情况——自从天空集团遭遇印度投资项目失败,已被媒体披露严重亏损,外界猜测我涉嫌非法交易,牛总自杀不过是做了替死鬼!纽约总部也是风雨飘摇,遭遇银行团很大的压力,现金流随时可能枯竭,外界又在猜测天空集团何时崩溃的老问题……

"哦,你原本不是天空集团的敌人吗?现在怎么关心起我们来了?"

"你原本不也是和我一伙的吗?"

端木良这句犀利的反问,让我无语片刻:"好吧,我们从前是一伙的,现在还是一伙的。"

"现在,天空集团的敌人,也就是我的敌人。"

我知道他说的这个人是谁——慕容云，复活的兰陵王。

眼前浮起他身着汉服的形象，手中攥着一副看不清楚的面具，我已猜到端木良接下来会说什么。

"现在，只有一个办法可以解决集团的困境。"

"兰陵王的面具？"

他微微点头，赞道："你真聪明。"

"我明白你的意思，这个人的一切行为，无论是陷害我入狱，还是与天空集团为敌，目的都是兰陵王的面具。就像古家与高家恩怨的起源，也离不开这副传说中的面具。"

"解铃还须系铃人！"

敌在暗，我在明，要想通过正面交锋，我们永远无法取胜，就像慕容云带着秋波从我眼皮底下逃走，只要他想到的事情，就一定有办法做到。而我总是处处受制于人，跟在他的屁股后面走，焉有不败之理？

"我们只能通过兰陵王的面具将这个人间魔鬼引诱出来，在肉体上加以消灭！"

"你要杀了他？"

我心里咯噔了一下，依然把那个人当作自己的"贤弟"。

"必须这么做！为了天空集团，为了你的命运，也为了我的生存，更为了拯救这个危机中的世界，必须杀了他！"

端木良说得杀气腾腾，让我感到几分厌恶，但必须承认他说得没错。

"你想怎么做？"

"首先，要重新找到兰陵王的面具。"

"谈何容易！"我失望地摇摇头，"你以为，那个人没有在找面具吗？如果他没有找到的话，我们又凭什么可以找到？"

他却邪恶地笑了一声："有个突破口——我的爷爷。"

"端木老爷子？"

"是，既然已经找到他的下落，为何不主动出击？"

我烦躁地喝了一大口水："不是怕惊动到他吗？"

"可是，那么多天过去了，你们监视到什么有价值的线索了吗？"

"没有。"

白展龙每天向我报告在垃圾场监视端木老爷子的情况，确实未有什么收获。

"不能再守株待兔下去了，我和你一起去找爷爷，向他开诚布公说明来意！老爷子对蓝衣社忠心耿耿，对古家几代人无条件服从，他不可能被慕容云控制！

这个世界上，也只有他才知道兰陵王面具藏在哪里！"

"可是，端木老爷子不知道我还活着，他以为古家早已绝后，我也死于2006年深秋的杭州，他才会每年都给古英雄上坟，给我烧纸钱祭奠。"

"这恰恰说明了爷爷的忠诚！他不相信任何人，甚至不相信我这个孙子，但他相信你，相信古家的后人！如果他看到自己誓死效忠的古家后继有人，他所祭奠的古英雄并未死去，他一定会激动得老泪纵横，并且全心全意为你服务，自然就能找到兰陵王面具了。"

"可是，如何才能让老爷子相信我？"

现在我长着一张高能的脸，又身居天空集团董事长之位，恰恰是蓝衣社古家的死对头，谁能证明我是古英雄呢？

即便由端木老爷子的孙子出马，他也未必会相信端木良的话，否则，为何那么多年来不去找他，反而小心地避开呢？恐怕在老爷子心目中，这个孙子早已背叛蓝衣社，沦为常青等人的爪牙，根本不值得信任！

端木良低头沉思片刻，忽然扬了扬眉毛："古英雄的身上有个记号。"

"我的身上？"

"假如你是古英雄的话，就隐藏在你的左耳后面。"

我立即从宝座上站起来，办公室里有面落地镜子。我拿一面小镜子照着后脑勺，特别对准左耳之后的凹陷，正面对着大镜子仔细辨认。耳后处于阴影之中，是自己一辈子看不到的地方，除非是理发师傅，别人也很难注意那里。

我认真地看了好几分钟，在端木良的提示下，才发现通过两面镜子，隐隐照出自己左耳之后，有一小块新月形的红色印痕。

拿出一台摄像机，让端木良把镜头对准我的耳后，将这个印记拍摄下来。

然后，重新在摄像机里看我的耳后，果然是一块小小的印记，红色新月形状，不到两厘米大小，藏得太隐蔽了。

我有些恐惧地问："这么多年以来，我怎么不知道？"

"不，只是你现在不知道，当你失去记忆之前，你是知道这个胎记的。"

"胎记？"

"我小时候和你一起玩过，那时候你还是个光头，很容易被人看到耳后，所以我知道这个胎记。我的爷爷几乎是看着你出生的，所以他也知道你耳后的胎记——事实上你的父亲也有这个胎记，同样也在左耳后面的位置。"

"古家的遗传基因？"

"是，据说你的祖父和你的曾祖父，每一代蓝衣社的社长，耳朵后面都有这个新月形胎记,每一代的位置、形状、大小、颜色基本相同,这是你们古家世代相袭不变的遗传特征。"

耳朵后面这种位置,只有父母才会仔细看——通常是孩子出生后不久。

所以,高能的父母在接我回家后,他们不会仔细看我的左耳后面,就算看到也不会在意——因为我受过严重的伤,他们会把胎记当成伤疤。

看我已被自己的记号震住,端木良继续说:"古英雄,这个标志会让老爷子相信的!"

"等一等,如果随便找人来在左耳后面刻上新月形记号,不也可以假冒古英雄了吗?"

我再度焦灼不安,他却安慰我说:"是的,但我们可以试一试,你的这个真实的胎记,再加上我这个唯一的孙子,或许可以打动老爷子。"

打动老爷子?虽然不能晓之以理,动之以情,但未必一定失败,比如在我的坟墓前。

"好,下午就出发!"

走进"狼穴"还是深秋,走出"狼穴"却已是冬日。

地面铺满厚厚的枯黄落叶,许多大树已不见一丝绿色,露出斑驳树皮与干枯枝丫。我命令司机放下车窗,可以直接感受北风,长驱直入温暖车厢,无情地摧残我的头发与眼睛。寒风隐藏许多气味,是遥远西伯利亚的冰雪味,东方辽阔大海的咸涩味,南北两侧长江的泥土味,还有冬天特有的寂静与死亡。

守卫大门的基地保安们,惊讶地看着我的悍马来到。经过严格的例行检查,我和端木良还有几名保镖,坐在三辆车上冲出"狼穴"。相比以往兴师动众的庞大车队,这次甚至没通知白展龙,反而事先把他派去市区。我不想让他知道这件事,不想让无关人员介入蓝衣社的恩怨,所以,我禁止白展龙或公司其他人,与端木良有任何接触。

穿过冬天萧瑟严酷的森林,很快驶上跨越长江的大桥,看着两边越来越密的车流,端木良长长叹息:"总算回到人间了。"

我何尝不是如此感想?冬日阳光穿过车窗,洒在苍白虚弱的脸上,这是我搬入"狼穴"地底以来,时隔一百多天后,第一次回到地面晒到真正的太阳。

西郊,某个荒凉角落,被废旧工厂与建筑工地包围,中间是一大片坟墓般的垃圾场。

私家侦探汇报了最近的情况——端木老爷子每天清晨出门,去附近小区和工地捡垃圾，下午通常会在垃圾场内处理废品，卖给马路对面的几家废品回收站。他总在旁边的建筑工地买盒饭吃，有时也在自家棚屋里做饭。他同周围的人关系不错，互相帮助交换一些东西，但看不出其他人有特别之处，也没有外人找过他。

此刻，端木老爷子正在自己的棚屋门口，拆卸着一台被人丢弃的洗衣机。

我和端木良分别换上普通廉价的外套，不引人注意地走进垃圾场，就像附近废品站的工作人员。

穿过地上一堆电子垃圾，我们来到老爷子面前。七十多岁的老人蹲在地上，披着一件肮脏的厚棉袄，低头认真地摆弄洗衣机，想必有不少零件能卖钱。

根据事先的计划，由端木良第一个说话。他看着捡垃圾的爷爷，情绪不免有些激动，半蹲下去说："爷爷，我来了。"

老头的反应有些慢，缓缓抬起头来，只看了端木良一眼，又继续低头弄那些零件。

"爷爷，是我啊！我是阿良！"

孙子的嘴唇不停颤抖，寒冷的风几乎冻僵了他的身体。

"对不起，先生，你认错人了。"

老头子依然无动于衷，只对洗衣机零件感兴趣，似乎眼前两人都不存在。

"爷爷！"端木良显然真心感到内疚，"我来晚了！孙子对不起你！不该让你在这里受苦！快跟我回去，阿良会给你买新衣服，给你住新房子，给你吃好东西，你不能再这样了。"

老爷子再次抬起头来，看看激动悲伤的端木良，又看看旁边沉默的我，摇头说："你认错人了。"

不，他没有认错！虽然只有短短一瞬，我的读心术已感觉到了——老头子的心在剧烈颤抖，他依然爱着自己的孙子，为端木良来看他而高兴，只是边上有一个他不信任的人——我。

看来老头子是死不承认，但我们还有第二套方案。端木良瞪大眼睛说："爷爷，你可以不认我这个孙子，但你不认你的孙女了吗？你不想念秋波吗？"

听到"秋波"这两个字，老头果然抬头，混浊的眼里放射出精光："你说什么？"

"妹妹想要见你。"

抱歉，这是我和端木良商量出来的计谋，利用无辜的秋波来吸引老爷子。

"她怎么了？"

老头说到这句话时，等于承认了自己就是端木明智。

"爷爷，你不知道吗？她已恢复光明，不再是个盲人了！"

"她能看见了？"

看来老头子对秋波的变化一无所知，更不知她早已跟随慕容云远在美国，他真是彻底隐居，两耳不闻垃圾场外的事。

"是，已经大半年了，全是我的一位朋友帮忙，资助妹妹做了视网膜移植手术。"

端木良说完，伸手指了指我。

"他？"

老头子肯定记得我的脸，两次在我的坟墓前与我相遇。

"没错。"端木良像兄弟一样拍拍我的肩膀，"爷爷，他也是你的一位故人。"

"故人？什么人？"

他对我充满警惕，大概怀疑我也是常青的手下。

"爷爷，等你见到秋波，会跟你详细说的。"

"她在哪里？"

"秋波不再是盲人了，她非常想见爷爷，她最思念的就是你。但是，我不想让她来垃圾场，看到你现在的样子，这样肯定会让她伤心的。所以，我想接你到另一个地方与她见面。"

老头皱起眉头想了想，还是怀疑自己的孙子："阿良，你不也是'他们'的人吗？"

"他们？"这个"他们"让端木良满脸痛苦，"不，他们早就完了，常青也早死了，蓝衣社——已经第二次换了主人，我也差点死在他们手里，现在，我什么都不是，只是个一无所有的穷光蛋，过着凄惨的流浪生活，幸好我身边的先生救了我。"

端木老爷子没有放松警惕："我不会相信你的，但如果秋波要见我，我愿意和你一起走。"

看来爷爷不相信孙子，却相信孙女。

老头很不舍地放下破洗衣机，把已拆下的零件放进棚屋，以免被其他拾荒者捡走。

三人坐上我的悍马车，离开垃圾场。老头始终表情严肃，没再说一句话，怕言多必失，只想快点见到孙女。

车子开上郊区公路，端木良拥抱了一下老头，拿出一件崭新的羽绒服："爷爷，你换件新衣服吧，不要穿着破棉袄见秋波。"

老头很乐意地换上羽绒服,却发现车外风景不对:"你们要带我去哪里?"

"很快就能见到秋波了。"

不久,悍马在公墓门口停下来。

老头认得这个公墓,我也认得——这里是埋葬我的地方。

老爷子明显有些紧张,拒绝跟我们下车。

我终于第一次说话了:"端木老先生,感谢您每年来给我上坟。"

"你是谁?"

"我们可以去墓碑前聊聊吗?"

老头停顿了片刻,狠狠瞪了孙子一眼,和我们一同下了车。

其他人照旧等在外边,只有我、端木良和老爷子三个人,穿过无数寂静的墓碑,走向每个人必将回归之地。

四周坟茔丛丛,不见半个人影,迎面朔风飞舞,席卷荒野大地,万物萧条肃杀,宛如空茫的末世。

老头边走边说:"没有秋波,是不是?"

"对不起,爷爷。"端木良紧锁眉头愧疚地说,"秋波现在美国,她过得还不错,眼睛也确实好了。"

"幸好没有她啊。"

端木老爷子如释重负地吐出一口气,幸好没在这儿看到她——原来他担心会见到秋波的墓碑,就像四年前树立于此的古英雄的墓碑。

"但这里有我。"

我突然插了一句,抢先来到自己的墓碑前,看着"古英雄"三个字,看着冰冷的陶瓷相片里,那张我从未回忆起来的面孔。

老头子果然有些触动,身体微微一晃。端木良扶住他说:"爷爷,不要伤心,坟墓里埋着的是另一个人。"

"我不相信。"

"你还记得当初和古英雄一起出车祸的人吗?"

老头想了想说:"高能?"

"是,他是兰陵王高家的后代,这座坟墓里埋着的骨灰,就是高能。"

"爷爷不是小孩子,不需要听你的故事。"

端木良搀扶着老头子,激动地说:"爷爷,恳请你就当我在说故事,至少让我把这个故事说完!"

三个人的厚外套挡着寒风,站在我的墓碑前,听端木良说完四年前的往事——从常青控制的蓝衣社,直到杭州龙井的致命夜晚……

这是端木老爷子第一次听到这段往事。

最后,他的孙子指了指我说:"他——就是古英雄!"

老头平静地听完孙子的话,整个过程一直观察我的脸,寻找话语或表情上的漏洞。

"阿良,刚才全是你嘴上说的,你拿不出任何证据。"

"是,因为古英雄没有死,他冒名顶替了高能的身份,继承了天空集团的产业,成为这个地球上最有权势的人——这是个天大的秘密,绝对不能泄露出去的秘密,所以任何证据都必须销毁!"

端木老爷子冷笑一声:"既然是这么重要的秘密,为何要告诉我?"

"因为爷爷你也掌握着一个秘密,蓝衣社数代人都想知道的秘密,不是吗?"

"果然动机不纯。"

"爷爷,你要我怎么说你才能相信呢?"端木良痛苦地抓着头发,"难道,你不希望古英雄还活着吗?古家绝后不是对你最大的打击吗?现在我告诉你——蓝衣社古家后继有人,你效忠的古英雄仍然活着,他就站在你的面前,只是戴上了一张高能的面具!并且,他已牢牢控制了天空集团,完成了蓝衣社几代人都没完成的心愿,他是我们最大的骄傲!"

看老头依然沉默不语,我才说话:"端木老爷子,我已失去了车祸前的记忆。虽然无法回忆起你,但你一定记得我的小时候。"

随后,我摸摸自己的脸颊说:"这不是我的脸,我的脸已经毁掉了,但我确实是古英雄,这是DNA检测证明的。但是,我做的一切不是为了蓝衣社,也不是为了我自己,而是对另一个人的承诺,也是对许多人的责任。现在我们遭遇了一个敌人,这个人已控制了蓝衣社,同时也控制了一笔巨大的财富和力量。他非常非常邪恶,要将我引入灭亡,要统治这个世界,我必须与他战斗到底,直到将他打败,拯救世界。"

我激情飞扬地说了那么多,却得到老头一句冷漠的回答:"与我何干?"

一旁的端木良也几乎晕倒了:"爷爷,他是古家后人啊!他真的是古英雄!"

老头无奈地叹息了一声:"好吧,那请他转过身子去。"

我知道他是什么意思,便顺从地转身背对端木老爷子。他不知从哪儿抽出一副老花眼镜,戴在鼻子上端详我的耳朵。

半分钟后,我感觉他的身体在颤抖,那只撩开我左耳的手,几乎要撕下我的耳郭了!

"你……你真的有?"

"什么?"

我装作不知道耳后的胎记。

老头对端木良训斥道:"阿良,是你告诉他的吗?左耳后的那个新月形胎记,从老社长开始代代相传的胎记?"

"爷爷,你怀疑这个胎记是我们伪造的吗?好吧,我们现在就去医院检验,医生一看就知道胎记是真是假!顺便我们还能做个DNA鉴定,古英雄妈妈不是还健在吗?请她过来一比对就知真假!"

"够了!"

端木老爷子用锐利的目光盯着我——心想这个年轻的男人,要么是对自己最重要的人,要么就是最可怕的敌人。

然而,我毫不惧怕这双眼睛,这是跟随过我的祖父与曾祖父,保守着蓝衣社与兰陵王秘密的眼睛,这双眼里写满对我的家族的忠诚,即便他为之付出捡垃圾的代价,只能让我感到无与伦比的尊敬。

"老爷子,不管你信还是不信,我不是他们那些人,我也不会用他们那些手段,但是,请给你的孙子一个面子,"我指指端木良,又指指自己的墓碑说,"也请给古英雄一个面子。"

"我会给他面子的。"

老头说完,动情地抚摸着墓碑上我曾经的照片。

这回轮到端木良说话了:"爷爷,请跟我们回去吧,让我好好照顾你几天,我有太多太多话想和你说。"

端木老爷子沉默半晌,呼啸的北风吹过他满是皱纹的额头,他终于微微点点头道:"好吧,你要带我去哪里?"

第八章 | 竹林相会 |

她。

她是莫妮卡。

莫妮卡第三次来到"狼穴"。

但与以往不同的是,她将可以每天都看到他。

清晨,她拖着行李箱走出石库门,提前结束租房合同,放弃了原来的押金。离开这个简陋狭窄的小窝,还真有些恋恋不舍,不舍得周围拥挤喧闹的人间烟火,不舍得可以赏月吟风的小露台,不舍得窗外层层叠叠的屋檐瓦片,不舍得那张载过她眼泪的床。

这是她住过的所有房子中,从心底最喜欢的一间。

不过,她还是要离开这里,即便公司准许她每个周末回家,因为,她早已没有了家,不需要一个可以独自舔伤口的小窝。

莫妮卡需要的只有一件事——每天见到他。

是的,她已离开温暖的人间,前往残酷的"狼穴",居住在冰冷的地狱深处,与一群魔鬼豺狼共舞,与一个被幽灵控制的男人同生共死。

集团安排了一辆商务车来接她,从市区直接开往崇明岛,穿过寒冷森林中的小径,抵达被层层把守的基地。这里有几排朴素的连体别墅,是常驻基地的员工宿舍。她被分配到一个一室一厅的单元,所有电器和家具一应俱全,条件不知要比石库门陋室好多少倍,不过缺乏人气,许多房间空关着,就算碰到几个陌生的同事,彼此之间也不说话——这里严禁工作人员私下交流,每个人都有各自的秘密事务,不该知道超出本人工作范围的事情。

全部安顿完毕,有人领她进入地下基地。经过一道道指纹密码门,直下19层地狱的电梯,来到地球岩石深处的"狼穴",她这次是以工作人员的身份,进入最核心的办公区域,专门为集团会议室以及董事长办公室服务。总共不到10个文秘人员,处理"狼穴"与集团纽约总部,还有全球各分公司间的机密信息。每天上午9点到傍晚6点,她必须坐在"地狱办公室"中,在判官们的生死簿上勾勾画画,不知下一个受审的将是谁。

她的直接领导是白展龙。

这个原本英俊挺拔的男人,年过三十却越来越显得猥琐,无声无息地在大家身后飘来飘去。那双阴郁深沉的眼睛,仿佛埋着两颗子弹,要把人看出个洞来。

"蓝灵"第一天来此上班,白展龙单独与她谈了半个小时,无外乎给新人说规矩——遵守纪律保守秘密,与公司签订保密协定,如果泄露任何"狼穴"的情况,不但要赔偿公司100万元人民币,而且将自愿受到肉体惩罚。

什么叫"肉体惩罚"?保密协定没有任何解释。白展龙把手指伸到脖子,横着划过自己的咽喉——原来就是从肉体上消灭掉。

这份保密协定等于卖身契,不但出卖劳动和自由,也出卖了生命和灵魂。

莫妮卡毫不犹豫地在协议上签字。白展龙没想到她会这么爽快,身体后仰,皱起眉头,转而威胁似的说:"我知道你不是蓝灵!"

"对不起,白先生,我不知道你在说什么。"

她知道白展龙专门调查过蓝灵,但为了"狼穴"主人的面子,她还必须掩耳盗铃地否认。

"小姑娘,你不是什么好人,我第一眼看到你就发现了!"

"白先生,你怀疑我是内奸?既然如此,董事长为何不把我清除,反而调我到这里呢?"

白展龙为她的反击而吃惊:"我不管你用了什么手段引诱我们的董事长,但你的这套把戏骗不了我。"

她却以冷峻的表情回答:"没有人比我更爱天空集团。"

毫无疑问,这个世界上再没有比高思国的女儿,兰陵王高家唯一的后代莫妮卡,更爱天空集团了。

当然,白展龙不明白这句话的意思:"你出去吧,请遵守这里的规矩。"

她装作毕恭毕敬的样子,回到自己的办公桌前,心里却一阵悸动——为什么?自从她爱的那个男人性情大变之后,他身边所有人也都变得奇怪而可怕。他就像一个具有感染力的传播体,随着自己无法控制的怒火喷发,更将致命的病毒散布给周围的人。

现在,她已来到他的身边,并可能每天都见到他,会不会也被他传染?

不!莫妮卡已打定主意,她不会被那个人改变,相反,她将要再次改变那个人,就像她曾彻底改变过他的命运。

"狼穴"的下午如此漫长,甚至让人丧失了时间感,只要坐着稍不留神,就像被凝固在某个历史瞬间。

依然没人跟她说话,周围那些秘书都像机器人,埋头做着自己的事——不可能玩游戏或看股票K线图,这里的电脑都被严格监控,他们似乎真的在认真工作。

也许,他们真是机器人。

也许,整个庞大的"狼穴"深处,只有她和他两个真正的人类。

她盼望能见到他,盼望黑洞般的走廊尽头,那道双层防弹门可以打开,走出一个面色苍白的年轻男子,眨着那双一度坚强却已迷惘的眼睛。

哪怕只看一眼。

可惜,就连只看一眼,他也无法满足她。

整个办公室都知道,老板就在那道防弹门背后,但他像被判处终身监禁一样,关在里面从不出来。他像个隐形的存在,唯一的作用就是若即若离——即将拯救世界,却又不让世界看见他。

可是,如果每天他都这样,哪怕一眼都无法见到,那么,她为此牺牲那么多还有何意义?为他放弃温暖的小窝,来到冰冷的"狼穴"地狱,忍受身边那些"机器人"的冷漠,忍受白展龙的敌视,忍受遭到人间抛弃的罪恶感,她何苦这样折磨自己?

或许,只要在空间和时间上离他近一点儿,就像现在只隔一扇门或一堵墙,最多几十厘米的距离,想象从墙那边呼出的空气,她就已心满意足。

下班时间快到了,无人胆敢松懈,大门紧闭更不能早退。她悄悄上厕所出来,反正没人注意这个丑小鸭。她走进办公区域的另一条走廊,经过游泳池和电影院,但都不能进去,随手推推旁边一道小门,却意外地被轻松推开了。

第一反应却是——故意设置的陷阱?

不过,她还是参着胆子走进去,照旧是条长长的走廊,途中转了好几个弯,还有多处上下台阶,忽然进入一个院子,抬头却是温暖的天空!

回到人间了吗?

再看脚下长满绿草,身边种植了一小片竹林,前面是江南园林式的假山,还有小桥流水的庭院!微风吹来,竹林摇曳,发出大自然的沙沙声,她贪婪地深呼吸着,感觉心旷神怡——不是在519米深的地下吗?刚才的走廊再怎么走,也不可能一下子走到地面啊?

再看四面围绕着的白色墙壁,还有黛色的瓦片屋檐,头顶的天空有些怪异,蓝天白云那么温暖鲜艳,也不像冬天傍晚的景象——记得早上出门的时候,上海的天气异常糟糕,总不见得穿越到另一个时空了吧?

这是一个模拟自然的庭院,竹林、假山、小桥、流水都是真的,但蓝天、白云、阳光、空气都是人造的,只是把高大的天花板做得以假乱真,看起来像在真正的江南园林,享受阳光与清新空气。

就在她为之惊叹时,身后响起一个老年人的声音:"小姑娘,你在这里干吗?"

她紧张地转过身来,只见一个七八十岁的老头,看起来还算硬朗,正在庭院之中散步。

"啊,你是?"

"对不起,我答应过他,不能说自己是谁。"

老头的回答很自然,伸手抚摸身边的竹叶。

"哦,我是这里新来的秘书。"

"快点回去吧,趁着还没被发现。"

"哦?"

可她还是对这里非常好奇,包括与她说话的这位老人。

老头摇摇头:"还不走?我会给你保密的!"

莫妮卡不自然地笑了一下,赶紧掉头跑回走廊,按原路返回了办公室。

幸好旁边的人正准备下班,没人发现她的"穿越"。不过这里布满了摄像头,会不会被白展龙发现呢?

迅速收拾东西离开办公室——按照规矩,除非有上司指令,否则下班时间滞留不走,就会遭到所谓的"肉体惩罚"。

所有的秘书都在一部大电梯里,彼此之间互不说话,飞升离开阴曹地府。

"狼穴"。

坐在被汹涌的长江口和坚硬的古老岩石包围的地下宫殿,坐在数层防核防化防生物武器的装甲保护中,坐在连接全世界各国总统府与各地区集团分公司的办公室内。

我在看"狼穴"地下核心区的监控画面,看到那个"蓝灵"下班坐进电梯,与其他秘书一同离开地底。

蓝灵——兰陵?

不过,只有我知道她的真名,至少她自己是这么说的——莫妮卡。

她与我曾经深爱过的女子同名。

这是我将她留在自己身边做秘书的原因之一,即便她身上还有许多疑点没弄清楚,即便她有可能威胁到我的生命。

不过,我不会惧怕一个相貌平凡的女孩。

十分钟前,我还在另一段监控画面里看到过她。

她见到了端木明智老爷子。

这是一个意外,这个意外产生了更多的可能性。

昨天,端木老爷子被我和端木良带到"狼穴"。

我想这并非他的本意,他并不信任自己的孙子,更不会信任我这个自称是古英雄,却长着一张高能的脸的人。他的答应只是权宜之计,他知道世界上有一样东西叫暴力,对于七八十岁的老人而言,只能是暴力的受害者。假设我真如自己声称的那样,是蓝衣社的继承人古英雄,老爷子当然不会有什么害怕;即便我本来不是古英雄,而是和他孙子联手欺骗他的恶人,老头反正也没地方可逃,他也不会透露任何秘密——就算把"秘密"说出来,我们也无从验证是真是假,这是他在别无选择之下的唯一选择。

老头被送进"狼穴"地下核心区,离我卧室很近的地方,给了他一间舒适的屋子——还有模拟自然的庭院,就像漫步在真正的天空下,这个几乎有体育馆大小的系统,花费了我们5000万美元。

不指望老头一开始能说什么,但至少这里绝对安全,最重要的是诚意——端木良说爷爷最爱下象棋,恰好我小时候也有这种爱好,当年老头每次来我家做客,我都会拉着他下象棋。

今天,我拉着老头下了一上午的象棋,果然让老爷子大叫过瘾。原来在他严肃的外表之下,还隐藏着一颗老顽童的心。我和老头棋逢对手,连续三局都是和棋。最后一局我下了狠劲,利用一只过河的卒子,终于把老头将死了,气得他满脸通红瞪大眼睛:"臭小子!过河的卒子半个车,十几年前在你家里,你用的也是这一招!"

"哦,老爷子,你承认我是古英雄了?"

杀得兴起的老头这才感到说漏了嘴，立即恢复警惕："啊，对不起，我说的不是你。"

虽然他又翻脸不认人，但刚才的那句话，说明他已开始渐渐相信我了。

果然，老头眼中又露了一句话："这小子，真的是古英雄吗？怎么连下象棋的棋路都酷似当年那个爱流鼻涕的小男孩呢？"

这个发现让我不禁为之一振，微笑着坦言："老爷子，虽然我丧失了全部记忆，但这个下象棋的棋路却深埋在意识深处，永远无法抹去。"

老头更惊奇地看着我，推开棋盘说："对不起，我想单独待一会儿。"

我礼貌地辞别了老爷子，但这几盘棋令我获益匪浅——我正在获得老头的信任。

下午，老头可以在庭院里自由散步，但不能离开密道走廊。事实上老头哪里都没去。

我禁止端木良与爷爷单独接触——因为我对端木良也没有完全信任，毕竟他是当年诱骗我上当、差点害了我性命的罪人。

不过，我给老头子在走廊里留了个口子，有一扇通往办公区域的门没锁，其实是引诱他走出去——我给端木良那里也开了道门，假设他们爷孙俩能发现漏洞，就可能瞒着我悄悄见面，这样反而会让我发现更多秘密。

然而，十分钟前发生了一个意外，有人擅自穿过我留给老头和端木良的口子，闯入"狼穴"深处的秘密庭院。

居然是她——莫妮卡！

不，应该是打引号的"莫妮卡"，以及打引号的"蓝灵"。

摄像探头与声音采集显示，她与端木老爷子并不认识，女孩在老头的劝告下迅速离开了。

难道只是一场巧合？这个"莫妮卡"也是无辜的？

但是，不能排除他们通过某种暗号或密码沟通的可能。

我重新缩回宝座之中，整个下午几乎没改变过姿势，只感到头晕眼花乃至恶心，大概是长期处于封闭环境的结果。闭目养神不到一分钟，耳边就响起电脑提醒声，这是集团纽约总部与"狼穴"的专用通信线路——总共十条线路中，只有这条无须经过任何人检查，可以直接由我亲自阅读，必须是最机密的信息。

是史陶芬伯格发来的信息吗？也许是与白展龙并不和睦，在集团内部争权夺利，想要绕开他打小报告。

打开这封发自美国的电子邮件，却是寥寥数行中文——

英雄吾兄：

　　见字安！

　　佘山一别，已隔两月，弟甚想念，日不能食，夜不能寐，以致相思成疾。

　　故小弟特自美利坚渡太平洋至天朝，欲与兄一诉衷肠！正如宋时辛稼轩与陈同甫之鹅湖一会，情深意长，感天动地，足以名垂青史。小弟亦欲怀昔时冰火岛旧谊，念往日大西洋缠绵，并有要事相商，事关兄之天空集团，乃至身家性命！请兄台务必与我相会，以免错失良机！

　　今宵，凌晨，二时，小弟于东经121度29分18秒，北纬31度45分9秒，静候兄之相会！

　　切记——兄勿带保镖家丁，恳请独自一人赴会。小弟也将与兄相同，独自等待。

　　小弟以兰陵王之千古美名担保，绝不敢对兄动半点恶念，更不敢以武力相迫。

　　小弟若有食言，天打雷劈！

　　兄亦请担保，勿放家丁对小弟行凶！亦勿派人跟踪小弟！兄乃是正人君子，想必断不会行此龌龊之事！

　　独坐幽篁里，弹琴复长啸。兄弟相逢时，沧月当相照！

小弟 慕容云 顿首

慕容云写来的邮件？

今晚，凌晨2点，他要与我见面？东经121度29分18秒，北纬31度45分9秒是什么地方？他真的到中国来了吗？

居然在邮件里用了"缠绵"二字！要么就是严重用词不当，要么就是对我的严重侮辱。最后那首打油诗，虽然前两句系抄袭别的古诗，却让我想起元稹《会真记》里的《明月三五夜》——"待月西厢下，迎风户半开。拂墙花影动，疑是玉人来！"

他真是活在另一个时代的人。

信里恳请我单独前往，千叮咛万嘱咐别派人抓他，他也以兰陵王的名誉保证，绝不像上次那样给我下套。他为什么相信我呢？我要是带大队人马过去，趁机把他抓住，不就一劳永逸地解决天空集团生死存亡的问题了吗？

利用这条只有我才能看到的线路，说明他不想让其他人监控到这封邮件，仅仅是我和他两个人之间的秘密——他是怎么做到的？纽约总部也只有三四个人知道这条线路，难道他派遣黑客入侵了总部的电脑系统？还有，这说明他已知道"狼穴"的许多秘密，又是谁泄露出去的？难道兰陵王真是无所不在的幽灵，每个空间每个角落都藏着他的眼睛？

打开全球定位系统，查询东经121度29分18秒，北纬31度45分9秒，结果正是崇明岛上的某个地点！

此刻，慕容云就在"狼穴"周围？

从大西洋上的冰火岛，到太平洋边的崇明岛，或许距离并不遥远。

凌晨，1点20分。

"狼穴"。

我在外套内穿上防弹背心，在三名贴身保镖的陪同下，悄然回到冬夜的地面上。

这是一次秘密出行，除了一名司机和三名保镖，包括白展龙在内谁都不知。傍晚，我把白展龙派到市区办事，让他第二天中午再回"狼穴"，确保他不插手这次行动。

离开温暖的地洞，海风横冲直撞而来，穿过干枯的树枝缝隙，径直吹到我的脸上。我飞快地跳上悍马车，车子开出午夜基地。冬夜森林如鬼魅的坟场，车窗外呼啸着寒冷的风，不断响起猫头鹰的呼叫声，特种兵出身的保镖都面有惧色。我亲自看着定位系统的屏幕，根据信里的经纬坐标，显示离此不到十公里。

进入另一片森林，几乎看不到任何道路。司机打足十二分精神，用探照灯似的强光照明，突然遇到一片茂密竹林。

GPS定位系统显示——东经121度29分18秒，北纬31度45分9秒。

凌晨，1点40分。

车窗外是寂静的黑夜，除了风声别无动静。我深深呼吸了一口气，吩咐手下在车上别动，如果超过一个小时我没回来，就通知大队人马来搜索。

没人敢违抗我的意志，我也不可能听进逆耳忠言，但根据众人的眼神我已知晓——他们认为我此行凶多吉少。

独自跳下悍马车，我打开一支大号手电筒，拉起衣领遮挡钻进脖子的寒风，低头冲入深不可测的竹林，就像栽进寂静的坟场。

手电扫出一条白色的路，却不断被丛生的竹子切断。寒夜的风吹过竹林，发出海浪般的咆哮之声。头顶的竹叶缝隙间，可以看到一溜明亮月光，忽隐忽现泄露天机。

往前走了几分钟,回头再也看不见悍马的车灯。孤独地处于黑暗中,没有"狼穴"的保护,凶猛残酷的大自然将我包围,却发现自己那么脆弱,尚不及身边的一根根竹子——它们可以在风中不停摇摆地生存,而我必须沿着既定的道路,直到彻底折断死去。

"大哥,你终于来了。"

忽然,身后响起一个年轻男子的声音,我惊慌失措地回头,抬起手电,照亮一张美丽绝伦的脸。

男人的脸,用美丽绝伦形容有些奇怪,但用到这张脸上却恰如其分。

"别来无恙?"

他微笑着靠近我,也亮起一支手电,这样两人都能同时看清对方的脸。

"慕容云!"

我轻轻叫出他的名字,不过就算大声呼唤,在黑夜竹林的覆盖下,数百米外悍马车上的人也听不到。

"大哥,你果然没让我失望。"

他依然穿着一身白色汉服,在黑夜竹林里特别扎眼。这环境一定是他精心挑选的,正符合他的气质与穿着,似乎复制了魏晋的竹林时代。

"失望?你是说邮件里写的那些话?"我看着周围苦笑一声,"贤弟,亏你那么信任我!你怎知我没在周围埋下伏兵?"

美少年挑起漂亮的剑眉,摆帅似的左手撑着竹子,右手理着被风吹乱的长发,似笑非笑道:"大哥,为何贬低自己?如果我不信任你,何必发那封邮件?又何必万里迢迢来到这座岛上?"

"那我还得感谢你看得起我。"

"不,是互相看得起——显然大哥你也信任我,相信我没给你设下圈套,才敢如此大胆单刀赴会。"

我还是充满警惕:"此话言之过早吧?"

"大哥,你会相信我的。"慕容云又靠近一步,好像竹林中生出的古人,"你看,我们之间相互足可信赖,你做到了你的承诺,我也做到了我的承诺,我们都是有信有义、一诺千金的君子,完全可以成为好朋友好兄弟,而非如今的死敌。"

"我不是来与你叙旧的。"我无情地打断美少年的意淫,"你说有要事相商,所为何事?"

"小弟已在信札中说明,事关大哥身家性命!"

这句话不由得让我怒火中烧:"赤裸裸的威胁!"

"不,是善意的警告。"那张高贵漂亮的脸庞,不断在我的手电光影中晃动,加上身后的竹林黑夜,仿佛电影银幕的感觉,"大哥,请勿生气。想必你早已知晓,牛总给天空集团造成巨大损失,这些全出自我的计谋。"

他的扬扬得意让我捏紧拳头:"是!他刚自杀之时,我就想到了你!"

"大哥果然日夜思念小弟啊!"

"住嘴!你太无耻了,居然利用高能从前的高中同学!"

"马小悦?"听到这个名字让我痛心疾首,他却轻描淡写道,"我知道她是高能第一个暗恋的女子,所以才让她去接近牛总的。"

"够了!一切全是你安排的吧,还有——"

我想到秋波写来的那封信,但想想还是不要说出来,让他知道可能会对秋波不利。

"牛总的东窗事发只是开始,天空集团根基早已动摇,接下来你会遇到更大的困难——不管你承认与否,在这场残酷的战争中,我已占据相当的优势。"

"我承认。"

慕容云温柔诡异地一笑:"但这不是最重要的,战争中最可怕的是,被敌人抓到自己的致命弱点!"

"你知道我的致命弱点是什么?"

"你自己当然不知道。"他直勾勾地盯着我的眼睛,"不过……当局者迷,旁观者清,也许全世界都已知道了。"

虽然心虚得紧,我依然冷笑着回答:"你的讹诈只是徒劳。"

"大哥,等你明白自己的致命弱点,这个弱点已经让你致命了!"

"我知道自己并不完美,但也不至于不堪一击。"

一线月光再度穿越竹叶缝隙,倾洒到兰陵王白皙英俊的脸上,不过他已恢复严肃:"你曾经很强大,但再强大的人,也有致命弱点。"

"我的致命弱点?"

"是,我已经找到!有了这个发现,就可以随时随地打败你,轻而易举地消灭你,甚至不用烦劳小弟亲自动手!"

面对这样的轻蔑态度,我立时大吼起来:"贤弟,既然如此,请你现在就消灭我吧!"

"不,你是我的结拜大哥,自然是我生命中最重要的人,我怎能害死我的大哥呢?我若真这样做了,岂非不忠不孝不仁不义被天下耻笑之小人吗?"

这番话引来我讽刺的笑声:"你做了那么多恶事,还标榜什么忠孝仁义!"

"大哥,这绝非小弟妄言,而是发自肺腑,我不忍目睹大哥灭亡,更不愿让亲者痛仇者快。我知道世上有无数人盼你灭亡,但这个人绝对不是我!"

"那你究竟要怎样?"

我快被他绕晕了,他的意思到底是什么?是敌人还是朋友?

"大哥,我此行之目的,就是来与你谈一件事——我们双方握手言和,休兵罢战!"

"好!一言为定!"

听到"休兵罢战"四个字,不经大脑思考我就同意了。

若能终止这场毫无意义的战争,就能挽救天空集团十几万名员工,也可拯救日益危险的世界和平,说不定明年的诺贝尔和平奖就归我和兰陵王了!

"常言道,兄弟齐心,其利断金!"

就在我还在点头附和时,我们的兰陵王却语出惊人:"大哥,你我兄弟若能联手,一齐找到多年前我丢失的面具,便能拥有无与伦比的强大力量,定能征服整个地球!让骄傲自大的白种人从此匍匐在我们华人脚下,重新书写一段辉煌历史!从此以后,你我兄弟将成为人间之王,并排端坐于宝座之上,携手统治未来新世界!"

"什么?!"这段精神病患者似的臆语,让竹林深处的我目瞪口呆,一阵寒风呼啸着卷来,手电筒差点砸在地上,"你疯了?"

"亚历山大大帝远征东方,所有人都认为他疯了,但他确实做到了从没人能想象的事业。"

兰陵王也是中国未成功的亚历山大大帝?

他伸开双手迎接咆哮的风,宽大的汉服袍袖都被鼓起,这是征服世界的大旗。

"是,亚历山大大帝和你一样,也是癫痫病患者!"

我冷酷地说到他的痛处——原以为这种恶毒刻薄的话将立即激怒高傲的慕容云,却不想他慨然一笑:"说得好!把我与这位伟大人物相提并论!即便我如他一样英年早逝,也照样要完成惊天动地的伟业!"

"对不起,你真的疯了,兰陵王!"

"只要能拿回我丢失的面具,这一切就不仅仅是梦想!"

美少年在竹林中仰天长啸,宛如荒野狼嚎。

而我毅然决然地回答:"对不起,只要你怀着这种野心,我是不会与你合作的。即便我得到了兰陵王的面具,也绝不会交给你!"

风，忽然停了下来。

月光，也躲到了寂静的竹叶之上。

我们沉默了半炷香的工夫。

"这算是拒绝吗？"

他打破了沉默，表情哀怨忧伤。

"是。"

"大哥，你真让我失望。"

手电光束之下，隐隐可见他脸上的泪光，为我，还是为他自己？

"对不起，煞费了贤弟一番好心，可惜大哥我心如铁石，决心与你战斗到底！"

"好吧，我再回到A计划。"他匆忙擦去几滴清泪，嘴角颤抖，"大哥，我并非为和平才向你提议联手的，因为无论如何我必将获胜，而你败局已定。我只是不忍看着你灭亡，不忍看到你横死街头——这将是我人生最大的遗憾，也将令我彻底心碎，永远不能愈合——因为你是我最重要之人。"

最后几句肉麻的话，让我浑身直起鸡皮疙瘩，我只能冷漠地回答："贤弟，感谢你这么看得起大哥，可惜，我有何德何能，让你如此青睐？"

"你不了解，因为你最不了解的人，不是我，而是你自己！"

"我承认这一点，那么你呢？"我大胆地靠近他半步，"能不能让我也了解你？"

"如果大哥有这个兴趣，是我的无上荣幸！"

我皱起眉头靠着一根粗大的竹子："好吧，我想知道你为何有那么大的野心？假设不是精神错乱。"

"因为我是兰陵王高长恭。"

"嗯，这算一条理由，皇家血统'八纮一宇'——还有其他理由吗？"

"因为这个世界本来如此，本来就是被极少数人统治的，只是被冠冕堂皇以人民或民主的名义。与其让那些愚民来管理，不如换我这个正牌皇家子弟，我将对天下施以仁政，拯救地球上每个受伤的人，重塑新的世界。"

我再次被他震撼，不敢看他的眼睛："你真的认为现实的人类无药可救？"

"是，因为他们都被贪婪蒙蔽了眼睛！"

"对不起，我不是在和你探讨哲学与人性问题。"

慕容云却陷入自己的世界："贪婪是他们共同的名字——无论看起来多么伟大，无论得到怎样的进步，但这些人的每个毛孔都滴着与生俱来的鲜血，因为无法消除贪婪的本性。"

"资本主义的自私自利？"

我毫无恶意地揣测了一下。

"贪婪所以自私，自私所以贪婪，这是人性深处难以扭转的恶性循环。他们贪婪到妄想用卑微的身体，吞噬比自己大得多的猎物，而这世上并没有那么多猎物足够他们捕猎，最终猎物会转化为猎人，原来的猎人却因贪婪将变成猎物！"

"说的好像是经济危机的源头。"

"那不是源头，而是结果，数百年来人类历史发展的结果。"

看似哲理的话语，却让我想起记忆中残存的教科书——无限增长的社会生产力与相对贫困的普通大众消费能力间的矛盾，使生产过剩成为资本主义周期性危机的根本原因。

即便一代宗师亚当·斯密开创大业，即便马克斯·韦伯借助上帝教义摇旗呐喊，即便吃下凯恩斯研制的灵丹妙药，即便经过20世纪末不战而胜的兴旺繁荣，如今却仍难逃周期率的魔咒，因为谁都无法克服人性的弱点——贪婪。

"Matrix瞄准的是人性的贪婪？"

"恭喜你，猜对了！"

我的太阳穴神经一阵疼痛，却跟着他的思维方式说："这就是你在冰火岛上说的——操纵这个世界的世界？"

"大哥果然智慧超群！"

兰陵王微笑着露出红唇白齿，漂亮的脸庞和迷人的眼神，加上温柔自然的夸奖，却令我毛骨悚然。

我在与人类的本性为敌？我的最大敌人是"贪婪"？

这不是一个悖论吗？

谁都无法逃脱人类本性，我的所作所为不也代表无穷欲望的"贪婪"吗？我要天空集团战胜敌人、控制全球经济，我要掌握世界最重要的石油资源，我要把触角伸到世界上每个角落，我想成为各国总统府的座上宾，我要拥有这个地球上最炙手可热的权力……

我的全部加在一起正是两个字——"贪婪"！

我的敌人="贪婪"=我

第二个方程彻底打垮了我的自尊与自豪。

看我好久没有说话，美少年凑近我说："大哥，我猜你已回心转意，答应与我携手成为世界的征服者，到时我们共享一个宝座，共享一顶皇冠，共享一份永世荣耀！"

"住嘴！"我慌乱地后退几步，抓着一根坚硬的竹竿，一阵寒风模糊了视线，兰陵王如飘浮的幽灵，"不！我绝不会接受魔鬼的邀请！"

"我欣赏你的固执和坚持。"

"那就请你立即离开吧，趁我还没改变主意违背誓言！"

也许是"狼穴"的地下生活让我体质虚弱，风几乎把我吹倒，只能勉强站立着大喊。

慕容云再度无限哀怨地摇摇头："大哥，我发现你这次憔悴了很多，是不是很久没见阳光？"

"这与你无关。"

他的眼神更显伤心，语气就像怨妇："你连我的关心都要拒绝吗？"

"好吧，请你回答我一个问题，秋波现在还好吗？"

"提她作甚？"

没想到他的回答如此冷漠，好像秋波只是个无关的陌生人，不由得令我发怒："我把秋波交给你，希望你好好照顾她，为何不能提她？"

"你还不明白吗？在我的心中，她永远不及你重要！"

风，忽然又停了。

月光从静止的竹叶缝隙间，倾洒到他雕像般美丽的脸上，已写明一切情愫。

我的心，也在刹那间被他打动，脆弱得即将要被他的眼神融化，融化到一个古老传说中，融化到常人无法理解的世外桃源。

可是，我的心底还有另一个人，虽然死去，却永远不能遗忘的人。

她是个女人。

而我是个男人。

此刻，站在眼前的竹林之间，令我感动到落泪的这张美丽的脸，却是我的同性。

对不起，我无法接受这份情愫。

对不起，我亲爱的兰陵王，我的兄弟。

我不想被他发现我的感动，转过脸强迫自己冷静下来，发出生硬的口气："你走吧！"

"我不想走。"

"那我走！你自己保重。"

我飞快地向竹林外走去，不敢回头再看他的脸，不敢再看那双迷人的眼睛，担心哪怕再看一眼，就会无可救药地堕入他的世界。

身后，传来兰陵王痛苦的声音："大哥，你会为你的选择后悔的！"

不能回头！不能回头！我强迫自己继续往前走，穿越寒冷残酷的北风，穿越茂密黑暗的竹林，哪怕心脏已碎成两瓣。

几分钟后，穿出竹林地狱，悍马车正打着远光灯等着我。司机和保镖们早就等急了，若我再迟到几分钟，他们就会打电话报告白展龙。我浑身颤抖地跳上车，司机赶快开回"狼穴"。

再回头已是一片漆黑，凌晨的荒野与星空连接在一起，只剩那轮伤心的月亮。

"狼穴"。

天高，云淡，风清，日朗。

竹叶在沙沙作响，汩汩流水淌过桥下，一群锦鲤欢快嬉戏，一簇不知名的花绽开在太湖石堆砌的假山下。我们头顶的崇明岛，正值西伯利亚的寒流来袭，万物沉睡百草枯黄之时，而在519米深的地下，却是春光明媚生机勃勃，怪不得杜丽娘在游园后伤春而逝。

凌晨，离开与慕容云密会之地，回到"狼穴"宫殿却再也睡不着，在床上翻来覆去直到天明，想着美少年说的那些话，想着他离别时的哀伤眼神，想着最终那个毅然的抉择，我不禁心生无限悲凉——无论最终谁胜谁败，灭亡的都将是我自己。

我很晚才起床吃了早点，来到模拟自然的庭院中。端木明智正在水边赏鱼，似陷入很久以前的回忆。

"老爷子，我们再下两盘棋吧。"

老头却摇摇头说："小子，我要出去。"

"为什么急着要走？你还没享受过好日子呢。"我随口说出一个自以为是的理由，"是这里烧的菜不合胃口吗？我去安排新的厨师。"

"不，这里确实很好，虽然只是个监狱。"

"是觉得没有和端木良好好聊天吗？我马上把他叫过来，你们爷孙俩可以单独聊，随便谈什么都可以。"

老头却苦笑一声："我要是想和孙子聊天，几年前就可以去找他，何必等到现在？"

"如果你一定要走，请告诉我理由。"

"我已到这里三天了，不能再超过更长时间，这就是我的理由。"

"为什么？"

端木老爷子沉默半响，用怀疑的目光看着我的眼睛："小子，如果你真是古英雄，那么你一定会放我走的。"

"古英雄也需要听到合理的解释。"

"好吧，就当你是古英雄——你的父亲，他还在等我。"

"我的父亲？"我脚底微微一晃，差点摔到水池里去，"他还活着？"

老头虽然说不知道，但我已经从他的眼睛里看到："你的父亲还活着！"

"谢谢！老爷子，谢谢你告诉我这个消息，我真的……我真的……很开心！"

自从两年前父亲自杀以后，我一度以为自己失去了生命中的一半。后来，虽然知道我是古英雄，却从没机会见过真正的父亲，就连他是生是死都不清楚——假如我的父亲还活着，那他才是蓝衣社真正的领袖，或许兰陵王的秘密就掌握在他手中。

"如果你不放我走的话，那么，你的父亲就会身处危险。"

我看着老爷子的眼睛，知道他没有骗我。为了现在唯一的父亲，我必须把老爷子放了。

"好，我答应你。"但我依然拦在老爷子身前，"不过，我想知道更多——关于我的父亲，关于蓝衣社，关于我们古家的过去……"

"小子，我不该告诉你这些，在我确认你的身份之前，你仍然可能是他们的人，是他们派来冒充古英雄、骗取我们秘密的人。"

我无奈地摇摇头："我该怎么证明自己呢？我也不想换成别人的脸！那是常青那伙人干的！很遗憾，你的孙子也在其中有份。"

"我知道他背叛了蓝衣社——所以，我从来不相信我的孙子。"

"老爷子，请告诉我，关于我家族的一切。作为我们的交换条件，我可以派人把你送回去，并保证不再跟踪你，也不在你身上安装监视装置，确保你的一切活动自由。"

我希望以自己的诚恳打动老爷子，他却淡淡地回答："怎么才能让我相信你呢？"

"就像我怎么才能让你相信我是古英雄。"

老头沉默片刻，现在他的选择全凭感觉，但愿我给他留下一个好印象。

几十秒后，他叹息了一声："好吧，但你要发誓遵守诺言。"

"好，我发誓！"

"说来话长！"老头看着池水中自己的倒影，不禁苦笑一声，"六十多年前，我还是个初出茅庐的青年，满怀重建中国复兴民族的梦想，加入了国民党的一个外围组织。虽然当时蓝衣社早已解散，但有一个秘密遗留的部门，仍掌握一批当初的骨干分子，这个部门的领导是古子龙——也就是你的曾祖父，假如你真是古英雄的话。"

"你见过我的曾祖父？"

"是他一手提拔了我,教导我成为一个优秀特工,如何躲避跟踪与追杀,又如何绑架或杀害别人。他是个阴郁沉默的中年人,长着一张极其普通的脸,一年四季永远穿着中山装。但他握有极大权力,可以轻易剥夺他人生命,组织成员像崇拜神那样崇拜他。我们每个人加入蓝衣社时,都是爱国的热血青年,对腐败堕落的国民党政府非常不满。古子龙也有相同看法,但他提倡循序渐进改良国家,比如用一些特殊手段,以最小成本达到最好结果。"

"暗杀?"

一阵微风徐徐吹来,我的肩膀悄然颤抖。

"没错,我们在总部的授意下,杀了许多国民党高层人物,大多是腐败透顶的家伙。但我们的行为不敢声张,通常把罪名安到共产党头上。不过,你的曾祖父古子龙,让我们死心塌地效忠的根本原因在于,他掌握着一件宝贝。"

老头说到这里,露出无限向往的神情,感觉竟如沐春风,沉浸在幸福的想象中。

答案已不言自明:"兰陵王的面具?"

"是。传说中无比神秘强大的兰陵王面具,是古子龙从一个叫高云雾的人手中夺来的。高云雾是兰陵王直系后代,他死在古子龙手中,从此他的子孙与蓝衣社世代结仇,却不想在大洋彼岸创立天空集团,如今已富甲天下——这段世仇不知何时才能终结。"

"我会终结这段仇恨的!"

没有人比我更适合了,我既是古英雄又是高能,这对仇家同时集中在我身上。如果我不想人格分裂而死,就必须亲手终结这段仇恨。

"据说,蓝衣社经常将一些抵抗分子关押在某些秘密地方,然后给他们戴上兰陵王的面具,再监视他们的一举一动,记录数据最后杀死他们——结果是惊人的!兰陵王的面具,确实蕴含极其强大的力量,足以使一个凡人脱胎换骨。这大概也是一千多年前,美少年兰陵王要戴上那副面具,成为盖世英雄的原因吧。"

"也许,那副面具本来就不是人间所有。"

"反正我也从未见过兰陵王面具。按照蓝衣社的规矩,只有社长才有权使用。1949年,古子龙没有撤往台湾,蓝衣社转入地下,面具成为凝聚我们的唯一力量。大家相信只要面具在谁手里,谁就有无穷能力和威望,维持组织的团结和完整。所以,即便我们都结婚生子,过上平静的生活,仍暗中悄悄联系,保守组织秘密,并让下一代也加入蓝衣社。古子龙隐姓埋名,他的儿子也就是你的爷爷叫古文,被培养为蓝衣社的继承人。谁都不知道兰陵王面具在哪里,只有古子龙和他的子孙掌握这个秘密。"

"老爷子，难道你就不知道一点线索吗？"

老头不想回答这个问题，也不想被我打断往事的回忆："1975年，你的曾祖父古子龙去世，据说他死的那天，正是高云雾的忌日。是我亲手给你曾祖父下葬的，我成了蓝衣社的元老，辅佐你的爷爷管理组织。他的身份比你的曾祖父更隐蔽——食品商店营业员，却严密控制着蓝衣社的每个成员。"

"那么常青又是什么人？"

"20世纪80年代，蓝衣社的第三代成员开始走出国门，常青就是其中之一，他很早就去了美国留学，勾结了一批组织里的年轻成员，妄想夺取社长手中的兰陵王面具。"老头提起这个名字就咬牙切齿，"常青——这个叛徒！他不知用什么手段在美国发了大财，专门用于颠覆我们蓝衣社。还有个家伙与他同流合污，就是去美国学医的华金山。"

"华金山！就是他，把高能的脸移植到了我的身上。"

"1988年，蓝衣社发生了最严重的内讧事件，从国外回来的常青和华金山，还有个叫南宫的年轻小伙子，共同绑架了你的爷爷古文——对其施以酷刑百般折磨，要他说出藏匿兰陵王面具的地点。你的爷爷为保护秘密，竟然嚼舌自尽！"

"常青！华金山！南宫！"

我紧握拳头，当初为何听信他们的花言巧语，还要为他们服务远赴美国？我真是瞎了眼睛！还有端木良这个不肖子孙，也认贼作父投靠常青。

"接下来，就要说到你的父亲。他叫古平，意思就是平庸不起眼，他有个非常隐蔽的身份——造船厂工人。他把周围所有人都瞒过了，包括共同生活了几十年的妻子。你的父亲继承蓝衣社后，常青等人重新流亡国外。在古平的秘密领导下，蓝衣社恢复了原有组织，严格控制着第三代成员。然而，兰陵王面具从没出现过，这早已成为第三代成员的普遍担忧。"

"我猜，你就要说到我了。"

老头长长地喘出一口气："是啊，古英雄，古平唯一的儿子，古文唯一的孙子，古子龙唯一的曾孙子，也是蓝衣社最后的继承人。不过，古平像教育普通孩子那样教育你，从未把你当作接班人来培养，其实是为了保护你。"

"我一直不知道自己将要成为蓝衣社的社长。"

"是，这一点不像你的上几代，他们都是从小受到培养。当你幼年展现出非凡天赋，具有成为英雄气质之时，你的父亲非常开心，但后来他又感觉到危险。蓝衣社组织的人，表面非常服从他，暗地里却打着兰陵王面具的主意。1995年，发生了一件大事，你难道一点记忆都没有吗？"

"什么事？我所有的记忆都被抹去了。"

"那一年，你被常青等人绑架！虽然只有短短十几个小时，我和你的父亲迅速反应，将你从那些坏蛋手中救了出来——整个过程你都在昏迷，自己都不知道被绑架的事，你的父亲也不希望你知道，只告诉你发了高烧，昏睡了一天一夜。"

我胆战心惊地坐在石头上，原来那年我差点小命不保。

"他们绑架我的目的，就是要向父亲勒索兰陵王的面具？"

"没错。古平做了一个重大决定：将蓝衣社的秘密守口如瓶，绝不让儿子卷入其中，让兰陵王的面具永远烂掉！"

"这一切都是为了我的生命？"

"是。你的父亲与你的爷爷和曾祖父不同，他们决心把一切献给组织，而你的父亲则把儿子看得比组织更重要。于是，他想方设法让你变得平庸，让你越来越不显山露水，成为一个容易被遗忘的人，即便你15岁那年，救了我可怜的孙女秋波，成为报纸上宣传的少年英雄。但是，你的父亲处处打击你的信心，每天给你灌输英雄无用论，潜移默化影响你的世界观，让你甘心于平凡人的生活。"

我不知道该感谢还是怨恨，但至少父亲是真的爱我："他真是煞费苦心！"

"你的父亲开始渐渐断绝与蓝衣社成员的联系，却因此让常青乘虚而入。这个家伙已在美国拥有惊人财富，利用金钱控制了组织里的人，甚至包括我的儿子——他也背叛了我！"老头说到自己的痛处，摸着心口摇头，"接下来又是我的孙子，他们都成了叛徒，逼得我无奈隐姓埋名，最终沦落到垃圾场。"

"原来蓝衣社早已江山易色，而从前的古英雄也是无辜的？"

"是。你的父亲知道形势越来越危险，他没有钱也没有权力，唯一的武器就是面具的秘密，但他发誓不把那个东西拿出来，所以，为了躲避那些人的阴谋，他只能自我流放隐居起来，告别妻子与儿子，成为失踪人口。"

我失望地低头道："他不知这样会让我和妈妈多伤心吗？"

"古平是为了你们母子的安全，让你们与他脱离关系，避开常青那些坏蛋。"

"可是，常青他们还是找到了我，而且利用了你的孙子端木良。"

老头已然痛心疾首："够了，他是我的耻辱！"

"可是——"

他决然地转身："请不要再问下去了，我已告诉你太多太多，超出了我的极限。"

是的，端木老爷子已告诉了我太多家族往事，那些惊心动魄的蓝衣社内部斗争，还有我险些被常青等人害死的内幕。

"老爷子，我还是想知道我的父亲在哪里，这已远远超过了兰陵王面具的重要性。"

显然，他不想再跟我说下去了："你现在不该知道这些，即便你真的是古英雄。至于面具——就让这个秘密永远烂在地下吧。"

我痴痴地沉默半晌才回答："我还有机会再见到父亲吗？"

"我不知道，这取决于你父亲的意愿，也取决于你能否证明自己的身份。"

"他的意愿？"

老头有些烦躁："既然当年他为了你们母子的安全毅然远走高飞而失踪，那么就不会再想与你重逢。"

"前提是我可能会有危险，而且当时我对蓝衣社还一无所知！但现在的情况已完全不同，我能掌握自己的命运，我也彻底卷入了你们的战争，而且我现在真的很需要我的父亲。"

"他是否改变主意，不是我能决定的。"

"老爷子，你是不是要急着出去？"

看得出他已归心似箭，不停地眺望庭院围墙外的天空，尽管他知道那不过是人造幻景。

"是，请你现在就放我走，如果你真是古英雄，真关心你的父亲——如果拖到晚上或者明天，他可能有性命之忧！"

我再次用读心术审视他的眼睛，证实了他的话。

停顿片刻，我无奈地对老头妥协："好吧，我现在就把你送出去。"

我不是为端木明智妥协，而是为我的父亲妥协。

二十分钟后，我们从519米深的"狼穴"地底，来到凛冽寒风下的崇明岛森林。

商务车正等着端木老爷子，除了一个司机送他去垃圾场外，再没有其他人跟随。

老爷子穿着一件新大衣，怀里揣着我给他的两千块钱现金——我送给他两万块，让他自己租间好点的房子，他却只抽了十分之一。

临上车时老头表情复杂："年轻人，请你遵守诺言，不要派人跟踪我，更不要妄想让我成为出卖你父亲的工具。"

"我一诺千金！"

读心术已发现他的心里话："你是不是古英雄，现在只有一半的可能性，希望找到更多的证据，让我相信另一半的可能。"

老头没有全部相信我，所以他说的那些往事，也可能并非全部真相。

但我依然要感谢他，感谢他告诉我父亲还活着，我对老头轻声耳语："请告诉我的父亲，英雄虽然想不起他，但不代表英雄不爱他，儿子永远欢迎他回来！"

老爷子微微点头："我会说的，臭小子！"

我独自在阴郁的天空下挥手，看着商务车载着老头离开"狼穴"，离开这座即将被惊涛骇浪包围的孤岛。

519米深的地下。

不仅仅是坚硬古老的岩石，也是向太平洋延伸的东海大陆架的一部分。

一个怪物。

它有十只角，它有七个头。

怪物在深深的地下爬行，打破紧锁它的地球岩石，吞噬围困它的海底淤泥。它用十只角不停地往上钻探，它以七个头不断地向前撕咬，直到穿破层层铁窗的最后一道封印，逃出这座坚不可摧的神的监狱。它钻出幽暗冰凉的海底，毫不畏惧汹涌寒流，扯开纠缠它的长长海藻，吃下数十万条各种大小的鱼，最庞大的鲸类也不放过。

终于，怪物从海中升起。

当万丈阳光照耀在它身上，当大海的珍宝装饰它的脖子，当最锋利的武器紧握在它手心，整个海岸的人类都向它匍匐崇拜。

人们发现它的十个角上，竟戴着十顶闪闪发光的皇冠；在它的七个头上，竟刻着七个亵渎神圣的名号。

这个世界最邪恶的力量，将权力的标志授予怪物，替它向整个宇宙宣布——

谁能与这头怪物相比？谁能与这头怪物争战？

这头怪物的名字是——

我。

这不是梦。

当我从"狼穴"寝宫的晨曦中醒来，浑身是汗，像刚从海底捞上来一样。我恐惧地冲向那面镜子，看看自己是否长了十个角七个头，是否已变成那个无与伦比的怪物。

镜子里是一张平凡而苍白的男子的脸。

我摸着自己的头，试图找到隐藏在头发里的角，妄想当年华金山在给我做脸部移植手术时，是否也移植了一些特殊的妖怪基因。我是走火入魔了吗？为了与那个人你死我活地战斗，为了征服这个不断变化的世界，我从一个懦弱平庸羞涩的小男人，变成一个独断专行暴戾野蛮的君主，想依靠无尽的美元与石油，成为地球上不戴皇冠的皇帝？

甚至，在某些暴躁发怒的时刻，我以为自己是个超人，是众人皆醉我独醒的超人，是拯救浑浑噩噩芸芸众生的超人。

当我拥有这个世上最安全最高科技的"狼穴"时，却又一次将自己放逐孤岛，让自己被人群抛弃，把自己关进肖申克州立监狱。

于是，我想起了C区58号监房。

相比这个深处地下却豪华舒适的寝宫，我反而开始怀念那间狭窄阴暗的牢房。

我还想起了我的室友——萨拉曼卡·马科斯。

这位我生命中最尊敬的人，这位我情深义重的忘年之交，这位鼓舞并帮助我逃离樊笼的恩人，这位替我打开闻所未闻的Gnostics世界的老师，这位曾经让我找到真正命运的向导。

知道你自己是谁！

然后获得觉醒与复活！

最后成为所有人的拯救者！

然而，在获得无限财富与权力后，却感觉离使命越来越远——越来越看不清自己是谁，越来越分不清沉睡、妄想与现实；我想成为所有人的拯救者，结果却要成为地球的毁灭者。

这就是无可逃脱的宿命？老马科斯鼓舞我的真正使命？一个"Gnostics"的战斗？

不，我根本不配称为Gnostics！

我早已玷污乃至背叛了老马科斯为之奋斗一生的使命与理想。

我绝望地摸着"狼穴"的墙壁，推开地下519米的窗户，今天的外景是阿尔卑斯山麓，绽开因斯布鲁克山谷中的鲜花——不过是一幕《黑客帝国》式的幻觉！

当我逃出美国肖申克州立监狱，在荒无人烟的阿尔斯兰原野上狂奔，我一度以为自己获得了自由。

现在才明白，自由是多么可望而不可即的字眼，获得真正的自由是那么困难！即便从此衣食无忧钟鸣鼎食权倾天下，自由于我而言永远那么遥远。

然而，我却没有勇气第二次越狱，没有勇气逃脱这座财富与权力的监狱，没有勇气放弃身边的一切物质，没有勇气回到居心叵测的人间。

我，已在内心审判了自己。

辩护律师——我。

检控官——我

法官——我。

行刑刽子手——我。

我将要自己坐上电椅，亲手拉下电闸……

她。

她是莫妮卡。

她已在"狼穴"工作和生活了一个星期。

每天都是枯燥而无聊的，虽说接触的都是最高机密文件，但没有一样是能被她看到的，所有文件都做了电子加密，只有白展龙与董事长才可以打开。办公室里的那些同事，照旧像机器人一样沉默，顶多就是机械地交代日常事务，彻底断绝了聊天的可能。

下班回到宿舍的生活，更让她感到孤独恐惧。虽然住在舒适的别墅套房，还配备专业人员打扫卫生，可是所有人都默不作声，就像生活在聋哑学校——可惜他们都没学会手语。她仅有的两个邻居，一对年轻的单身男女，在这孤独荒凉的环境中，本该干柴烈火地燃烧起来，却令人奇怪地彼此不相往来，尤其是那男的，瘦小干巴，连胡子都长不出来，说话走路的腔调都像阉人。难道长期的地下生活会损害男性功能，导致他丧失了对异性的欲望？

宿舍里的漫漫长夜，看DVD是唯一的消遣，每个房间各放数千张碟，最奇怪的竟全是正版！这里没有网络，也收不到电视节目，连电话和手机信号也没有。要打电话只能白天在办公室里，但"狼穴"严禁工作人员打私人电话，如有需要必须向上司报告——名副其实的监狱。

既然不能上网和看电视，想必很多人会选择打牌，度过这些难熬的夜晚。但"狼穴"严禁任何形式的赌博，就连纯粹娱乐的扑克牌也不允许。白展龙认为——任何私下的交流都可能损害工作，或者泄露"狼穴"内部的机密。

然而，当其他人选择周末回市区，她却孤独地留在"狼穴"，无所事事地度过两个漫长的白天。

她期望在基地附近看到他——幻想而已。宿舍区与工作区严密隔离，高墙阻挡一切视线，她不过是个可以自由放风的囚徒。

在这里工作的一个星期，她连一秒钟都不曾看见过他。

例外是几次与他通电话，通知他某某人要见他，或者某次会议安排在什么时间，仅此而已。她知道他就在走廊深处的防弹门内，但她没有任何权力或借口让他出来,更不可能自己去敲他的门,结果必然是被清除出"狼穴"。她每天望着走廊,无奈地消耗流逝的青春,就像永远不再回来的混血美女时代。

又是临近下班时刻,她无声无息地去上厕所,走进旁边另一条走廊。依然如同坟墓,寂静无声,试着推开那扇虚掩的小门——再度通过曲折蜿蜒的台阶,来到蓝得让人心悸的天空下。

虽然是第二次,她的眼睛仍被震撼,短暂的迷惑之后才明白,庭院里的一切,包括天空,全是人造的幻景。

不知道从哪儿吹来的风,竹叶沙沙地在耳边响起,脚边流水穿过小桥,激起数条锦鲤游荡。这与大自然真假难辨的情景,让闷在地下一周的她心旷神怡,惬意地弯腰将手伸入水中,逗弄活泼美丽的鱼儿。好久没有这么轻松的感觉了,她忘乎所以地哼起陈绮贞的歌,捧起水花泼向小桥对面的草丛。

突然,她看到自己溅起的水花,正好泼到一个男人的鞋子上。

那双男鞋立刻后退半步,她也极度紧张地抬起头来,却看到了那个人的脸。

他!

她的他。

永远不会遗忘、无数次在梦中出现的那个他。

而他的惊讶也绝不亚于她,站在小溪对岸拧着眉毛,横过来看着她问:"你——怎么在这里?"

几秒钟内,她已从最初的惊慌失措恢复到镇定自若:"董事长,非常抱歉,我只是发现有扇门没有锁,无意中走进来的。"

"无意中?"

"您在怀疑我吗?"

面对她毫不屈服的口气,他却回答:"你不是第一次无意中吧?"

啊?他知道了?知道自己上次偷偷进来遇到老头?是老头告诉他的,还是通过摄像监控看到的?怎么没想到这个呢?"狼穴"中肯定布满监控设备,任何人的一举一动,岂能逃过他的眼睛?

"对不起,上次我也是无意,每次碰巧那扇门都没上锁,而我也很喜欢这个庭院,这是'狼穴'里唯一让我感到舒服的地方。"

"嗯,我也是这么想的。"他低头嗅了嗅一朵独自开放的花,"你好奇怪。"

"什么?"

她隐隐有些害怕,往后扶着一棵牢固的竹子。

"没人敢这么与我说话,更不敢对我说出心里话,虽然我明明知道他们都在说谎。"

"因为他们都戴着厚厚的面具。"

说出"面具"的时候,她的双脚都在颤抖,尽管脸上不动声色。

没想到他却厉声回答:"每个人都戴着面具!包括我!也包括你!"

"我?"

当她还没想到如何作答时,他已在小溪对岸咄咄逼人地问道:"难道你没戴着面具?"

这更让她张口结舌——她确实戴着面具,一张被彻底改变了的脸。

她不想对他说谎,即便说谎也可能被他的读心术发现。她只能点头默认一切,但这不会对她构成伤害。

"这就对了!"他像个胜利者在微笑,"我记得你的名字,你叫——莫妮卡。"

蓝灵他总是记不住,但"莫妮卡"三个字却永不会忘记。

"是。"

他的身体前倾,鞋尖几乎踩到水里:"告诉我,你为什么要撕下面具,把自己的心里话说出来?"

可惜,她还没撕下面具,这张面具也永远撕不下来了。

"董事长,这一点我还做不到,因为面具并不在脸上,而在人的心上。"

"面具戴在心上?"

她强迫自己镇静下来:"是,面具不但为了防止别人看到自己的真相,也要防止自己看清自己——我们每个人在照镜子的时候,以为看到了自己的真面目,其实还是那层被自己包裹起来的假象。"

"有意思。面具不但欺骗了别人,也同样欺骗了自己?"

"没错,这就是心理学大师卡尔·古斯塔夫·荣格的Persona理论。"

他饶有兴趣地托起下巴:"Persona?"

"就是人格面具。"

"说下去!"

"persona——源于古希腊,是让演员扮演某个特定角色戴的面具。为了在复杂的人际关系中游刃有余,我们必须与他人和睦共处,甚至与自己讨厌的人来往,所以,人格面具是现代社会的必需品——设想所有人都讲真话,半句假话哪怕善意的谎言都没有,可能吗?"

她可不是在机械地背书,而是最近一年来思考的问题,为此阅读了大量荣格的著作。

"人类不可能做到这一点。"

"是的,人格面具本身是中性的,但遇到不同的人就可能有利或有害。如果谁沉湎于自己扮演的角色,乃至于迷失真正的自我,认为自己本就是这个角色,那么完整人格就会被损害。"

他频频点头赞同:"有道理。"

"被人格面具支配的人,会离本性越来越远,产生一种紧张的对立状态。过分发达的人格面具,与不发达的真实人格之间,可能会出现严重的人格分裂。"

"你是在说我吗?"他的眼睛掠过一丝恐惧,随即喃喃自语,"我也戴着一张面具,而且是永远脱不下的面具。"

她却茫然地摇头,无法理解他的内心,也无法理解他的痛苦,这是她最大的痛苦。

他转过脸看着水中的锦鲤:"就当我什么都没说过!"

"哦……"

她想要安慰他,却不知该如何说起,更不敢跨越这条浅浅的水沟,即便木桥就在旁边。

而他们的这番对话,始终隔着一条小溪,让她想起一首老歌:"你和我是河两岸,永隔一江水。"

忽然,他扬起头来无情地说:"快点离开这里!在我下令惩罚你之前。"

"是。"

她匆匆向幽暗的通道跑去,身后传来他的声音:"莫妮卡!"

从他口中说出的这个名字,让她充满幸福感地回过头来,却看到他依然严肃的脸:"请不要把这个庭院告诉其他任何人!记住了吗?"

她内心无限失望,只能委屈地点头,然后一言不发地跑出去。

第九章　索多玛的第121天

2010年，12月24日。

终于，车队浩浩荡荡开出"狼穴"，直接前往机场，将我送上天空集团的公务专机。

无论我的中国区助理白展龙，或是全球助理史陶芬伯格，都没有与我随行出发，只有几个贴身保镖和一个男秘书。

再过两个月，索多玛共和国的第一桶原油，将要由天空集团输送到港口——第一船原油当然是出口中国。

天空集团已在索多玛国投资了数百亿美元，油田钻井系统以及配套设施都是世界上最先进最昂贵的，当然产油之后的回报也是最惊人的。如今集团正值多事之秋，牛总泄密案件东窗事发后，数千亿美元亏损浮出水面，震惊整个财经界与银行团。鉴于集团资金链即将枯竭，如果最近没有重大的好消息，便可能撑不过今年春节，将遭到银行团债主们的起诉，甚至被美国政府宣布接管——到时我纵有三头六臂也救不了天空集团。

所以，我必须前往索多玛国，提前向全球宣布这个世界最新最大油田的投产消息——即便第一桶油无法立竿见影，但足以挽救银行团对集团还债能力的信心，更可能激起国际原油市场的价格波动，导致原油价格指数大幅下跌。这对美国霸权控制下的中东石油资源将是一个沉重打击。

最近的人生不在地底，就在云端。十几个小时的漫长飞行后，当我再度睁开眼睛，发现飞机正在索多玛国降落滑行。

第二次降临这片黑色大陆，地下滚动着黑色黄金，在黑皮肤的机场人员指挥下，飞机终于停稳。相比上次看到的破败景象，现在的机场焕然一新，漂亮的航站楼正在紧张建设——未来第一流的产油国要有第一流的机场，这些投资全部来自天空集团。

停机坪上还有一架C130运输机，数辆武器精良的装甲车，以及一百多名龙精虎猛的雇佣兵，早已在机场迎接我——大多仍是那次突袭总统府的将士，他们将要护卫我前往索多玛国首都。明天，也就是2010年的圣诞节，我将代表投资方天空集团，与索多玛国的民选总统，共同向全球发布油田投产的消息。

那将是振奋人心的时刻。

索多玛国总理亲自到机场迎接我。出于对东道主的尊重和礼节，这回我没有坐装甲车，而是坐上了总理的黑色奔驰车——也是由我们提供的。

总理曾经在西方国家留学，一路不停地说着流利的英语，感谢天空集团对他的祖国的贡献。他已为我安排了索多玛国唯一的五星级酒店，紧挨总统府，所以绝对安全。那也是天空集团投资的产业，上个月才开张试营业。

从机场到市区，一路上我忐忑不安，但愿明天一切顺利。视线穿过辽阔的热带草原，眺望遥远的油田，几组高耸的井架闪着灯光，将从此改变这个国家的面貌。

夜幕降临，月亮升上非洲的天空，总理兴奋地对我说："圣诞快乐！"

"什么？"

总理惊讶道："今天是12月24日，平安夜啊！"

"哦！我都忘了！"

我拍着脑袋，大概闷在"狼穴"地下太久，完全忘了地面的时间。尽管洋人的节日与我们中国人无关，但今天是美国的重要假日，纽约总部都已人去楼空。

不过，明天对外公布油田投产也是个好时间，给世界经济送上一份圣诞礼物。

由我的装甲车开道的车队缓缓驶入索多玛国首都。为迎接我的来访，街道两边都被清理过，站满全副武装的警察和军人，几乎看不到平民出没，也没有任何圣诞节气氛，只有那些低矮破烂的建筑，才显示着真实的人间。

抵达总统府旁边的五星酒店，最醒目的就是天空集团的标志。酒店里布置得很有圣诞气氛，一棵巨大的圣诞树从美国空运而来。大堂里聚集着许多西方记者，纷纷对着我们拍照，被我的保镖粗暴地推开，以免暗藏刺客。

总理径直将我送入房间，竟像服务生似的毕恭毕敬，这让我很尴尬——难道把我当成了一百多年前的西方殖民主子？我断然拒绝了他的好意，说想单独休息一下，总理只能满脸遗憾地离去。看来这些前殖民地的人民，仍然残留不少被殖民的奴性，总觉得外国老板高人一等，非洲人就该为他们做牛做马。

算了，不过是五十步笑百步——许多人的潜意识里又何尝不是如此？

改变一个国家的外表很容易，但要改变一个民族的精神，却需要艰苦的努力。

独自在房间用过晚餐——所有的食物和水都是专机运来，主要担心有人下毒。我站在改装过的防弹玻璃窗前，俯瞰整座破败拥挤的首都。就像所有第三世界国家的城市一样，可以看到大片贫民窟。

忽然，我心血来潮地打电话给保镖队长："我想去贫民窟看看，给我安排一队黑人保镖。"

结果立即遭到队长劝阻，说这里的黑夜非常危险，即便没有刺客藏身，也可能有其他暴力犯罪活动。但我坚持要出去看看，我不是来掠夺资源的新殖民主义者，我想认识当地平民的生活，最真实的生活，而不是官方展示给我们看的。

当我坚持己见时，任何人都不敢阻拦我。半个小时后，十名黑人保镖已就位，另有索多玛国数十名便衣警察，伪装成当地人的样子。我没办法冒充黑人，趁夜色戴上帽子和墨镜，很不起眼地夹在一群黑人中间……

次日。

不到7点就醒了，酒店窗外是非洲的晨曦，整座城市渐渐复苏，迎来新生以后第一个圣诞节。目光投向那片低矮的破烂建筑——昨晚去过的贫民窟，但愿我能改变这一切。

按照原定计划，上午8点将去隔壁的总统府，与索多玛国总统会谈；10点将在现场召开新闻发布会，向全球公布天空集团的索多玛油田正式投产。

我与纽约总部通了电话，史陶芬伯格说已做好准备，向全球现场直播新闻发布会，当天所有媒体都会在头版头条报道，明天的纽约股市将会掀起轩然大波。

用过丰盛的早餐，酒店服务员拿出准备好的西装，替我在镜子前打理头发，我看起来颇有领袖风范。所有人都向我祝贺圣诞快乐，酒店为我特制了圣诞大餐，中午将送到隔壁与总统分享。

8点，我昂首阔步走出酒店大门，身后跟着一大群保镖与记者。

然而，酒店门前并没有总统派来的专车，而是一队荷枪实弹的士兵，黑洞洞的AK47枪口对准了我。

一个表情严肃的军官走上前来，用蹩脚的英语喊道："请大家都回酒店去！目前全城已经戒严！任何人没有通行证不得上街！"

我的一个秘书走上去说："先生，我们是贵国总统的客人，即将访问总统府。"

"对不起！索多玛国已经没有总统了！"

军官生硬的话，像子弹撞进我的胸膛，差点让我摔倒在地，潜意识的第一反应是——政变！

保镖们也感到大事不妙，立即组成人墙保护我，退回到酒店内部。来自世界各国的记者都很惊慌，但也有人拿出长枪短炮抢拍一阵。大堂就像炸开了锅，许多人想往外打电话，却发现所有线路都已被掐断。再看酒店大门外边，已堆起高高的路障，任何人若想强行闯关，恐怕会被当场击毙！

不想被记者们拍到我的脸，更担心这混乱场面混有刺客，我带着几个贴身保镖和秘书回到顶楼的总统套房。

"这是怎么回事？"我再度大发雷霆，"你们不是说好的吗？赶快和总统联系！"

然而，秘书哭丧着脸回答："董事长，所有通信都中断了，我们没办法对外联系。"

"该死！"

就在我咆哮的同时，窗外响起一阵巨大的爆炸声，所有人都趴了下来，只有我还傻傻地站在窗前。

一个忠心的保镖将我拉倒在地——此时站在窗前非常危险，玻璃可能会震碎伤害到我。

紧接着响起一连串爆炸声，然后是激烈的枪战交火声，竟来自酒店隔壁，那不是总统府吗？

我推开紧紧拉我的保镖，冲到窗前向总统府方向看去——只见这座殖民地时期的建筑已被黑色浓烟覆盖，不时腾起红色火焰，几辆59式坦克已撞破围墙，炮管各自闪烁几下，随即半个总统府就被轰塌。

政变！果然是可怕的军事政变！那些浑蛋居然进攻总统府，就在我要和总统会谈的时候——我还得感谢门口阻拦我的军官，若此刻我也在总统府，想必已成为坦克炮弹下的冤魂。

既然是推翻这位民选总统的政变，那么也可能危害天空集团在索多玛国的石油项目，今天的新闻发布会是彻底告吹了！好比一记响亮的耳光，重重地砸在我刚堆起笑容的脸上。

不行，我不能在这里坐以待毙！上次我的突击队员推翻了索多玛国的独裁者，这次我们也能力挽狂澜拯救索多玛国的民选总统。

我飞快地冲出房间，来到酒店后院的停车场。这里停着十辆装甲战车，雇佣兵已知道发生政变，全都摩拳擦掌整装待发。

总统府飘出的黑烟已遮蔽整个酒店上空。我爬到一辆装甲车的顶盖上，对将士们大喊："士兵们！你们都已经看到，我们的事业正在危急之中！一群邪恶的狂徒公开践踏法律与公理，公开蔑视我们的存在，妄想把这个国家拉回原来的深渊——但这必将是痴心妄想，因为今天，在这里，有你们这群英勇无畏的战士！有你们这群伸张正义的侠客！有我们天空集团宏伟的抱负和理想！现在，就让我们拿起武器，去消灭那些卑鄙的敌人，实现我们真正的使命——Heal the world！"

话音刚落，雇佣兵们一阵欢呼。我已唤醒他们嗜血的欲望，唤醒这些男人与军人的荣誉，唤醒被遗忘多年的正义。

一分钟内，所有士兵坐进装甲战车，我选择其中最坚固的一辆，指向酒店旁边的总统府。

停车场外的路障根本是小儿科，那些政变士兵不敢阻挡，看着我们一辆接一辆冲过去。装甲车轰鸣着碾过大街，所有向我们开枪的敌人都遭到暴风雨般的火力还击。

转眼已到总统府门口，这座殖民地时期的古老建造，已被几辆59式坦克夷为平地。

正当我们的装甲车寻找敌人时，空中响起直升机的引擎声。一阵气流掠过头顶，两辆装甲车已同时爆炸！透过狭窄的观察孔，可以看到燃烧的金属，还有被炸飞出来的人体残块——20个人就这么死了！

头顶的这几架武装直升机，还是用天空集团援助的军费向美国购买的，现在却打到了我自己头上。又有两辆装甲车遭到攻击，同样被空对地反坦克导弹炸成碎片。周围出现大队政变士兵，纷纷使用各种反坦克武器，砸向被困在总统府门前的车队。我的雇佣军无力还手，几个人冒险打开车门冲下来，当即被密集的AK47子弹扫成人肉筛子。

所有装甲车都已陷入火海，只剩下我的座驾勉强可以行动——这辆车经过全面改装,防护力不亚于一辆M1A1坦克。我们的车长发射了几枚防空导弹,成功击落了两架武装直升机,迫使其他直升机望风而逃。

然而,59式坦克向我发射炮弹了。车长命令掉头,顶开其他被打烂的装甲车,冲破枪林弹雨的重重包围,侥幸撤回到了旁边的酒店。

酒店里聚集了许多外国公民,政变军队不敢擅自进攻。我的脸已被硝烟熏黑,额头火辣辣地刺痛,看着幸存的十来个雇佣兵,心中无限愧疚与悔恨——半年前在大西洋的海岛上,眼睁睁看着那么多突击队员死去,现在怎么又犯了同样的错误?两次踏进同一条河?似乎战无不胜的装甲车队,如今只剩形单影只的一辆,其余都已变成废铁,以及装满破碎尸体的"棺材"。

记者们纷纷拍下我的窘迫照片,我再也不阻拦他们的镜头,沉默着回到酒店大堂,面对在场所有惊恐的人大声道:"各位!我向大家道歉,是我给你们添麻烦了!如果政变军队打进来,请千万不要武力反抗;如果他们只是抓我一个人,就把我交出去吧——我不想连累大家的生命,更不想殃及无辜的酒店客人与工作人员。"

包括我的保镖和雇佣兵、记者以及酒店的服务生,大家一片死寂地看着我,不知是感谢我的自我牺牲,还是庆幸终于有了个冤大头可以去送死,抑或嘲笑我这个宋襄公之仁的笨蛋。

昨晚跟随我的黑人保镖大胆地拉着我的手说:"老板,你千万不要出去!我了解外面那些士兵,他们都是以杀人为乐的恶棍,才不会管你的人道主义!我们会拼死保护你的!"

"不必再做无谓的牺牲。"我将手挣脱出来,拍着黑人保镖的肩膀说,"你们不是军人,没有义务为我战死沙场。"

他再也不敢说些什么,低下头来颤抖着肩膀,但愿这个黑大个不要为我哭泣。

不知是谁打开大堂里的电视机,只能收到本地的有线电视,总共只有一个频道。忽然,正播放的美剧戛然而止,画面变成简陋的演播间,坐着一个穿着军装的中年黑人,满脸严肃地对着镜头说了一长串话——当然是索多玛国的语言,但我注意到大堂里的服务生面露恐惧地向我看了看。

电视里的军官又用英语说了一遍:"索多玛共和国的全体国民、在本国居住和旅行的外国朋友,你们好!我是索多玛共和国陆军第一旅旅长威廉·约翰逊上校,鉴于我国民选总统卢卡斯先生贪污腐败严重,向外国石油公司出卖本国资源,导致国家陷入严重危机,本人代表海陆空三军全体官兵,发起'2010黑金行动'。今天上午，爱国部队已攻占总统府，总统先生在交火过程中不幸身亡——这并非本次行动的初衷，但总统必须为他的顽抗付出代价！截至今天上午10点，政府总理、议会议长、财政部长、内政部长、国防部长，以上贪污腐败集团的成员，均已被爱国部队逮捕。今天开始，索多玛共和国临时军政府宣告成立！由我担任临时政府首席执行官，本人签署第一号命令，全国戒严24小时，禁止任何人擅自上街，违者格杀勿论！望全体国民及外国朋友保持冷静克制。本人签署的第二号命令是——**为保护祖国石油资源，我国将废除已故前总统与天空集团签订的石油开发合作协议！**"

听完这段冗长却凶狠的电视直播，屏幕上就闪成一片雪花。全体记者一片哗然，都用摄像机拍了下来——原本是来报道天空集团在索多玛国石油投产的消息，如今却得到另一条更具有爆炸性的新闻，也算值得这次冒着生命危险的政变之旅。

这就是我的圣诞礼物？

随后，所有镜头再次对准大堂里的我——真正的失败者！

我的脑子已全部空白，被枪林弹雨扫荡了一大片，现场只剩残缺的肢体与漫流的鲜血。

连保镖们都傻了眼，只是机械地抬起胳膊，阻挡那些冲上来采访我的记者。

我却像一具行尸走肉，也不回避无数刺眼的闪光灯，痴痴地坐进电梯，离开这个追悼会似的大堂。

回到总统套房，将所有保镖和秘书赶出去，仿佛世界只剩下我一个人。

孤独地站在窗前，俯瞰这座灾难深重的城市，并不惧怕可能飞来的流弹，我看到遥远的天际线尽头，天空集团开发的油田方向，正燃烧着遮天蔽日的浓烟……

一切都完了吗？

第二天。

我还活着，却第四次成为阶下囚，代替肖申克州立监狱C区58号监房，代替北大西洋冰火岛神秘别墅，代替长江口岩石深处"狼穴"宫殿的，是索多玛共和国五星级酒店总统套房。

夜幕降临，窗外是野性的月光。城市所有灯光都已熄灭，就像夜色中的热带草原，却仍不时有火光闪烁——这是自动步枪的交火声，震耳欲聋的爆炸声。贫民窟方向燃起熊熊大火，整个城市已成为杀戮战场。

明天清晨,我将俯瞰脚下这片断垣残壁,这方大屠杀后的集体坟场,这个堕入第十九层之下的人间地狱,这座人类自私与贪婪的纪念碑。

索多玛城的第121天。

我已经被围困了四十多个小时。

昨天,我和保镖们困守在酒店,无法与外界取得任何联系,无论纽约集团总部还是崇明岛的"狼穴",就连近在咫尺的机场也音信渺茫,那里停着我们的两架飞机,还有一批机组留守人员,恐怕连人带机早就被扣押了。

黄昏时分,数百名政变士兵冲进酒店,说是根据威廉·约翰逊上校的命令前来"保护"我,任何胆敢违抗者一律就地处决。为保全酒店里无辜者的生命,更不想让保镖们为我白白牺牲,我下令所有人不得反抗,向政变部队缴械投降。

出于对天空集团董事长的"礼遇",我被"保护"在原来的总统套房内。顶层房间全被政变士兵占据,严格把守每个出入口,任何人不得上到这一层。至于随行的保镖与秘书,都被押送到郊外的集中营,成为临时军政府的人质。

昨夜,我独自守在房间,门外站着数名荷枪实弹的士兵。窗户已被铁栅栏封死,我既不能打开,更无力砸开。他们给我送来一顿圣诞大餐,这是酒店原定给我和总统准备的,不过已被看守的士兵吃掉一大半。我不能肯定这些食物里是否下了毒,饥渴难耐时也只能大胆吃下去,唯一放心的只有我们自己留下来的饮用水。

我再度成为别人的囚徒,躲在无数枪口所指的门后,度过这个特殊的圣诞节。

外面的世界已彻底变天,卑鄙是卑鄙者的通行证,高尚是高尚者的墓志铭——索多玛国的民选总统卢卡斯先生,竟在即将与我会谈之前惨遭杀害!天空集团早就调查过他的底细,知道他绝非贪污腐败头子。他在当选总统之前,曾多次参与反对前独裁者的斗争,在索多玛国享有极高声誉。

我们在石油勘探等方面,投入了数十亿美元,又给予索多玛国多项经济与社会援助——无偿援助数万吨粮食,改善了几百万人的饥饿与生存问题;建立上百所学校,为索多玛培训了几千名教师与技术人员。这个国家80%的基础设施项目、90%的医疗卫生项目、100%的农业建设项目,全出自我最近半年的投资。这是其他西方石油公司想都没想过的,他们才是掠夺资源的新殖民者!我虽不敢说是活雷锋与白求恩,但至少为了与索多玛国双赢共生。

但是,现在想这些还有什么用?我连自己都朝不保夕,说不定很快会冲进来一伙人,随便给我安个罪名,再来个审判,连夜拖去刑场枪毙。

我强迫自己不要睡着,不断在房间里来回踱步,站在窗前眺望远方,只见油田浓烟持续燃烧,烧掉的不仅是无法再生的资源,还有成堆的美元以及我最后的救命稻草。

凌晨时分,我终于忍不住睡去……没想到睡到今天中午,突然被窗外的爆炸声惊醒,庆幸自己还活着的同时,马路对面许多建筑都已起火,更多的士兵与军车保护着酒店,到处是激烈的枪炮声。我看到数十辆坦克和装甲车,分成两拨在街上开战,几乎是面对面用炮口指向对方,接着是两声巨大的轰鸣声,冲天的爆炸火焰后,变成两堆扭曲燃烧的废铁。浑身是火的坦克兵惨叫着跳出来,迅速被对方枪手打死,倒在地上烧成一堆黑炭。至少有上千名士兵互相射击,其中有人穿着便服,可能是民兵或临时抓来的壮丁,还有明显未成年的男孩!巷战越来越白热化,有人打光子弹开始肉搏,还有最原始的大刀与标枪。我眼睁睁看着许多人被打死,包括躲在家里的无辜平民,没人给予廉价的同情,就像打死路边乱窜的狗!

我不相信全体军人都参加了政变,一定有忠于民选政府的部队,拒绝接受非法军政府的命令。他们想反攻总统府,夺回首都心脏地带,或者是想要解救被软禁的我。

然而,下午5点,总统府战事告一段落,以临时军政府的胜利告终——反政变一方丢下成百上千具尸体,狼狈地逃出首都中心地带。但他们不会停止战斗,漫长的内战才刚刚拉开帷幕,整座城市充满枪声,这个国家已经分裂为两半。

获救希望再次破灭,我孤单地坐回到床上,无聊地摆弄电视遥控器,却不小心按出画面。还是昨天那张脸,军政府首席执行官威廉·约翰逊上校,他扬扬得意地对着镜头说——

"索多玛共和国的全体国民,所有在本国居住或旅行的外国朋友,你们好!现在,我代表索多玛共和国临时军政府,代表我国全体人民赋予的神圣权力,与英属维尔京群岛的Matrix公司签订石油开发合作协议,授予Matrix公司在索多玛共和国境内独家勘探开采石油的特权,协议有效期99年。这是我国摆脱贫穷落后的大好机会,也是给新殖民主义者的强有力还击,希望全体国民保持稳定,坚决与前政府的残渣余孽斗争,消灭所有叛乱抵抗分子,清除前政府与前总统的恶劣影响,重建美好家园!"

Matrix!

果然是Matrix——从昨天上午在酒店门口,士兵阻拦我去总统府开始,我就想到了Matrix,想到它背后的那个人,想到竹林月光下美丽的脸,想到丢失面具的兰陵王……

这就是他给我的警告吗？

"我只是不忍心看着你灭亡，不忍心看到你横死街头。"

没错，他知道索多玛国会发生政变，因为这是他亲手策划的阴谋！

窗外不断亮起爆炸的火光，我疲倦地将窗帘拉紧，躺在柔软的床上，就像躺在铺满鲜花的棺材中，安静地闭上眼睛，任由黑暗将我覆盖，等待刽子手到来……

"砰！"

凌晨2点，房门终于被死神的脚砸开。

一刹那的惊醒后，我坦然地睁开眼睛，等待行刑队员前来热烈迎接我。

电灯亮起，闪入三个全身黑衣的蒙面男子，握着匕首与微型冲锋枪，就像特战队员那样戴着黑色毛线帽，只露出一双狼似的眼睛——这不是黑人的眼睛。

匕首上还带着鲜血，门外走廊响起几声枪响，轻得宛如拍苍蝇的声音，接着响起骇人的惨叫——枪口一定安着消声器！

两个蒙面汉子冲到床前，一把揪住我的胳膊，却同时回头看第三个人。

验明正身准备处决吗？

然而，我注意到第三个人很奇怪——也是黑衣蒙面，却露出一双中国人的眼睛，眉目之间全无另外两人的杀气，反而是少年人才有的清秀。他的体格比旁边两人瘦小，大概还没完全发育成熟，双肩和双腿不停晃动，恐怕是第一次真刀真枪上战场。他盯着床上坐以待毙的我，眼角却微微颤抖了一下，眼眶迅速发红，闪烁的目光竟让我有几分着迷。

突然，读心术捕捉到他的一段心里话——

"啊！他还活着！谢天谢地！他真的还活着！我不会让你有任何危险的！"

明白了——他不是来处决我的死神，而是来拯救我的天使！

正对我的这位少年蒙面人眼神激动地点头，用流利的英文对两名同伴说："是！就是他！快点走！"

居然——居然是女人的声音！似曾相识！难道认识我？还是仔细研究过我的照片，担当确认者的角色？

转眼间，那两人已将我从床上拉起，我却执拗地挣脱双手："我自己会走路！"

"放手！让他自己走。"

蒙面少年——不，是女子，紧张地催促一声，随即三人将我夹在中间，潜出总统套房。

门外走廊在激烈枪战，左右各有两名蒙面人，用装了消声器的微型冲锋枪猛烈射击，地上躺了几具士兵的尸体。我感到子弹从头顶飞过，三个人弯腰奔跑，随时可能中弹挂彩。

我们冲进另一扇房门，天花板被挖开了一个大洞，放下了长长的软梯。两个蒙面男子先爬上去，我跟在后面往上爬，蒙面女子为我断后。

上面就是酒店楼顶的天台。

一阵狂风吹乱头发，原来是一架正在发动的"黑鹰"，飞旋的桨叶发出震耳欲聋的噪声，所幸整个城市都在爆炸与枪战中，没人注意到黑夜里的这架直升机。

三个蒙面人将我扶上直升机，只等待了不到二十秒，又有四个蒙面人跳上来。确认所有人员均已到位，飞行员将直升机提升起来。

我被绑在安全带内，眼睁睁看着自己离开楼顶，像个无助的孩子被抛上天空。巨大的轰鸣声与震动中，黑夜越来越模糊，我感到剧烈的头晕眼花。

底下有大群士兵冲上天台，纷纷举枪向起飞的直升机射击，但飞行员已在数秒钟内将飞机拉升到数百米高度。黑夜彻底将我们笼罩，不用惧怕下面的AK47。除了雷达制导的防空导弹外，没有任何武器可以威胁到我们。

再往下看是一片黑暗大海，但不时亮起闪烁的光点，那是激烈交战的地方，还有些火光在经久不息地燃烧着。我在穿越索多玛的天空，脚下是黑暗笼罩的非洲原野，抑或一个自相残杀的人间地狱。

机舱内的灯光照亮了蒙面人，他们在清点武器装备，只有一人受了轻伤。他们都经过严格的战斗训练，身手敏捷枪法娴熟，不亚于我的特种兵雇佣军，能在被敌人造成严重伤亡的情况下，让我几乎毫发无损地全身而退。

他们彼此之间互不说话，只是纷纷摘下蒙面帽子，露出一张张阳刚冷峻的脸，大多数是欧美人，也有两个美国黑人的模样。

我始终盯着的那个人，也是确认我身份的蒙面女子，最后一个摘下帽子。

一头黑色长发像瀑布般倾泻而出，接着是张年轻女子的脸——可惜，却非007电影里邦女郎式的大美女，而是一个容貌平常的中国女孩。

我认得这张脸，也记得她的名字——莫妮卡。

她。

她是莫妮卡。

她第二次来到非洲，第二次来到这个被《圣经》诅咒的国家，第二次感受拯救他的激动。

嘈杂震动的直升机里，她终于摘下厚厚的蒙面帽，粗糙的毛线都快磨破脸皮了——虽然已不是原来的脸。

她的脸暴露在他的眼睛里。

他，这个刚被救出牢笼的男孩，再度九死一生逃过劫难的男人，惊讶地看着她平凡的脸，不敢相信自己的眼睛——怎么是她？不起眼的丑小鸭？竟率领一支特种部队神兵天降！她才是踩着七色云彩而来的盖世英雄！而不是他忠诚的助理白展龙或史陶芬伯格。

"你……你……究……究竟……是什么人？"

面对自己深爱的男子张口结舌，她却是好恨又好笑，强忍着不在脸上泄露出来，淡淡地回答："董事长，你忘了我的名字吗？"

"莫妮卡？不！你不是莫妮卡，这是你假冒的名字，因为你知道莫妮卡是谁！"

我不是莫妮卡？她在心底暗暗问自己——没有人比我更知道自己是谁了！

但是现在，她还不能说，即便她那么想说出来，那么想扑到他的怀中，痛快地亲吻他的嘴唇，或痛快地打他一顿，然后再痛快地哭一场！

她不敢以现在的这张脸，让他相信她是以前的那个莫妮卡，那个漂亮美丽拥有亿万身家的混血儿莫妮卡。没有什么比这更荒谬的悖论了！千辛万苦拯救出来的自己深爱的男人就在眼前，却只能装作神秘的天外来客。

"对不起，董事长，莫妮卡就是父母给我起的名字，我绝没有说谎，不信你可以看我的眼睛。"

她的大胆回答更让他害怕，什么叫"不信你可以看我的眼睛"？难道她知道他的读心术？

所以，他不敢再盯着她的眼睛看了："但是，除此之外，我对你一无所知。"

"董事长，你只需要知道一点——"她看着机舱外沉沉的非洲黑夜，压抑内心的激动，"不管我是什么人，至少绝非你的敌人，是命运派遣我来帮助你的。"

"这么说你就是我的天使？"

他带着一些讽刺，但更多的则是感激。

"我希望是。"

"天使？"

她却不置可否地扭过头去，用女人特有的柔声道："我知道自己长什么样，我不是你喜欢的漂亮女人，我也承受不起你这样的赞美。"

随后，她回身递给他一瓶矿泉水，想必他早已饥渴难当，他接过一饮而尽。

"谢谢！莫妮卡——虽然我知道你肯定不是，但还是非常乐意称呼这个名字。"他轻声笑了出来，"从第一次和你说话时起，我就知道你不简单，只有你敢大胆地挑战我，也只有你敢当着我的面说真话——你让我想起一个人，她的名字也叫莫妮卡。"

"你想说什么？"

难道他已知道了？她的心狂跳不已，幸好没有正面看他，还能勉强保持冷静。

"没什么。"他长长嘘出一口气，无限哀伤地闭起眼睛，"可惜，她已经死了。"

"她是你爱过的人吗？"

她再度大胆地问了一句，反正他们说的是中文，机舱里的突击队员也听不懂。

"不，我不能爱她！"

"哦，也许你们之间另有隐情吧。"

他和她的情绪同时受到感染，抑或互相感染了对方，几乎同时低头沉闷地发呆。

是啊——"我不能爱她！"这是他和她之间永远的秘密，在任何人面前都必须保守的秘密——他和她不能相爱，高能怎能与他的堂妹莫妮卡·高相爱呢？只有古英雄才可以爱她，可是古英雄早在认识她之前就被送进了坟墓！

这个秘密，即便在莫妮卡被宣告死亡并下葬之后，仍然要永久保守下去，这也是他成为天空集团董事长的基础，更是他实现对她承诺的基础。

"干吗说她呢？说说刚才的事吧，我没想到你也会参加战斗，你也接受过这种训练吗？或者你是个女间谍？"

"但愿如此！"

她聪明而言简意赅地回答，避免落入他套话的陷阱。

"你果真不简单。"

"董事长，你该好好休息了。"

终于，他言尽词穷地闭上眼睛，靠在舱门边休息。

机舱里的人陷入沉默，只有轰鸣的引擎声震动天空，航向不可知的非洲地平线。

虽然她那么想靠在他的肩头，和他温柔地拥抱在一起，共同安眠入梦，可是，她必须保持矜持，不能被他发现秘密。她孤独地靠在机舱的金属内壁上，感受剧烈的震动，回忆来到这里的每分每秒……

48个小时之前，她和其他秘书在崇明岛的"狼穴"内，观看天空集团与索多玛国石油项目投产的新闻直播，等待许久都等不到前线的信号——她就感觉情况有异，两年多前她也是在那个地方，遭遇人生最悲惨的时刻，堕入可怕的炼狱，几乎被毁掉全部生命。

整整一天，她的眼皮不断跳着，数次没来由地心跳加速，直到傍晚才得到确切消息——索多玛国发生军事政变，民选总统惨遭杀害，天空集团董事长高能生死不明。

她知道不能再等待了，不指望他能像自己那样好运，不想刚刚来到他的身边，却又得迎接他的棺材。

当年，父亲死后遗留给她一笔秘密资金，没有被高能继承过去。两年来她几乎从未动用过这笔钱，至少还有几亿美元。正好是休息天，她离开"狼穴"回到市区，没人会监听她的通信了。她联系了当年为父亲服务过的一个雇佣兵商人，他手下有十几名前特种兵，但他们不参加正面战斗活动，只接手解救被绑架人质的特种行动。

不到八小时，一架满载八名突击队员的私人飞机来到中国。持有英国护照的莫妮卡来到机场，通过特殊渠道登上飞机，直飞万里之遥的非洲。接近索多玛国的机场上空，却被告知航空管制，任何飞行器禁止降落，他们只得转到与索多玛国相邻的一个国家的机场降落。

雇佣兵商人有个全球情报网络，非洲小国也逃不过他的眼线，当即买通临时军政府内部，确认天空集团董事长被关押的位置。他们向邻国军方租赁了一架黑鹰直升机，等到后半夜才起飞前往索多玛国——只有这个时间才最安全。

飞行了一个多小时，穿越空中层层防线，顺利抵达酒店顶楼天台，通过爆破打开天花板，杀进走廊，找到他的房间。

在她的强烈要求下，她也穿上突击队员服装，还得到一把"微冲"防身，跟随其他队员冒险冲入火线——因为，只有她才能确认他的身份，以免酒店里还有其他中国人被张冠李戴救走，也不排除政变军队安排陷阱，派遣替身诱骗营救人员的可能。

幸好一切顺利，他和她都安然无恙，坐着直升机飞越云霄。透过舷窗眺望月亮，从天上看真是无比漂亮，近得宛若伸手就能够着。如果真的能够飞到月亮上，远离这个危险复杂的人间，只剩下他和她两个人，这就是老天恩赐给她的最好结局。

"黑鹰"很快飞出索多玛领空,降落在邻国机场。他和她跳下直升机,自由漫步在非洲大地。东方的天空依然黑暗,航灯照亮他们的脸,那架载着她飞来的私人飞机,早已待命准备起飞。

一分钟也不能耽搁,他们都属非法入境者,需要即刻登上这架大型喷气式飞机。

这是一款很棒的私人公务飞机,条件比刚才的"黑鹰"舒适得多。她从冰箱里拿了些吃的给他。等他狼吞虎咽吃完以后,机长过来毕恭毕敬地问:"先生,请问您要飞往的目的地是?"

"目的地?"

他茫然地愣了一下,考虑了足足半分钟,然后说出了一个她最熟悉的地名——

"纽约!"

纽约。

如果你爱一个人,请把她送到纽约,因为纽约是我的庄园。

如果你恨一个人,请把他送到纽约,因为纽约是我的战场。

是的,我选择的第一目的地是纽约,而非我苦心经营的崇明岛"狼穴"。纽约是天空集团全球总部,也是目前世界财富的中心。当索多玛共和国发生政变,天空集团石油开发项目宣告失败,就连我本人也生死不明,所有压力都集中到纽约总部头上,很可能出现背叛与出卖——现在开始,谁都不可以信任。

我必须出现在纽约总部,出现在董事会成员面前,出现在美国各大银行讨债鬼面前,大吼一声:"老子还没死!"这样才可以稳定军心,才可能力挽狂澜于既倒,上演一出绝地反击的战役。我与纽约的史陶芬伯格以及"狼穴"的白展龙分别取得联系,告知他们一个好消息与一个坏消息——好消息是老子还活着!坏消息是你们休想趁我死了就动歪脑筋!

十几个小时后,私人飞机就要降落在纽约国际机场,舷窗下是浩瀚的大西洋,以及延伸入纽约大都会的长岛。

我独处在飞机上最舒适的角落,有沙发,还有柔软的单人床,可以与世界任何一处联系。我想要跟那个特别的"莫妮卡"多说几句,她却说自己一天一夜没合过眼,必须抓紧时间休息。我半躺在床上,看着舷窗外的云层,挂念留在索多玛地狱中的人们——幸存下来的保镖与雇佣兵战士、为我服务的秘书人员、公务飞机上的全体机组成员,还有天空集团派驻那里的技术人员,包括非洲本地的雇员。

牵肠挂肚之间,飞机已降落在美国。突击队员留在飞机上,继续前往美国西部某机场。

"莫妮卡"已换上一套职业装,并不漂亮的脸上化了淡妆,完全一派女秘书打扮,陪伴我一同走下飞机。

史陶芬伯格正在停机坪冒着冬季严寒迎接我。这个高大魁梧的金发男子拿出一件大衣披在我身上,用自己的身体为我遮挡寒风。车队早已等候在停机坪,按照老董事长的传统喜好,仍是加长版的林肯。史陶芬伯格服侍我坐进最豪华的那辆,指示毫不起眼的"莫妮卡"去坐后面工作人员的车。

我却厉声训斥道:"莫妮卡小姐是我的私人秘书,她必须跟随在我左右。"

史陶芬伯格尴尬地连连点头,向"莫妮卡"说了几声对不起,便让她坐在我身边的位置。他也放弃了挨着我坐的想法,乖乖地坐到我的对面。

刹那间,我从这位德国贵族碧绿的眼里读到一句话:"咦,董事长怎么会看上这种丑小鸭呢?不过,这女孩的眼神很是凌厉,估计也不是好惹的泛泛之辈,我必须多加提防。"

不过,"莫妮卡"倒是一直保持低调,她是第一次坐这种豪华加长车吧?缩在座位里看着窗外风景——我猜她也是第一次来到纽约。

开往曼哈顿的路上,史陶芬伯格不失时机地嘘寒问暖:"董事长,您没事吧?还需要我提供什么?"

"我没事!非常好!"为显示自己没受伤,我在宽敞的座位上活动双手,"现在,我只需要你为我做一件事——邀请纽约所有媒体的记者,到天空中心大厦召开新闻发布会!"

史陶芬伯格恭敬地点头:"明白了,董事长,我们要高调宣布您的王者归来,这样就可以挫伤Matrix的锐气,让天空集团的全体员工不丧失信心。"

"嗯,深得我意!"可我还没有摆脱烦躁,"这两天国际局势如何?"

"有了大变化!今天,纽约所有报纸的头版头条都一样——美国出兵索多玛国!"

内战变成外战,然后世界大战?

史陶芬伯格打开笔记本电脑,给我看网上最近的新闻:"虽然索多玛共和国平均三年一次政变,五年一次内战,因其政局过于混乱,加上地处偏僻,属于最贫困国家,从不会引起国际上太多关注。不过,这次牵涉到天空集团投资的石油项目,便成为全球媒体报道的焦点。"

"当然，如果我们的石油项目能顺利进行，三年内将完全掌握世界能源命脉，并彻底改变目前的石油价格。"

"是，这次政变给了我们重创，引起一连串蝴蝶效应。即将投产的索多玛国油田使国际原油价格缓缓下跌。但政变消息一经发布，普遍预期几年内将无法生产石油，国际原油价格出现了预期性的暴涨。然而随着Matrix与索多玛国政变军政府的合作，石油价格昨天再次暴跌，导致中东产油国的普遍危机。"

"但这是经济层面的影响，不至于美国武力介入吧？"

史陶芬伯格锁起金色眉毛："据说政变军人的头子，背后的大老板是中央情报局，而反政变的军人，背后可能有俄罗斯的势力。军政府停止了天空集团的石油合同，旋即签给Matrix，可能也有中央情报局插手。"

"因为美国政府不愿看到天空集团控制世界石油命脉？因为天空集团的老板是一个中国人？一个不愿意加入美国国籍的中国人？"

"是。"

我再度无法压抑怒火："明白了！Matrix虽然是家新公司，却效忠于美国和中情局，他们当然更愿意扶持一个听话的公司获得石油，而不是控制在我这个中国人手中。"

"但是，索多玛国的内战却可能推翻美国支持的政变军人。美国总统以应付人道主义危机为由，就像20世纪90年代派兵参加索马里维和行动那样，悍然出兵索多玛共和国。此举得到美国国会的普遍支持，因为总统举出20世纪90年代非洲卢旺达种族大屠杀的例子，当时美国政府没有派兵干预，结果有上百万无辜平民死亡，所以，美国这次借口保护索多玛国难民，派兵打击反对政变的军队，又能乘机控制索多玛国石油资源。"

"民选的美国总统，却派兵支持推翻民选总统的索多玛军政府，都是为了石油——从来没有永远的朋友，只有永远的利益！"

说完，我叹息了一声，看着我的新秘书"莫妮卡"。她刚才仔细听我们的谈话，若有所思地点头。视线掠过她平凡的脸庞，车窗外似乎飘起雪花，不禁让我想起去年冬天，同样在纽约曼哈顿，中央公园的风雪中，我与慕容云结拜为兄弟的情景。

我的思维干吗跳得这么快？又想起那个美少年，不就是他在背后操纵一切，导致索多玛国政变，还差点要了我的性命吗？

车队驶入风雪交加的曼哈顿岛。

抵达天空中心大厦，我没有休息，就带领史陶芬伯格与"莫妮卡"前往88层顶楼会议室，召开一次具有震撼性的新闻发布会。

我要尽快让全世界知道——我依然活着，依然在说话，依然在统治这个帝国。

除了通知各大媒体，史陶芬伯格还召集了纽约的董事会成员以及总部的数十名经理级高管，集中到会议室参加发布会。

88层——上次来此还是半年前，同样是人人以为我死了，结果我完好无损地从冰火岛归来，趁机揪出了许多不忠的叛徒，搞了一场残酷的肃反运动。

这次高管们学乖了很多，有些人已提前得知消息，飞速上到88层向我朝拜，无非大吹一番表忠心的肉麻话，拿出几套临时拼凑的危机处理方案——在我看来全是废纸，不过是巩固自己地位的麻醉剂。

等到记者们全体赶到，纷纷用镜头对准我时，我特意让"莫妮卡"与史陶芬伯格上来，分别坐在我的左右，显示这个年轻团队的力量。

不等记者提问，我抢先说道："各位全世界的媒体朋友！想必大家都已被最近索多玛国的事件震惊，更为美国出兵非洲而担忧，我想，有必要在此召开这个发布会，让全世界支持或者仇恨我的人看到，我仍然活着坐在这里，仍然掌握着天空集团，仍然带领这个团队勇敢战斗，为我们创始人前辈的理想，为我们这个地球的能源安全，为我们在全球数十万员工及其家人，为我们在一百多个国家的数亿消费者，为我们全人类的子孙后代！"

接着，我详细讲述在索多玛国的惊险历程，包括亲眼一睹总统府被坦克轰平，以及我率领雇佣兵血战政变军队。

下面的记者们听得津津有味，CNN更及时将这段画面直播到全世界。很快有人提问："董事长先生，请问您如何看待这次美国政府出兵索多玛国？"

"我反对美国政府的武装干涉，更反对美国支持非法的政变军人，因为我坚信，非法的军政府一定会被忠于民选总统的军队推翻，索多玛人民也一定会重新掌握国家权力，那时天空集团与索多玛国的石油项目合作也必然会全面恢复。而美国以武力介入，将会使局势变得非常复杂，索多玛国内战可能旷日持久，成为下一个越南，届时不但索多玛人民将陷入毁灭深渊，全球经济也可能遭到沉重拖累，日益紧张的石油资源将会引发世界大战，唯一得利的将是美国的杀人工厂——武器制造商！"

这番敲山震虎的发言，让下面的记者啧啧赞叹。又有人提问："董事长先生，天空集团对索多玛国临时政府有何要求？"

"我们的要求很简单，就是四个必须——第一，所有被绑架的员工必须释放；第二，被非法撕毁的石油开发协议必须恢复；第三，杀人犯和绑架犯必须受到惩罚；第四，非法的政变军政府必须被推翻。"

　　她。
　　她是莫妮卡。
　　她回到了纽约。
　　夜幕降临，从钢铁森林的曼哈顿，进入平坦空旷的长岛，高速公路上的雪越下越大，呼啸着卷过车窗玻璃。暴风雪从加拿大袭来，卷过整个美国东海岸。路边的房子与树林，到处覆盖着厚厚的积雪，宛如一个童话世界——就要回到家了。
　　车队开进兰陵王高家的私人庄园，这是她的祖父与父亲留下的产业，是她度过童年与少女时代的家。现在，这里属于她深爱的男子——继承了她家遗产的古英雄。
　　时隔一年零两个月，第一次回到久违的家，她瞪大眼睛看着窗外。所有景象都那么熟悉，包括隐藏在风雪和丛林中的别墅，就像每年冬天回家过圣诞节，她都要陪老爸在雪地遛狗。虽然这个家让她无比亲切，感动得想要流出热泪，她却必须装作初来乍到，仿佛刚到城市的打工少女，看着豪华庄园惊叹："啊，这是什么地方？"
　　因为，坐在她身边的是他，除了"莫妮卡"三个字外，她不能让他知道自己是谁。
　　加长版林肯开入一条幽静小道，他摸着几天没剃布满胡楂的下巴："这里是我的家。"
　　"你家？"
　　其实，她早已暗暗讽刺了他无数遍，因为这个家不过是她赏赐给他的。
　　"你不要紧张，我给你单独安排了一栋房子，没人会来打扰你的。"
　　他真把她当作一个受宠若惊的女秘书吗？不，他从未打消过对她的怀疑。在她拯救了他的生命后，这种怀疑反而越来越强烈。
　　车子停在寂静的雪地中，周围全是茂密的树林，孤零零地矗立着一栋西班牙式别墅。
　　她认得这栋房子——15岁以前，她住的就是这栋小楼。
　　司机下车替他们拉开车门，她深爱的那个男子，绅士风范地给她披上一条驼毛披风，抵御风雪肆虐的寒冷。
　　"谢谢董事长！"
　　她得体地作了感谢，跟随他踏上曾经熟悉的台阶，走进自己少女时代的家。

这栋房子刚被紧张地收拾过，由十几名菲佣打扫得一尘不染，还添置了一些最新设备。

来到温暖如春的客厅，他轻松地坐下深呼吸。从炎热的非洲赤道地带，一下子飞到寒冷的北美东海岸，也是从死亡与饥饿的边缘，回到重获生机的战场——这一切全得归功于她！

"今晚，你就住在这里，请不要客气。"

她装作惊慌失措的样子，摇头说："对不起，董事长，我只是个女秘书，哪有资格住在您的私家庄园呢！"

"够了！"她谨慎而礼节性的推辞，却让他控制不住脾气，"别跟我提什么女秘书！虽然我不知道你是什么人，但至少不是你自己说的莫妮卡！你知道这个名字是谁！"

"董事长，我只是个平凡女子，我做的一切对您都无恶意。如果您依然信赖我的话，我可以继续做一个小秘书；如果您对我的怀疑超过对我的信任，那么，您也可以开除我。"

"你在威胁我？"他皱起双眉摇头，却轻轻地笑了一声，"请坐吧！今晚，你是这栋房子的主人，而我是你的客人。"

她原本就是这里的主人！

主人却腼腆地坐在他对面的沙发上："我怎敢威胁您？"

他享受地坐在沙发上，毫无戒备地张开双手托着脑后："虽然你依旧对我隐瞒，但我还是得感谢你，你是我的救命恩人，我一向知恩图报，你要得到什么，全都可以告诉我。"

"我是这样的人吗？"

她感到万分失望，难道，在他的眼中，她冒着枪林弹雨的救援，仅仅是一种等价交易？

"对不起！"他明显感觉到了她的情绪，"我没有任何贬低你的意思，我也明白你的行为，无论出于什么目的，都是真诚和善良的，我只想表达我的感激之情。"

"你想要得到什么？"

我想得到的就是你！

你愿意把自己给我吗？

但现在，她强迫自己绝不能说出这种话。

他站起来给她倒了杯热茶："你不说也没关系，我不会让你走的，你可以继续留在天空集团，我会给你一个更高的职位。"

从没人享受过董事长亲自倒茶的待遇，她却出人意料地不领情："董事长，这是对我的奖赏，还是监视与控制？"

"好大的胆子！"

她终于把他激怒了。

不过，就跟过去一样，她喜欢他被她激怒时的样子。

"其实，我的需要很简单，就是可以每天看到你。"这句发自肺腑的话，使她大胆地与他四目对视，不必害怕他的读心术，"如果你还想回到'狼穴'，我希望你不要整天闷在办公室里，可以出来与我聊聊天，仅此而已！"

显然，他已验证了这句话是真的，他神情复杂地点点头："好，我相信你！但是，你要告诉我——为什么？"

"我这么做不需要理由。"

或许，不需要理由已成为一个理由。

他终于放弃了追问："好吧，你似乎很关心我，我也知道'狼穴'是座监狱，但为了安全以及天空集团，我必须把自己关在那里——我答应你的要求，让你每天看到我！"

"董事长，你干吗把自己弄得这么累？就像一个拼命加班的小白领。"

她知道这句话会让他回想起几年前的自己，那个辛苦工作却薪水微薄的小销售员。

"每个人都需要在自己的位置上奋斗！"他意味深长地看着窗外，她从前那栋房子的方向，"别人的奋斗是为自己，我的奋斗却是为别人，为了对一个人的承诺！"

"人生不是一场奋斗，而是一场战斗！"

这句更为激烈的话语，再次刺激了他，他困惑地看着眼前的丑小鸭："没错，是一场战斗！"

不能再让谈话进行下去了，已经说到最要紧的话，她担心无法控制自己，冲动地投入他的怀抱——从此将被他嫌弃。

她恢复了矜持与冷漠："董事长，很晚了，您可以早些回去休息了。"

"你在赶我走吗？"

"我——"

"放心吧，我不会对你有所企图的！"

他等于在说——你长得又不漂亮，对男人没多少魅力，我干吗留下来占你便宜呢？

任何女人听了大概都会心有不快，但她只能礼貌地点点头："董事长，假如我不愿意的话，我也不会让任何人对我有所企图的。"

她又给了一句针锋相对的潜台词——你对我没有企图，我对你也不愿意。

这样的回答让他有些尴尬，他快步走到门口说："晚安！明天一早，我们飞回中国。"

看着他的身影走出门外，她飞快地冲到窗边，看着他坐上林肯车，穿过曲折的林间小径，消失在雪夜之中。

她一直痴痴地站在窗口，看着黑夜呼啸的风雪，看着一片片雪花打在玻璃上，被室内暖气融化，变成无数行晶莹的眼泪……

玻璃的另一边，两行泪水正挂在她的脸颊，为今晚告别他的背影，为从此将每天跟随着他，也为重回自己少女时代的家。

其实，从离开他的那一天起，她就已经没有家了。

从新大陆到旧大陆，横穿整个美国与太平洋，天空集团的另一架公务机已在云端飞行了十几个小时。我隔着舷窗俯瞰地球，苍茫的海天尽头，是漫长的中国大陆海岸线，黄色的海水与江水之间，包围着一座巨大的绿色岛屿，那就是"狼穴"所在的崇明岛。

数分钟后，飞机在浦东国际机场降落。

史陶芬伯格与"莫妮卡"跟我走下舷梯，看见天空集团亚太区的高管们全体出动，为我接风洗尘。白展龙捧着一大束鲜花，第一个走到我跟前，毕恭毕敬地问候："董事长辛苦了！"

我扫了一眼他身后的人群，吩咐道："全体高管坐上我的车队，一同前往'狼穴'开会。"

大家被我搞得措手不及，原以为我长途飞行回来，何况前两天刚在非洲遭到绑架，第一件事肯定是好好休息，没想到却是去"狼穴"开会——"又到那个地狱般的地方，他是不是脑子在非洲热坏了？"我在几个人的眼里读到这些心里话。

然而，无人胆敢违抗我的旨意，被迫坐进迎接我的车队，被一起押送往崇明岛。

白展龙、史陶芬伯格，还有"莫妮卡"，与我一起坐在御用悍马车里。

史陶芬伯格原本就不认识"莫妮卡"，误把她当作我的小情人，故而也没什么惊讶。最吃惊的是白展龙，她原本在他手下干活，而且向来遭到他的强烈怀疑，却一下子变得与他平起平坐——她是近水楼台先得月，居然紧挨着我，坐在我身边。

他不适应坐在离我较远的位置，有些嫉妒身边的洋人和女人，别扭地向我汇报最近亚太区的情况。我没什么心思听白展龙讲话，竟倒在座位上睡着了，而身边女子并非旁人……

在非洲和美洲环游地球一圈之后，我回到自己的宫殿，回到已住惯了的地下监狱。

经过"狼穴"的层层检查，数名高管跟我们进入地下，穿过数道安全密码门，来到核心办公区的大会议室。除了在车上小憩的片刻，真是马不停蹄，一分钟都没休息。原本我要让"莫妮卡"参加会议，她却说自己不适合接触公司机密，还要在外面处理一些秘书事务。我想她是给原本的上司白展龙留点面子吧，便准许她暂不参加本次会议。

会议正式开始，我向大家作了一段训话，大意还是老子没死，希望全体同人共渡难关，如果发现有谁吃里爬外，必将遭到最严重的惩罚。

敲山震虎一番后，史陶芬伯格用英文汇报当前的全球局势——

"如今，我们最危险的敌人Matrix已拥有索多玛国石油开采权。这一权利纯属非法，天空集团必将重新夺回。董事长，我的方案是向英属维尔京群岛提起诉讼，申请判定Matrix在索多玛国的经营行为有违公平竞争。"

"嗯，可以尝试一下法律手段，不过，别抱太大希望。既然Matrix神出鬼没，竟连美国政府都可以搞定，想必什么英属维尔京群岛自然也站在慕容云那一边。"

这并未打击史陶芬伯格的积极性，他用理性的语气说："即便Matrix在索多玛国的石油合同可以执行，但鉴于目前的动荡局势，美军干涉只会使这个国家更为混乱，Matrix在两三年内不会得到一桶石油。Matrix相比我们的最大劣势，是他们缺乏石油开采的经验和技术，就算他们收购其他石油公司来开发索多玛国的石油，也绝非一朝一夕之事。"

"就算给我们三年时间，怎么才能做到？"我悲观地后仰在座位里，"何况以天空集团目前的债务状况，恐怕连三个星期都撑不过去！"

在座的人面面相觑，他们第一次从刚愎自用的我口中听到如此泄气的话。

"董事长，昨天我作了一份预测报告——本次索多玛国事件以后，全球局势将会发生翻天覆地的变化。"

史陶芬伯格的预测引起我的浓厚兴趣，我托着下巴对着这位金发男子道："很好，说吧。"

"我研究了最近一年来Matrix的动向,他们的目标绝不仅仅是天空集团,更深层次则是要控制全球经济。但以这个公司初出茅庐的背景,即便控制了罗斯柴尔德家族,也未必能达到其宏大的目的。他们唯一成功的可能在于——世界再次爆发危机,甚至是第三次世界大战。"

这位德国贵族后代语出惊人,引起与会者们交头接耳。我皱起眉头严肃地说:"请不要危言耸听。"

"1914年萨拉热窝事件之前,谁都不会想到会爆发长达四年的世界大战,并造成数千万人死亡;1939年德国入侵波兰之前,谁也不会想到很快发生的第二次世界大战,将造成多么可怕的悲剧。虽然二战已结束六十多年,但国与国之间、民族与民族之间的利益斗争依然没有改变,人类并没有变得更加高尚,只因为各国经济的充分发展暂时掩盖了争夺资源与生存空间的激烈矛盾。然而,地球资源终究有限,各个民族,无论是旧有的统治民族,比如英美民族,还是新兴崛起的后进民族,都有无限的雄心壮志。对于世界资源与市场的重新分配,迟早会引起一场巨大的冲突。"

他的长篇大论引起我的深思,慕容云似乎也对我说过类似的话,我点点头:"说下去!"

"如果这次的事件引起又一轮全球石油危机,脆弱的世界经济也将再度被拖入周期性的大萧条——最先受到冲击的是全球金融体系,紧接着是全球货币体系,绝大多数银行将破产。以能源为首的物价飞速上涨,普通平民再也无力开车,交通运输价格贵到绝大多数人无法承受。然后是航空公司、轮船公司、物流公司全面倒闭,第三世界国家最先陷入饥饿,漫长而寒冷的冬天,加上昂贵的能源价格,将无情地夺去很多人的生命。金融、货币、证券、远程交易……所有这些全面崩溃后,世界经济将倒退到实物经济的阶段。"

"实物经济?"

我联想到了人类祖先的年代。

"是,有钱不再成为实力的象征,一个人在银行里的巨额存款仅仅具有数字上的意义,却无法换来生活必需的面包和汽油。只有掌握石油、粮食、军火等实物资源,才算真正的强者——第一和第二产业,尤其是能源、采矿、钢铁、化工等传统部门将就此复兴,第三产业尤其是金融服务业将暂时消亡。国际贸易会出现严重倒退,各国关上国门各自发展,以极高的价格出口资源。严重依赖进口资源的日本将遭受重创,只能出卖人力资源和科技,进而成为能源大国的附庸乃至奴隶。混乱的国际局势将会被某些国家的政客利用,他们大多具有军国主义与种族歧视思想,阴谋发动战争，解决各自国家与民族的困境，这就是第三次世界大战。"

"那么，根据你的预测，Matrix将在其中扮演什么角色？"

史陶芬伯格的表情有些怪异，他扬了扬金色的眉毛说："既然Matrix在幕后策划了索多玛国政变，促成美国出兵干涉，说明Matrix的秘密影响力已深入到政治领域，许多国家的政要可能被其收买，或者代表其资本利益。这很可能是世界大战爆发的一次预演。比如，先是某些国家因争夺资源而爆发战争，这些小国的战争将决定重要的能源归属，便把周边大国拖入战争，最后就是世界上两个最大的军事强国——美国与俄罗斯。"

"够了！"我粗暴地打断了他的话，"无论你的预测准确与否，我都不会让这场世界大战发生，这是我身为天空集团董事长的责任，也是与会各位的责任！"

第十章

众叛亲离

她。

她是莫妮卡。

她已回到"狼穴",回到原来压抑的办公室。

谁都知道她是跟着老板回来的,据说她在非洲救了老板的命,因此即将飞黄腾达——同事们对她不再冷淡无情,而是殷勤地嘘寒问暖,小喽啰似的争先恐后来服侍——看来这些人既不聋也不哑,也没有彻底遵守"狼穴"纪律,反而是耳聪目明心领神会,只不过戴上了一副"势利"牌眼镜。

但她依然保持低调,遇到有意接近她的那些人,只是报以礼貌而平等的微笑,没有居高临下的态度,她仍是办公室里的普通一员。自己还是一只丑小鸭,永远不会变回白天鹅,也不会改变自己在他人心中的位置——别人给予她的关注,仅仅来自那个人的财富与权力——如果他失去这一切,那么他本人以及他身边的全部,必将一文不值,甚至遭到更猛烈的报复。

等到大家轮流请安与朝拜结束,她才有空抬眼注意那条走廊。秘密会议室就在那个方向,他带着白展龙、史陶芬伯格以及中国区的众多大佬进去开会,已经超过了半个钟头。不知他今天会不会再发脾气,又让他的属下增加一分仇恨。每当这种时候她就担心,担心他的暴躁情绪会伤害内脏与精神,甚至危害自己的生命。

忽然，她看到一个金发碧眼的高大洋人走了出来，正是全球助理史陶芬伯格。

出于秘书工作的职业精神，她迎上去礼貌地问："史陶芬伯格先生，有什么需要帮助吗？"

"哦，蓝小姐，请问卫生间在哪里？"

他非常有贵族风范地微笑着，不过，脸颊的肌肉在颤抖，就连裤腿管也有剧烈晃动——这些微小的细节，只有敏感的她才能发现。但她不能当面点破，只能礼貌地指出卫生间方向。

史陶芬伯格转过挺拔的身材，快速离开办公区域。她困惑地回想他的反常举动，不会是对自己感到害怕吧？他的绿色眼珠里埋着什么？她记得这种特别的眼神，就像自己也曾经遭遇过的……想起来了，这种眼神的名字叫"绝望"。

绝望？

就在暗暗咀嚼这种眼神之际，突然身后响起震耳欲聋的巨响，几乎震碎她坚强的心，接着感到一记重拳打在背后，五脏六腑都翻腾起来，竟让她整个人平飞出去，仿佛被送上月球，无助地失去了引力。

刹那间，世界已完全变形，烟尘与碎屑如同沙尘暴，自会议室方向席卷而来，冲起无数破碎的纸张、玻璃碴与办公用品……天旋地转之间，耳边依然回荡轰隆隆的声音，还有男人的惨叫与女人的尖叫。世界末日即刻降临？

惊心动魄的数秒内，强大的冲击波已摧毁一切，她竟被抛出数米之远，埋在浓浓的烟尘里。什么都看不到了，后背火辣辣地疼痛，浑身骨头似乎被扭断，重回一年多前的非洲炼狱。

不知是谁在大喊："地震啦！逃命啊！"

地震？自己在519米深的地下，不可能再有机会逃生了！

不，是天谴！是老天对深入地底的"狼穴"妄图以科学亵渎神灵的惩罚！

她有些后悔，为什么不立刻被震死？还要继续活一段时间忍受痛苦！不过，既然忍受过凡人从未想象过的痛苦，她想自己应该可以挺过去——只要，只要他还活着！

啊！他还活着吗？

冲击波抑或爆炸，不正来自会议室的方向？

不，你不要死！你必须活着！

强迫自己艰难地爬起来，顶开压在身上的文件柜，鼻孔里全是灰尘碎屑，她只得用力地往外出气。好不容易睁开眼睛，又被尘土刺激得泪流满面，才从弥漫的烟雾中，看到办公室已面目全非，就像经过一场大爆炸。

就是爆炸。

摸摸自己的身体，虽然到处都很疼痛，但还能活动自如，至少没有性命之虞。顾不上灰头土脸的狼狈形象，她首先摸清楚会议室方向，便跟跟跄跄直冲而去。脚下到处是被震碎的水泥块，如同走过大轰炸后的废墟，幸好"狼穴"结构极其坚固，走廊居然没被炸塌，稳稳地托住了天花板。

前头不断喷涌出灼人的烟雾，已被改造为一座火葬场，或许应该考虑他能否还有全尸，抑或已被炸成碎片无法辨认。

泪水——这回不是被烟尘刺激的，大颗眼泪滑下布满尘土的脸颊，冲刷出两道灰色泪痕。想起几天前在非洲的经历，千辛万苦冲过枪林弹雨，拯救了他的性命，难道他又要离她而去？

一切原有的标志都看不清了，但她已认准烟雾最浓、温度最高的所在，那一定是会议室——他就在里面！无论是死是活。

她是第一个冲进爆炸现场的人。

回到闷热的蒸笼，眼前烟尘渐渐落下，覆盖疮痍满目的地面。脚下踩到一个软软的东西，低头一看，竟是只炸断了的胳膊！来不及发出尖叫，又发现头顶挂着一只炸碎的大腿，接着是满地残破肢体以及个别相对完整的死尸，却也被炸开了肚子或脑袋。

真怕摸到他的头颅——爱人的头颅。

爆炸已过去半分钟，会议室里的视线越来越清楚，最初的灯光却被爆裂，但自动打开了应急备用灯——白色光芒照破渐渐安定下来的灰尘，落到被炸碎的橡木大桌上，矗立着一具巨大的钢铁盔甲，具有16世纪马克西米利安式样风格，却大到只有巨人才穿得下的尺寸。

尘埃落定……盔甲却动了一下，中间裂开一道缝隙。

她颤抖着冲上去，努力要掰开这道缝。她听到里面有人的声音，剧烈而急促的喘息声，即将窒息地挣扎着。

费尽全身力气，盔甲终于被打开，露出一张还算完好的脸。

幸好，这是一张活人的脸——

他。

她的他。

她的死里逃生的他。

他痛苦地睁开灼红的眼睛，第一眼看到的却是她，令他很是惊讶地动了几下，却依然没法挣脱出来。

"别说话！当心伤着自己！"

她像关爱一个男孩似的，抚摸他涨得通红的脸。

"啊？"

处于发生爆炸的中心，他的耳朵显然被震坏了，听不清她说什么。他可能还有些脑震荡，茫然地看着她的身后。

她难过地摸着他的嘴唇，就像从前最喜欢的样子，尽管那些时刻也异常短暂。

"我死了吗？"

终于，他大声地说出话来，就像耳背的老人说话那样。

"不，你还活着。"

"什么？"

他仍瞪大眼睛，听不清。她只能趴到他耳边，用更大的声音一字一顿喊道："你……还……活……着……"

终于，他的目光表明自己听到了："是你？莫妮卡？"

"是我！"这是她仅有的一次忘乎所以，大概她的脑子也被震坏了，"我就是莫妮卡啊！"

"我的莫妮卡！我的莫妮卡！"

他激动地狂喊起来，即便面对的只是一个丑小鸭。

这反而令她冷静下来，没有跟他一起疯狂——也许爆炸造成的脑震荡，使他从死神唇边逃走后第一眼看到她时，想到自己曾经最爱的女子，想到当年那张混血的美丽脸庞，恰好眼前的女子也叫"莫妮卡"，那个无法忘却的幻想，便和这张平凡的面孔重叠在一起。

没错，几秒钟激动过后，他的身体微微一震，目光变得无限忧伤，绝望地叹息："不！你不是莫妮卡！你不是她！为什么你不是她？为什么不把我炸死？为什么还让我一个人活着，一个人承受全部苦难？"

她再也无法残忍地控制自己的眼泪，别过头去轻轻擦拭，不让他发现自己的脆弱。

然而，他的理智恢复得真快，大声问道："这是谁干的？"

谁制造了这起骇人听闻的爆炸？

瞬间，她想起爆炸前一分钟，匆匆走出会议室去卫生间的男人。

"史陶芬伯格！"

我还活着。

爆炸发生的时刻，我根本来不及反应，只记得一阵巨大声响，面前的橡木大桌翻了起来。就在一块破碎锋利的木板即将扎破我的太阳穴之际，我身下的座位已如变形金刚，瞬间变成一具坚固的欧洲式盔甲——除了白展龙，谁都不知道这个秘密。这个座位具有爆炸自动防护装置，只要感受到一定空气压力，就会在十分之一秒内启动，变成一具盔甲的样子，将坐在椅子上的人包裹起来，遮挡全部的爆炸冲击波以及因此形成的破坏物，保护我几乎毫发无损。不过，爆炸依然震得我昏迷过去，并使我暂时损失了大部分听力。

其他人就惨了！

总共十个人参加会议，有五个被当场炸死，还有两个被炸成重伤奄奄一息，"狼穴"基地常驻医生正在作紧急治疗，并将伤者送往附近最好的医院。只有白展龙坐得离我最近，他知道我座位的秘密，爆炸发生的瞬间，飞快地躲到我的座位后面，双手抱头蜷缩成一团，宽大而坚固的盔甲阻挡了冲击波，所以侥幸逃过一劫，只是手和脚被木头碎片扎伤，耳膜震破流了很多血，好在医生说并无大碍。

老天护佑，我几乎没受什么伤害，不过还有一个人例外——爆炸发生的时候，他根本就不在会议室。

史陶芬伯格！

记得他做完关于第三次世界大战预测报告的长篇大论之后，便说要上厕所，离开了会议室，不到一分钟爆炸就发生了……

史陶芬伯格！史陶芬伯格！史陶芬伯格！

难道他和历史上暗杀希特勒的史陶芬伯格有什么亲戚关系？

他也和他的祖宗一样不走运，不但没有把暗杀对象炸死，反而还被迅速逮捕了——他没有能够逃出"狼穴"。在快步冲进电梯之前，会议室的大爆炸已经发生，根据安全系统的预案，所有电梯一律暂时关闭，他被困在了地下。当我明白史陶芬伯格就是刺客，便无异于瓮中捉鳖——他乖乖地被保镖擒获。

毫无疑问，死伤了那么多人，谁都不可能隐瞒过去，我们立即向警方报案。不过，由于"狼穴"地处偏远，警察不可能很快来到这里，我必须抓紧时间审讯凶手。

在一间未遭破坏的密室里，这个高大的金发贵族低着头颓丧地坐在我面前，没有手铐，更没有五花大绑，也没有对他实施暴力——尽管我很想当场枪毙他！

"为什么？"

我的听力已渐渐恢复，但仍用很大声音说话。我的左半边身体不停颤抖，其实并非受伤，仅仅是爆炸造成的心理影响。

刺客缓缓抬起头来，还没忘记整理自己的头发，就像历史上所有的失败者——在骨子里从来没有认输，轻蔑地注视着胜利者。

他露出一个帅气的苦笑，好像还在会议上说话："董事长，我们能不能单独谈谈？"

还没等我发话，旁边的保镖抢先道："万万不可！这小子太坏了！我们还没收拾他呢！"

"出去！"

我冷冷地扔给保镖两个字。但我那忠诚的保镖说："好吧，但必须先把他绑起来！"

"出去！"

我再次断然地呵斥，使他们打消了对史陶芬伯格动手的念头，无奈地退出密室。

现在，只剩下我和他两个男人，两个同样手无寸铁，同样没有任何束缚的男人。他完全可以起身与我搏斗，趁我不备将半身颤抖无力的我掐死。

但我知道他不会再杀我第二次。

"你现在可以说了吗？"

史陶芬伯格仰头沉默了许久："一人做事一人当，我没有同伙，一切都是我一个人做的，所以也不用害怕出卖别人，我可以全部说出来。"

"好。第一个问题，你的炸弹是怎么通过几道安检的？"

"上个月，我得到一种最新研制的炸弹，正常情况不过就是水——H_2O，但稍微加热就会变成另一种化学成分，成为威力巨大的炸弹，目前任何安检设备都无法查出它，所以我带着炸弹上了你的专机。"

"高科技！"我不是在笑史陶芬伯格，而是在嘲笑我自己，"我那么迷信高科技，却差点死在高科技手里，以彼之矛，攻彼之盾。"

"是。你的第二个问题呢？"

"为什么要杀我？你真的那么恨我吗？就因为上次我对你发怒，拿烟灰缸砸你而产生刻骨仇恨？"

"不，从个人角度而言，我并不恨你，甚至当你发疯似的毫无道理地用烟灰缸差点砸死我的时候，我对你也仅仅是怨恨而不是仇恨，绝对没到想杀死你的程度。"他深深吸了一口气,目光坚定地说,"我之所以要杀你,是为了拯救我热爱的天空集团。"

"你热爱天空集团,"我终于感到他的荒谬,精神有问题吗?我站起来大声喝道,"就要杀死集团的董事长?顺便炸死五个亚太区高管?"

"是。因为你的独断专行,你的刚愎自用,你的自以为是,你的大发雷霆,你对整个公司同人的敌视,还有你脑中可怕的妄想,你的一切所作所为,都会毁灭这个你自以为最爱的天空集团!"

我始终用读心术监视他的眼睛,却发现这一切都是他真实的心里话。这个德国人对天空集团具有宗教信仰般的虔诚,他为暗杀我所做的一切,也具有宗教般的疯狂与执着。

"说下去!"

"你——前任董事长莫妮卡·高的堂兄,集团创始人高过先生的孙子,你并没有继承你家族的优秀基因,我怀疑你不是真正的高家后代!"

这句话歪打正着地戳到我脆弱的痛处,令我猛然跳起来:"胡说八道!"

"你就是控制不了脾气!总被怒火冲毁理智!"激怒我是他的胜利,他得意地笑道,"你就像那个人!"

"哪个人?"

"那个人!那个差点毁灭了德国也毁灭了欧洲的奥地利下士!"

"他?"

我知道他说的那个人是谁了。

"你这个独裁者、暴君、法西斯、纳粹!如果你战胜所有的对手,控制了全球经济,你将是更可怕的人物,会导致第三次世界大战,这将是比二战残酷一百倍的浩劫,全人类将因你而毁灭!"

第一次听到如此严重的警告,仿佛一记重拳砸在我的脑袋上,远远胜过刚才突如其来的爆炸!

我的嘴唇在颤抖,却为自己而辩护:"你说得真是冠冕堂皇!替天行道?为民除害?"

"是,即便为之而付出生命!"

"住嘴!"我再度粗暴地打断了他,"第三个问题,你的幕后主使是谁?"

"没有。"

"不,我不相信。是不是Matrix?是不是慕容云?"

"对不起,董事长,我没有背叛天空集团!更没有投靠卑鄙的Matrix!我的所作所为，都发自我的良心，发自我对天空集团的忠诚，发自我对人类未来的憧憬——所以，一个月前，我已决心要杀了你。"

最终，他说出了一句英文——

"Heal the world！"

我什么都说不出来了，这句话不也是我的理想吗？我和他都为同一理想而奋斗，结果却是他必须杀了我——这不是我的悖论，而是拯救世界的悖论。

读心术再次从他的眼里验证了他刚才说的一切——他是单打独斗，没有任何同伙，彻底的个人英雄主义的暗杀，只为了那个崇高理想。

我绝望地低下头，沉闷地说："史陶芬伯格先生，你是一个英雄！即便你要杀死我，但我依旧称你为英雄。"

他慨然接受了我的称赞，抬头挺胸面对胜利者，一如他那些具有骑士精神的祖先。

他不是失败者。

忽然，有人未经我允许就打开房门，正当我要勃然大怒，却看到几个警察走了进来。

警方把杀人凶手史陶芬伯格带走了，并给我做了详细笔录，清理了爆炸现场，运走了尸体与受伤者。

只有我一个人留下来，留在爆炸后的会议室，留在一片狼藉的杀人屠场，回想史陶芬伯格说的那些话。

他是英雄，他要杀死我，那我是什么？

2011年1月1日。

黄昏，风从海上卷来，裹挟着遥远北方的雪粒，如利刃般割着脸上的皮肤。

我已来到"狼穴"地面，难得呼吸寒冷的空气，感受刀锋般的温度划过肺叶。仰望四周森林的天空，竟像坟墓般寂静，而自己如此渺小。

再也没有气派的车队，只有贴身保镖和司机，坐上悍马疾驰出基地大门。司机问我去哪里，停顿许久我才回答："最近的海边。"

五分钟后，这辆车穿越林间小径，直抵一片苍茫的滩涂湿地。没有任何人类痕迹，更没有雄壮的大堤，只有长江泥沙堆积的浅滩。无边无际的枯黄芦苇，宛如来到北方草原。视线越过不知遥远多少的距离，才能望见模糊的海平线。夕阳正从我身后洒来，给远方披上一层金色面具。

吩咐司机与保镖不要跟在后面，我独自一人走进滩涂深处。高高的芦苇将全身吞没，我像一只迁徙过冬的候鸟，隐藏在湿地躲避猎枪。鞋子与裤管已满是泥泞，一不留神就会掉进水塘，踩死可怜的螃蟹或小虾。但我不在乎这些，只想远离过去的世界，远离永远无法摆脱的"他人"，因为我越来越相信——**他人即地狱**。

没错，史陶芬伯格暗杀事件后，我已不相信任何人了。

或许我最信赖的人，从来都不曾怀疑过的人，都可能背叛我出卖我，突然拿起一把枪，从背后打爆我的脑袋。

史陶芬伯格没有愧对这光荣的姓氏，就像历史上的先辈那样英勇无畏，像暗杀希特勒一样来暗杀我。

我也相信他说的理由——不为金钱也不为权力，仅仅是作为一个人的道义。

我已经派人在美国调查过了，包括史陶芬伯格所有的通信记录，他和他家人的财务往来——没有丝毫证据可以证明，史陶芬伯格与Matrix有任何联系。

他确实在单打独斗，妄想以一己之力消灭我这个魔王。

当我最最信任的助手要刺杀我，当我为之奋斗的事业和理想被这个高尚的刺客认为要毁灭世界，当我不惜生命与黑暗中的敌人战斗，却被无数人贴上暴君标签。

这不是一种莫大的失败和耻辱吗？

我还有何颜面面对下属与同人？我甚至不敢面对我的司机和保镖！

这自然让我想起那位疯狂的奥地利下士。

而我的天空集团，也处于第三帝国覆没前夕的状态，这让我想起一部电影——《帝国的毁灭》。

高过一手创办，经过高思国精心呵护，又由莫妮卡付出生命代价的帝国，就要在我的手中灭亡了吗？

天色越来越暗，充满海水咸味的北风掠过一望无际的芦苇，扯乱我的头发，刺痛我的额头。我将自己孤独地抛弃在这里，远离疮痍满目的尘世，远离拥挤喧嚣的人间，想起并不遥远的过去——那个人是如何灭亡的？

当一个人抵达权力的顶峰，又没有任何力量来制约他，那么他将无所顾忌，为所欲为。若保持天才则所向披靡，若头脑发昏则将一败涂地——人类五千年的历史已雄辩地证明，绝大多数英雄都是后者。

无限的权力，会引发内心深处最阴暗的一面。

于是，人类的种种悲剧便难以避免。

该死！太阳穴又剧烈疼痛起来，仿佛"狼穴"的爆炸声再起，将我撕成无数碎片。

眼前浮起那个人的脸，那张美丽的少年的脸，那张缺少了面具的兰陵王的脸。

同时，耳边也响起那个人的声音——

"我已经抓到了你的致命弱点！"

没错，他确实抓到了我的致命弱点——权力！

无所限制的权力＝无所限制的欲望＝无所限制的灾难……

只要我仍旧贪恋权力，就永远无法克服这个致命弱点。

怪不得慕容云说我和他很像，无论两个人外表与身世有多么不同，但我们的内心非常相似，都是充满权力欲望与野心的人。

从这个意义上来说，我和我恨的人，其实是同一类人。

亲爱的兰陵王，我们本质上是一丘之貉！

此刻，夜幕已将我笼罩，风中依稀响起模糊的声音，是保镖在呼唤我，害怕我在黑夜里迷路，被困死在迷宫般的芦苇荡，抑或失足掉进水塘淹死。

在我转回头的时候，心底却想起另一个人。

她。

她是莫妮卡。

窗外，黑暗覆盖一切，包括古建筑般的森林剪影，寒风毫无遮拦地撞上玻璃，发出奇怪的敲打声，似乎荒野妖怪们想进来取暖，或钻进她柔软的身体。

今天是元旦，2011年的第一天，本可以回市区休息，去淮海路或徐家汇疯狂购物，反正第二天还有班车回"狼穴"。可是，她选择一个人躲在宿舍，就像外面的节日与她完全无关，她来自另一个遥远星球，恐惧地躲避危险的地球人。

从早到晚都在屋里看书，从惠特曼的《草叶集》到泰戈尔的《园丁集》，一个字一个字地咀嚼分行的句子，就像一年前她躺在病床上阅读这些诗句，支撑她度过炼狱般的漫长时间。

她放下书本，自己做了晚饭，都是基地提供的新鲜食品——森林里有自建的菜园和牧场，让"狼穴"成为一个自给自足的小世界。

用好晚餐来到镜子前，看着这张虽然平凡，却已逐渐喜欢上的脸。

许多年后，她会忘记自己原来的脸吗？

他会忘记吗？

那张曾经美丽的混血的脸，早已在烈火中化为灰烬——索多玛的烈火！

致命的2009年！在她刚刚失去亲爱的父亲不久，在她刚刚接任天空集团第三任董事长之后，在她救出了自己心爱的男子，苦尽甘来短暂地在一起转眼又要分开时，她来到了被诅咒的索多玛。

她坐着天空集团的专机降落在非洲大地，带着复兴危难中的家族使命，带着掌握无尽石油宝藏的热切期望，在从机场前往索多玛国首都市区的路上，车队遭遇数枚火箭弹袭击。她的座驾被威力强大的炸弹摧毁，司机和保镖当即死亡，烈火将她重重围困在车内。当火焰即将烧到她的身上时，她认为自己必死无疑时，便用手机录下给心爱男子的遗言——期望这部手机可以幸存下来，并让那个人听到，然后给她的灵魂以承诺。

可是，可幸，也可惜，她没死。

当烈火已熊熊燃烧她的脸时，却有几个勇敢的非洲人将她救了出来。她的随从大多已经死去，剩下的不是受伤就是慌乱地逃命，没人注意到她的获救。她被送到当地一家中国援建的医院，一位中国医生救活了她，却没有挽回她的脸——严重烧伤的她被彻底毁容。

她不愿再以莫妮卡的名字活下去，更不愿带着这张已被毁灭的脸去见他。既然已留下了遗言，就当自己堕入了炼狱，活着只是在遭受末日审判的折磨。在她的强烈要求之下，中国医生为她伪造了死亡证明，并让她通过邻国逃出非洲。

接下来的一切都是牛总安排的。在天空集团善后人员抵达索多玛国之前，他派人紧急在当地伪造一具"尸体"装进棺材——鉴于"死者"已面目全非，没有被打开查验。

只有手机是真的。

她被秘密送到美国佛罗里达州一家私人医疗中心，那里位置非常偏僻，就连牛总也被瞒过。医疗中心绝对保护病人隐私，没人知道她是谁，只知道有人预付了一笔巨额治疗费用。

这是她的绝情谷。

一年前，牛总好不容易才发现她的藏身之所，被她悲惨的状况打动，不敢相信如此漂亮的混血美人，居然会变成魔鬼般的模样。

他决心帮助她改变这一切。

经过不为人知的渠道，牛总联系了一家秘密的整形医院——说它秘密并不是非法或肮脏，而是这家医院的医术非常高超，经常替许多著名而富有的逃犯做整形手术，使得改头换面的他们逃避全球性通缉。

春天，她被送入这家医院，完成了痛苦而漫长的整形手术，用迄今为止人类最先进的技术为她植入全新的皮肤——包括被全部烧毁的脸部,还有身上一些受伤部位,完全消除掉烧伤的痕迹,即便换个名字找个老公也不会被发现。

还有其他一些改变,比如她原本的栗色长发,在非洲被烧光了,受损的头皮很难再长出头发,医生给她植入了新的黑色头发,配合她得到的那张新脸。她的声带也得到修复,因为爆炸中的有毒烟雾严重伤害了她的喉咙。她修复以后的声线,仍是悦耳的年轻女声,但与过去有很大不同。

最大的改变自然是脸,不再是从前的欧亚混血模样,鼻梁也不再如往昔那么挺拔,嘴角和下巴的轮廓都有改变——所有的变化都按照一个规律,就是更像血统纯正的中国人。

医生可以帮助她改变毁容的脸,但不能帮助她变成大美女,她只能成为一个没有什么瑕疵,但也不会吸引男人眼球的女子。

就是此刻镜子里的她。

与其说是变成丑小鸭,不如说是真正的平凡人。

奇怪的是,完成整形手术以后的她,竟很像牛总最近死去的干女儿,于是她顶替了那个女孩的身份,有了一个好听的新名字——蓝灵。

但是,她需要很长的休养时间,让移植部位的血管和神经长好,真正成为她身体的一部分。她回到佛罗里达州,隐藏在湿地深处的医疗中心,度过数月的恢复期。她渐渐可以独立行走,像蹒跚学步的孩童那样,不断增长身体的力量,直到可以走到阳光底下,让自己这张平凡的新面孔暴露在所有人面前。

莫妮卡在绝情谷底一年。

秋天,牛总带着她走出绝情谷,跨越太平洋抵达中国,以他新任女秘书的名义,来到她深爱着的男子身边——当然,她和他之间的关系,牛总到死都一无所知。

这就是她的故事,她永远都不会说出来的故事,就算说了别人也不会相信的故事,将永远埋在心底,随着她的身体一同腐烂的故事。

忽然,电话铃声响起,打断了这漫长的回忆。

这里没有手机信号,响的是宿舍的内部通话系统。她疑惑地接起电话,却听到那个人的声音:"莫妮卡,你现在哪里?"

"啊,董事长?"她有些手足无措,元旦夜,他怎会用这种方式找她?"我在宿舍。"

"好,我马上过来找你,很快再见!"

他的声音有些急促和悲伤,不知遇到了什么问题。

挂断电话之后,她忐忑不安地在屋里来回走着,赶紧收拾一下房间,至少看上去还像个家的样子。

十分钟后,门铃响起。

她已换了一身还算好看的衣服,紧急化了个淡妆,甚至还抹了些唇膏,迅速弄了弄头发,才小心翼翼地打开房门。

她看到一张落魄苍白的脸。

她的他的脸。

"董事长——"

"莫妮卡,我能进去坐一会儿吗?"

他直截了当地提问,身后并未跟着其他人。她当然不可能拒绝,压抑着心里的激动点点头:"快请进。"

闪身,侧过,任他贴着自己肩膀而过,进入她的房间她的世界。

可惜,不再是那个过去的她。

进入单身女孩的房间,他却仍像过去那样笨拙羞涩,这一点丝毫没有改变,让她越来越心生欢喜,伸手帮他脱下大衣挂在衣架上。

"董事长,请坐啊。"

他像个紧张的大男孩,乖乖地坐在一把椅子上,用眼角扫过房间里一切细节,并未发现有其他男人的痕迹。

"要喝什么?请别拘束。"

她走进厨房准备弄点热饮料,他却更加拘谨地顺口道:"随便。"

"随便可不是答案,我猜——你要喝茶?"

"是,你猜得很准。"

她莞尔一笑,她知道他从前的喜好,不喝咖啡,也几乎不喝酒,冬天自然是要喝杯热茶。

两杯茶放到茶几上。

他本来就有些口渴,拿起来喝了一小口,却几乎烫疼嘴唇。

"小心烫!"

"没事。"他重新抬起头,盯着她的眼睛,"抱歉,今晚来打扰你,只想问你个问题。"

"请说吧。"

"你觉得我是怎样的人?"

这个问题倒真是让她意外，但她也不回避他的目光，停顿片刻后说："你是怎样的人？为什么你自己不知道？"

"两年半前，我不知道自己是谁，后来知道了，我以为已经充分了解自己，以为找到了真正的道路。可是，现在才明白我错了，我根本就不知道自己是怎样的人！我也根本不清楚自己的真面目！我只是自以为是，自以为什么都明白，其实却是个什么都不明白的傻瓜。"

"董事长，请不要这样贬低自己，我觉得你还是很优秀的人。"

这是她真实的想法，即便她知道现在的他有太多的毛病。

他用怀疑的目光盯着他，却由读心术证实她并未撒谎，更非礼节性的恭维。

"能否说得更具体些？"他又喝了一口茶，烦躁地看着黑暗的窗外，"请不要说我的优点，你就说我的缺点吧。"

"每个人都有优点与缺点，你的优点很明显，但缺点也同样突出，尤其是最近几个月。"

"是不是公司里每个人都在私下骂我、厌恶我？"

"不是每个人，但我确有耳闻，也许这对公司很重要，但对你来说却不重要——你不必在乎别人的想法，最重要的是你自己，如果你觉得这是缺点，就应该想办法改正。"

"是，我已经看到了，但是太晚了！"他颓然地低下头，"这个致命的缺点，已导致了很严重的后果。"

"董事长，你是在说史陶芬伯格事件？"

"我是不是很可怜？对不起，我第一次在你面前，也是第一次在员工面前，表现得如此脆弱无能。"

"你已经很坚强了！无论最终能不能解决问题，只要你可以改变自己，就是你的成功。"

"莫妮卡，你真的很会说话，让我想起另外一个人。"

她知道他说的是谁，这个人就是她自己，但却不能让他知道。

"对不起，我不明白。"

"你不用明白！"他依旧紧盯她的眼睛，却无法用读心术捕获什么，"能不能伸出你的手？"

"啊？"

"把你的手给我。"

他的目光很温柔，不再像最近的冷酷凶狠，同样也向她伸出了手，摊开并不大的手掌，上面布满一道道命运坎坷的掌纹。

"哦。"

她有些兴奋，也有些紧张，却装作娇羞模样，缓缓伸出自己的手，颤抖着放进他的手心。

就像猎人抓住了猎物，他立即将她的玉手握紧——掌心传递两人的体温，穿过皮肤，穿过毛细血管，互相传递到彼此心底。

他无声地盯着她，手却越握越紧。她没有反抗，像绵羊一般任由他握着，体会曾经熟悉的感觉，乃至回想起那个美好夜晚。

终于，直到她感觉自己的手被握得非常疼痛，他才轻轻松开了手，恢复尴尬的表情："对不起，莫妮卡，我只是想表达我的感谢。"

"你不必谢我，我是为了自己才这么做的。"

他也不想用读心术去试了，眼神里有什么东西在闪烁，他站起来，轻声道："能不能允许我抱你一下？"

她不想拒绝，坦然站起来。他伸出双臂，搂住她的肩膀，却没有太用力。两人隔着黑色毛衣，无法感觉到互相的身体。她渐渐放松下来，让自己靠在他的肩头。他的呼吸有些沉重，冲进她的衣领缝隙，摩擦着脖子深处。

就在她几乎要失去控制，就像从前那样抱紧他亲吻他之前，却决绝而痛苦地摇摇头，一把将他从自己怀中推出去。

她的反抗让他深感惊愕，心想这个丑小鸭居然也敢如此对我！

"对不起！董事长！"

"没关系，刚才说过，我只是想表达感谢。"

"谢谢。"

她拼命抑制自己的情绪，泪水却已挂在眼角。

他为什么要这么对她？而她又为什么如此拒绝？即便他对她产生爱慕，即便只是精神上的感觉，只能代表他爱上了另一个女人，而不是原来的混血儿莫妮卡，说明他很容易就背叛爱过的人。

"很晚了，你休息吧。"

他匆匆地走出去，而她也没有出去送行，只是把房门关紧，就像赶走一个骚扰的推销员。

转身靠在门后，她已泪流满面。

我离开了"莫妮卡"。

当然，她不可能是莫妮卡。

如果她是莫妮卡，我的莫妮卡——我将无所畏惧地抱紧她，不管她有没有剧烈反抗，我都不会让她从我眼前溜走。

我的莫妮卡已经死了。

在她反抗的刹那，我的头脑也恢复清醒，这是我的又一次失态，也是在冒牌莫妮卡面前的失败。离开她的房间，回到元旦黑漆漆的夜空下，寒风卷起细小的雪粒，冰冷地打在脸上，像一记记耳光。穿过宿舍区与核心区之间的荒野，"狼穴"死气沉沉，如布满幽灵的坟墓。许多员工放假回了市区，只有值班的保安站岗放哨，还有几条巡夜的狼狗——只有它们的心是忠诚的。

回到519米深的地下，远离人间的宫殿，爆炸造成的破坏异常严重，幸好没影响到建筑结构，至少两周才能清理完毕——其中包括有些炸碎的人的残肢。

我的寝宫未受多少影响，独自钻进温暖的被窝，感到自己如此孤独，无论身体还是心灵——将自己放逐到这座岛上，放逐到地底深处，放逐到没有异性也没有同性的世界。

奇怪，眼前又浮起莫妮卡的脸。

此"莫妮卡"非彼莫妮卡。

就像绝大多数男子从来只记得住美女的脸，比如当年的混血儿莫妮卡，比如楚楚动人的秋波，比如高能的初次暗恋对象马小悦，至于长得抱歉的女孩，我从来不会多看几眼，甚至很快就会遗忘。

可是，我为什么会记得住这张平凡的脸？尤其当她神奇地出现在非洲，率领一批突击队员救我出来——我知道这不仅仅是一种感激，还有许多超出职业范围的情绪。

暗杀爆炸发生的时刻，又是她第一个冲进来救我。当脑震荡的我醒来的刹那，竟然把她当成了莫妮卡——我的莫妮卡。

她是什么人？她为何对我如此之好？她的目的又是什么？

读心术可以确知她的心，她并不是虚伪的人，更非慕容云安插进来的特洛伊木马。

她要得到我？得到我的人，也得到我的心？

可她刚才又为何如此反抗？

大概又是聪明女人的策略，欲拒还迎，欲擒故纵，让我得不到便越想得到，便会在她的罗网中无法自拔——只要得到了我的人，同时也得到我的心，便可以得到天空集团！

虽然她是个相貌平凡的女子，但并非完全没有机会。有的女人容貌并不出众，但利用自己极高的智商、过人的情商、超人的温柔，也能散发浓烈的魅力——这样对一个男人的控制，将比年轻貌美的女子更加持久。再美的女子终将会年华老去，被更年轻更漂亮的女孩取代。但一个女人若拥有美貌之外的力量，即便抛开她的青春，仍使男人缠绵于她依赖于她，就可以永远延续下去，到死都控制住男人的心。比如万历皇帝对郑贵妃数十年的痴迷，早已超越了男人对美色的贪恋，倒是"从此君王不早朝"给未来的大崩溃埋下伏笔。

如果真是这个目的——那就太可怕了！先是处心积虑利用牛总，又通过调查牛总自杀让我注意到她。她面对我从容不迫的姿态，勇敢而真实的说话方式，渐渐赢得我的信任，进而把她调到我的身边。当我遇到危险，她又能动用某些秘密资源，出生入死，将我拯救于水火之中。

这是个多么庞大而精密的计划！

而我就是这个计划中最终的猎物，确切来说不是我，而是我的爱情。

她要的就是我的爱情？

但愿，以上都是我的臆想。

夜，再度沉沉袭来，让我怀着灭亡的恐惧入梦……

车窗外是陆家嘴的钢铁森林，仿佛已被寒冷空气凝固，构成一幅后现代油画。

2011年第一个工作日，我遣散了庞大车队，仅坐一辆悍马来到天空集团写字楼。我把白展龙派去纽约总部开会，只有"莫妮卡"陪伴在我身边。一路上她没说什么话，我也不知说什么好，仍为元旦夜而尴尬。

由于被认为最安全的"狼穴"也发生了可怕的爆炸事件，并夺去五名高管的生命，亚太区会议重新回到了写字楼。我紧急任命几名代理高管，用严厉的语气交代工作。读心术发现他们已人人自危，生怕步前任之可悲后尘而送命。经过那么多可怕的失败，我再也无法像个真正的帝王那样，只能草草结束会议，与"莫妮卡"返回"狼穴"。

无声而漫长的旅行，悍马跨越长江，登陆崇明岛，穿越冬日荒芜的田野与森林，回到基地的第一道路障。

然而，车窗外安静得让人害怕，原来有许多保安值班检查之地，却连一个鬼影都见不到。

司机和保镖也感到奇怪，每次通过这道关卡，连人带车都会有严格检查，如今怎么就一下子不设防了呢？

我镇定地命令道："开进去！"

悍马绕过路障往前开了数十米，又是一道敞开的大门，依然不见任何保安身影。

"莫妮卡"也有些担心："怎么回事？"

"别怕！再进去！"

司机遵命开进这道门，穿过高大孤独的牌楼，又遇到一扇无人把守的大门。

进入空空荡荡的"狼穴"庭院，所有建筑还是老样子，似乎是露天博物馆的文物，耳边呼啸着掠过森林的寒风，带走一切生命迹象。

我和"莫妮卡"跳下车，来到地下通道入口——大门敞开，密码装置已经失灵，保镖警觉地阻拦在我身前。

难道"狼穴"已遭到攻击？所有的工作人员都已遇难身亡？地下基地被洗劫一空？幸好我外出开会才躲过一劫？

无数种可能从脑中掠过，不管地下还会发现什么，我必须下去看看！我推开阻拦的保镖，飞快地冲进地道，"莫妮卡"紧跟在身后。还好一路灯光亮着，虽然不断有分岔路口，但我清楚地记得该走哪条道，直至那台通往地狱的电梯。

在保镖的护卫之下，我们冒险走进电梯，直闯519米深的地底。

来到地下核心区域，指纹锁的密码门已失效，谁都可以轻松打开进去。

依然不见任何人影——保安、秘书、医生、厨师，就像中了黑魔法，消失得无影无踪。

可是，除了被爆炸破坏的会议室和秘书办公室外，其他房间还保持着原样，就像进入一座"天机"空城，或遭到外星人的袭击。

我的私人区域，书房和卧室，包括人造的地下庭院，依然绝望地看不到任何人。

"喂！有人吗？"

几秒钟后，遥远的地下深处，传来我自己的回声，也是命运的嘲笑。

这声音让"莫妮卡"惊恐地靠近我，轻声催促："快打电话问问白展龙！"

这个鬼地方没有手机信号，只有内部通话系统，但已全部失灵。再打开两台电脑一看，发现"狼穴"的对外联络已经中断。

正当我束手无策之际，不知什么角落里传来"救命"声……

我们循着声音跑过去，穿过几条迷宫般的小道，在一个极不起眼的房间里，发现了被五花大绑的端木良。

我们立刻帮他松开绳子，他的脸已憋得通红，额头有被打伤的痕迹。我拍拍他的肩膀问："发生什么了？"

这位我少年时代的好友，再度成为阶下囚，好不容易才说出话来，却是大声苦笑："你也遇到这种事了！真好笑！"

"怎么回事？"我疯狂地对他吼道，"说啊！"

"背叛！"

说完，他又幸灾乐祸地笑起来。我的后背彻骨冰凉，却恢复了理智："他们背叛了我？你是说'狼穴'里的人？"

"一个小时前，所有人都离开了基地，我问他们为什么，有人反而打了我一拳，将我绑起来关在这里。"

"是谁带头的？那么多人一起离开，肯定有人策划组织。"

我最不能容忍的就是背叛。可怜的端木良摇头说："不知道，他们走得太突然了，完全没有任何先兆。"

"莫妮卡"冷静地说："我们离开这里吧。"

明知这是一个好建议，我却固执地将她推开，跑回最中间的走廊，狂怒却无力地向空气挥舞双拳。这是我亲手设计的"狼穴"，也是我精心规划的新家，却在转眼之间被人抛弃，遭到最可耻的背叛。

忽然，我看到依然挂在墙上的油画——画中人就是我自己——穿着制服，面色冷峻的征服者，如今却即将成为彻底的失败者。

我恨你！

我恨油画里的这个人。

终于，狂怒的我摘下油画，用尽全力砸到地上，就像对待自己最大的仇敌。木头画框应声折断。

"不要伤害自己！"

身后响起一个年轻女子的声音，接着她握紧了我颤抖的胳膊。

我转头看到"莫妮卡"的脸，这张冒牌货的平凡的脸——我甚至不敢看她的眼睛，她一定在内心嘲笑我。在她眼里，我不再是伟大的统治者，而不过是个卑微的可怜的失败者。

我痛苦地低头，喃喃自语："一切都是我造成的，我只需要恨自己一个人。"

"我们回到地面去吧，既然这里已不属于你，就不要再留恋了。"

这温柔的声音打动了我——是啊，这个地方已不属于我，就像某个女人也已不属于我，我何必再留恋它和她呢？

我重新抬起头来,带着"莫妮卡"和端木良以及保镖离开"狼穴"。

回到地面,北风卷过萧条庭院,不知从哪儿吹起满地垃圾。司机检查过所有附属建筑,包括"莫妮卡"的员工宿舍,确实已空无一人。

这里已不适宜人类居住,我让司机带着"莫妮卡"回趟宿舍,把她所有的日用品带上。

很快,他们拎着行李回来了,所有人坐上悍马,随后疾驰出基地。

再见,"狼穴"!

车子开出光秃秃的森林,手机开始有了信号,我给远在美国的白展龙打电话。

然而,电话响了半天他却不接。我又给陆家嘴写字楼的行政总监打电话,同样是铃声响了很久没人接。我轻轻地咒骂了一声,紧接着给另外数名高管打电话,似乎所有手机都中病毒了,竟然没有一个人愿意接电话!

蜷缩在后排的端木良冷笑道:"董事长,看来你已众叛亲离。"

"住嘴!"

我怒不可遏地回过头来,让他重新把头缩了回去。

"莫妮卡"安慰道:"别着急,我们先回写字楼看看吧。"

她的声音总能平息我的怒火,我颓然地点点头:"好吧,但我不会饶过那些叛徒!"

一小时后,悍马开到陆家嘴的写字楼下。

保镖和端木良留在车里,我和"莫妮卡"匆匆坐进电梯,来到天空集团亚太区总部。

三个钟头前刚从这里出来,但走过公共办公区域,员工们看我的眼神都很奇怪,不再是以往那种恐惧与胆怯,而是某种复杂的情绪——脑中反复搜索那个词,对了,这叫"怜悯"。

他们干吗要怜悯我?我已变成一条可怜虫了吗?

走到行政总监办公室门口,敲门半天却无人回应。一个秘书怯生生地回答:"董事长,总监先生出去了。"

"那其他高管呢?"

"对不起,他们都不在。"

这个回答让我勃然大怒,刚刚与数名新任命的高管开过会,居然全部溜得无影无踪了?

我愤怒地转回公共区域，像头受伤的狮子巡视领地，看着即将成为猎物的斑马和羚羊们，对几十名员工大吼道："你们都给我站起来！到底怎么回事？"

忽然，一个熟悉的身影从对面走来，我曾经那么鄙视和痛恨那张脸，现在却一点感觉都没有了。

"董事长，你怎么来了？你不知道发生的事吗？"

他是侯总。我刚来上班时的顶头上司，也是亲手将我裁员赶出天空集团的人，如今，他已扶摇直上成为中国区的销售总监。

我茫然地看着他的眼睛，读心术只读出两个字——"可怜"！

"请跟我来吧，董事长。"

侯总脸色凝重地转过身去，将我和"莫妮卡"带到另一间办公室，这里放着台电视机，不少人正挤在这里——电视里放着集团内部的新闻节目。

出现在画面里的赫然是我的忠诚助理——白展龙。

他身后的背景是纽约曼哈顿，天空集团全球总部，许多镜头和话筒都对准了他，其中有CNN、BBC等全球知名媒体。

没想到白展龙的英文相当流利，面对镜头侃侃而谈："诸位媒体朋友！诸位关心天空集团的朋友们！天空集团董事会刚刚召开完毕，现在由我代表天空集团，公布最新的董事会决议——第一，天空集团全球董事长兼CEO高能先生，在前几日的刺杀事件中受伤，脑部神经受到严重损害，已无法工作；第二，高能先生在担任董事长期间，虽然启动了索多玛国石油开发等重大项目，但由于他的独断专行与刚愎自用，严重伤害了管理团队的凝聚力，并在最近索多玛国的政变事件中，丢失了集团至关重要的项目；第三，高能先生在最近的几个月内，出现了严重的歇斯底里情况，这一点已由众多集团员工证实，并有许多视频资料——最近的暗杀事件，根本原因是他的残酷管理，导致一位高管的仇恨；第四，高能先生知道自己的问题，并请精神病医生进行了治疗，结果被确诊为精神分裂症——这里有纽约州执业医生霍金斯博士的权威鉴定结果。"

现场直播画面放到这里，我已疯狂地喊起来："无耻谎言！"

在我即将失控要砸掉电视机之前，"莫妮卡"奋力抱住我的后背，侯总也帮她一起紧紧拽住我，就像疯人院里两个看护抓住发病的疯子。

在场其余员工看到这奇怪的一幕，有的吓得逃了出去，有的掏出手机拍下照片，自然成为我发疯的证据。

我是精神病人？

即便我真的精神分裂，也轮不到他们来鉴定！两个月前，我说自己有严重的神经衰弱，白展龙给我介绍了一个美国医生。这位叫霍金斯博士的医生，只给我进行了两天的心理治疗，就匆匆飞回美国去了——原来就是那一次"治疗"，竟给我作了精神病人的死刑判决！

电视里继续响着白展龙的英语："鉴于以上四点，天空集团董事会做出重要决定——首先，暂停高能先生的董事长职务，原本由高能先生掌握的权力，由董事会全体成员讨论决定；其次，原来空缺的亚太区总裁一职，董事会决定由本人白展龙——高能先生原在中国区助理接任；再次，为挽救破产边缘的天空集团，董事会全票通过与Matrix公司的合作协议，双方将合作开发索多玛国石油项目！希望以上三点决定，可以改变集团危险的现状，挽回投资者与债权人的信心，重建一个真正符合美国公众利益的天空集团！"

这是临时插播的最新消息，已通过电子邮件传递到全球每位员工面前。

侯总提前知道了消息，无奈地拍拍我的肩膀说："董事长，祝你好运！"

"现在，我已经不再是这里的董事长了。"

我面无表情地走出房间，低头不想让别人看到我的脸，不想像个战败的囚徒那样受人参观，更不想像个猎物那样被人侮辱。

白展龙！

我已在心底将他凌迟处死！把他派到美国代表我开会，没想到他在那里倒戈一击，里通外人篡夺我的权力！我救过差点跳楼的他的性命，又将他从区区的部门经理提拔到无数人羡慕的机要位置，他却如此恩将仇报。他不但控制我的生活，还控制天空集团的中枢神经，控制所有的秘密情报。史陶芬伯格事件，又替他消除了最大的竞争对手，最后只手遮天控制了董事会——所有坚固的堡垒都是从内部攻破的。

而他以往表现的忠诚与干练，不过都是些伪装的假象——亏得我还有读心术，却无法读出他包藏的祸心。那些董事会成员也不出我所料，全是吃里爬外的贪婪家伙，开会时要么一言不发，要么一堆堆的马屁，关键时刻却毫无气节地抛弃了我。

暂停我的董事长职务！委任白展龙接任亚太区总裁！与Matrix合作开发索多玛国石油项目——这一切无异于认贼作父！董事会的衮衮诸公啊，你们吃尽我的高官厚禄，用尽我的财富权力，最终却出卖组织出卖良心，将几代人打下来的大好江山拱手赠予外来的强盗！这世上已再无"羞耻"二字。

最后那句话亦是一语道破天机——符合美国公众利益，言下之意就是，我的所作所为，只符合中国公众利益？姑且不论中美两国的公众利益是否互相抵触，单就其思维模式而言，已经回到了冷战时代。

侯总把我送到公司前台，身后已有数十人围观，都是来看我笑话的吧？

我恶狠狠地瞪了他们一眼，却感激地对侯总说："谢谢你！现在还能与我说话——没想到集团上下那么多人，只有你一个人在支持我！谢谢！"

"没关系，我也要谢谢你。当你作为董事长回来的时候，没有公报私仇将我开除，否则如今我也没有机会站在这里。"侯总非常男人地拥抱了我一把，耳语道，"小兄弟，如果有需要，尽管给我打电话！"

"谢谢！"

其实，我还想要和他说许多话，但千言万语到嘴边却什么都说不出，因为后面有那么多看热闹的人。

我匆匆向大家挥手告辞，与"莫妮卡"一同走进电梯。

她想要安慰我，却又不知说什么好。而我淡淡地说："天塌下来，我能顶住。"

回到楼下的悍马车上，我平静地对保镖说："感谢你们的忠诚，现在你们可以走了，我不再是你们的老板了。"

两个保镖和一个司机都很愕然，就连端木良也吃了一惊："发生什么变化了？"

"我的朋友！"我苦笑一声，"我已一无所有，确实如你所说——众叛亲离，所有由我一手提拔起来的人，都已被收买而背叛了我。兄弟，我没有能力再控制你了，你完全获得了自由。不过，如果你愿意，也可以和我在一起，毕竟我们有一样东西还没得到。"

端木良明白我说的那样东西，就是传说中的兰陵王面具，他停顿片刻后回答："好，我们兄弟还可以在一起！"

我回头对"莫妮卡"微笑着说："女孩，你也不必再跟着我了，不管你出于什么目的，现在我对你来说已没有任何价值了。"

"你以为……我是因为你的天空集团董事长的身份才会一直跟随在你左右吗？"

"对不起，我说得太直接了吗？"

丑小鸭好似受到某种侮辱，后退两步冷冷地说："你错了！"

"对不起！"我抱着脑袋走下悍马，"这辆车你们谁想要就拿去吧！我只想一个人安静片刻，请不要来烦我。"

说着，我甩开忠诚的保镖，抛下奇怪的"莫妮卡"，跑过正好绿灯的马路。

几分钟后，我独自迎着狂暴的北风，走进黄浦江边的绿地，即便悍马也不可能追到我了。

眼前是滔滔不绝永不冰封的黄浦江，背后是无数高耸入云的玻璃房子，那些写字楼里有无数辛苦的白领，也有脑满肠肥的大老板，也许他们正挤在窗前俯视我，俯视我这个彻底的失败者，这个被判定为精神病而被赶下宝座的可怜虫。

寒风卷过敞开的滨江地带，我的四周人丁冷落，只有少数游客冒着寒风拍照，对岸正是外滩那些古老建筑。没有人再会认得我了，我本来就是个平庸的人，扔进人群就会被淹没，就像脚下冰冷的江水。

放心，我可以被不可抗拒的命运吞没，但绝不会让这条江水吞没。

正当我坐在江边石墩上发呆时，许久成为摆设的手机不合时宜地响了起来。

屏幕上竟是今天我最痛恨的三个字——白展龙。

我迅速让自己冷静下来，接起电话平静地说："没想到是你。"

"董事长，我在纽约总部，想必你已知道了今天的新闻。"

白展龙的语气一如既往，就像他甘心为我做鹰犬之时。

"我已经不是董事长了，恭喜你荣升为亚太区总裁。"

"很抱歉，今天我下令让'狼穴'的人员撤退，我觉得以目前局势而言，没有必要在那儿维持那么多人，对资金紧张的集团来说是沉重负担，何况事实证明，'狼穴'并不能保证安全。"

"我不怪你！"我深呼吸了一口气，寒冷的风灌入肺中，可以让我保持冷静，"还要赞赏你的工作效率如此之高，在我离开的短短时间内，就把所有人疏散得一干二净。"

"其实，所有人心里都想早日离开'狼穴'，我不过顺应民意而已。"

我仍然抑制自己的情绪："我想知道为什么，你为什么背叛我？"

"你有没有听过周处除三害的故事？"

"当然。"

白展龙在遥远的美国给我讲起了《世说新语》："西晋人周处，杀了南山虎，长桥蛟，自以为替天行道为民除害，其实他自己才是最大的一害！你要消灭集团内部的叛徒，要击败神出鬼没的Matrix，你以为你的所作所为都是为拯救集团拯救公司，其实，即便你全都做到这些，依然只会让世界越来越糟，因为你自己！你自己才是最可怕的魔鬼！"

"我就是周处？"

战斗到今天，居然混到周处的地步，我确实很失败！

"是，亲爱的董事长！我不会把你的全部夺走的，如果你愿意过富有安宁的生活，董事会也可以给你一笔年金，至少有几亿美元——"

"住嘴！我会夺回我失去的一切，你这条背叛主人的狗！"

"说话请留点口德——高能！"他再也不跟我客气了，"希望还能再见！"

白展龙在美国挂断电话。我孤独地站在北风中，宛如黄浦江畔的一尊铜像。

手机轻轻地摔在地上——屏幕碎了。

对不起，莫妮卡，我给你的承诺，也跟着一起碎了吗？

第十一章　　《兰陵王入阵曲》

她。

她是莫妮卡。

莫妮卡曾经是混血美人，后来是平凡的丑小鸭，此刻却是连她自己都认不出来的人。

一副金色卷曲的假发套在头上，颇有路易十四时代的洛可可风格，虽然头皮闷热难受，就权当寒冬里的一顶帽子吧；大得像杯垫的墨镜架在鼻梁上，竟遮盖了大半张脸；还有一件黑色的套头衫，包裹了她的脸颊与耳鬓；厚厚的高领毛衣拉到下巴，只露出两片不起眼的嘴唇。这精心准备的一身行头，乍看还以为是欧美背包客女孩，至少很难会联想到身为女秘书的她。

跟随人群登上飞机时，她扫了一眼头等舱，果然看到了失魂落魄的他——她最深爱的男子，正痴痴地看着舷窗外的机场，看着辽阔寒冷的天空。

赶快继续往前走，怕被他发现自己也在同一航班上。在经济舱找到她的座位，也没把可笑的大墨镜摘下来。坐在旁边的两个日本猥琐男向她投来奇怪的目光。

半个小时后，飞机呼啸着冲上蓝天，即将跨越古老的东海，前往膏药旗下的国度。

十天前，被天空集团董事会扫地出门的他，像个逃兵似的丢下她，穿过马路跑进滨江绿地。她一直紧跟在他后面，发现他在江边寒风中发呆——他会不会跳下冰冷的黄浦江，用这种方式结束自己的羞耻？她紧张地观察他，却又不敢上去和他讲话，以免加深他的羞耻感。夜幕降临，他才缓缓离开江边，打了辆出租车前往浦西。她也叫了辆车跟在后面，看到他在一家五星级酒店门前下车。

她在附近酒店暂住下来，让悍马司机把行李带给她。同时，她想起以前在上海雇用过的私家侦探，便委托对方24小时跟踪他。

在"狼穴"的家被毁灭以后，他过了一段无家可归的日子，却每晚要换一家五星级酒店。虽然被剥夺董事长的权力，但毕竟是高家遗产继承人，他依然可以过着优越的生活。私家侦探说没发现有女人的踪迹，每晚他都是独自在酒店客房过夜，也没有去夜店流连打发时间。

这些天来，她不敢直接去找他，害怕伤害到他强烈的自尊心——曾经不可一世的男人，竟然沦落到需要一个丑小鸭的怜悯，但愿时间能抚平他的创伤。

前天私家侦探报告说，发现他订了一张国际机票，却不是去纽约的，而是飞往日本大阪——奇怪，飞往纽约才是正常的，讨还本该属于自己的权力，为什么要去完全无关的日本呢？又为什么不是东京，而是关西的大阪呢？

不管怎样，她必须跟在他左右，但又不能被他发现。

她也订了一张与他相同航班的机票，戴上假发与墨镜，乔装改扮一番，完全变了模样。

此刻，她与他坐在同一架飞机上，她在经济舱，他在头等舱。

一觉醒来，飞机已降落在丰臣秀吉的梦幻之都。

她匆忙跟着人群走下飞机，进入机场的到达通道，飞快地拖着行李往前跑，因为头等舱的乘客早就下机，千万不能把他跟丢了。

往前追了数百米，终于看到他的背影——千千万万人中，她可以一眼就认出他来。

她与他保持十来米的距离，尾随着他通过海关入境。为防止靠得太近被他注意，她又裹上一条厚厚的围巾，整张脸只露出一副墨镜，虽然看上去怪吓人的，但保证不会被认出来。

走出机场候机楼，他坐上一辆出租车。她也紧急拦了一辆，让司机跟在后面。前面的车并未开进大阪市区，而是去了最近的一个新干线车站。他和她都是初次来日本，他笨拙地买到了车票，而她小心地排在后面，正好瞄到他车票上的字——奈良。

奈良？

她只知道奈良是日本古都，许多外国游客都会到奈良观光。可他已沦落到如此地步，还有心情在寒冬中游览古迹吗？

她当即买了张去奈良的票，紧跟着他上了新干线同一节车厢。

列车疾驰过日本的冬天，两边的田野和山峦此起彼伏，即便冬天仍郁郁葱葱。他独自坐在前面，冷静地看着窗外景色，面容又比上个月憔悴不少。

列车在新干线奈良站停下。她跟在他的身后下车，来到熙熙攘攘的人群中——这就是奈良，没有多少高大建筑，平静安详地坐落在山间平野，仿佛停留在遣唐使的年代。

他似乎早已做过旅游攻略，坐上一辆写有"春日大社本殿行"的巴士，她也跟在后面上车——他越来越麻木了，完全没注意到她的存在。

不到十分钟，巴士停在一组日本古建筑外，她跟在他身后下了车。

游客们在寒风中走进标有"春日大社"的门口，很多日本人前来祈福，更有不少外国观光客。她随手拿起一本宣传册，上面详细介绍春日大社——这座奈良著名古迹，建于公元710年，是当时权臣藤原家为自己的守护神而建的，供奉武瓮槌命、经津主命、天儿屋根命和比卖神等神明，与伊势神宫、石清水八幡宫并称为日本三大神社。神社所在的春日山被视为神山，千年以来禁止砍伐，得以保留原始森林，同春日大社一同被列入联合国世界遗产名录。

然而，他却没有过多游览，更不曾注意那有名的数千座石灯笼，而是来到人群中间。大家围绕一个空旷的舞台，后面有不少工作人员，穿着《阴阳师》里的那种服饰，拿着各式各样的古典乐器，像要进行什么表演。

忽然，有人拍了拍他的肩膀，他惊讶地转过头来，看到了那个人的脸。

她也看清了那位不速之客的脸。

这是她第一次看到这个人，看到这个无比惊艳的美少年，看到那双称得上完美的眼睛，看到对她深爱男子闪烁的关切目光。他竟身着一套衣袖翩翩的汉服，丝毫不惧怕室外的寒冷。在众多穿得严严实实的各国游客中间，这位美少年实在太引人注目，加上那身行头竟酷似源义经，吸引了周围不少女孩的目光。

他是谁？

慕容云！

天啊，我居然在这里碰到了他！不会是幻觉吧？当我跨越沧海来到日本，来到古城奈良春日大社，即将观看《兰陵王入阵曲》，却见到了真正活着的兰陵王！

依旧一身魏晋风度的汉服，性感的乌黑长发披肩，撩人心魄，白皙面孔露出迷人笑容，双目镶嵌千年前的魅力，跨越无数世纪，跨越沧海桑田，直勾勾地摄入眼中。

　　该死！为何我没有立即抓住他的脖子，狠狠痛打这张小白脸一番，再严厉审问出他的真实背景？想想他如何对待我和我的事业，想想他如何耍出阴谋诡计，制造了索多玛国政变，夺取了天空集团油田，又从背后操纵白展龙背叛，篡夺了我的帝国大权！

　　可是，我却还是给了他一个微笑！

　　情不自禁的微笑，无法用大脑控制的微笑，他乡遇故知似的人生幸事，就差当场来个拥抱——我真该死！

　　嘈杂的人群中，美少年凑近我说："大哥，我们又见面了！"

　　我强迫自己保持警惕："你是跟踪我来的吗？"

　　"不，我是专程飞来奈良看春日大社的《兰陵王入阵曲》乐舞表演的。"

　　"我也是。"

　　没错，我也是专程飞来看这个表演的。《兰陵王入阵曲》早已在中原失传，却在唐代传入日本，成为日本雅乐及其民族文化的一部分。就跟许多被中国人丢弃的文明传统一样，日本人万分珍视这些宝藏，传承至今并发扬光大，这一点值得我们敬佩和学习——而我们这个曾经伟大的民族却太容易遗忘了！

　　"我们都对同一个人感兴趣，自然会来看这一年一度的表演——这可是世界上唯一保存至今的《兰陵王入阵曲》。"

　　"同一个人？"我盯着他古老漂亮的眼睛，"这个人不也是你吗，贤弟？"

　　他的笑容看起来青春阳光："是，这是纪念我的表演，如今我却隐藏在人群中，欣赏扮演我的日本舞者，感觉好有趣啊！"

　　"这是胜利者的庆祝吗？"

　　"大哥，你何尝败过？"

　　"不要给我留面子，更不要给失败者留以同情！我建议你宜将剩勇追穷寇，不可沽名学霸王！"

　　我就是自己所说的"穷寇"，成王败寇，我已是穷途末路之败寇！

　　慕容云，你已把我打得够惨了，还要在打我一拳之前，专程过来通知我即将遇到危险吗？

　　遣散司机和保镖后，我变成名副其实的"光杆司令"，众叛亲离，一无所有——穷得只剩下任意挥霍的钱，就像丢失了王冠的国王，流亡在异国他乡醉生梦死度日。我在上海的五星级酒店轮流住了一圈，便订了一张来大阪的机票，想看看被日本人保存下来的《兰陵王入阵曲》是什么样子。

也许，现在唯一可以救我的，就是那副兰陵王面具。

美少年再次拍拍我的肩膀："不，大哥，你还有机会。"

"你还会给我翻身的机会吗？"

"啊，乐舞开始了！"

慕容云兴奋地喊了一声。旋即舞台上响起鼓声与笛声，却不像中国舞乐那么热闹激昂，而是曲折悠扬深沉委婉，颇像日本古典音乐——说不定这正是唐朝原貌呢！

舞台上缓缓出现一位身着宽袍大袖的武士，竟像《源氏物语》里那些服装。舞者戴着巨大的金色面具，覆盖面孔以及整个头部，很像中国西南的傩戏道具。面具头顶装饰怪兽，容貌高目深鼻，具有中国人想象的胡人特征，下颚和眼睛还能活动，像寺庙里驱魔除鬼的天王。无论服装还是面具，都无比精美华丽——这就是日本版的兰陵王。

"兰陵王"手里拿着根东西，粗看像鞭子或棍子，沉着缓慢地摆动身体，双手不时举起平推，若登高指挥千军万马。后面响起很多我叫不出名字的古典乐器，听着都有浓厚的日本味道。我目不转睛地盯着舞台，却感到身旁的慕容云和着缓慢的节奏发出沉重喘息声。

由于和想象中不太一样，没有出现纵横驰骋的场面，只有一个戴着面具的男子从容不迫地摆出种种造型，更像是专门给大家拍照片的——但这就是真正的古风。在鼓声和笛声的悠远节奏里，表现兰陵王的神秘与勇武，还有他的悲剧人生。

后世中国文明日趋庸俗，人们以打打闹闹为乐趣，以吹拉弹唱为能事，就连音乐也流于悦耳动听的形式，却丧失了汉唐时代的浑厚庄严——西洋人以为江南丝竹、茉莉花、京剧就代表了中国的舞台艺术——没错，那是清朝人的娱乐方式，却非三千年来我们祖先真正的音乐。汉民族沉稳大气、庄严肃穆节制的雅乐，却被日本人吸收而去，进而赋予其日本民族的灵魂，而我们的民族音乐却早已丧失灵魂，沦为品位低下的清朝贝勒们的倡优乐伎！

是啊，在场也有不少中国游客，但他们完全不懂得欣赏《兰陵王入阵曲》，只是不耐烦地拍照片凑热闹。

只有我，还有我身边的美少年，才能体会舞台上"兰陵王"的悲哀，他在抑扬顿挫、舒缓悠扬的鼓乐声中，表现一个人永远的孤独——兰陵王的本质是孤独的，即便可以在万军丛中驰骋，即便可以为君王立下不世伟业，他依然是孤独的——没有人可以理解他，也没有人可以真正爱他，他只有戴上那副面具，才能成为一个伟大的将军。

最终，他爱上的也只能是那副面具。

台上乐舞已近尾声，慕容云才轻声讲解道："《兰陵王入阵曲》属唐乐坊鼓架部，乐有笛、拍板、答鼓。属散乐百戏，无情节，也无其他人物和对白，只在旋律中表演兰陵王头戴面具、身着戎装、手持鞭子的指挥击刺之容。亦入歌曲，可做歌舞式表演。"

"感谢贤弟指教。"

该死！怎么还与他称兄道弟？我可没有左脸颊挨了记耳光，再把右脸颊凑过去的美德。

"早在盛唐时期，日本天皇就诏令在奈良皇宫中表演《兰陵王入阵曲》。日本很多庆典活动，比如赛马节、相扑节，甚至天皇即位大典，都要演奏此曲。日本还保存有历代兰陵王歌舞面具六十多件。今天，是春日大社一年一度的日本古典乐舞表演，《兰陵王入阵曲》是排在第一位的节目。"

慕容云话音刚落，舞台上的表演就已经结束。我目送日本版的兰陵王舞者离去，转头看着身边货真价实的兰陵王。

"怎么样？不错吧？"他为日本人赞叹了一番，却话锋一转，"可惜——在我上阵杀敌的那个年代，我们可没那么文雅！"

"一千多年前，你也是个杀人如麻的刽子手吧。"

"大哥，战场上没有刽子手，只有勇士与懦夫！"

此话似是讽刺，既然已输到这种地步，我也不想给自己留面子："我是哪一个呢？"

"勇士！你当然是我心目中最棒的男人！"他笑着带我离开舞台，向旁边冷清的建筑走去，"我知道你来这儿的目的——因为那副面具！许多年前我丢失的面具，已是你自我拯救的唯一稻草。"

"是，我会得到它的。"

"大哥，你何必总跟我争呢？面具要跟我争，江山要跟我争，就连女人也要跟我争！"他无奈地叹息一声，"其实，你不明白我的心——你若需要的话，所有这些我都可以还给你！"

"女人也还给我吗？对不起，我已经不需要秋波了。"

"男人真是容易变心的动物啊。"

美少年带我经过一条小径，穿过几座古朴的建筑回廊，四周游人越来越稀疏。

进入一片森林，回头看看渐渐远离的人间，他微笑着叹息："世界多么美好啊！可惜，不知道还能保持多久。"

"你说世界快毁灭了吗?"

"这取决于你的选择。"

"请不要再给我催眠了!"我愤怒地挥舞双拳,又无力地垂下,"我已穷途末路,人间是死是活,我不过是个看客。"

慕容云恢复为忧郁王子的表情:"大哥,我知道你此刻的困境,这一切虽然幕后有我的因素,但也有你自己的原因。"

"我自己打败了自己?"

仔细想想,确有道理——史陶芬伯格对我的暗杀,白展龙对我的背叛,包括集团董事会全体成员,他们原本并非吃里爬外之徒,更非忘恩负义之小人,只是由于我的决策错误,由于我的独断专行、刚愎自用,导致我丧失民心、军心,真可谓"亲戚叛之"!

可怜之人必有可恨之处,我是自掘坟墓拱手让出大好江山。

"难道不是吗?"他撩起额前的迷人长发,双目闪烁着星芒,"大哥,我不想看到你现在的样子,不希望看到一个作为失败者的你。"

"你想怎样?"

"还是我上次的建议——我们兄弟可以联手合作,Matrix与天空集团,掌握地球上最重要的资本与资源,用美元和欧元,用石油和铁矿石,占据世界上最富饶的国土,打造一个人类最伟大的帝国。我连这个大家庭的名字都想好了——'Matrix天空'!听起来就很酷吧?"

"矩阵天空?"

我念出了这个极具想象力的中文译名。

"没错!'Matrix天空'属于我和你两个人,属于兰陵王与蓝衣社共有,千年恩怨从此烟消云散,你我同享太平盛世!"

他的目光竟如此真诚,就像为信仰奋斗的战士。

"等一等!你说蓝衣社?"

"你不知道吗?在卑鄙的常青死后,蓝衣社就被我控制了——亲爱的古英雄大哥!"

是的,慕容云掌握着我最大的秘密,他早就可以搞得我身败名裂!

我只能强行给自己打气道:"因此,端木良才会如此恐惧地东躲西藏?"

忽然,我感觉言多必失,怎能把端木良说出来?不过,既然他已通过白展龙控制了天空集团,端木良也不可能一直被隐藏。

"他根本不值一提!"

"够了，我不想再和你说下去了。"

在我回头想要离开时，慕容云用火热的眼睛看着我："大哥，我们原本就是一对好兄弟，不必拼得你死我亡。我可以在24小时内，恢复你在天空集团的最高权力；也可以在48小时内，让那些贪婪的银行团停止催债；更可以在365天内，让索多玛国的石油流入天空集团的炼油厂！你照样可以统治世界——这不是你日思夜想的欲望吗？就像卡斯提女王与阿拉贡国王，共享王座，统一西班牙，征服新大陆——你值得拥有这样的荣耀！"

这样的荣耀？

果真非常诱人，就像伊甸园里的果实。

看着美少年迷人的眼睛——当我行将灭亡之际，慕容云却手下留情，不计前嫌，愿意让我重掌大权，提出一个共享世界的方案。

他是无私的，他确实是为了我，或者说是为了他所爱慕的那个我。

兰陵王渐渐靠近，握紧我毫无反抗的手——他的手真是柔软温暖，却在需要用力的时候，充满男人的力量，将我的手放到他的汉服左胸前——那里有他的心。

"我想让你感觉到我的呼吸和心跳，感觉到我们未来美好的时光……"

他无比深情地对我诉说，眼神中写满真诚情感。我确信他绝无半点欺骗，竟让我感动得想要流泪。

刹那间，真有种想要抱住他的冲动。

抱住这个漂亮男子，抱住这个未来的征服者，抱住这个古老的兰陵王，抱住这个恐怕几千年才能诞生一个的完美的人。

然而，当泪水终于控制不住地流淌下来，他温柔的手替我抹去脸颊上的泪痕，我们的呼吸在寒冷空气中互相交换，我们的心灵与身体几乎要撞在一起时——

我却冷酷地转过身去，无比悲伤地深深吸了口气，让寒流直灌入胸膛，冷却已经烧起来的心。

"大哥！"

慕容云也哀怨地喊了一声，似乎我的转身将要绞碎他的心。

"贤弟，非常感谢你看得起我，也非常感谢你给我的方案，可我区区一介平凡男子，有何德何能获你垂青？请你再给我一些时间。"

最后一句话燃起了他的希望，他激动地点头："好，大哥，我绝不会勉为其难，再给你一个月的时间，希望得到你的答复。"

"我会考虑清楚的。"

"一个月后，即便你没有消息，我也会找到你——不管在天涯海角，除非你移民去火星。"

说到这里，他微微一笑，仿佛胜券在握，要做的只是等待，再等待……

我知道自己不能再说话了，更不能与他如此相处——他一定会影响到我，把他的魅力感染到我心中，就像瘟疫无法抗拒！唯一的办法是逃避，不要再见到这双迷人的眼睛，不要再闻到兰陵王的气息，不要再听到甚至不要再想到——可我却无法做到。

"贤弟，我能否就此告辞？我订了今晚回中国的航班。"

"啊？那么着急回去吗？我已预订了最幽静的温泉酒店，整个酒店只有我们两人——"

这是他的生活，但不是我的！不敢想象我也会变成那种人！

"不！你不是正好被我遇到的，你是早就准备好的！"

"这重要吗？"

"对不起，我想我可以走了。"

但在我转身之前，他再度喊道："大哥，有件事我一直没告诉你。"

"什么？"

他的目光恢复平静，瞥向我的身后："刚才我发觉有人在跟踪你。"

"啊？"

完全不知不觉的我紧张回头，身后却连半个人影都没有，只有寂静无声的冬日森林，与大自然和谐为一体的春日大社。

"她已经吓得逃走了。"

"她？"

慕容云缓步走到我身边："是啊，不知道是谁，不过我想不会有事的。"

"再见！"

"好，一个月后再见，我等你的答复！"

我转身快步离去，身后传来美少年痴情的声音。

坐上返回新干线的巴士，却并未发现有人跟踪。不到十分钟回到车站，我买了张前往大阪的车票，今晚就将飞回上海。

奈良之行，遇见兰陵，足矣。

半个月后。

黑夜，风里夹杂着雪粒，稀稀落落地飘散到头发上，慢慢融化渗透进头皮，冰凉得凝固大脑。商场外挂着大钟，指针已走到晚上10点。所有的店铺都早已关门，街上几乎看不到行人，只有夜归的出租车穿梭。耳边不时响起刺耳的爆竹声，有的人家窗内响起央视春晚的笑声，有顽皮男孩跑出来放烟火。抬头看着几串火光直冲高天，在空中散出五彩缤纷的图案，有时要躲避那些吓人的鞭炮。我想起索多玛国的激烈战斗——今晚新闻说那场内战已造成几万人死亡。

2011年，除夕夜。

这是我恢复记忆以来最孤独的一个除夕夜，上次过年刚好从美国回到家里陪伴妈妈，再上一次则是在美国的监狱。

没有人再来理睬我了，包括以往那些殷勤的面孔，肉麻的吹捧话，转瞬已如云烟消散。我没有脸再回公司，不愿在新闻里看到"天空集团"四个字。只有端木良与我保持联系——他常去垃圾场看他的爷爷，但端木老爷子依旧不信任他。至于那个"莫妮卡"，似乎凭空消失了——看来我的判断没错，她即便爱上了我，也只是爱上身为天空集团董事长的我，而不是高能面具下古英雄的我。

半个月前的日本之行，居然在看《兰陵王入阵曲》表演时遇见我最大的敌人慕容云。虽说是最大的敌人，虽说他害得我如此之惨，每次见面却给我非常亲切的感觉，好像他真是我的亲人，抑或上一辈子有缘没分的情人。大概前世我是男人他是女人，却有某种障碍横亘于我们之间，直到我们阴阳两隔。他这辈子始于公元6世纪，那么我们的上辈子就是南北朝初期，抑或混乱的汉末三国，他又是谁？我又是谁？

不敢再想他在奈良提出的方案——我和他联手征服世界，这方案真的非常诱人，不正是我日夜想的结局吗？尤其在我歇斯底里地以暴政统治天空集团期间。

我相信他说的不是骗局。

不！必须斩断这些妄念，斩断任何与他在一起的胡思乱想，斩断这些邪恶欲望——我奋斗或战斗的一切，并非为了我自己，而是为了对莫妮卡的承诺！

我无权背叛我的承诺，因为我的生命、我的一切早已不属于我，而是那个已死去女子的恩赐！我没有权利背叛她和她家族的事业，为了实现少数个人的欲望与野心，为了享受神仙般超凡脱俗的生活——那不是我！

无论我将失败到何种地步，我都将选择战斗到底。

我，可以被消灭，但不可以被征服。

自从日本回来的那天起，我改变了前段时间的醉生梦死，从此不再去五星级酒店过夜，而是回到妈妈身边——高能的妈妈。

我没有告诉她自己的困境，只说过年想回家陪伴妈妈。以往我总是忙得不可开交，尤其住进"狼穴"以后，几乎没怎么见过妈妈，这次可以常住在家，当然让她非常高兴。

今晚，刚陪妈妈吃完年夜饭，我说想出去透透气——其实，我是不想被她看到我掉眼泪。

漫无目的地游荡着，街道越来越冷清，只听到满世界的爆竹声——穷人也有权利用这种方式寻开心，娱乐自己的耳朵与眼睛。

越来越接近午夜，双腿无意识地晃进人行地道，妈妈总是告诫我这里危险，但对于现在的我而言，危险已失去任何意义。附近游荡着几个乞丐，他们倒没有回家过年，而是留在这儿等待明天的好运——难道大年初一人们会多施舍吗？乞丐们对我视而不见，并没有向我伸出讨钱的手——似乎我是比他们更惨的人。

虽然在我看来自己已一无所有，但我的生活仍比他们舒适许多。

我却非常羡慕这些人。

因为，我没有他们幸福。

乞丐们很有尊严地坐在一起，用厚棉袄与硬纸板抵挡寒风，用不知从哪儿弄来的火炉分享年夜饭，有男有女有老有小，想是一大家子，今晚享用的饭菜档次，竟不差于普通人家。看乞丐们用餐的欢快表情，完全没有穷人的痛苦与烦恼，想是庆贺今年收获颇丰。

这才明白幸福的意义。

孤独的人最不幸福。

而这些聚在一起吃年夜饭的乞丐，正在享受比这座城市里大多数人更多的快乐。

忽然，一个乞丐家族的小女孩调皮地冲我做了个鬼脸。

我也难得地回了她一个鬼脸。

我们都笑了。

要走出地道时，旁边传来吉他的声音——我惊讶地回过头来，才发现在阴暗肮脏的角落里，坐着个腿有残疾的年轻男子。他留着长长的头发，长着充满乡土气息的面孔，身边放着一副拐杖，抱着旧旧的木吉他，轻轻拨动琴弦，在深远的地道中发出奇异的共鸣……

我停下脚步看着他，听着他手中木吉他的旋律，听着这个除夕之夜流落异乡、不丰却倔强的小伙子，唱出远超出他年龄的沧桑的歌——

> 掌声渐渐响起幕已渐渐拉起
> 又要开始另一出戏
> 总是身不由己从来没人在意

为了生活要卖力地演出
灯光亮起的时候忘了紧张颤抖
忘了尊严和坚持在现实中低头
五光十色的舞台浮浮沉沉的生涯
人群渐渐散去面对落幕的孤独
戏子呀戏子没有自己的名字
一个默默无闻的我演着小小的角色
戏子呀戏子忘了自己的名字
戏子呀戏子落泪的戏子
掌声再次响起仿佛是在梦里
一场盼望很久的戏
管他是悲是喜主角是我自己
所有的人陪我欢笑哭泣
大红大紫的时候没有时间休息
没有原来的自己在名利中低头
奢华糜烂和挥霍空虚不安和堕落
青春渐渐用尽面对梦醒的无助
戏子呀戏子没有自己的名字
纵然演过千般角色都是别人的故事
戏子呀戏子忘了自己的名字
戏子呀戏子落泪的戏子
是谁在编写人生这场戏
一生真真假假的谜题
是不是每个人都要戴着面具
演一场自己不愿演的戏
戏子呀戏子没有自己的名字
一个默默无闻的我演着小小的角色
戏子呀戏子没有自己的名字
纵然演过千般角色都是别人的故事
戏子呀戏子忘了自己的名字
戏子呀戏子落泪的戏子……

我已完全沉浸在他的歌声里，完全被吉他颤抖的声音捕获，完全陷在他与我共同的悲伤之中。

除夕，午夜守岁的钟声即将响起，千家万户团聚在一起，只有我这个失败的男人，走在乞丐们寄居的人行地道，一动不动地听着这个不幸的人，听着这个并未被生活打垮的人，抱着吉他唱出凄凉的声音。

谢天谢地，我知道这首歌的名字——《落泪的戏子》，又是一首郑智化的歌。

"戏子呀戏子没有自己的名字/纵然演过千般角色都是别人的故事……"

我从前的生活不也是个戏子吗？被迫扮演一个陌生人，被迫冒充他的身份，被迫承担他的责任，无论我多么卖命地表演，无论我多么疯狂地追求，终究是别人的故事！戴着别人的面具，演着别人的故事，流着自己的眼泪，在除夕午夜肮脏的人行地道。

站在万众瞩目的舞台上，我自以为多么伟大，多么成功，根本来不及——来不及——来不及低头想想自己是谁。当我离开舞台，就被所有人遗忘，只是个默默无闻的戏子，谁还记得我的名字——我真正的名字。

看着盘坐在地道角落的年轻人，我痴痴地，像具凝固的雕塑，泪水模糊冰凉的眼睛，伴着午夜悲凉悠远的歌声，让我成为这部MV的男主角。

男主角？仍旧不过是个戏子。

流浪歌手一曲终了，抬起头看着我的眼睛，地道昏暗的灯光下，丝毫没有悲伤的表情，微笑着说了一句："新年好！"

新年好！

是啊，无论是怎样悲伤难过的心情，365天中总有一天是快乐的。

"新年好！"

我擦去孬种的眼泪，微笑着回答他，可惜身边没有带多少钱，只能将一张百元钞票塞到他手中。

然而，他却将钞票还给我说："对不起，今天大年夜，我不开工，这首歌只是唱给我自己听的，谢谢你耐心听完我的歌。"

我不想再破坏他的情绪，收起钱说："你在唱我的故事。"

"不，是每个人的故事。"

这句话深深刺痛了我，我再也说不出什么，傻傻地对他笑了笑，用力挥挥手，走向地道出口。

忽然，我看到前面站着一个人。

一个女人。

一个年轻的女人。

一个虽然年轻却不漂亮的女人。

"莫……莫妮卡？"

地道里卷来一阵寒冷的风，我哆嗦着喊出她的名字，虽然我认定这是个假名字。

"新年好。"

她穿着件厚厚的风衣，像幽灵般站在地道彼端，头发放下来任由风吹乱。

怎会在这里看到她？大年夜，危险阴暗的人行地道，完全不该是她来的地方。

难道——她一直跟踪我？

真看得起我啊，现在的我还有被跟踪的价值吗？我苦笑着说："好久不见。"

"是啊。"她把视线投向我的身后，"刚才，我也一直站在这里，听了他唱的那首歌。"

"原来我们也有共同喜好。"

她的脸上也挂着泪痕，是为那首歌而哭泣，是为如此落魄的我，还是为她自己？她仰头抑制住自己的悲伤："我第一次听，好悲凉的歌声啊。"

我大胆地来到她面前，伸手替她拭去泪水："是，这也是我的故事。"

"不，是我们的故事。"

"我们？"

这两个字说得有些暧昧，她却勇敢地回答："是，我们两个，现在，这里，只有我们两个，不会再有人来了。"

是啊，我明白她的意思——全世界都抛弃了我，可是她没有，她是唯一在这里的人。

只有我们两个。

"谢谢你，莫妮卡，亲爱的。"

刹那间，我被感动了，不争气的东西！怎么眼眶里又是湿热的感觉？

神啊，救救我吧！我似乎真的有些喜欢她了。

她。

她是莫妮卡。

除夕，午夜，12点，新年到！

全世界华人都在团聚庆贺，整个城市的鞭炮和烟火开始疯狂。

她，却站在清冷幽暗的人行地道里，除了一家子团聚的乞丐以及孤独的残疾流浪歌手，还有……他。

他，她的他。

一分钟前，他伸手拭去了她脸上的泪珠。

他的手那么热，那么滚烫，要融化她冰凉的皮肤，也融化她一路走来的风尘。

是的，她一直在跟踪他——从日本跟踪回中国，又在他家附近徘徊等候。

今夜，她也独自游荡，选择在他家楼下，果然看到了他——这个形容憔悴的男子。她悄悄跟随在他身后，直至荒凉的人行地道。

流浪歌手收起吉他，拄着拐杖走过他们身边，有意不打扰这对男女的相遇。

她看着那一瘸一拐远去的身影，轻声在他耳边说："你看，你并不是世界上最不幸的人。"

"是，我已经得到了太多太多，现在只是无法忍受失去这些而已。"当他颤抖着苦笑时，泪水忍不住涌出来，"其实，这一切本来就不属于我。"

"不，应该属于你。"她也模仿他刚才的动作，伸手抹去他脸上的泪水，"你是男人，男人不需要流眼泪，男人需要勇敢地战斗。"

"你瞧不起我？"

他的表情非常惭愧，就像哭鼻子的小男孩被同桌的小女孩嘲笑。

"我是在刺激你。"

她的回答很直白，而他微笑着点头："感谢你的刺激。"

"听我说，我不希望看到你意志消沉，你仍有机会扭转乾坤。"

"好难啊。"

他看着地道尽头，一条永无止境的长路……

"现在的你，又回到当年刚失业的状态，自暴自弃，无所事事，极端自卑！"

他惊讶地后退半步："你……你怎会知道？"

"因为——"真想说出来啊，但话到嘴边又活生生咽了回去，只能狠狠地说，"我是你肚子里的蛔虫。"

"不，你绝非普通人，一定调查过我的全部底细——虽然你自以为对我了如指掌，但你根本就不了解我！"

她明白她说的意思，认为即便她调查得再细致，也绝不可能知道——他并非高能，而是古英雄这个天大的秘密。

"我知道你的一切！"

这句话让他的脸色微微一变，但仍保持镇定地试探道："说来听听。有时候，连我自己都不知道自己是谁呢。"

"你真的要知道这个秘密吗？"

她故作神秘地摆了个奇怪表情，仿佛摸着水晶球的吉卜赛算命女巫。

"我打赌你一无所知。"

他愚蠢的胸有成竹的表情，让她陡然而起兴趣："赌什么？"

"如果你输了，就永远从我眼前消失。"

"如果我赢了呢？"她聪明地补充一句，"放心，我不会叫你从我眼前消失的。"

"你说吧。"

她在他身边绕了一圈："如果我赢了，你要亲吻我一下。"

"什么？"他没料到她会这么说，心想，大概是她知道自己必输无疑，所以在嘴上调戏他一下吧，不禁轻声笑道，"好香艳的赌注。"

"愿意吗？"

"好，一言为定。"

看他如此爽快地答应下来，已完全落入她的陷阱，她便咬着他的耳朵说："我知道你的秘密——你——不是——高能！"

这句话果真惊得他面色煞白，紧锁的双眉几乎要揉成一团："我若不是高能，那又是谁？"

"古——英——雄——"

她贴着他的耳朵，一字一顿，将这三个字灌入他的大脑。

"住嘴！"

他严肃地后退两步，充满敌意地注视着她，这表明他已经承认——他是古英雄！

然而，她说出的这个天大的秘密，并未让他拜倒在她脚下，反而退避三舍敬而远之。

"你认输了？你害怕了？"

他被迫再度靠近她，压低声音紧张地说："我让你住嘴！"

她露出轻松的神情："别担心地道里那些乞丐，他们不会关心你叫什么名字。"

"是谁告诉你的？"

这回又是咬耳朵，她却淡淡地回答："拜托，你越这么神秘兮兮的，人家反而越会注意你在说什么。"

他慌乱地将她拽到一个阴暗角落，确保不被其他人看到："好了，现在可以说了吧。"

"对不起，你把我带到这种地方，是不是要图谋不轨？"

"God！"他终于急得吐出真言，"你以为你真是个大美女啊？"

言者无心，听者有意，这句话深深刺痛了她的心，刚才说得那么畅快淋漓，像回到刚和他认识的岁月，却被这句无情的话击得粉碎！

但她不会对他示弱的！从前不会，现在也不会！她扬起头无畏地回答："是，我知道自己长什么样！我不漂亮，也不迷人，一只丑小鸭——然而，古英雄，你呢？你长得也不像你的名字那么英雄气概，你不过是个出身低微、貌不惊人、学历平平的保险推销员！你凭什么看不起我？你凭什么还以为自己高人一等？"

这番话说得他羞愧难当，真想掘个地洞钻进去："对不起！非常对不起！请接受我的道歉！"

而她再也无法控制自己，将压抑许久的话说了出来："古英雄，在这里并没有谁比谁更值得人去爱。我们都是在命运中随波逐流的人，但我想要找到属于自己的航线，因为我相信自己绝不逊色于任何人。而你早已迷失方向，即将撞死在坚硬的暗礁上！但我想我可以帮助你，因为我们都是同一类人。"

差点就说出那段经典台词——"It is my spirit that addresses your spirit; just as if both had passed through the grave, and we stood at God's feet, equal-as we are！"

他恐怕也想到了这段话，嘴里喃喃自语："简·爱？"

她不安地摇摇头道："对不起，我不想让你联想到这个。"

"你说我们都是哪一类人？"

"创造自己命运的人。"

他又一次被她的话触动，悲伤叹息："我曾以为自己找到了人生使命，现在才明白我根本就是个傻瓜！"

"因为——**你的使命不是成为世界的统治者，而是成为人间的拯救者！**"

"拯救者？"他低头沉思片刻，嘴里嘟囔出一句英文，"Heal the world？"

她缓缓地点点头。现在是大年初一凌晨，地道外爆竹声此起彼伏，眼前这个迷途的男子，正逐渐找回自己的路。

"谢谢！"

再次抓住她的手，拉到灯光明亮的角落，让光线照亮她的眼睛，虽然还是不太漂亮，但他已有了亲她的欲望。

"谢我干什么？我只是个——不存在的人。"

她想到原来的自己早就死了，不该再有太多奢望。

"为什么？你为什么来到我的身边，扰乱了我的心，让我那么痛苦，让我想起那个人？"就在他要抱紧她的刹那，他却转身抱着自己的脑袋，"对不起，我一直爱着一个女子。"

"能否告诉我她的名字？"

她希望听到莫妮卡的名字，但也不排除其他什么女人，因为她离开过他一年，不知道这一年来他有没有爱上过甚至拥有过其他女人。毕竟那一年里他拥有无数财富，从来不会缺乏各种各样的女人。

他都不敢看她的眼睛："对不起！我不能说出那个人的名字！"

"那你为何不和她在一起呢？"

"因为，她早已经死去！"

他说的就是莫妮卡——近在眼前的女子——这已让她极度满足，就算即刻死去也不可惜。

现在，她可以说出今晚要说的话了。

"古英雄，其实，我是来向你告别的。"

"告别？"

她尽量让自己保持微笑："明天，我将飞去美国。"

"又是去美国？"

他一定想起了两年多前，他初次坐上飞往美国的飞机，给莫妮卡打电话的情景。

"因为，我想到了一个办法，可以帮助你夺回天空集团——而这件事只有我可以做到。"

听起来很悲壮，却让他充满疑惑："连我都做不到，你却可以做到？你还知道我是古英雄！你究竟是谁？请一定要告诉我！"

"我是莫妮卡。"

可他还以为是打引号的"莫妮卡"，失望地摇摇头："我听够了！"

"不！不是你以为的那样，我就是——我就是你的莫妮卡，你曾经爱过的那个人！英文名字叫莫妮卡·高，中文名字叫高梦！因为你不是高能，所以你可以爱高思国的女儿，你可以爱莫妮卡，你可以爱我！"

这番憋了整整几个月的话，终于如竹筒倒豆子般落在他耳中，却让他自欺欺人地后退几步："不，我不相信！我不相信你是她！她已经死了！不可能再回来了！"

"但你不会忘记我的，不会忘记杭州的风雨之夜，不会忘记我们一同走过西湖，不会忘记你在我眼前掉下断桥，不会忘记我陪你去做DNA鉴定，不会忘记我第一个飞回美国来探监，不会忘记我千里跋涉到肖申克州立监狱去看你，不会忘记我在马丁路德市等待你越狱归来,不会忘记我为你这个逃犯租下那栋房子,不会忘记我们在那栋房子里最最美好的夜晚!"

说完他俩风风雨雨走过的一切,她和他都已泪流满面,似乎十年生死两茫茫之后,那个人真的已回到眼前,幸好还没有尘满面鬓如霜。

沉默了数秒,她却失望地听到一句话:"对不起,我还是不相信,因为,我已经不相信这个世界上的任何人!"

"包括你最深爱的人吗?"

"她已经死了。"

"死了?"她苦笑着仰起头来,"是啊,真正的莫妮卡早就死了,我不过是具没有皮肉的鬼魂。"

他强迫自己冷静下来,淡淡地说:"我送你回家吧。"

"不,我想一个人离开。"

她有些留恋却又决然地转头,走出地道口的刹那,忽然被他一把紧紧抓住。

耳边响起他沉重的嗓音:"既然刚才打赌输了,就得送上我的赌注!"

她要反抗却推不开他的双手,那张脸离她越来越近,在剧烈颤抖与摇晃中,他的双唇重重地压到她的嘴上。

冬天,他的嘴唇干燥开裂得厉害,唇上锉刀般的裂口,给她一个充满疼痛的吻。沉重的鼻息碰在她的脸上,彼此交换呼吸,交换唇上的液体,交换无法抑制的泪水。

一分钟后,他开裂的嘴唇缓缓后退,留下她复杂悲伤的神情。

"Shit!"

她轻轻咒骂了一声,飞快转身跑出地道,消失在大年初一凌晨的街道上。

我想我快要死了。

这是我短暂的有记忆的生命中,度过的第四个中国新年。

但这一回,我是一个被废黜的亡国之君。

最近我在绝望地思考一个问题——也许,我的失败对天空集团来说,未尝不是一件好事。

原本我以为慕容云是长着天使脸蛋的魔鬼——历史上的兰陵王亦是如此,"在十角上戴着十个冠冕,七头上有亵渎的名号",唯独缺少一副原本属于他的面具。

然而,经过史陶芬伯格的暗杀,白展龙的背叛,无数人对我的仇恨——我发觉自己才真正是那头怪兽,十个角长在我的头上,七个头生在我的肩上,我已浑身挂满暴君的冠冕,满脸写着亵渎的名号!

除了我自己以外,谁还能救我呢?

"莫妮卡"?

无论她是什么人,无论她是否救过我,无论她究竟还知道多少秘密,我依然不相信她就是我的莫妮卡。

几小时前,我接到她打来的电话,说她已坐上前往美国的飞机,目的地纽约的航班即将起飞,她要我保重——等她胜利归来。

我不相信她能做到那件事。

她真的能做到吗?

心房猛烈颤动——不敢去想那次赌博,因为赌注是我的灵魂。

第十二章　菩提本无树

两周之后。

垃圾场。我们这个时代的垃圾场，被污染的灰色天空下的垃圾场，寒冷的荒野工地包围的垃圾场，收留着被城市遗忘的人们的垃圾场，像一张永远吃不饱的巨大嘴巴，吞噬被我们抛弃的一切废物或宝贝。

与其说是一个藏污纳垢的垃圾场，不如说是一个藏污纳垢的时代。

我坐在被无数垃圾围困的窝棚里，废旧建材搭起的梁柱，纸糊的墙壁和窗户，加上散发臭味的破棉被，阻挡冬天肆无忌惮的寒风。屋子中间生着热腾腾的火焰，小炉子是八成新的垃圾，烧着不知从哪儿弄来的燃料。

一张褪色的旧地毯上，坐着聚精会神的老头子——端木明智老爷子。他看起来健康硬朗，至少能活到一百岁。

我和老爷子之间，是一副中国象棋的棋盘，我的一个小卒再度过河，刚吃掉老爷子的一个大车，正严重威胁老帅的生存。

老爷子不停地搔着后脑勺，为棋盘上的危急局面绞尽脑汁，思考已超过了五分钟。

而我颇为得意地后仰着头，毫不介意这垃圾桶般的窝棚，反而觉得相比空调十足的房间，在原始火炉周围更为温暖。

最近数日，我每天都会来到垃圾场，陪端木老爷子聊天干活——处理各种垃圾战利品，看着一件件废品经过自己的双手，变成可以使用或可以换钱之物，竟也干得饶有趣味——更多时间则是下棋。老头子棋瘾非常大，而垃圾场里的邻居虽多，但没有一个能陪他下棋。

所以，我成了老爷子最欢迎的人，每天至少陪他下三盘棋，居然还能打个平分秋色，数次棋逢对手以平局告终。

但我很注意说话方式，老头也知道我如此殷勤前来的用意——兰陵王面具。所以，我尽量不提蓝衣社，也不提我真正的名字古英雄，只是让老头子知道，如今我已一无所有，再也不是"狼穴"主人了。

终于，老爷子找到了我的命门，下出极其诡异的一着，竟然一举扭转乾坤，反让我陷入垂死挣扎的局面。

正当端木老头得意地笑着时，窝棚外响起什么动静，我和老头都警觉地站起来，发现外面站着一个男人。

我认得这个男人。

他出卖了我。

白展龙，一个卑鄙的篡位者。

他穿着件笔挺的大衣，头发梳得油光发亮，满脸阴郁地低头看我，眼里扫过一句话："他怎么沦落到如此地步？"

早就受够别人怜悯或嘲讽的目光，我面无惧色地站起来平视他说："今天真是贵客临门，白展龙，你还记得来看我，我很感动。"

"对不起。"他知道我说的都是反话，表情局促不安，"我知道你恨我，但我是来向你解释一些事情的。"

"我不需要你的解释。"

这个曾被我从自杀边缘救回的男人，像狗一样在我面前卑躬屈膝的男人，依然保持对我的敬畏，轻声说："我刚从美国飞回来，我们能不能单独谈谈？"

说完，他低头扫了一眼窝棚里的端木老爷子。

老头当然不会给他好脸色，费尽心血下了盘好棋，临到决定胜负的时刻，突然被这个不速之客打断，他大概想抽白展龙两个耳光。

我冷冷地看着白展龙，这个将我害得生不如死的叛徒，为何史陶芬伯格的炸弹没把他炸死？但我还是叹息了一声："好吧，我们出去谈。"

跨出窝棚之时，身后传来端木老爷子的声音："臭小子，你可得快点儿回来。就算几天几夜不吃不喝，我也会一直守着这盘棋的。"

"好，老爷子，我不会输给你的，等我回来一定赢你。"

"那我们试试看吧！"老头爽朗地笑道，"你去吧，我不会作弊换棋子的。"

"一言为定！"

看着垃圾场上阴霾的天空，四周并没有其他人，但不等于没有人埋伏——以前我不是常玩这一套吗？

"有什么话就快点儿说吧！"

白展龙干咳了一声："这里还是不方便，我们去另一个地方吧。"

"哪里？"

"越远越好。"

跟着他走出垃圾场，我警惕地观察四周。他苦笑道："别看了，周围没有别人，我是一个人来的。"

"我不会相信你的。"

"上车吧。"眼前是辆不起眼的奥迪车，就像很多政府的公务用车，白展龙替我拉开车门，果然没有其他人，"你还要检查一遍吗？"

"不必了。"

我干脆地坐了进去。白展龙上车启动，迅速离开垃圾场。

穿过数座荒凉的工地，郊区被污染的天空渐渐暗了下来，车子驶上拥挤的高速公路。不知不觉开了一个多钟头，却依然看不到市区景象。

"你要带我去哪里？"

他不回答。

我紧张地抓着车门："什么意思？你要杀了我？"

夜幕降临，只有公路两边的灯光提醒我现在还在人间。

"停车！"

我再次狂吼起来。

两分钟后，车子驶出高速公路收费口，拐进一条清冷荒僻的乡间公路，直到大片枯黄的野草堆。

停车，下车，对峙。

寒夜笼罩郊外荒野，空气中飘散着植物气味，野草几乎没过膝盖，北风卷来吹乱头发。

空地上亮着一盏路灯，照亮一个白色汉服的人影，一张熟悉的脸，美得让人心悸的脸。

慕容云，果然是他，独立风中等待我的到来。

不但有灯光，还有难得的月光。

共同照亮眼前的这张脸，美得无法形容的年轻男子的脸，曾让我心旌摇动难以自控的脸，却是变幻莫测极度危险的脸。

一千多年前兰陵王面具之下的脸。

白展龙已悄悄回到车里，荒野中只有我与美少年二人对视。月光笼罩他的长发与大袖，就像一幕动画片里的剪影，就连两人的目光也随风飘散，共同凝结在寒冷的冰霜中。

难道奈良春日大社一别，我每夜都在梦中见到他，故而精神分裂变成妄想症，妄想他此刻出现在我眼前？

"大哥。"他的脸庞更加清晰，红唇白齿间吐出流水般的声音，"别来无恙？"

"真的是你？"我仰天苦笑了一声，"你看我像是无恙吗？"

"你很落魄。"

他清脆直白的话语，让我也坦然起来："是，你何必再来看我？算是羞辱我吗？"

"我是来向你道歉的。"

"道歉？"我不会相信他的，"道歉杀了那么多人？道歉夺去了我的一切？道歉索多玛国的血腥内战？"

慕容云淡淡地摇摇头："不，我要向你道歉，是我策划将你陷害进了监狱。"

"两年半前，你派人杀死了常青？"

"是阿帕奇替我执行的，他雇用了那个光头杀手，又请了一个人冒充天空集团的秘书。"

"那个到机场接我去与高思国见面的'吴秘书'？"

他面露愧色地点点头："是。那个人把你送到案发地点楼下，然后打电话报警说有杀人案——抱歉，那时我觉得你是我最大的敌人，是我实现目标的绊脚石，但我不想杀了你，只想让你的使命失败。"

"够了！你的一切所作所为，都经过了精心计算！"

"第二天，阿帕奇干掉了光头杀手，也杀死了那个假冒的'吴秘书'。"

风吹乱我的头发，我颤抖着说出四个字："杀人灭口？"

"没错。"

"阿帕奇也是你派到监狱里去的？可是，为何在我越狱之时，他不杀我反而放了我呢？"

"因为，你身上埋藏着无尽的宝藏！"

这句话听得我心头发颤，我立时后退半步："无尽的宝藏？你是说兰陵王的秘密？"

"不仅仅是兰陵王——当你越狱逃亡之后，阿帕奇说你身上有许多特别之处，注定将成为一个非凡的男子。而且，你的眼神、你的气质、你的灵魂，都与我那么相似，那么匹配。"

"匹配？"我要起鸡皮疙瘩了，"真可怕！"

月光下的美少年却是风情万种："所以，当你来到纽约，我就以真面目来与你相会，然后，在顶级跑车拍卖会上——"

"你制造了刺杀事件？目的是要得到我的信任？"

慕容云为我鼓起掌来："如此这般，我才能与你结拜为兄弟，我可是特意选了个好时间、好地点。"

"那么财务总监希尔德呢，他也早就被你们收买了吧？"

"是，可没想到他的妻子居然告密，阿帕奇必须杀了她，然后将她的丈夫带回岛上——就在你们上岛来抓他之前，希尔德就已经被我们杀了。"

"反正他的身份已暴露，对你而言也无利用价值了。不过，看来我对你还有很大的利用价值，可惜不知道这个价值还能持续多久。"

"永远！一百年，一千年，一万年！"

面对他动情的面容，我也略带惆怅地回答："我希望只有一秒钟。"

"可你连一秒钟的时间都不给我。"他仰头看着月光许久，将要变成一匹漂亮的公狼，"好吧。记得在奈良与你说过，给你一个月时间考虑我的方案——我们兄弟联手统治世界，大哥想清楚了吗？"

"No。"

最后一个"No"，再次深深打击了他。他垂首叹息数十秒钟，白皙的脸上落下两行清泪："太遗憾了！大哥，你会为这个决定而后悔的。"

"不，我不对任何决定后悔。"

"可我还是希望大哥能改变这个决定。"

我横眉冷笑一声："凭什么要我改变？"

"因为，今晚，我就将夺回属于我的面具。"

"什么面具？"

慕容云再次逼近我的眼睛，就像面具挂在我的脸上："还能有什么面具呢？那也是你日思夜想要得到的——**兰陵王的面具**。"

"我能感受到他热热的呼吸，目光里灼热的欲望，我战栗着摇摇头："今晚？不！不可能！"

"大哥，如果你拒绝我的橄榄枝，那么，你就不必再奢望什么面具了。"他几乎与我脸擦着脸，贴着我的耳朵说，"面具注定属于我，本来也就属于我。不过，我仍给你一个机会，我们可以共享这副面具，共享兰陵王的秘密。"

然而，我猛然后退一大步，重新与他拉开距离，大声道："你错了，我将单独拥有兰陵王的面具！"

"我是兰陵王高长恭——面具是我的！你想要得到，那就是可耻的偷窃！"

"你才是窃贼！用种种卑鄙残忍的手段，偷走我的财富的窃贼！"

慕容云却无情地喝道："大哥，这些财富本来就不属于你，你也只是一个冒充高能、盗窃高家财富的窃贼而已！"

这句话说得我哑口无言，我乖乖地后退几步，嘴唇冻得发紫，决然地摇摇头："你走吧！我不会向你妥协的！"

他痴痴地在原地站了片刻，直到月光再度从云中现身："我们现在还是敌人，不过我可以开车把你载回市区。"

"不必了，贤弟！"该死，我怎么还在叫他"贤弟"？我倔强地说，"我自己有两条腿，到处都可以打到出租车。"

慕容云极度悲伤地摇摇头，回到那辆奥迪车边。白展龙活像个酒店服务生，跳出来替他拉开车门。

他回头喊了一句："晚上冷，小心着凉！"

美少年与白展龙离开荒野，只剩下一盏刺眼的路灯，一轮忽隐忽现的暧昧月光。

我冷冷地站在寒风野草间，目送奥迪消失在冬夜深处。当他真要离去的刹那，其实我心底充满犹豫——到底要不要跟他走？要不要答应他的方案？要不要与他分享兰陵王的秘密——假设他今晚真能得到面具。

心动的同时，我暗暗咒骂自己：为何要向卑鄙的敌人投降？难道我的心已被他俘获？难道我将成为自己最排斥的那种人？

他最爱的人是我。

当我离开冰火岛的那刻起，我就已朦胧地感觉到了；当我与他在崇明岛竹林密会时，我已完全确定、一定以及肯定。

可他是我最大的敌人，是他陷害我进了监狱，是他杀死并冒充我身边的人，是他将秋波从我身边夺走，是他最终篡夺了我的天空集团。

爱与恨，从来就是交织不清的，从来就是一枚硬币的两面，甚至是同一面。

我没有选择爱，也没有选择恨，我的选择是战斗。

孤独地在风中站了很久,我才想起端木老爷子,还有那盘没下完的棋!老头肯定还守在棋盘旁边,等着我回去收拾残局。

不管慕容云说的是真是假,不管他今夜能否得到兰陵王面具,至少我得回去下完那盘棋!

穿过这片野草丛生的荒野,如坟墓间夜行的幽灵,离开令人眩晕的路灯,月光变得皎洁明媚起来。我快步走了好几分钟,也不再感到寒冷,后背反而出了层薄汗。高速公路边不可能拦到出租车,我沿着绿化带的小径,继续艰难地往前走。除了车流见不到人影,田野也被沉沉寒夜笼罩,所有农舍都睡着了。

步行了好几公里,才来到一座小镇打上出租车。我不知道这是哪里,好不容易才说清垃圾场的方向,司机也感到我这个人的古怪——晚上打车去城市另一头的垃圾场?

一个多小时后,荒凉的垃圾场。

我的心已暂时回到棋盘上,脑中满是那枚过河的卒子——此刻我不也是一枚过河卒吗?虽然小小的没什么力量,却只能前进不能后退。

并没有想象中那么死寂,许多捡垃圾的人白天辛苦工作完,晚上终于有时间娱乐放松了。许多人拉起电灯,围着火堆打牌取乐,更有人拉出了电视机——从垃圾堆里捡回来的,调试后居然画面还很清晰,用天线收着时下最流行、最垃圾的电视剧。

我无心分享他们的幸福,急匆匆穿过大堆分解好的垃圾,跑进端木老头的窝棚。

"老爷子,我来陪你下棋了!"

然而,窝棚里寂静无声,黑黑的什么都看不到。

我小心地打开屋里的煤油灯,却发现老头无影无踪,只有棋盘完好地摊在地上,棋子仍是我离去时的局面。

端木明智老爷子去哪儿了?他不是说好了等我回来的吗?以老头棋痴似的倔强劲头,是绝不会放我鸽子的。

我冲出窝棚扯开嗓子大喊:"端木老爷子!你在哪里?臭小子回来陪你下棋了!"

这番吵闹惊动了周围邻居,几个捡垃圾的钻出窝棚,其中一对夫妻模样的中年人过来说:"小伙子,你在找这里的老头吗?"

"是!"

"哦,我认得你,最近每天都来找老头下棋的。"附近亮起一盏电灯,中年妇女看着我的脸说,"今天傍晚,有两个人过来把老头接走了。"

有谁能把老头接走呢？老爷子绝不会舍弃棋盘，更不会背弃与我的约定，除非是被暴力劫持！

　　我赶紧问道："请问老头是不是被抓走的？"

　　"没有啊，那两个人和他说了几句话，他就自动跟他们走了。"

　　"是什么人呢？你们还记得吗？"

　　说完，我很识相地掏出一百块钱，塞到这对中年夫妇手中。

　　"想起来了，是一男一女，男的三十出头，女的只有二十来岁。他们穿着很体面，一看就是有钱人。男的戴着眼镜，斯斯文文的，女的嘛，很漂亮，像电影明星。"

　　一男一女？女的很漂亮？那会是谁呢？

　　肯定不是慕容云，当时他正和我在一起，不具备作案时间。

　　究竟谁有那么大能耐，可以让端木老爷子跟着走呢？

　　男的——端木良？

　　不过，老爷子并不信任这个孙子，只有他是不可能请得动老爷子的。

　　除非还有一个人，一个我曾经喜欢过的人——端木秋波。

　　没错，那个年轻漂亮的女子，必定是端木老爷子唯一的孙女，如此才能让他心甘情愿跟着走，抛下这盘没有下完的棋。

　　秋波和端木良一起来了？他们带走了老爷子？这意味着什么？

　　耳边响起慕容云说过的话——**"今晚，我就将夺回属于我的面具。"**

　　也许，他并没有说大话，秋波是老爷子最关心的人，利用她骗取爷爷的信任，进而找到兰陵王面具——这不是他们惯用的伎俩吗？

　　我绝望地看着垃圾场上的夜空，老爷子，你究竟在哪里？我还等着你回来下棋呢……

　　垃圾场渐渐安静下来，我始终站在老头的窝棚外，等待他归来，等待重新挪动棋子。

　　忽然，隔壁窝棚竖起一个卫星接收器，显然也是从垃圾堆里捡来的。那对中年夫妇搬出一台旧电视机，调试这口"大锅"，看看有没有卖钱的价值。没想到他们很会摆弄，大概以前干过卫星天线的安装工，很快就收到了国外电视台的卫星信号。

　　无聊的我也过去看了一眼，正好出现美国CNN的新闻，中年夫妇听不懂英文，正要换台，我赶紧说："等一等！让我看一会儿。"

他们刚才收了我一百块钱，当然得听我的指示，继续把画面和声音调得更清楚些。

因为，卫星电视的新闻画面里出现了我熟悉的景象——纽约，曼哈顿，天空集团全球总部。

一位金发女记者对着镜头说："这里是曼哈顿的天空中心大厦，今天再次聚集全球目光。前不久遭受索多玛国内战打击的天空集团董事长高能，因患有精神分裂症，被剥夺了董事长大权，不到两个月，天空集团再次爆出惊人消息——前任董事长，也是老董事长的独生女——莫妮卡·高，竟然在宣告死亡一年零两个月后，死而复生回到集团总部，重新掌握集团大部分股权，并获得董事会一致认可，再度成为天空集团全球董事长兼CEO。"

当我目瞪口呆地面对破电视机时，画面里出现了另一张脸——"莫妮卡"，却是平凡的丑小鸭莫妮卡，我至今不相信她是莫妮卡的"莫妮卡"。

她身后是董事会的几名大佬，上个月正是这些人将我赶下宝座，此外还有一个白人老头，看起来有些眼熟，但又想不起来是谁。

镜头对准这个白人老头，他老练地回答提问："我是已故天空集团董事长高思国先生以及莫妮卡·高小姐的私人律师——亚力克斯·卡特。2009年秋天，我亲手办理了莫妮卡·高小姐继承她的父亲高思国先生的遗产，也是我办理了高能先生继承莫妮卡·高小姐的遗产。但是，最近我才知道——莫妮卡·高小姐还活在世上！2009年索多玛国的遇袭事件中，高小姐遭到非常严重的烧伤，她为了天空集团能够渡过难关，被迫选择伪装死亡，将遗产全部留给她的堂兄，也是家族唯一男性继承人高能先生。从此，高小姐隐居在佛罗里达州的一家私立疗养院，在去年接受了全身整形手术，使她的容貌与过去相比有了巨大变化，并使用了一位英籍华人女子的护照。"

记者却怀疑地问道："卡特律师，请问，有没有证据说明，这位改换了容貌的高小姐，就是曾经被宣告死亡的莫妮卡·高？"

律师胸有成竹地回答："是的，你一定有这样的疑问，但我们已证实了高小姐的身份——她手中有自己的全部资料，包括她的父亲遗留给她的私人文件。她可以说出自己和家人所有往事的细节——本人可以证明，因为我是她父亲生前的私人朋友。更重要的是，天空集团董事会对高小姐进行了DNA检测，比对了当年莫妮卡·高与她父亲留下来的DNA样本，证明她确实是莫妮卡·高本人，也是老董事长高思国的女儿。董事会为确保没有弄错，甚至掘开了位于长岛家族墓地的莫妮卡·高的坟墓——上帝饶恕我们！发现棺材里只有一堆石头！而当初护送棺材回来的人也从未亲眼见过莫妮卡的遗体，所有关于她死亡的消息和文件都来自当地一家医院。我已亲自向那家医院的院长询问过，同样也获得证实——莫妮卡的死亡确属伪造，她仍然好好地活着，只是容貌被迫改变，她就站在我们中间。"

说完，律师指向那位丑小鸭——我的莫妮卡！

她说的一切都是真的！她就是我的莫妮卡！我的莫妮卡！而我居然固执而愚蠢地不相信！怪不得第一眼对她的感觉就很奇特，即便她已完全改变容貌，即便她已不再漂亮而非常平凡，但她身上依旧散发着以往的魅力，这种魅力来自她的性格与智慧，来自她的坚强与温柔，来自她对我永远不变的爱。

而我却瞎了眼睛！

想起对她说过的可悲的话，对她摆出的种种恶劣态度，都深深伤过她的心——我真是个畜生！让那么好的女子，为我付出了那么多，我却还以为她是骗子！

卫星电视的镜头对准莫妮卡，她穿着一身黑色西装，头发绾起，很干练的样子，身后的董事会大佬似乎都已完全臣服于她。

她平静地对记者说："对不起，我就是曾被宣告死亡的莫妮卡·高，鉴于天空集团目前的危急局势，鉴于我的堂兄已被剥夺权力，我想我有必要出来干预，将天空集团牢牢控制在我们家族手中。感谢卡特律师的帮助，他是我从小就最尊敬的专业人士；也感谢董事会各位成员的信任，他们都是看着我长大的前辈；也感谢联邦调查局与纽约州地方法院的支持，他们核对并通过了我的身份验证，在法律上注销了我的死亡记录，让我成功地死而复生——我依然是天空集团全球董事长兼CEO，我的堂兄高能先生并未继承我的遗产，因为我还活着。天空集团董事会欢迎我的归来，并且愿意在我的领导之下，共同带领集团走出困境。"

说完，周围响起董事会成员的一片掌声。

新闻画面切换回CNN演播室，几名财经界嘉宾开始讨论这个离奇事件。

我马上对旁边的中年夫妇说："能不能再帮我换几个卫星频道？"

随即，屏幕上出现不同语言的节目。换了几个之后又是财经新闻，这回是阿拉伯的半岛电视台，同样在播放天空集团董事长易主的新闻——画面里出现莫妮卡并不漂亮的脸，下面的英文字幕已证实刚才CNN的新闻。

莫妮卡死而复生重出江湖，想必已传遍了全世界——虽然我丢失了天空集团，但她又帮我夺了回来。

想起大年初一的凌晨，她说她要去纽约，帮我夺回天空集团，当时我完全不相信她。

现在，我错了。

她是对的，她是我的女神，她才是人间的拯救者。

可惜，她不在我的身边，确切地说，是我不在她的身边。

我该怎样才能偿还她对我的付出呢？该怎样才能表达我对她的爱呢？该怎样才能惩罚自己的愚蠢与傲慢呢？

莫妮卡！莫妮卡！莫妮卡！

我在地球另一边乞求你的原谅。

白色的月光，再度从云端钻出来，照射在垃圾场里每个人的脸上。

然而，莫妮卡重掌天空集团这件事，对于慕容云和Matrix来说，却是个致命的打击——他们吞并天空集团的阴谋再次破产，说不定索多玛国石油项目又将变化。

所以，慕容云才急着过来，他要找到兰陵王的面具，才可以再度扭转局势。

而且，他还带着端木秋波。

秋波？

一分钟后。

秋波出现在我面前。

依然是垃圾场，端木老爷子的窝棚外。隔壁的中年夫妇已把破电视机和卫星接收器藏了起来，以免被邻居偷走。

有人在身后叫了我的名字："高能！"

还是一个年轻女声。我猛然回头，见到两个身影，一个赫然是端木老爷子，另一个却是我曾经日夜思念的秋波。

她？

她怎么来了？

可惜，她来得太晚了，如果是几个月前，她的回来一定会让我疯狂，可是如今……

她穿着件黑色大衣，脖子上鼓鼓囊囊地缠绕着围巾，看起来不太自然。她艰难地搀扶着爷爷，老头子摇摇晃晃像受了伤。我赶紧过去扶住老爷子："发生什么了？"

秋波着急地说："先让爷爷躺下来！"

我们把老头抬进窝棚，煤油灯照亮这间陋室，老爷子却轻轻喊道："小心别碰到棋盘！"

"老爷子，您还在想着和我下棋啊？"

老头却孩子气地苦笑道："老子就算把命丢了，也要把这盘棋下完。"

我转头轻声问秋波:"他怎么了?"

"从楼梯上摔了下来,不知道伤得有多重。"

"什么?"

一个七八十岁的老人,就算平时身体再好,也不能从楼梯上摔下来啊!这不是要他的命吗?

我盯着秋波的眼睛问:"到底发生了什么?"

已经几个月没见过她了,她害怕地往后缩了缩。这个我曾喜欢过的女人,显得更加楚楚可怜,就像当年的盲姑娘——为什么她依然那么漂亮,我的莫妮卡却变换了模样?

如果现在让我在大美女秋波和丑小鸭莫妮卡之间选择,我一定会选择后者。

无论端木秋波是否还爱着慕容云。

记得秋天的佘山之巅,她在我和慕容云之间,选择慕容云离去时,我是那么伤心绝望,好像丢失了生命中最重要的东西——现在,却感到自己是那么天真,时间真的会抹平一切——莫妮卡却是例外。

慕容云也不可能真正爱她,最后的牺牲品只能是可怜的秋波。

"对不起!"她低头浑身颤抖,就像做错事的小女孩,"是慕容云带我回来的,他说只有我才能帮助他——他会让我见到哥哥,然后见到爷爷,并从他那里得到一副面具。我也很想见到哥哥和爷爷,就跟着他回到中国,很快就见到了哥哥。于是,我和哥哥一起来找爷爷。"

"果然,端木良始终是慕容云的人——怪不得老爷子一直不信任他。"

"我和哥哥一起找到了爷爷,说有件重要的事情和他说——爷爷,我对不起你!"

她的眼睛红红的,似乎哭过,此刻再度落下眼泪。

"你说了什么?"

"我说——"她对我的问话非常害怕,嘴唇都发紫了,"几天前,有人给我注射了一种病毒,将会慢慢吞噬我的身体,最终置我于死地,我还给他看了我的脖子。"

说罢,她解开脖子上的围巾,雪白粉嫩的肌肤表面,有一大块紫黑色印记,就像肿瘤或血块,看起来非常丑陋可怕。

"天啊,这是什么?"

"其实,只是别人给我化的妆而已。但我说这是病毒发作的现象,24小时后就会扩散到全身,那时就算上帝也救不了我的命。只有一种血清可以消灭病毒,而这种血清世界上只剩下几瓶,全都保存在一个秘密的实验室内——就控制在给我注射病毒的人手中。"

"天啊，这种拙劣的谎言，怎能骗得了你爷爷？"

我怀疑端木良的脑子是不是坏了，抑或是武侠小说看多了。

"哥哥说对方的目的是兰陵王面具，只要及时注射血清就能救我的命，不会留下任何后遗症。我也觉得爷爷不可能相信，但没想到爷爷说只要能救我的命，他愿为我做一切牺牲。于是，爷爷带着我们离开垃圾场，坐上一辆公共汽车，结果却是坐到终点站又坐回来。"

"这不是兜圈子吗？"

秋波痛苦地撑着脑袋："是啊，兜了两个钟头又回到这里，附近有一栋破旧的居民楼，爷爷租了其中一间屋子，却从来没有住过，屋里堆满了各种垃圾。他从那些垃圾里找出一个铁皮盒子，说兰陵王面具就在里面。但是，他不肯把面具交给哥哥，说要看到他们给我注射救命的血清，并且还要观察我超过三个月，才可以把面具交出去。"

"既然如此，何必还把面具拿出来给端木良看呢？这不是让他明抢吗？"

"没错，哥哥确实这么做了！他从爷爷手中抢过铁盒子，爷爷也被他的行为激怒了，两个人就像仇敌一样打在一起！"

我挥拳打中旁边的硬板纸："端木良真是个畜生，连自己的爷爷都不放过！"

"当时，我也被这场面吓呆了，我知道哥哥做得不对，也帮助爷爷去打他。但是，我一个女人，爷爷一个老人，加在一起也争不过哥哥。我们围着铁盒子一路抢夺，直到外面的走廊，哥哥居然飞起一脚，把爷爷踹下了楼梯！"

"我要杀了他！"

秋波悲伤地抽泣："就这样，哥哥抢走了铁盒子，把我和爷爷扔在那里。我吓得大哭起来，发现爷爷已受了重伤。我要把爷爷送去医院，可他说一定要先回这里，因为有盘没下完的棋。这附近根本叫不到出租车，垃圾场倒是非常近，我的力气也只够把爷爷扶到这里。"

"他是在等着和我下棋呢！"我扑到端木老爷子身边，摸摸他的胳膊和腿脚，不知是骨折还是内伤，反正情况非常严重，"老爷子，你何苦如此？"

"天数！"老头悲怆地抓着我的手，"来来来，臭小子，我们把这盘棋下完。"

"老爷子，我知道您是故意的，故意把假的铁盒子拿出来，里面根本没什么兰陵王的面具，是不是？您只是为了试探端木良，看看你的孙子究竟是不是坏人，却没想到他竟是这样的丧心病狂之徒！"

"报应！这是老天给我的报应——蓝衣社的元老们，全都生养了不肖子孙，比如常青、比如南宫……他们的父辈都是我肝胆相照的兄弟，大概我们年轻的时候干过不少卑鄙的恶事，到老终于有了现世报！我唯一最爱的孙子，他为得到面具，竟然把我踹下楼梯。"

我双手托着老爷子的后脑勺，让秋波倒杯水端过来，给他喂下去："你明知他不是好人，何必要这么试他？"

"因为他毕竟是我的孙子，我仍希望他没有背叛我、出卖我，我更想不到他竟会这么对我！人为财死，鸟为食亡，儿子可以杀老子，孙子可以打爷爷，熙熙攘攘，皆为利来！"

眼看老头快说不动话了，我急忙扶他起来："什么都别说了，我送你去医院。"

"等一等！"老头用仅剩的一点力气指了指棋盘方向，"我们的棋还没下完呢！"

"老爷子，我答应你，等你到了医院，只要医生说你可以下棋，我就一定陪你把这盘棋下完！我记住了每个棋子的位置，绝对不会耍赖的。"

"小子，不许耍赖！"

我掏出手机，打了120急救电话，让他们赶快到垃圾场门口。

随后，我和秋波一起把老爷子抬起来，给他裹上一件厚衣服，艰难地穿过黑夜的垃圾场。

老爷子的情况越来越糟，嘴角冒出了血泡。秋波流着眼泪说："爷爷，对不起！坚持住！"

忽然，我发现老爷子一路嘟囔着什么，就把头凑到他的嘴边，听到他气若游丝的声音："小子……你的父亲……你的父亲……"

"我的父亲？老爷子，你承认我是古英雄了？"

我有些恐惧，更有些兴奋，贴着老头的耳朵轻声道，这样旁边的秋波也听不见。

"我快死了……我要……交代后事……必须……把这个秘密……秘密……说出来……你的父亲……从这里往北走……1000米……十字路口……左转500米……工厂废墟……走进去……大枯树……破庙……藏着古井……下去……你的父亲……你的父亲……快……快去……"

老头已是弥留之际，言语含混，断断续续说出这些话——你的父亲……

我的父亲？

他还活着——古英雄的父亲！

这段密码似的零乱语句，却已深深烙印在我心头，即便埋藏尘封一百年，我也不会忘记半个字！

"老爷子，我记住了！"

好不容易将老爷子抬出垃圾场，他闭着眼睛倒在我身上，要紧话都已交代过了，终于可以安心"上路"，等待死神将自己拖入坟墓。

我悄悄看了眼身边的秋波，凄凉月光照到她的脸上，两行泪珠闪着晶莹的光，依然是令人心旌摇荡的美人儿。我知道她在自责与愧疚，但也不想问她更多——恋爱中的女人，智商总是会降低的，尤其遇到慕容云那样的男子，一千多年才出一个的男子，那么神秘、那么漂亮、那么酷，她无法抗拒他的眼神、他的嘴角，这个男人令她疯狂——疯狂地爱，彻底投入地爱，不顾一切地爱，丧失自己地爱……

可怜的秋波！她曾熬过十几年的黑暗，孤独坚强地生活着，始终保持着一颗美丽善良的心；她也曾在电波中倾听许多人的苦闷，用自己的聪明与勇气，告诉别人如何找到生命的意义。

但为了那个男人，她却彻底丧失了这一切——甚至不惜用如此拙劣的谎言，妄想欺骗世界上最爱她的爷爷。

她已完全被慕容云控制，沦为一具为虎作伥的行尸走肉。

对不起，是我害了她！

当初，我不该把她交给慕容云，让她在爱情中丧失理智——可是，就算我死也不放手，她自己也迟早会逃到深爱的男子身边。

终究是她自己的选择，无论天堂还是地狱。

救护车终于呼啸而到，我和秋波配合急救人员，一同将老爷子送到车里。

然而，我却吩咐秋波："请你把老爷子送到医院，好好在他身边照顾，一步都不要离开，明天早上我会来看你们。"

秋波茫然地问道："那你呢？"

"我还要去做另一件重要的事，保重！"

随后，我俯下身对端木老爷子耳语道："我去找我的父亲了！坚持住！等我回来下棋！"

当我要离开救护车时，老头竟然抓住我的手，他这回光返照般的力量，让我惊讶地转过身来。

他闭着眼睛，艰难地吐字："小子……请你……答应我……放我的孙子……一条生路……"

唉，爷爷终究还是饶恕了孙儿，无论这个不肖之孙给他多大伤害。

"好吧，我答应你！"

老头的手这才松开。秋波紧张地看着我，却得不到我的半句话。

我目送救护车载着秋波和她爷爷远去，消失在月光下的寒夜荒野。

从这里往北走……1000米……十字路口……左转500米……工厂废墟……走进去……大枯树……破庙……藏着古井……下去……你的父亲……

老爷子，谢谢你，我永远不会忘记！

城市边缘的垃圾场。

寒夜的风如涨潮的大海，骚动地涌上发梢，要将整个人吞没，沉入另一个世界的井底——那里有我的父亲，我真正的父亲，我生命的源泉，我的上一辈子。

我的手机有指南针功能，先找到垃圾场的最北端，有条正北方向的偏僻小路，几乎只能容一辆汽车通过。小路两边堆着金属垃圾，从旧汽车外壳到丢弃的建筑材料。手机的GPS导航功能告诉我脚下经过的距离。一路景象触目惊心，模糊的月色下，这些沉睡的金属，就像史前动物的巨大尸骨。似乎漫漫无边的长路，走向遥远的白垩纪，直到地球诞生的岁月。

1000米——GPS定位显示极其准确，当我走得后背全是热汗时，果然见到了十字路口。横向的马路宽阔一些，两边都是被铲平的废墟和工地，以及满目凄凉的野草与灌木，夜里不见半个车辆和行人，寂静如帝王陵墓的神道。

按照端木老爷子的指示，我在十字路口向左转，沿着布满杂草与石子的道路，仔细观察四周的动静。走到这儿我已气喘吁吁，强迫自己挪动双腿，看着手机屏幕显示的距离。

300米……400米……450米……490米……495米……499米……

到了，工厂废墟，月光下倒塌了大半的围墙，几乎看不出大门的样子，唯有残垣断壁的厂房。

我深呼吸了几口气，小心翼翼地跨过砖墙缺口，寻找老爷子说的那棵"大枯树"。

月光，渐渐隐藏到寒云后，我用手机当作手电筒，照着脚下的路，以免被不时裸露的钢筋绊倒。往里走了许久，才看到垃圾堆似的土丘边，矗立着一棵高大诡异的枯树剪影，无数扭曲的枯枝伸向夜空，宛若显微镜下看到的毛细血管。

我快步跑到枯树脚下，摸着斑驳的树干，才发现里面早就空了，不是因为冬天而枯萎，而是很多年前就枯死了——确切地说，这是一具老树的尸体。

我屏着呼吸，绕着枯树走了一圈，直到土丘后面，才发现一座低矮的破屋子。

黑夜里看不清，屋门紧闭，我不敢贸然进去——这就是老爷子说的破庙吗？

我手脚并用爬上土丘，用手机光束照向破庙背后，才发现隐隐有个什么东西。我几乎连滚带爬地下来，看到一个砖砌的井圈。

古井！

我激动地将双手扒住井圈，用手机屏幕往下照了照，但黑乎乎的，什么都看不到。

父亲就在井下？

我浑身肌肉剧烈颤抖，心脏已如玻璃粉碎，跨越千山万水，历尽各种艰险，无数次差点葬送小命，最终不就是为了这一刻吗？

终于，我忍不住对井底大喊："爸爸！爸爸！"

但喊了两声我就止住了，井下如果有人的话，无论是谁，恐怕都会被吓到。

想必端木老爷子平日神出鬼没，即便有人日夜盯梢，他也能悄悄摆脱跟踪。何况垃圾场本身就很乱，那么多垃圾每天不停变化，成为非常好的隐蔽体，老头可以半夜潜伏而出，丝毫不被监视者察觉。

手机屏幕照着井圈内壁，有一排凹陷通下去，这样人就可以往下爬了。

父亲，我来了。

我把手机在兜里塞好，小心地将脚跨过井圈，就像当初在美国越狱，我已精于此道，身手矫健。脚底总算踩进凹陷，才把整个身体钻下去，但双手仍紧紧抓着井圈。直到确定脚下已站稳，我才把手往下撑住井壁，艰难地抓住上头的凹陷。

此刻，整个人都已在井中，前不着天，后不着地，像一只笨重的壁虎。

我挪动着四肢，缓慢而扎实地往下爬，如果老爷子真的经常来此，那他的身体确实够棒，但愿也能渡过此次难关。

不知往下爬了多少米，忽然感到脚下什么都没了，半个身子悬在空中，才发现井壁上挖了个大洞。

原来是人工开凿的地道，身后仍是深深的古井，大概也是个排水系统。这里的温度高于地面，恐是冬暖夏凉四季如春，还有完整的通风设备，墙上亮着昏暗的灯，仿佛原始版本的"狼穴"——说不定就是与希特勒的"狼穴"同一年代的产物。

我摸着墙壁往前走去，直到前方灯光更加明亮，闯入一间宽阔的石室。

刹那间，后脑勺一阵剧痛传来，似是回到史陶芬伯格的爆炸现场，天旋地转眼冒金星，脑浆都要被震出来了！

当我重重地摔倒在地，即将失去意识之时，心底拼命地大喊：站起来……你要活着……站起来……

然而，第二记闷棍又挟风而至。

枯树……破庙……古井……地底……

第二记闷棍。

直对脑门的太阳穴，在它将我砸烂之前，我用尽最后一点力气，在冰凉的石板地上打了个滚。身边响起金属碰撞之声，闪烁耀眼的火星，若这下砸中非送命不可。

尽管脑子依然痛得要爆炸，但求生欲望使我跳起来，躲过了第三记砸到地上的棍子，本能地往后退了好几步，才看到袭击者的真容——五六十岁的男子，蓬松的长发半黑半白，一身黑色中式棉袄，双目炯炯有神地盯着我，手中舞着一根铁棍，颇似金庸笔下的世外高人。

我痛苦地捂着后脑勺，幸好没流血，只是肿了个大包。对方也警惕地举起双手，铁棍直指我的眉心，却不再冲上来进攻，仔细端详我的容貌——四目相对瞬间，仿佛有电流穿过我的身体，那是某根无法割断的丝，紧紧缠绕心头，随着血管散布到每一粒细胞。

"父……"仅仅一个字却说了那么久，我的牙齿和舌头都在颤抖，声带紧张得要绷断，终于跳出了两个完整的字，"父亲！"

"你是谁？"

这个被我怀疑是父亲的男人，嗓音嘶哑地缓缓问道，目光微微闪烁，无比复杂。

短短的一秒钟，我已用读心术看到了："这就是端木明智说的那个小子？"

原来，端木老头早就对他说过我了——他应该是我的父亲，隐居在此，足不出洞，不见天日，只有老爷子定期送来给养，所以上次老头急着离开"狼穴"，以免地下断了炊烟。

"是！就是我——我是你的儿子，古英雄！"

我大胆直接地说出来，眼眶立即红润，胸中激动得热流奔涌，真想抱住父亲大哭一场。

然而，他却举起棍子喝道："别过来！你是我的儿子？对不起，他长得可与你不一样。"

啊！他承认了！虽然没承认我是他的儿子，却已承认他是我的父亲——古英雄的父亲！

就连我眼眶中的泪水都在颤抖："父亲，端木老爷子一定说过我被人换了面孔——你的儿子并没有死，只是长了一张陌生的脸，那张脸的主人已代替我死去，我也代替了那个人的身份。但是，我一直在寻找你——当我知道自己真正的身世后。尽管我一直没告诉妈妈，但我每时每刻都想和你们在一起。父亲，孩儿不孝，被人换了一张脸，但不会改变孩儿的心！你快看看孩儿的耳朵后面，看看这块我们家族的胎记。"

说罢，我转身背对父亲，撩起左耳给他看，他一定可以看到那块胎记——红色新月如钩。

身后沉默片刻，不知他会是什么表情，开心？激动？兴奋？害怕？怀疑？愤怒？或者认定我是个冒牌货？认定高能冒充古英雄而非相反的事实，然后一棍子将我打死？

但是，无论他是否相信，我都将坦然接受他的判断。因为可以看到父亲，看到他仍然好好地活着，已是我最大的满足。

我缓缓回过头来，却看到父亲紧锁的双眉。他放下铁棍，紧盯着我的脸，想要看出高能的面具底下，那张自己儿子的脸庞——他一定期望我还活着，那将是他后半生最大的幸福。

然而，我却听到他冷漠地回答："不，你是个骗子。"

他不相信。

端木老爷子都相信我了，我的父亲却不相信我。

他不相信我是他的儿子，不相信他的儿子还没死，不相信我左耳后的胎记是真的，不相信世界上有我这样的传奇。

当我那颗脆弱的心就要被他的这句话撕碎时，我突然找到原因所在——身后响起一阵急促的脚步声，又有一群不速之客来访。

他早已发现了，并且非常自然地认定，是我将那群豺狼引入了秘道。

所以，他说我是个骗子。

没错，我确实是个骗子，我戴着高能的脸欺骗了全世界，当我戴着这张脸对父亲说出真相时，我依然被认为是个骗子。

身后的脚步声越来越清晰，还可以分辨出是三个人！

我飞快地闪身转头一看，却发现一袭白色汉服，如幽灵般穿过坟墓般的地道，直到那张漂亮迷人的脸蛋，还有飘逸乌黑的长发，深深刺痛我流泪的眼睛。

慕容云。

慕容云。

几小时前，我在城市另一端与他辞别，如今再度相逢于地底，他却已换上一身汉服行头，甚至连假长发都贴上去了。

他看着我和父亲，淡淡地说："你们父子见面却不相认，可惜啊！"

我还没来得及说话，却看到慕容云身后的两个人，一个正是卑鄙的端木良，他不敢正眼看我，想必已晓得我救了他的爷爷，同时也知道了他的丑行。他先看了我父亲一眼，只有他认得我的父亲，随后轻声向慕容云报告："他就是古平——古英雄的父亲。"

父亲疑惑地打量着他，好久才辨认出来："你——端木明智的孙子？"

端木良却低下头闷声道："嗯。"

另一个人却带着腐尸的气味，长着一张印第安人的脸，秃鹫似的眼睛放射精光，直视着我和父亲。

阿帕奇——这张面孔着实让人意外，今天就是最后的日子吗？怎么连他也来了？

慕容云、端木良、阿帕奇。

这三个人在同一时间，出现在同一地点，意味着什么？

父亲冷冷地看着三个闯入者，又冷冷地看了我一眼，平静地说："我早就知道，你们终究有一天会来的。"

美剧里总有阿帕奇这样的角色，依然像肖申克州立监狱的狱警那样，用沉闷的英语对我说："我就知道老头拿出来的铁盒是假的！不过，有时候看起来很白痴的事，其实却是最高明的手段——慕容把一切都算清楚了，算清楚老头的反应，也算清楚他孙子的反应，更算清楚老头会对你说什么话。"

而我像发疯的小狗低沉嘶吼："慕容云，我的贤弟，这是哪来的诡计？是地狱恶魔教给你的吗？还是你那精神病色情狂杀人狂的祖父与父亲呢？"

慕容云知道我说的是什么——兰陵王高长恭的祖父、父亲与叔叔——高欢、高澄与高洋。

他微微耸动迷人的眉毛，略带忧伤地道："大哥，何必出口伤人？还要伤到我的父祖，让人情何以堪？对不起，我并非故意骗你，只是为了找到原本属于我的面具，必须用这些特别手段。"

"可你利用了可怜的秋波！利用她对你盲目的、疯狂的爱情，让她去欺骗世界上最爱她的人，让她一辈子都背上这样的罪恶，你好卑鄙！你还让端木良如此对待他的爷爷，不就是把面具作为天大的诱惑吗？该死的面具！该死的兰陵王！你把一切都算计到了，你不是人！你是魔！你是兽！你是妖！你是怪！你是鬼！你是魅……"

说到最后，我自己都没了力气，只能低头痛苦喘息。

"大哥，非常抱歉，今晚我一直都跟踪着你，从你离开我们谈话的荒野，回到垃圾场等待端木老头,直到秋波带老头回来——我知道他快死了,但我也知道老头身体很好,没那么容易死。但老头并不这么想,他想自己风烛残年,说不定哪分哪秒就命归西天,还是尽快把秘密告诉你吧——你真的很棒,大哥,如此警觉狡猾的老头,竟相信了你说的话。"

"因为本来就是事实!"

我愤怒地摇头,想冲过去痛打他一顿,却被阿帕奇横身拦住。

"所以,我相信你一定可以做到——于是,我们悄悄跟着你,像影子一样尾随而来,找到这个许多人梦寐以求的地方。"慕容云带着钦佩,也带着得意,"真好啊!命运给了我这一天!命运让你我结拜为兄弟!命运让我们共同发现了兰陵王面具!"

"住嘴!"我紧紧捏起双拳,转头看着父亲,"我不是来找什么面具的,我只想见到我的父亲!我的父亲!"

"可怜的大哥,他却丝毫不认得你啊!"慕容云推开保护他的阿帕奇,缓缓靠近我的后背,"这世上没人会比我更认得你,也没人会比我更喜欢你了。"

"真的吗?"

这句话让美少年兴奋起来:"千真万确!"

我咬着嘴唇狠狠地说:"那你先帮我做两件事!"

"好,大哥尽管提!"

"先把这个人杀了!"

我伸手指向了端木良。

端木良。

他看着我对准他的手指,大惊失色地后退:"你……你……古英雄……你居然是这种人?"

"你这卑鄙无耻的小人!当年就是你背叛了蓝衣社,为常青和华金山卖命,欺骗了我和高能,害得高能送了性命,而我也被换上高能的脸,丢失了全部记忆!我永远不会饶恕你对我犯下的罪行!后来,你甘心做慕容云的走狗,成了双料叛徒。今晚,你竟丧心病狂地把你爷爷从楼梯上踢下去,你这样的人渣留在世上还有何用?!"

我毫无畏惧地指着端木良的鼻子,把他说得几乎瘫软在地,想要还嘴却一句话都说不出。

忽然,慕容云拍起手来:"说得好!大哥,他这种背信弃义为钱卖命的人,会出卖以前的主子,迟早也会出卖现在的主子!我最看不起的就是这种无义之人!"

"你！"端木良恐惧地大叫起来，"你疯了吗？听古英雄的话？"

美少年的目光变得无比冷酷，冒出一句英语："把他杀了！"

就在端木良要往外逃跑的刹那，忠实的阿帕奇掏出手枪，无情地扣动了扳机。

枪声……

回荡在地下坟墓的深处。

我蒙起自己的眼睛，随后看见端木良倒在地上，后脑勺多了个弹孔，鲜血汩汩地往外流淌，尸体在地上抽搐了几下，就再也不动弹了。

这场景令我目瞪口呆，我的父亲也躲到一边，没想到他们杀人如此轻松。

我说要他杀了端木良，不过是要恶心他一下，离间他们之间的关系，没想到慕容云竟对我言听计从，似乎我才是他的老板，干脆利落地让阿帕奇杀了端木良，就像踩死一只蟑螂。

美少年厌恶地看着端木良的尸体，轻蔑地咒骂："这种不忠不孝不仁不义的忤逆子孙，留在地球上实在是污染我的眼睛！"

不能让他发现我的恐惧，我靠在冰冷的石墙上，挤出一丝僵硬的笑容："多谢贤弟！"

"大哥，你要办的第二件事呢？"

我壮起胆子大声道："再杀一个人。"

"谁？"

慕容云缓缓说出这个字，扫视了一下这里每个人的眼睛。

"他！"

我将手指向阿帕奇——就算他不再杀人，迟早也会被别人杀的。

"对不起，恕难从命！"

慕容云的脑子非常清醒——端木良已完成使命，留下来也没什么用，不如一枪干掉免生后患，正应了"兔死狗烹"之古谚。至于罪无可恕的阿帕奇，是帮助慕容云杀人的人，如果他要继续杀人的话，就必须把阿帕奇留下来。

阿帕奇瞪了我一眼，大笑着用英语说："虽然我听不懂你们在说什么，但也能猜到大概意思。朋友，你实在太小看慕容了吧？"

我摇着头闪到父亲身前，用自己的胸膛挡住枪口。

父亲在我耳边轻声道："你是什么人？干吗要冒充我的儿子？你还年轻，不要在这里等死！快点离开吧！"

我痛苦地摇头："你到现在还不相信我是你的儿子吗？"

没等父亲回答，慕容云大声道："古社长，现在请把我的面具还给我吧！"

"你的面具？"

"我就是兰陵王。"

父亲不屑地冷笑一声："别以为扮成古人就能装神弄鬼。"

"你不愿意交出来吗？现在你可是我的囚犯。"

"杀了我吧——"他坦然面对阿帕奇手中黑洞洞的枪口，"我像老鼠似的在地下住了七年，抛弃自己的妻儿，远离阳光与人群，就连儿子的葬礼也不能参加！只为那副该死的面具！对不起，我已经受够了，受够了那副早该腐烂的面具，受够了它带给我的不幸！你杀了我吧！"

"不！"我转过头，紧紧抓住他的双手，"请不要！"

他自顾自地说下去："四年前，我失去了唯一的儿子，生命对我已没有意义，只能每天坐井观天，等待死亡降临。今晚，我终于等到了这个时刻，请你们给我一枪！让我再也不用忍受时间的折磨，再也不用回忆漫长无聊的往事。"

"你的儿子还活着！他就站在你的面前！"

我激动地摇着他的身体，他却无动于衷地看着我，就像一个陌生的路人，心灰意冷地说："蓝衣社的事业，在六十多年前就已彻底灭亡了！剩余的那些人，只是为了我的祖父古子龙，只是为了一个共同的梦想——兰陵王面具。如果没有这副传说中的面具，所谓的蓝衣社早就分崩离析了。这里就是蓝衣社的坟墓，我不过是个可怜的守陵人！"

"不要！不要！我们还可以出去，可以和妈妈在一起！告诉她这个家庭没有破碎！"

在我短暂的生命中，曾体会过一次失去父亲的滋味——尽管并非亲生父亲，但回想起来仍旧肝肠寸断，我绝不愿再承受第二次了！

"如果不是为了这个家庭，不是为了我的儿子，恐怕许多年前我就死了。当初，常青用金钱控制了蓝衣社的后代，只有端木明智忠诚于我。我知道自己非常危险，从美国回来的华金山，据说有种技术可以从大脑中分析记忆——只要他们将我绑架，用那些仪器钻入我的大脑，就能找到兰陵王面具的藏身之所。我必须躲藏起来，保守这个秘密，也为保护我的儿子，不让他再卷入这些可怕旋涡——我从不对他说起蓝衣社，更不提什么兰陵王，甚至连他的名字——古英雄，我都想改成'古平凡'！我不要他做英雄，只要他做一个平庸但健康的人，平平安安走过人生长路，这就足够了！至于英雄，就让愿意牺牲的人去做吧。"

终于，我明白了父亲的良苦用心，也明白了我从前那种人生道路的原因，但我不会怨恨任何人，更不会怨恨我的父亲，因为他是如此爱我！

慕容云也被我的父亲感动，用宽大的衣袖轻轻抹了抹眼角："古社长，我尊敬你是一个好父亲，我也相信你不会告诉我面具的秘密。"

"是。"

"但我相信兰陵王的面具一定在这个地方！"

父亲却不置可否地低下头。美少年自信地颔首道："你不愿意说出来，没关系，因为我自己可以找到，就在这里！"

蓝衣社的"狼穴"。

就在我们疑惑之时，慕容云已在石室转了一圈。这里有张简单的木床、厨房和卫生间，看起来都很老旧，仅能勉强使用。开关按钮上是繁体字，想必是20世纪30年代蓝衣社的遗迹，当年是非常浩大的秘密工程吧。

阿帕奇随身背了个大包，他的手枪始终对准我和父亲。美少年打开阿帕奇身上的包，取出一个沉重而古怪的仪器。他用仪器对准石室墙壁，摄像似的缓缓扫过，像机场安检的设备。

我明白了，他正扫描石室中有没有暗藏的夹层！

父亲烦躁地大叫起来："住手！"

"别动！"阿帕奇马上挡在我们面前，用手枪指着父亲的头说，"站到后面去！"

我拼命拽住父亲的胳膊，不让他冲上去拼命，拖着他退后几步，顶住石室的墙根。

慕容云用仪器扫过整个石室，屏幕上跳出一块红色区域，正对厨房旁边一个不起眼的角落。

"就是这里！"

他两眼放射出兴奋的光，就像服了五石散的魏晋古人，手忙脚乱地放下仪器，用力拍打石室角落——我注意到父亲的神情更加紧张，只能用力按着他的肩膀，以免再出现什么意外。

慕容云的汉服袒露衣襟，额头冒出许多汗水，不再像以往从容镇定。他跑回阿帕奇身边，从大包里取出几个塑料盒，小心地固定在墙壁上。每个盒子都拖出一根电线，汇总到一个遥控板上。

他紧紧握着遥控板，却没忘记吩咐阿帕奇："你们全都后退一点。"

父亲想要往前冲，被我竭尽全力拉了回来，他给了我重重一拳。但我强忍脸上的疼痛，依然拽着他，不让他过去——我已猜到会发生什么。

就在我们父子扭打时，耳边响起轰隆一声巨响，一阵碎石烟尘弥漫开来，眼前宛如迷雾模糊视线，一阵冲击波将我和父亲推倒。

在地上挣扎了几秒，确定自己并未受伤，烟尘才渐渐平息下来，却看到满脸灰土的阿帕奇，依旧举枪对准我们。父亲也无大碍，只是激动绝望地看着石室角落——慕容云放的竟是炸药，半堵墙被炸开一个大洞，果然还有一间密室！

慕容云的长发上全是灰尘，再也顾不得美少年形象，径直撩起长袍跨进密室。

父亲突然挣脱了我的手，飞快地往密室跑去。就当阿帕奇要向他开枪时，慕容云却冷静地喊道："别开枪！"

他回头看着我的父亲说："古社长，我们可以共同见证这个时刻！"

我也冲过去拦住父亲。慕容云微微一笑："大哥，我们都可以进来，看看我的面具真容！"

阿帕奇也紧张地过来，四个人都进入密室，如一群老老少少的盗墓贼。

密室亮起一盏明亮的灯，竟没被爆炸摧毁，照亮了地上的一具棺材！

果然是坟墓！

我们都屏住呼吸，就连父亲也揉了揉眼睛，读心术看出一句话："啊！居然真的有棺材！"

原来，连父亲也从未进过这间密室！

真相大白的时刻即将到来。

慕容云轻轻抚摸着棺材，果然已有些年头，但又不像帝王贵胄用的那么华丽。他示意阿帕奇不要上来，继续用枪指着我和父亲。他独自用力推开棺材盖板——幸好从未上过钉子。

棺材板推开的瞬间，涌出一大团黑烟，就像尸体腐烂的气息，迅速弥漫整间密室。

大家被迫掩上鼻子，却都伸直脖子往棺材里看去——露出一具森然白骨。

慕容云仔细看着这具白骨，应该是男性遗骸，至少死去几十年了，所有骨架还保持完整，骷髅头眼窝深陷，像是要对这些不速之客说什么。

不过，棺材里最吸引人的并不是这具尸骸，而是在头骨旁边，有个保存完好的铁匣。

铁匣！

传说兰陵王的面具，就安放在一个古老的铁匣内。

慕容云整个身体都在战栗，宽松的汉服几乎盖满棺材，他缓慢而小心地俯下身去，拿起那只陪葬的铁匣。

父亲的心碎了，保守数十年的秘密，终于难逃毁于一旦的命运，就要落入这些背叛者的手中！

他紧紧抓着我的手，露出绝望的眼神："孩子，重要的不在于你背叛了什么，战胜了什么，而是你守护了什么！"

"父亲！你说什么？你已经守护了它那么多年，你从来没有失败过！"我尽量安慰他，"你仍然是最出色的！你才是我心中的英雄！"

他却苦笑一声："可惜，你只是个假货。如果我有你这样的儿子，就算死也满足了！"

面对父亲的执着，也面对父亲的夸奖，我的心绪如潮翻涌，却再也说不出任何话了。

再看慕容云已拿出铁匣，匣子大约有二十厘米长宽，看起来非常沉重，被他视若神明地捧在胸前，目光诚惶诚恐，像是捧着自己全部的生命。

仔细端详铁匣盖子，打着一个大大的火漆封印，他缓缓念出封印上的字——

蓝衣社，1966年，古子龙，封

这几个字深深触动了父亲，他痛苦地靠在我的肩头说："这是我的祖父留下来的封印！请千万不要打开！"

慕容云却把封印放到嘴边亲吻——尽管这已在一具尸骨旁边躺了几十年。

然后，他揭开了封印。

密室。

传说中保存兰陵王面具的神秘铁匣。

慕容云揭开了古子龙的封印。

火漆随之粉碎，铁匣盖子缓缓抬起，这副辗转千年的面具，即将回归兰陵王的脸上。

然而，美少年的目光却呆住了，他显然已看清铁匣内部，表情却被冰凝固起来，仿佛遭人捅了一刀，被灰尘弄脏的脸，一下子变得煞白！

"难道……这就是我的面具？"

他将铁匣放到我和父亲面前，里面却没有什么面具，只有一张发黄的信纸。

慕容云小心地取出信纸检查，又拿出刚才的仪器，围着铁匣照了一遍，却再也没发现什么机关——铁匣就是铁匣，信纸还是信纸，面具——却已没有面具。

父亲也已目瞪口呆，刚才他绝望的时刻，还期待见到兰陵王的面具，他也同样一辈子都没见过这传说中的宝贝。

"面具呢？面具呢！"

父亲狂怒地喊起来。慕容云也颤抖着跌倒在地，老人似的拿起泛黄的信纸——这张代替面具躺在铁匣里的信纸，并在一分钟内读完信里的文字。

他沉默了三分钟，呆呆地倒在棺材边上，就像与尸骨同眠的感觉，苍白而漂亮的脸上，看不到任何表情。

我和父亲都不敢发出声音，阿帕奇也恐惧地摇晃着枪口，直到慕容云发出仰天长叹，接着是痴狂的大笑——

"哈哈哈……哈哈哈……哈哈哈……哈……哈……哈……"

笑到最后却变成悲伤的哭泣，灯光照亮两串晶莹的泪水，缓缓淌下美少年的脸颊，加上幽暗的密室背景与那身魏晋风度的汉服，倚靠着古老的棺材，构成后现代的油画。

印第安人终于忍不住了，战战兢兢地问："慕容……你……你……怎么了？"

他仰起高傲的头颅，却像个放浪形骸的隐士，舔着眼泪苦笑道："放了他们。"

"什么？"

"我说——把你的枪收起来，放了他们。"

阿帕奇不敢违抗他的旨意，将枪收回腰间，后退着守在密室门口。

再也没人阻拦父亲了，他疯狂地冲过去，从慕容云手中夺过信纸，同样在一分钟内看完。

他的表情和刚才慕容云的相同！

三分钟后，父亲竟已老泪纵横，又从痛哭变为狂笑，将信纸丢弃在冰冷的地上。

信里究竟写了什么？

让人发疯的魔咒？

我连滚带爬地凑过去，也不管旁边的死人与棺材，捡起信纸看上面的文字，却是一行行竖写的繁体字，还是用毛笔写的小楷——

打开铁匣的你：

　　无论你是否我们古家的后代，还是蓝衣社的某位叛徒，抑或外来的冒险家，甚至一千年后的盗墓贼。

　　你，都必将要失望了。

因为，根本就没有什么兰陵王的面具。

你们或许已听说过高云雾的故事，他是我在北京大学历史系的同窗好友，只因家族与志向不同，我和他走向了完全相反的命运。他的传奇人生都是真实的，但那一切都与兰陵王的面具无关——从来没有人找到过真正的兰陵王戴过的面具。

然而，关于高云雾拥有兰陵王面具的传言，却使我在成为蓝衣社头目之后秘密逮捕了他——直到我确信所谓面具是个子虚乌有的传说。于是，我杀死了高云雾，并将他的尸体扔在这口井里，就是你刚才看到的棺材里的尸骨。

但是，我必须告诉我的手下，我已得到了兰陵王的面具，这是我控制他们的最好手段——每个人都确信我已拥有兰陵王的力量，可以使每个妄图叛乱者死无葬身之地。

我小心地维护着这个谎言，从不将面具展示给别人看——因为那面具根本就不存在。

可总有人会对我产生怀疑，我得煞有介事地保护不存在的面具，于是秘密修建了这个基地。当初这口井里充满毒气，在我杀死高云雾之前，毒死过我的一个手下。我们排干净毒气，建立起完整的生活系统，看似可以安全地隐藏面具——就像举行宗教仪式的祭坛。

是的，蓝衣社对于兰陵王面具的迷信，已接近于宗教信仰的程度，这里正是这个信仰的核心——尽管建立在谎言的基础上。

但我已维护了这个谎言几十年，维护了几十个人的无限忠诚，维护了一个秘密团体的持久延续，传递到我们的第二代、第三代……

然而，只有我一个人知道这个秘密，知道兰陵王的面具根本不存在，知道这是一个美丽的谎言。

如果你是我的后代，那么非常对不起，我从来没有把这个秘密告诉过我的儿子。

我的儿子，恐怕等到我死的时候，亦将等到他死的时候，还会以为兰陵王的面具就在我们家族手中——就在今天这个时刻，被我深埋到井底基地的密室中，埋到被我杀死的同窗好友的骨骸旁。

包括我的孙子，我的孙子的孙子，他们都将如此认为，并虔诚地保护这个秘密，不被我们的敌人夺取，不被我们中间必将出现的叛徒夺取，不被沧海桑田的漫长时间夺取。

抱歉，你们全都上当受骗了！

但我必须这么做，我的儿子与孙子也必须这么做，因为兰陵王面具已成为一个神话，这个神话支撑着蓝衣社的成员，并将在数代之中维持纪律与信仰。

一旦神话遭到破灭，被人发现这是个卑鄙的谎言，是控制组织成员的工具，那么，蓝衣社也将就此灭亡。

所以，我禁止任何人打开铁匣，包括我的子孙后代，直到某位不速之客闯入。

如果在遥远的将来，有人为了这副不存在的面具，背叛组织，杀害同僚，犯下弥天大罪，那么，纯属他们自己内心的恶魔作祟，而与子虚乌有的兰陵王面具无关。

面具只能戴在人的脸上，却不能遮挡人心的丑恶。

信写到这里，我也将要把它放入铁匣，最后是六祖慧能的真言，送给不存在的面具。

菩提本无树
明镜亦非台
本来无一物
何处惹尘埃

古子龙
1966年12月19日

"本来无一物，何处惹尘埃？"

轻轻念出最后两句，我也如前面两人一样，痴痴地沉默数分钟，有股巨大的力量，紧扼咽喉，不容我发出任何声音，生怕吵醒密室中沉睡的幽灵——高能的曾祖父高云雾。

浑身的血液都被这股力量凝固，信纸上的毛笔字似乎跳起舞来，每个舞步都是对我这个后人的嘲笑——历经千辛万苦，忍受各种折磨，度过漫无天日的数段岁月，承受不知多少痛苦，数次险些葬送小命，最终却是为了一副不存在的面具！

为了这副不存在的面具，有多少人钩心斗角你死我活？又有多少人无辜成为阴谋的牺牲品？还有多少兄弟父子爷孙自相残杀？

为了这副不存在的面具，有多少人妻离子散家破人亡？又有多少人机关算尽反误自家性命？还有多少人出卖肉体出卖灵魂？

原来，家族最大的秘密，并不是面具的存在。

而是面具的不存在——这才是家族最大的秘密。

想到这里，我果然狂笑起来，就像真正的精神分裂症患者那样肆无忌惮。当我笑到声带几乎嘶哑，却又低头痛哭流涕，整个世界塌了下来，压断这个荒谬的家族，这个荒谬的人生，这个荒谬的谎言。

忽然，父亲从我手中夺过信纸，他也是这个谎言的牺牲品——自我放逐到地底监狱，不见天日地关押数年，见不到心爱的妻子，无法参加儿子的葬礼，却为了一副不存在的面具！

我痴痴地看着父亲的眼睛，读心术发现了他的心里话——

"我认得祖父的字迹，千真万确就是他本人所写！为什么？他为什么要这么做？他骗得我好惨！骗得我好惨啊！我恨他！我恨他！我对不起我的孩子，对不起我的妻子，对不起端木明智老头，对不起所有忠诚于我的人，也对不起所有背叛我的人！"

至此，我已确信曾祖父信中的秘密，兰陵王的面具根本不存在。

我被骗了四年。

而父亲却被骗了将近六十年！

我抱着父亲一同流泪，他怎能承受这样的打击？付出如此大的代价，用整个生命守护的秘密，居然是一场骗局！从七十多年前就开始的骗局！欺骗了三代人的骗局！

当眼泪即将流干，才想起密室里的另外两人，我站起来扫视四周，却发现除了我们父子俩以及棺材里的高云雾外，慕容云和阿帕奇都不见了。

他们像黑夜一样到来，又像黑夜一样消失。

只留下外面端木良的尸体。

还有，一个真相大白的谎言。

第十三章　　决战冰火岛

她。

请允许我尘埃落定/用沉默埋葬了过去/满身风雨我从海上来/才隐居在这沙漠里/该隐瞒的事总清晰/千言万语只能无语/爱是天时地利的迷信/哦原来你也在这里/啊那一个人是不是只存在梦境里/为什么我用尽全身力气/却换来半生回忆/若不是你渴望眼睛/若不是我救赎心情/在千山万水人海相遇/哦原来你也在这里……

原来她也在这里。

她是莫妮卡。

再过几天,春天就要来了。

纽约,曼哈顿,天空中心大厦。

这是父亲生前的董事长办公室,她也曾短暂拥有过这个房间,然后是她深爱的男子。

现在,她回来了,作为这里真正的主人,作为帝国最新的女王,作为人间的拯救者。

但她已不是当年风姿绰约的混血儿,不是让无数男人拜倒的美人儿,更不是挥金如土任性刁蛮的小公主。

她是一个女人,一个并不漂亮的女人,一个并不漂亮但很聪明的女人,一个并不漂亮但很聪明并且承受过很多痛苦的女人，一个并不漂亮但很聪明并且承受过很多痛苦在绝情谷底守望了一年的女人。

她已经守望到了她的帝国，却还在守望她的男人。

她不知道她的男人在哪里，自从夺回天空集团的大权，她每天都给他打电话，希望他来美国找她，但没有一次打通过。她派人去中国找他，却被告知他已经失踪。人们最后一次见到他，大约是在一周前的垃圾场。

难道出了什么意外，还是她根本不知道天空集团的巨变？如果他还有人身自由，不可能不知道纽约发生的事，因为最近全世界的新闻都在报道——复活并且换脸的天空集团80后女董事长。由于天空集团与中国的密切关系，前任董事长高能又是中国国籍，中国各大媒体对此尤为关注。三天前，她在纽约接受了中国最权威电视台与中国香港卫视的专访。

她说过她会夺回天空集团，这是献给他的最好礼物——只要他知道自己没有失败。

然而，他可能并不这么想。

他会不会说——这是你的胜利，但不是我的。

确实如此，这是莫妮卡的胜利，是她父亲赋予她的世袭权力，也是上天给她的勇敢与智慧的奖励。感谢亚力克斯·卡特律师，这个老头是父亲最好的私人朋友，当她还是个小丫头时，就被老亚力克斯抱在怀中。卡特律师不敢相信她还活着，但她拿出当初父亲留下的文件，拿出她从非洲潜回美国隐居疗养的证据，甚至说出了小时候与他猜谜语的细节——这个细节就连她的父亲都不知道，是专属于小姑娘与老律师之间的秘密。卡特律师渐渐被她打动，向美国政府与法院提出恢复莫妮卡身份的申请。他们运用各种合法手段，包括DNA检验等司法鉴定，在最短时间内完成法律程序。董事会早就对"高能"讨厌至极，他们很怀念"死去"的莫妮卡，当她换了一张脸回来，并被确认身份之后，便一边倒地臣服于她。

解铃还须系铃人。

是她把天空集团交给了他。

也只有她可以把天空集团再拿回来。

亚太区的新任总裁白展龙畏罪自杀了，她任命中国区销售总监侯总担任新的亚太区总裁——因为，当那个人被所有人抛弃时，只有侯总站出来表示了同情。

她宣布将继续前任"高能"的政策，取消天空集团与Matrix的一切合作，出资支持索多玛国反对军政府的运动。她绝不会向Matrix及罗斯柴尔德家族妥协，还将运用一切手段筹集资金，解银行团逼债的燃眉之急。

然而，世界关注的重点已不再是这些，而是即将可能爆发的世界大战。

索多玛国内战超乎寻常地残酷，不但造成数十万人死亡，还波及周围许多非洲国家，甚至影响到中东局势——Matrix持续策划周边许多石油输出国的政变，导致国际能源价格再度暴涨，让世界各大国不堪重负。世界前几名的航空公司纷纷破产倒闭，中国各地加油站排起长队，许多出租车因油价太贵而被迫停运。据消息灵通人士透露，数天之内将很可能爆发第五次中东战争，届时美、俄、中等大国都将被拖入熊熊燃烧的战火。

但愿这一切只是政治幻想小说家的提纲。

她倒在宽大的座位上，照着电脑前的小镜子，终究还是个女人，终究还要经常看镜子里的自己。她不再感到陌生，反而有些喜欢这张脸，但他会不会喜欢？

是的，她不能保证他还像以前那样爱她，就算确知她就是莫妮卡。

即便他的心已改变，即便他只是伪装自己，即便他纯粹从一个男人的角度，无法接受她这张平凡的脸，她仍将坦然面对这一切。

因为，这就是生活。

不过，他还是要来的。

手机突然响起，她听到了那个熟悉的声音。

"莫妮卡！"

是他！是他的声音！在千山万水人海中相遇的他，原来他也知道她在这里，在等待这个电话声响起。

"亲爱的！"她抓着电话的手剧烈颤抖，就连嘴唇都开始哆嗦，"除夕夜的承诺，我已经为你做到了！你现在相信我了吗？"

"是，我全都知道了——你就是我的莫妮卡！我最爱最爱的莫妮卡！我生命中最重要的莫妮卡！对不起！我曾对你那么傲慢冷漠，我曾怀疑你是一个骗子，曾一度移情别恋！"

他在遥远的大洋彼岸无限自责，深深的悲伤通过空中电波疾速传递到她心头。

"别说这些！我从没有怨恨过你，你仍是我最爱的人，只要你愿意——"她都快喘不过气了，只能停顿一下，"只要你愿意回到我身边！你可以重新成为古英雄，可以成为我的丈夫！"

电话那头的他沉默片刻，听得出有些鼻塞："莫妮卡，谢谢你的原谅！再过几天，我就会到美国与你相会。"

"好，我会去机场接你！"

他又等了几秒钟，可能在擦眼泪："不过，在我到纽约之前，我还要先去一个地方。"

"哪里?"

她祈祷老天不要给她一个失望的答案。

"我要去一趟加拿大,在靠近北极圈的北大西洋上,有个叫冰火岛的地方。"

冰火岛。

三天之后。

故乡大概已进入春天,北纬60度的大西洋西侧,却仍是最严寒的冬季。

海面上漂浮着巨大的冰山,每座都如金字塔般雄壮。若这艘小小的汽船撞上,必定当即粉身碎骨。船长小心地操控罗盘,穿梭在冰山之间的航道上,就像在许多卡车间骑一辆自行车。这是冰与海构成的迷宫,处处埋藏着死亡陷阱,稍有不慎便会船毁人亡。

总共只有几名船员,而我是唯一的乘客,看着口中呼出的腾腾热气,在栏杆上凝结为冰霜。我穿着厚厚的羽绒服,戴着包裹整张脸的帽子,还有墨镜保护眼睛,防止冰雪反光造成雪盲。海面上偶尔喷起高高的水花,那是几头巨鲸浮上水面呼吸。数百只海豹在冰面上活动,看到我们便纷纷跳入海中,以防加拿大猎人的残忍袭击。

回头看着驾驶舱,船长脸色极其严肃,仿佛随时可能葬身鱼腹。他不断抱怨这里极度危险,若非100万美元的报酬,绝不敢玩命在冬天开进这片海域。

这是开往冰火岛的必经之路。

一周前,我在中国接到慕容云的电话,他说在冰火岛等我。

他告诉我前往冰火岛的详细路线,并推荐了一位经验丰富的船长,只有他才能在冬季穿越冰海。而且,我必须在规定时间去找慕容云,精确到哪一天哪一小时,既不能提前也不能迟到,否则就将永远见不到他。他要我发誓只能一个人来,绝不能带着其他帮手,更不能向外透露前往冰火岛的路线。

虽然我完全可以拒绝他,或者阳奉阴违暗度陈仓,但我还是发誓答应他的全部要求。

因为我必须去冰火岛。

因为我必须杀了他。

慕容云,还有他身边那些人,他们已经毁了我的生活,毁了我的家庭,接下来还要毁了我热爱的公司,毁了那个苦难深重的非洲国家,或许还有地球上的大多数人。

我必须阻止他。

不为我自己,更不为高家与古家,只为这个世界,为许多和我一样的人,为许多比我悲惨的人，为许多比我幸福的人。

这是两个自己的决斗，无论最终谁胜谁败，灭亡的都将是我自己！

至于那个谎言的最终结果，我们都已看到——慕容云与阿帕奇匆匆离去，只留下端木良的尸体。我将父亲救出了地底，许多年来他第一次回到地面，却再也无法适应天空下的生活，再加上那个破灭了的神话——他深信不疑将近六十年的神话。

他疯了。

我将父亲送到了医院，并且及时通知了母亲——古英雄的母亲。

爸爸与妈妈终于再度相会，却没想到竟是这种情况，徒自增加更多悲伤。

对不起，我仍然不敢告诉妈妈自己是谁，我想她和父亲一样，永远不会相信我的。

端木明智老爷子福大命大，诊断结果为骨折，幸运地活了下来——我不能再让他住在垃圾场，给他安排了一栋郊外的房子，如约陪他下完最后那盘棋。秋波从此也将住在那里，悉心照顾轮椅上的爷爷。

端木秋波依旧美丽动人，她发誓要彻底忘记慕容云，我不相信她真的可以做到。

但我相信她正在诚心忏悔，忏悔对爷爷造成的伤害——至于我曾经对她的感情，早已如云烟消散无踪。

北大西洋冰冷的烟雾也已渐渐消散。

四周的冰山越来越小，船头的视野也越来越开阔，我们已开出死亡迷宫，眼前是一望无际的冰海。船长的神情放松了许多，船员们惬意地来到甲板上抽烟，欣赏不时浮出海面的巨鲸。

但天气更加寒冷，极目远眺西、北两面，是绵延不断的冰层。再往北不远就是北极圈，将被漫长的极昼或极夜覆盖。

终于，眼前出现一座黑色的影子。

大片雪花模糊我的视线，但那影子越发清晰，直到出现一座孤岛的形状。

冰火岛。

几道烟雾从岛上制高点冒出，大约就是那栋别墅的位置。黑色烟雾直冲高空，又迅速被风雪打乱。我低头看了看船舷两侧，海面上不断冒出气泡，肯定不是鲸等动物造成的。

我疑惑地看了看船长，他却紧张地说："我只等你一个小时，如果你还不回来，那我就掉头开走。"

"好。"

船长是不会多等我哪怕一秒钟的，因为他已拿到了100万美元，若不能及时上船，我便只得听天由命。

距离冰火岛只有数百米了，可以清楚地看见岛上的岩石。附近布满危险的暗礁，船长命令放下一艘小艇，由一名船员带我上岛。

一分钟后，小艇载着我抵达岛岸。船员神色有些慌张，挥挥手祝我好运，便又驾着小艇回船上去了。

登陆冰火岛。

这是我第二次来到这里，到处是古怪的岩石，没有一丝一毫绿色。让我奇怪的是，虽然天上风雪大得吓人，眼前飘满鹅毛大雪，但刚落到岛上便即刻融化，看不到任何积雪痕迹。我再看自己的帽子与衣服，却已积了一层厚厚的雪，难道地面比我身上还热吗？向前走了几步，弯腰摸了摸岩石，竟然像热开水般烫手！

这是怎么回事？已接近北极圈的地方，空气如此寒冷，岛上岩石却那么热，怪不得所有的雪都融化了。

我小心地走向冰火岛高处，感觉脚底有些发烫，整座孤岛就像在火炉上烤着。我被迫顶着风雪快跑起来，飞速穿越整座小岛，回头再看我们那艘船，依然抛锚在原来的海域，距离岛岸几百米。

终于来到岛上最高的悬崖，冰冷的北大西洋海水猛烈撞击数十米下的岩石，在飞溅起高高浪头的同时，也冒出烟雾缭绕的水蒸气。几道烟雾从岩石缝隙钻出来，带来桑拿房的温度，让我满头大汗，只得摘下帽子。我闻到一股呛鼻的气味，就像中国人过年燃放的鞭炮，只能伸手捂住自己的口鼻。

冰火岛已成人间炼狱？

我看到了神秘的别墅，就像当初离开时那样，仿佛巨大凶猛的野兽，沉睡在悬崖上的烟雾风雪中。

虽然知道旁边还有道小门，但我依然推开了大门。

我是光明正大应邀而来，何必偷偷摸摸走旁门左道？

进门就是那条秘密通道。这栋建筑修得相当坚固，尽管外面岩石烧得滚烫，里面的地板却是冰凉的。正要进入地下，迎面是一扇沉重的实木大门，推开这道价值不菲的古董门，便是慕容云的豪华宫殿。

然而，宫殿门前躺着一个人，胸口正汩汩地流着血。

这是一个男人，一个中年北美印第安男人。

胸前的伤口飘着火药气味，子弹打中了致命的位置。

我认得他。他的名字，不，那是另一个人的名字——阿帕奇。

他快要死了。

我小心翼翼地俯下身去，轻轻拍了拍他的脖子，没想到他却睁开眼来，冷酷的目光依然，仿佛回到肖申克州立监狱，一匹垂死挣扎的荒原狼。

"兄弟，是谁干的？"

我以男人对男人的方式与即将死去的他对话。

阿帕奇似乎颇为感激地点点头，用生命的最后力气回答："慕容。"

"为什么？"

"我已经没有价值了。"

又是一个兔死狗烹的例子。我摇着头问："为什么要替他卖命？"

"因为……我是看着他长大的……"

看着他长大？他不是兰陵王吗？不是在一千多年前就长大了吗？

"什么？"

"十……十年前……他还是个孩子……我第一次在常青的庄园里……见到他……"他说得上气不接下气，眼神却是无限留恋，"他那么漂亮……那么聪明……那么纯洁……"

"这么说来，他不是古代人？"

他却不顾我的问题，只管自己诉说，恐怕已知道生命无多："我……从来都没有名字……或者说……我换过无数个名字……我是一个雇佣兵……直到被常青一直雇用……在他的庄园……我成为他的老师……"

"你是他的老师？"

"我的……我的课程是……射击……格斗……阴谋……杀人……我知道他不是凡人……他是一个超人……有神奇的天赋……他会统治这个世界……没有人能阻止他……除了他自己……"

"不，还有我，我一定会阻止他的。"

阿帕奇发出最后的苦笑："我……心甘情愿……为他服务……为他杀人……为他组织阴谋……为他牺牲自己……可是……在他的心里……却只有你……"

"你在嫉妒我？"

"是。"

印第安人说完最后一个字，突然弹起来抓住我的衣领，几乎要掐死我的时候，他的身体却骤然僵硬不动了。

她终于死了。

冰火岛。

惊魂未定地放下阿帕奇的尸体，深呼吸了几口气，我轻轻推开那道古董大门。

宫殿仍是上次的陈设，从顶级的波斯地毯到珍稀动物标本，从凡尔赛宫家具到巨大的水晶吊灯，还有路易十四的君王宝座。

宝座上是这座孤岛的主人，也是我的桃园结义好兄弟——慕容云。

他留着乌黑长发，着一袭南北朝王族专用的长袍，孤独地坐在宝座之巅，俯视我这个闯入他宫殿的平凡小人物。

"大哥！"他原本僵硬呆滞的表情，看到我就活泼迷人起来，似和煦春风拂上脸庞，"你果然准时到达了。"

我不敢看他的眼睛，他的眼睛依然漂亮，依然像个深深的旋涡，将要把我的灵魂吞噬。

"你杀了阿帕奇——我真为他感到遗憾。"

"上次在地下密室，不是大哥你吩咐我要杀死他的吗？"

说得如此轻描淡写，就像杀死一只小鸡。

"他对你如此忠心，你却视他如粪土，我讨厌你这样的冷血动物。"

"人类本身就是冷血动物。"美少年撩起挡在额前的长发，"我请你到岛上来，是想对你说我的故事。"

"你的故事？"

这对我而言不正是最后的悬念吗？

他微微点头，重复道："是，我的故事。"

"好，我洗耳恭听。"

"对不起，大哥，从前我骗了你，我并不是什么兰陵王，也不是南北朝时期的人，我只是个平凡的年轻人。"

"很高兴听到你这么说，因为我也是个平凡的年轻人。"我终于放心地靠近了他，似乎在他褪去光环之后，变得像邻家男孩那样可爱，"可惜，我一度真的以为你是古代人。"

他也很高兴我能靠近他，眉目之间更加生动："1984年，我出生在中国，父母给我起名慕容云。两岁那年，我跟着父母移民到美国。我父亲是个中国留学生，在加州为天空集团工作。不久，我们全家获得美国国籍。但在我6岁的时候，我的人生被彻底改变——如果不是这样的话，我也不会遇到大哥你，不知这是我的不幸还是有幸。"

"贤弟，这是你的不幸，却是我三生有幸。"

居然开始同情他了？同情这个今天必须被我杀死的人？

"1990年，发生了一桩震惊全美的惨案——我的父亲遭到天空集团裁员，并怀疑我的母亲与他的上司有染，愤怒的父亲决定报复，他把妈妈与自己的上司骗到阿尔斯兰州，在荒漠深处将两人开枪射杀。一年以后，他被送到肖申克州立监狱坐上了电椅。"

"肖申克州立监狱？"

美少年凄惨地苦笑："是不是个熟悉的地方？我的父亲就死在那里！"

停顿了几秒，他继续说起往事："6岁那年，我父母双亡，我成为可怜的孤儿，有个男人收养了我，他是常青。"

"常青是你的养父？"

他的目光变得凶狠起来："是，但我恨他！被常青收养以后，我就丧失了真正的童年。他以严格的训练培养我，却从不送我去学校读书，他亲自教我中文与英文，教我历史、地理、数学、物理、化学……他几乎是个全能教师，包括课堂里学不到的内容——金融知识、权谋之术。当我只有15岁时，常青就强迫我精读了马基亚维利的《君主论》，他要把我培养成一个无所不能的超人，一个全知全能的统治者。他请了一个凶残的雇佣兵训练我的格斗术与射击术，以及种种杀人的阴谋诡计，让我成为一个冷酷无情的人。"

"这个人就是躺在门口的阿帕奇？"

"不要再提他了！"他痛苦地摇着头，"说回常青吧。他早就疯了！他的家里没有女人，只有一群呆若木鸡的男仆，我甚至连出门的权利都被剥夺——从6岁到20岁，我几乎没见过一个异性，完全被禁锢在他的私家庄园里，只有通过私人图书馆的藏书才知道女人是什么样子——所以，我到今天依然无法对女人感兴趣。"

"太……太不幸了。"

相比在常青囚禁之下长大的慕容云，我能被父亲教育成为一个正常的善良的平凡人，已是人生最大的幸运。

"常青对我的要求极其严格，如果稍微触犯他的规矩，就会遭到暴力虐待——我经常被他打得鼻青脸肿，然后送到华金山那里去治疗。但所谓'治疗'却是对我的催眠。华金山总是试图让我相信，我就是历史上真正的兰陵王，我不但具有兰陵王的容貌，更拥有他超越千年的灵魂——所以，兰陵王面具注定将被我所拥有，也只有我这样的美男子才配得上真正的面具，才能真正接管未来的蓝衣社。"

听到这里，我冒出一身冷汗："他要把你培养成蓝衣社的接班人？彻底消灭我的家族？"

"没错，我也知道常青是怎样发家的，依靠毒品贸易拥有了亿万美元。后来，阿帕奇帮助我逃脱了常青的控制——那时候他还不叫阿帕奇，他也从心底厌恶常青，认为我才是未来的大人物，也只有跟着我才有前途。2008年夏天，我第一次回到中国，杀死了可恶的华金山。"

"等一等！"我的心脏猛跳了一下，"华金山是你杀死的？"

"他是常青的左膀右臂，必须先剪除他，才可以消灭常青。我来到他的那家医院，和他一起到楼顶谈话，趁其不备将他推了下去。当我要逃跑时，却发现有人紧紧追在后面——后来我才知道，这个人就是大哥你。"

我当然不会忘记！原来，华金山坠楼死亡的那次，才是慕容云与我的第一次相会！却是这样离奇地擦肩而过，怪不得当时感觉如此奇怪，仿佛又一个自己看着我，仿佛稻田里藏着一面镜子——他不就是另一个我吗？

"时间过得真快啊，我们相识竟已两年半了。"

"但愿挽住时光不许动。"他眼神迷离地看着我，嘴里却说着可怕的事，"不久，我在美国精心策划了一个陷阱，干掉了常青，又使你被关进监狱——对不起，大哥，直到你奇迹般地越狱逃亡以后，我才意识到你是我生命中最重要的人。"

"不！"

我恐惧地后退半步，不想就此被他的眼神掳获。

"常青从小教育我，我才是真正的兰陵王，那副失传的面具，迟早要戴在我的脸上。我有时候竟信以为真。于是，我用黑客技术潜入全美人口数据库，将我的出生日期和地点修改为公元543年的北齐古都邺城。"

"原来如此！"

"除了对兰陵王面具的欲望，常青还告诉我有个敌人——天空集团，这是蓝衣社最大的死敌，他们日夜研究要怎么消灭我们，我的最终使命就是消灭天空集团。还有一个原因，我的父亲就是因为被天空集团裁员，又怀疑我的母亲与天空集团某部门经理有染，结果双双丧命，酿成我人生最大的悲剧。所以，我确实从心底恨着天空集团。"

"也正是这样，你才建立了Matrix处处与我为敌，几乎要把我逼到绝路！"

"大哥，我不是与你为敌，只是与天空集团为敌——我早就知道你的真实身份，天空集团其实也是你的敌人。"

"不，当我给了莫妮卡那个承诺之后，天空集团便已成为我生命的一部分。"

"别提那个女人！"

慕容云痛苦地抱住自己的头，不仅因为莫妮卡刚从他手中夺回了天空集团，更因为他强烈地嫉妒我对莫妮卡的爱。

"她是我的女人！"我再次伤了他的心，却把语气放软下来，"贤弟，为什么把这些秘密都告诉我？"

"因为神话已经破灭了！那么多年来我深信不疑的神话——兰陵王面具，我一直以为它真的存在！被你的父亲或者谁藏在某个角落。这副面具天生就要属于我，也必将回到我的脸上！可现在我才明白，我的人生就是一场骗局的产物，就和那副虚构出来的面具同样荒谬，我本来就不该存在于这世上！大哥，自从我被常青收养的那天起，我就注定是个悲剧。"

我被他的自我剖析与忏悔触动，不禁向他伸出了手："其实，我们的人生都是被世界抛弃的悲剧！"

"可是，兰陵王的神话破灭以后，支撑我活下去的希望没了，我再也不可能自我催眠，只能接受这个无情而冷酷的现实。"

美少年从王座上走下来，逐渐接近我的眼睛，让我丝毫没有逃跑的力量。当我们交换呼吸时，他已轻轻靠在我的肩上，泪水打湿我的衣领，双手紧紧环抱着我的后背……

就在我要忘乎所以时，突然感到自己口袋里装着一个坚硬沉重的东西。

这是一把手枪——该死，我忘了来这里是干什么的！

我是来杀人的。

于是，我忍住悲伤推开他，掏出兜里的手枪。

他看到黑洞洞的枪口对准自己，随即放纵地大笑起来。这毫无顾忌的可怕笑声，令我毛骨悚然，浑身战栗。笑声传遍整栋神秘的房子，似乎岛的另一头都能听到……

"你……你……你……笑什么？"

"很好！我已经猜到了，你一定会带着手枪来找我，你一定想把我杀了！"笑到极点却变成哭泣，眼泪缓缓滑过他漂亮的脸庞，"我最爱的人，终究将把我杀了。"

"请你别再哭了！"

天啊，为什么我如此心软，居然被他的眼泪打动？握着枪的手不停颤抖，仿佛有道透明的防弹屏障，阻拦在我和他之间！

"大哥，我之所以告诉你这些秘密，其实还有另一个原因。"他努力抑制自己的悲伤，擦去脸上的泪珠，"如果今天我不说出来，以后就再也没有机会了。"

"此话怎讲？"

我警觉地后退半步，他却迎着我的枪口往前走了一步："你来这儿的路上，有没有发现什么异常?"

"是,海面上冒着泡泡,岛上的岩石烧得滚烫,地下冒出黑烟,这是怎么回事?"

"冰火岛,顾名思义,是一座冰海中的火山岛。"

这倒让我吃了一惊:"火山?我怎么没看到呢?"

"这是一座巨大的火山,绝大部分埋藏在海面下,仅有火山口的一小部分露出海面,也就是我们所在的冰火岛。"他平静地面对我的枪口,既然都已坐在火山口上,还有什么可畏惧的呢?"几个月前,这里显示出强烈的火山活动迹象,最近越来越严重,火山爆发已不可避免。这次从中国回来以后,我通过最先进的仪器,科学计算出了火山爆发的时间——就在今天下午3点19分。"

"今天下午?"

我低头看了看手表,现在是下午3点整,只剩下19分钟!

第十四章　只是一个梦

下午3点01分。

冰火岛，密室。

我和慕容云坐在火山口上，18分钟后，毁灭一切的火山就要爆发。

"大哥，兰陵王的面具根本就不存在，我生命中的神话也随之崩溃——而且，你真正爱的也始终是那个女人，人生对我而言已毫无意义！所以，我决定死在冰火岛上，让地球深处的炽热熔岩将我埋葬！就算你现在开枪打死我，我也绝不会反抗，只会感觉死在你的手中，是我最后也是最大的幸福。"

美少年微笑着看着我，却让我无力地放下枪，痴痴地摇头："你何苦如此？"

"大哥，你现在如果走，或许还来得及，那艘船应该还停在岸边吧？火山爆发前的高温，会融化附近许多冰山，航道将畅通无阻，你将在十分钟内远离冰火岛。"

"那么你呢？"

我不忍将他一个人抛弃，而他毅然决然地回答："我将与这座小岛共存亡！"

"可是——"

"就要来不及了！"他重重地推了我一把，竟将我顶到密室门口，"快点走吧！"

我颤抖着最后看了他美丽的脸庞一眼，轻轻说了一句："若没有莫妮卡，恐怕我会留下和你在一起！"

说罢，我忍着眼泪冲出密室，跨过阿帕奇已经僵硬的尸体，将慕容云一个人抛在后面，飞快地冲出别墅，却发现天空已被黑烟弥漫，四周都是浓烈的硫黄气味。雪花无法降落到地面，飘在半空就被蒸发。鞋底烫得不能走路，只能将外套脱下来绑在脚下，跌跌撞撞跑下悬崖。

虽然是冬天的冰海，却热得像在赤道，直到脱得只剩内衣，惊慌失措地拼命奔跑，深感大自然的可怕，在缭乱的有毒烟雾中，找到通往小岛彼端的道路。

几乎用了不到两分钟，我就跑到冰火岛的另一头——谢天谢地！那艘船还停在海中。

我拼命地挥手大喊，船上的人一定看得到。

果然，一艘小艇被放了下来，迅速开到岛的岸边，船员急得大声咒骂："快点上来！你想要我们给你陪葬吗？"

来不及说谢谢了，我径直蹚过海水跳上小艇——就连海水也快要烧开了！

小艇很快将我带到船上，焦急的船长一把将我提起来，大喝一声："赶快开船逃命！"

眼睁睁看着冰火岛远去，孤岛已完全被浓烟笼罩，只剩下一团巨大的黑烟。地球深处的能量即将释放，彻底摧毁这座火山口的小岛。

船长下令以最快速度行驶，全体船员都面露恐惧，眼看着世界末日来临。我给自己找了件大衣裹上，紧张地站在船尾回望。海面已经开始沸腾，许多海洋生物惊恐地跳出水面。我们的速度越来越快，刚才那些冰山已全部融化，使得海平面升高许多。不再有迷宫般的危险航道，北大西洋一片开阔，只要笔直高速往前开去，只要抢在火山爆发之前。

大概已航行出数公里，冰火岛的方向烟雾缭绕。突然，海面上爆发出巨大的水柱，紧接着无数黑色火焰像上帝愤怒的双手擎起，灼热的红色熔岩猛烈喷发，几乎烧干附近的海水，变成几百条冲天飞龙，腾起至少数百米的高度。

火山爆发了！

仿佛原子弹爆炸的场面，仿佛毁灭世界的战争，从海底地壳直到大西洋海面，全在震耳欲聋的咆哮中颤抖。更多的火山灰遮天蔽日，船员们已纷纷跪下祈祷，只有船长还在奋力驾船逃命。

下午3点19分。

火山引起巨大的海底地震，导致原本平静的海面上掀起惊涛骇浪，但这反而加快了船只的速度。船长命令全体船员各就各位，在无数巨浪之间，我们就像脆弱的树叶，随时可能葬身海底。

已经完全看不出冰火岛了，只有无比壮观的火焰喷发，达到数千米的高度，接着，黑色烟雾形成的云层，就像一根连接天地的巴比伦通天塔！

上帝的愤怒可以让通天塔倒塌，同样，愤怒也可以让通天塔建立，然后——再倒塌。

数十平方千米的海面上，全被火山灰笼罩，就像下起倾盆大雨，但落在脸上却是黑黑的——就像黑泽明电影《黑雨》描绘的广岛原子弹爆炸的情景。

站在甲板上太危险了，我被迫退到驾驶舱内，却被波浪颠得头晕眼花，忍不住大口呕吐起来。更多的火焰与红色熔岩从天空落下，砸在后面辽阔的海面上，若落到船上，势必燃烧甚至爆炸。

在与死神的赛跑中，船长终于赢得了胜利。我们离火山口越来越远，虽然船上已布满火山灰，却没有被火焰或岩石砸到。

一个小时后，我们平安回到加拿大东部沿海某港口。

我又给船长加了50万美元的酬劳，还给每名船员发了两万美元的红包。

随后，我坐上一架包来的小型飞机，冒着漫天大雪与灰烟，飞往附近最大的城市魁北克。抵达魁北克机场，才看到加拿大沿海火山爆发的新闻，已造成严重的海底地震，加拿大全国震感强烈。

从魁北克转机前往纽约，辗转两个多小时之后，降落在肯尼迪国际机场，舷舱外已是沉沉的黑夜。

穿过漫长的候机厅，大屏幕是最新的CNN报道——北大西洋火山爆发，造成重大灾难，加拿大总理和美国总统发表联合声明，将共同应付这场危机。美国干涉索多玛国内战的军事行动也告中止，美军将在12小时内撤离非洲，全部飞回北美本土参与救灾。

当我目瞪口呆地看着新闻，庆幸自己居然能逃过火山爆发，从灾难中心全身而退时，却听到身后响起一个女声："亲爱的！"

我慌张地转过身来，看到一张平凡的脸，平凡的年轻华人女子的脸。

她是莫妮卡。

我的莫妮卡。

她在微笑，她也在流泪。

纽约机场匆匆过往的人海中，逃难离开美国的人群里，我们宛若欧亚草原上两具古老的石像，痴痴地站着，接受考古学家的欣赏。

直到我难以自制地抱住她，重重地吻在她的唇上，这才是我生命中最幸福的时刻。

几分钟后，我和她的嘴唇缓缓分开，却几乎同时说出一句话——

"原来你也在这里。"

2012年。

经过一整年漫长的严寒之后，美国终于迎来了迟到的春天。

又是惊心动魄的一年。

随着慕容云在火山爆发中消失，Matrix已彻底销声匿迹，罗斯柴尔德家族声明放弃与Matrix的合作。坐在火药桶上的中东，已在几天之内偃旗息鼓。索多玛国的政变军人遭到彻底失败，民选政府重新掌握权力，宣布将与天空集团继续合作开发石油。

天空集团从索多玛国获得石油，摆脱了长达数年的债务危机，一跃成为全球资产最多、赢利最高的财团。集团收购了许多跨国公司，比如最大的软件公司"微弱"、最大的汽车公司"通能"、最大的银行"白旗"、最大的连锁商业公司"玛尔玛"……还有以吸血鬼闻名的欧洲德古拉公司——许多年前，那家我曾去面试求职的变态公司。

莫妮卡在中国建立了一家集团子公司，吸引大量中国民营资本入股，成功收购世界最大矿业公司必和山谷，垄断全球25%的铁矿石生产，以公平价格向中国销售铁矿石。

不过，我更希望中国能有海纳百川的开放态度，所有外来民族都可以融为一体，此乃真正的We Are The World。

仅就这一点而言，除了美利坚民族之外，有哪个民族可以与中华民族相比？

就算我已完成了对莫妮卡的承诺吧。

我已经通过法律手段，恢复了自己真实的身份——古英雄。

从此，我不再是一个冒牌货，我就是原本的自己，只是戴着另一个人的脸。

终于可以和莫妮卡拥抱在阳光下了。

2015年。

3月，却是秋天。

我在地球的另一边，阿根廷，布宜诺斯艾利斯省，普林格莱斯上校城。

其实没有什么城，只是潘帕斯大草原的一部分。站在窗口极目远眺，秋风拂过一望无际的麦田，如绿色海面上的阵阵波澜，直到遥远巍峨的安第斯山脉。这片肥沃的辽阔土地，只有一条寂静的公路劈开麦浪，沉睡在南美大陆深处。数百公里内几乎不见人烟，只有不计其数的牛羊。几星期才看到一辆车通过，其余时间就是痴痴地遥望天空。

这是归隐江湖远离尘嚣的圣地。

我和莫妮卡——现在，她是我的妻子，两年前我们移居到阿根廷，买下这个数百公顷的农场，专心种植小麦和玉米，养了一条中国骨嘴沙皮犬，还有几十头肥羊，成为一对勤劳的农夫与农妇。

尽管她有时会怀念当年混血儿的迷人模样，但我更喜欢她现在并不漂亮的脸，完全发自内心的喜欢——因为我也有一张平凡的脸。

生活不是偶像剧，不漂亮的古英雄与不漂亮的莫妮卡，一起度过未来平凡的漫漫人生，我想，这才是生活的本来面目。

至于蒸蒸日上的天空集团，已经用不着我们太操心了。莫妮卡废除了家族管理模式，挑选了一位职业经理人担任集团CEO，她仅仅保留董事长头衔，完全退出集团管理。只有一年一度的董事会和财务会议，她才会回到纽约总部逗留几日，视察属于她的帝国。

因为，对于她来说，还有一个生命将更为重要。

她的腹中有了一个宝宝。

几个月后，这个孩子的出生将有非凡的意义——兰陵王高氏家族与蓝衣社古氏家族，这对世仇的血脉终于永远融合在了一起。

我在等待这个孩子的出生，等待的过程竟那么幸福。两个人手拉手漫步田野，穿过茂盛整齐的庄稼，看着麦穗一点点变大成熟，就像她渐渐隆起的肚子。

然而，这如此强烈的幸福感，却让我难以承受——曾经被厄运缠身的自己，竟会有这样的好运气？过去将近十年的岁月，从杭州的悲惨车祸，到美国的肖申克州立监狱，到索多玛国的内战，再到史陶芬伯格的暗杀，我躲过无数次致命劫难，甚至在毁灭数万人的冰火岛火山大爆发中，我也奇迹般地幸存下来——不敢相信还能活到今天。

我真的还活着？真的还可以与深爱的女子在一起？真的还可以平安度过后半辈子？真的不是一种幻觉？真的不是一个美好的梦？

于是，偶尔在夜幕降临时，偶尔在独自发呆时，我还是会想起那个美丽的男子。

慕容云。

他死了吗？当火山大爆发的时刻，他肯定还留在冰火岛上，但我没有亲眼看到他死去。

多么希望你还活着——我的贤弟。

夜凉如水，我在潘帕斯草原的深处，靠着自家门前的木头栏杆，喝着自家田地里的玉米榨出的玉米汁。

莫妮卡缓缓走到我身后，抚摸着我的头发说："亲爱的，你为什么又忧愁起来？"

"我在怀疑这一切都是真实的吗？"

大着肚子的莫妮卡，用手指戳了戳我的脑门："你小子又犯精神病啦？"

"最近，我总是半夜做噩梦——梦到自己早就死了，现在的我只是一个孤魂野鬼。"

"这么说来我也是鬼？"莫妮卡气呼呼地抓着我的手，放到她的肚子上，"我们的孩子也是鬼？"

"不，我也希望这只是个噩梦。"

我绝望地抬起头来，眼角闪烁着泪光。她温柔地叹息一声，抱着我的脑袋说："亲爱的，我绝对不会让你死的。"

夜深了，她把我拉回卧室，关灯睡觉。

我要死了吗？

这一切都是幻觉吗？

当我开始怀疑这个世界，当我绝望地睁开眼睛，却看到阳光正洒在身上。

清晨，7点。

这里没有其他人，所以不需要窗帘，我看着窗外无边无际的田野，终于放心地嘘出一口气——原来只是一个梦。

旁边睡着我的妻子莫妮卡，有了宝宝让她睡眠好了许多。早上我得去趟城里的超市，把一周的生活物品买回来。我没有吵醒熟睡的她，轻轻吻了下她的额头，小心地下床穿衣服，简单洗漱后走出家门。

我坐上一辆越野车——这是我管理农田的交通工具，迅速发动开上公路。

阳光继续洒在车上以及公路两边的滚滚麦浪上——忽然感觉生活多美好，我惬意地打开汽车CD，放着陈百强的粤语老歌。

汽车音响里放出一段淡淡忧伤的歌——

　　冷暖哪可休

　　回头多少个秋

　　寻遍了却偏失去

未盼却在手
我得到没有
没法解释得失错漏
刚刚听到望到便更改
不知哪里追究
一生何求
常判决放弃与拥有
耗尽我这一生
触不到已跑开
一生何求
迷惘里永远看不透
没料到我所失的
竟已是我的所有
一生何求
曾妥协也试过苦斗
梦内每点缤纷
一消散哪可收
一生何求
谁计较赞美与诅咒
没料到我所失的
竟已是我的所有

南美阿根廷草原深处，我驾车驶过空旷无人的田野，听着这首陈百强的《一生何求》，仿佛雨点阵阵落在心底——唱的不正是我的故事吗？

一生何求？

遇到过人生最黑暗的时刻，也享受过人生最幸福的瞬间，遇到过迷惘，也遇到过挫折，有过悲伤抉择，也有过艰难战斗，接下来便是平凡却美好的人生旅途。

一生何求？

然而，我到现在才明白——"**没料到我所失的，竟已是我的所有。**"

我所失去的是什么？

我的所有又是什么？

一生何求？

当陈百强的声音渐渐远去，这个已化为幽灵的男子，似乎为我打开另一道大门。

啊，眼前的公路竟然刹那间消失，车窗外连绵不断的麦田却变成北极冰冷的大海。

我惊恐地睁大眼睛，却连手中的方向盘也消失了！

突然之间，整个世界已天翻地覆——再也没有越野车，再也没有春天的原野，只有烟雾弥漫的天空，充满刺鼻气味的悬崖，灼热烫脚的黑色岩石，模糊不清的神秘别墅，渐渐沸腾的北大西洋！

头顶响起一个诡异的声音："**欢迎回到冰火岛**。"

终章 | 梦醒时分 |

梦，醒了！

冰火岛。

不是在四年前就沉入海底了吗？惊人的火山喷发毁灭了周围的一切，这座火山口上的小岛岂能幸免于难？

不对，我怎么还在这栋房子跟前？为什么天上还飘着雪花？只是没到地面就融化了，因为岛上热得就像烤炉，将我的鞋底烤得刺刺直响！

这不是火山爆发前的情景吗？

刹那间，脑中穿梭过无数可能，但此刻已来不及多想，如果再站着不动的话，脚底板就要被烧穿了！

当我想要脱下衣服的时候，却发现自己竟穿着厚厚的羽绒服，而非早上出门的衬衫！

这是怎么回事？我只能将羽绒服脱下来，裹着几乎要烫穿的脚底，飞快地往前跑去。

穿过崎岖不平的岛上岩石，四周弥漫着硫黄的气味，浓浓的烟雾遮挡着天空，显然火山即将爆发，难道地球还要面临第二次末日？

当我跑到冰火岛的另一端，却看到数百米外的海面上，有艘船正渐渐开远——不正是当年送我上岛的那艘船吗？

我高高跳起来挥舞双手，声嘶力竭地大喊"救命"，但那艘船丝毫没有反应，继续加快速度离开冰火岛，直至彻底消失在海平线上。

唯一能够逃生的工具没有了。

为什么？为什么又回到四年前？为什么我拥有的一切都消失了？为什么我已经回到了四年前，却没有像四年前那样赶上那艘船？

当我绝望地回过头来，却看到漫天的烟雾间，浮出一个衣袖飘飘的人影。他穿着紫色汉服，披散着黑色长发，长着一张漂亮绝顶的男人的脸。

慕容云。

"你……你……还活着？"

我已经目瞪口呆了，看着四年前的故人归来，却还是在四年前的地方。

"大哥，太可惜了！"美少年毫不畏惧岛上的高温与烟雾，气宇轩昂地大声道，"你的船已经开走了，既然命定如此，就让我们共同欣赏火山爆发的奇观吧！"

"等……等一等！"我全身战栗地后退两步，"这是哪里？什么时间？"

"冰火岛，2011年，3月。"

天啊，我又回来了！

难道四年前的一切，难道所有的胜利与辉煌，难道我和莫妮卡的幸福生活，难道——真的全是我的幻觉？一个漫长而美好的梦？死亡之前的自我催眠？

当梦中响起那首歌，在灿烂金色的田野上，响起一个早就死去的男子委婉悲伤的歌声："一生何求/迷惘里永远看不透/没料到我所失的/竟已是我的所有……"

啊，多么悲伤，我的一切都将要失去，包括我深爱的女子，包括深爱我的男子，这也确实是我的所有！

一生何求？

求的不过是一场梦，一场人生无常的戏梦，一场生离死别的迷梦，一场死而复生的美梦。

此刻，才是最残酷的现实——我并没有逃出冰火岛，我依然在2011年火山爆发的时刻。

之前四年的幸福生活，不过是我死前的一场梦！

"大哥，我们都逃不过这场劫难。"

美少年来到我的身后，将手搭在我的肩上，茫然地看着灰色大海，看着海面上升起沸腾的泡沫，听着脚底岩石发出震动。

刚才漫长的美梦中，我坐上了那艘船得以逃生——但这不是现实！船长明明知道火山即将爆发，干吗冒着全船人生命的危险，还停泊在此等我呢？即便他自己愿意等下去，船员们也会强行将船开走逃命的。何况，船长早已拿到100万美元的报酬，这是人类的本性，不必奢望他为我卖命——有命赚还没命花呢。

是，这才是现实，虽然看起来有些残酷。

脚底已烫得几乎烧破了，我却痴痴地欣赏着大海，欣赏着这幕人间难得的壮丽景色。

我和慕容云手搭着手，肩靠着肩，互相支撑彼此的身体，构成一个大大的"人"字。

美少年微笑着叹息道："大哥，能和你一同死去，是我生命中最大的幸福，你再也不欠我什么了。"

可是，我却亏欠另一个人太多，太多！

她是莫妮卡。

她还在纽约痴痴地等着我归来。

为什么命运对她那么残忍？坐在绝情谷底苦等了一年，为我忍受了那么多悲伤，终于可以苦尽甘来在一起，我却将永远离她而去——从前我们是生离，现在却是死别！

但愿，她以为我已经不爱她了，这样她就可以开始新的人生，就可以不必再为我而痛苦。

莫妮卡，请你一定要幸福！

这座小岛再过几分钟就要毁灭了，我想用圣保罗在《哥林多前书》中说过的话，再对我的莫妮卡说一遍——

"我若能说万人的方言，并天使的话语，却没有爱，我就成了鸣的锣、响的钹一般。我若有先知讲道之能，也明白各样的奥秘，各样的知识，而且有全备的信，叫我能够移山，却没有爱，我就算不得什么。我若将所有的周济穷人，又舍己叫人焚烧，却没有爱，仍然于我无益。爱是恒久忍耐，又有恩慈；爱是不嫉妒，爱是不自夸，不张狂，不做害羞的事，不求自己的益处，不轻易发怒，不计算人的恶，不喜欢不义，只喜欢真理；凡事包容，凡事相信，凡事盼望，凡事忍耐，爱是永不止息……如今长存的有信、有望、有爱，这三样，其中最大的是爱。"

泪水，奔流在我的脸上，但转眼又被灼热的空气蒸发到黑色的天空中。

莫妮卡，我们的爱，你是那么美，请为我稍稍停留。

整个世界都被黑烟笼罩，就连与我头靠头的慕容云，都看不清他美丽的脸了。

我听到脚底传来巨大的轰鸣声，海水纷纷溅到我们身上，似乎有冲天巨浪腾起，接着，灼热的熔岩流淌在岛上，更有漫天遍野的火山灰，直到惊天动地的火焰穿破地壳与海面，带着毁灭世界的力量，覆盖在我的头顶。

再见，冰火岛。

再见，我自己。

再见，莫妮卡。

再见，爸爸妈妈。

再见，所有我爱过、爱过我、我恨过、恨过我的人。

滚烫的熔岩吞没我的身体，我与慕容云紧紧抱在一起，享受最后毁灭的过程。

奇怪？我怎么又回到了纽约，回到中央公园，回到漫天风雪之中？

我和慕容云跪在雪中，对着寒冷的天空念出誓言——

"苍天在上！小弟慕容云。"

"愚兄高能！"

"就此结拜为异姓兄弟！"

"就此结拜为异姓兄弟！"

"不愿同年同月同日生。"

"不愿同年同月同日生。"

"但愿同年同月同日死！"

"但愿同年同月同日死！"